DOMAINE FRANÇAIS

Editeur : Marie-Catherine Vacher

LES AMANTS IMPARFAITS

DU MÊME AUTEUR

DES PHRASES COURTES, MA CHÉRIE, Actes Sud / Leméac, 2001 ; prix des Bibliothécaires ; Actes Sud, "Babel", 2003.

L'EXPÉDITION, Gallimard, 1999 (Folio n° 3405).

ALLONS-NOUS ÊTRE HEUREUX ?, Gallimard, 1994 (Folio n° 2890).

SAUVÉE !, Gallimard, 1993 (Folio n° 2719).

NOUS SOMMES ÉTERNELS, Gallimard, 1990 (Folio n° 2413) ; prix Femina.

HISTOIRE DE LA CHAUVE-SOURIS (avant-propos de Julio Cortázar), Julliard, 1989 ; Gallimard, 1991 (Folio n° 2445).

MÉTAMORPHOSES DE LA REINE, Gallimard, 1984 (Folio n° 2183) ; Goncourt de la nouvelle.

LA FORTERESSE, Julliard, 1979.

HISTOIRE DU TABLEAU, Julliard, 1977 ; Gallimard, 1991 (Folio n° 2447).

HISTOIRE DU GOUFFRE ET DE LA LUNETTE, Julliard, 1976 ; Actes Sud, "Babel", 2003.

Pour la jeunesse

TRINI A L'ÎLE DE PÂQUES, Gallimard Jeunesse, 1999.

LE CHEVAL FLAMME, Calmann-Lévy / Réunion des musées nationaux, 1998.

TRINI FAIT DES VAGUES, Gallimard Jeunesse, 1997.

LA MAISON DES VOYAGES (avec Alain Wagneur), Gallimard Jeunesse, 1998 ; prix "Lire au collège" ; film la 5e et le CRDP.

MON FRÈRE AU DEGRÉ X, L'Ecole des loisirs, 1994.

PIERRETTE FLEUTIAUX

LES AMANTS
IMPARFAITS

roman

ACTES SUD / LEMÉAC

"Nous ne parlerons pas de nos parents", ont-ils dit. Ensemble. A moins que ce ne soit Camille qui l'ait dit à Léo, ou encore Léo à Camille.

Aussitôt ils ont ajouté, à mon adresse : "Il n'y a que nous trois, tu comprends."

Ensemble, ou l'un après l'autre. Ces deux-là cultivent l'art de vous égarer, j'ai mis un certain temps à le comprendre. Ne se ressemblent-ils pas comme deux gouttes d'eau ? Ils avaient seize ans, moi dix-neuf donc, c'était dans des temps très anciens, il y a quelque cinq ou six ans. Ils voulaient que je sois le scribe de leur vie, à défaut d'être leur jumeau. Nous coucher tous les trois dans leur beau cahier à papier parchemin, encordonnés par nos mots de gamins. Je suppose que je le voulais aussi.

"Les parents n'existent pas, punkt." Dont acte, ai-je pensé. Mais on verra bien, mes agneaux, lequel de moi ou de vous deux gagnera. Parce qu'il s'agit maintenant d'un combat entre nous, d'un combat posthume, j'expliquerai cela plus tard, je suis trop pressé maintenant. Le temps est lié aux mots, combien de secondes pour un mot écrit, combien de secondes pour le temps entre les mots, combien d'heures pour le temps entre les phrases, et de semaines entre les pages ? Je ne sais pas, je suis ignorant, et très jeune, plus jeune qu'eux, qui avaient pourtant trois ans de moins que moi. Ils m'ont épouvantablement embrouillé, voilà, mais je leur ferai la peau.

Nous ne parlerons pas de nos parents, ai-je dit qu'ils avaient dit. J'ai remplacé "on" par "nous", tant pis si cela ne leur plaît pas. "On parlera pas des parents", voilà ce qu'ils ont dû dire, et de même "fais pas chier, il y a que nous trois, le reste c'est des conneries". Est-ce important ? Ils pouvaient être d'une politesse raffinée aussi, et ils ne se ressemblaient plus tant que cela vers la fin. Voici maintenant qu'ils m'embrouillent à rebours. Est-ce important, les paroles exactes ? Je ne sais pas. Je changerai peut-être plus tard. Et je suis bien content de commencer mon affaire (mon rapport, mon histoire, mon truc ?) par leurs parents justement. Passons.

J'étais à Bamako cet hiver, en train de traîner mes savates avec ma mère à moi, qui y avait été envoyée par l'association France-Mali de notre ville. Cet hiver, c'est-à-dire il y a plusieurs années déjà. J'avais vu une pancarte qui annonçait une rencontre d'écrivains francophones au Palais de la culture. J'ai laissé ma mère au marché des breloques, peaux et tambours, j'ai pris un taxi et j'y suis allé. Autant me renseigner avant de me lancer à fond dans mon entreprise. Me renseigner rétrospectivement, à l'époque bien sûr il n'était pas encore question d'écriture, sinon pour mes devoirs au lycée et ce que les jumeaux m'obligeaient à consigner dans leur foutu cahier superluxe. Mais je m'emballe encore, le cahier est venu plus tard. Peu importe, le Mali pour l'instant.

J'avais surtout envie de monter dans une voiture, de partir tout seul quelque part, ma mère comprenait cela, elle avait peut-être envie de se promener seule elle aussi, sans un grand garçon morose en remorque. La portière du taxi tenait par un fil de fer, les roues semblaient prêtes à se

débiner, tout sautait et bringuebalait, fenêtre bloquée, rien à quoi se raccrocher, cahots, bosses et
trous d'eau, et pourtant ça roulait, j'étais en transe.
Une chose cassée, bricolée et qui allait, allait même
à fond de train. Comme moi, je suppose. Trouille
et prophétie. Ce taxi me secouait la tête, un vrai
transport au cerveau, j'aurais pu continuer à travers toute l'Afrique, mais le chauffeur m'a lâché
sur la route jaune. Le congrès des écrivains, donc.

Je suis arrivé en plein milieu d'un colloque. Ils
étaient cinq ou six plus l'animatrice, en face du
public sous la tente. Le public n'était pas très fourni,
mais les paroles étaient abondantes, les paroles
bourdonnaient dans la chaleur. Il y avait une sorte
de bagarre entre deux des écrivains, je n'arrivais
pas à en saisir l'enjeu, j'ai commencé à sentir ma
vieille anxiété qui me tombait dessus, jusqu'au moment où une jeune femme a pris la parole inopinément. Elle était parmi les écrivains mais personne
ne semblait s'occuper d'elle. Une jolie fille, très
brune, indienne peut-être, je n'ai aucun discerne-
ment là-dessus. Elle a levé la main, les parleurs
ont pris conscience de sa présence, ils se sont tus,
polis tout de même, ai-je remarqué, et j'ai eu le
ventre tordu soudain.

Que disait-elle exactement ? Mon esprit fuyait.
J'avais honte, on ne dit pas des choses comme ça.
Les choses qu'elle dit, c'est pour des gamins comme
moi, les écrivains ne pensent pas, ne parlent pas
comme ça. Elle avait dit "c'est bien beau vos discussions, moi je n'ai qu'une idée en tête quand je
commence à écrire, est-ce que je vais arriver à
faire cent pages, vous ne le dites jamais, ça ! Cent
pages, c'est dur, c'est fatigant !" Je n'avais pas besoin
de m'en faire pour elle, elle était d'une telle drôlerie, d'une telle pertinente drôlerie que les rires
ont fusé. A ce moment, il y a eu un souffle de vent,

la toile s'est mise à faseyer au-dessus de nos têtes, une corde s'est relâchée sur le côté, et toute la toile est descendue d'un coup, s'arrêtant juste au-dessus de nos têtes comme un parachute inversé, balançant doucement dans ce qui restait de vent, c'était un beau moment.

Je voudrais que cela se passe ainsi pour moi, un signe sur ma tête quand je m'adresserai à mon public. Pas mon aréopage d'avocats, éducateur, juge, psychologue et autres, que j'espère bien ne jamais revoir, mais le vrai public, le public de l'âme auquel chacun aspire. La fille s'appelait Natacha quelque chose, Natacha suivi d'un nom compliqué que je n'ai pas retenu, mais je pourrais le retrouver si je le voulais, si je n'étais pas si pressé. C'était à Bamako, au Mali, oui je l'ai dit, ma première expérience d'écrivain.

Ecrivain par procuration, parce que, immédiatement, j'avais glissé au côté de cette fille, Natacha donc. Dès qu'elle a levé la main, dès que les autres, interloqués, se sont tournés vers elle, je suis devenu Natacha, j'étais cette jeune écrivaine au milieu de tous ces mâles durs à cuire (je ne me sentais pas de leur tribu, il faut croire), qui prenait la parole pour la première fois peut-être, quoi qu'elle dise, ce seraient mes paroles, je les avais déjà endossées. "Cent pages, c'est fatigant, vous ne le dites jamais !" Elle avait réussi à les faire, elle, ces cent pages, et les cent pages (suivies de quelques dizaines d'autres, mais, disait-elle, après ça va mieux, on tient son livre) avaient même réussi à trouver un éditeur, et pas n'importe quel éditeur, et donc moi, qui n'étais rien encore, que l'ami de Léo et Camille (et de ce mot "ami" on ne peut même plus être sûr, n'ai-je pas plutôt été leur pourvoyeur, leur témoin, leur souffre-douleur, le garde-fou de leurs peurs ?), donc moi qui n'avais pas encore écrit une page, pas même imaginé que j'écrirais une page un jour, soudain j'ai eu l'intuition (oh très fugitive, inscrite pour une révélation future) que j'allais sûrement en écrire cent, que c'était comme déjà fait.

C'était fatigant, oui, c'est pour cela que je n'avais pas encore commencé, parce que j'étais fatigué *à rebours et à l'avance*, Léo et Camille m'avaient fatigué, j'en prenais conscience là, sous la toile de tente descendue au-dessus de ma tête à me frôler les cheveux, à me caresser les cheveux, et la peau de mon crâne se soulevait pour accueillir ce frôlement, comme s'il s'agissait d'un signe venu du ciel. Léo et Camille m'avaient horriblement fatigué, et ce n'était pas seulement parce qu'ils étaient eux-mêmes, Léo et Camille, mais parce qu'ils étaient aussi des personnages de ces cent pages que je n'avais pas encore écrites, voilà la révélation qui m'était faite, et qu'en plus de la fatigue de les avoir connus en chair et en os et tels qu'en eux-mêmes, il y avait la fatigue anticipée, obscurément anticipée, de les connaître comme personnages, de les débusquer enfin, de les retourner du dedans vers le dehors, oui, de leur faire la peau.

Donc, m'ont-ils raconté un jour, ils étaient sous le lit de leurs parents, dans la grande chambre de ce grand appartement qu'ils avaient occupé à New York au sommet d'un immeuble d'où l'on voyait le parc et les deux fleuves, appartement que je ne connaîtrai jamais, je peux l'inventer à mon aise, d'après les dessins que m'en a faits Léo et ce que j'ai pu deviner des goûts de leur mère, madame Van Broeker, qui était hollandaise, très belle et riche et autoritaire, et charmante en fin de compte, il faut bien le reconnaître. La chambre des parents, de madame Van Broeker et de son mari Bernard Desfontaines, dont elle portait aussi le nom, donnait sur East River, mais de la cuisine derrière on voyait les deux tours du World Trade Center. Il y avait deux vastes baies, le lit était plus grand que king size, m'ont expliqué Léo et Camille, probablement deux queen size côte à côte, ce qui ferait un lit de deux mètres quatre-vingts de large, donc nécessairement plus large que long, car sur la longueur il ne faisait que deux mètres, ce dont ils étaient sûrs, ce lit leur ayant régulièrement servi à se mesurer. Ils se mettaient l'un au bout de l'autre et seuls la tête ou les pieds dépassaient, or à l'époque ils ne pouvaient faire chacun guère plus de un mètre cinquante, mais finalement ils se sont souvenus que le lit était un Californian king size, qu'est-ce que je pouvais dire, je ne connaissais que les lits simples et lits doubles de chez nous.

Je n'avais jamais fréquenté ce pays où on dormait dans un lit de reine ou un lit de roi, je subodorais que le lit royal californien était encore une de ces merveilles qui ne pouvaient se trouver que dans l'entourage de Léo et Camille. Oh, leurs merveilles m'enrageaient, et m'enrageaient d'autant plus qu'ils n'y prêtaient aucune attention, eux les petits princes gâtés et solitaires.

Il faut expliquer ceci concernant Léo et Camille : cette méthode de calcul qu'ils avaient mise au point. S'ils se pesaient, ils le faisaient ensemble, grimpant sur la plaque de verre de leur balance en se tenant par les bras. Si ensuite on leur demandait le résultat, ils le donnaient tel quel et, si on insistait, ce n'est que d'extrême mauvaise grâce qu'ils consentaient à diviser le nombre par deux. Inutile de leur suggérer qu'une telle division ne correspondait peut-être pas à la réalité. De même, ils se mesuraient en grimpant l'un sur l'autre dans les toilettes, l'un montant sur les épaules de l'autre

– resté les pieds au sol – à partir du siège, puis faisant une marque légère au crayon avec une règle tendue entre la tête supérieure et le mur. Ensuite, il leur fallait mesurer la tête inférieure, l'additionner au premier nombre, effacer la première marque et inscrire au-dessus l'autre marque, celle de leurs deux corps superposés (plus la tête, bien entendu). Après quoi, ils allaient vérifier leur résultat le long du lit de leurs parents.

Madame Van Broeker connaissait ces bizarreries, mais elle les trouvait au pire agaçantes, au mieux amusantes et elle ne s'en inquiétait pas. On s'inquiétait peu chez les Van Broeker-Desfontaines, le maître mot chez eux était "amusant". Léo et Camille étaient amusants, nul doute là-dessus. Moi, je ne l'étais pas.

Donc ils étaient dans la chambre de monsieur et madame Van Broeker-Desfontaines, à se mesurer une fois de plus, à l'aune de ce lit de leurs parents, à renifler la moquette, à essayer toutes les reptations et torsions possibles dans cet espace relativement large mais peu haut, à se mettre l'un sur l'autre, dos sur dos d'abord, pour voir si dans cette superposition le dos supérieur touchait le dessous du sommier, puis ventre sur ventre pour déterminer alternativement ce qu'on voyait du sommier et du sol avec le nez dessus, et ainsi de suite (ils avaient le goût de la systématisation) lorsque leur mère est entrée. Je crois sincèrement que cela, ils ne l'avaient pas prévu. Madame Van Broeker avait pour principe général de ne pas admettre ses enfants dans la chambre conjugale. Quelquefois les aînés, lorsqu'elle désirait avec eux une discussion privée et importante, telle que le mariage de l'une ou la carrière de l'autre. Mais en aucun cas Léo et Camille, qui étaient trop jeunes, trop imprévisibles, et avec qui on ne pouvait avoir d'importante discussion privée.

Ils s'étaient recroquevillés au centre de l'espace sous le lit, l'un contre l'autre afin que rien n'accroche la vue au cas où leur mère se serait penchée, ce qu'elle a fait justement, se débarrassant d'abord de ses chaussures, puis les ramassant pour les jeter dans le dressing. Elle a ensuite retiré son collant, qui s'est déposé sur le bord du lit, elle s'est allongée, petits remuements, puis silence. L'une des jambes du collant pendait à quelques centimètres de leur tête, la pointe gardant encore parfaitement la marque du pied de leur mère, impossible de résister, m'ont-ils dit, on avait l'impression qu'il demandait à être chatouillé, ce pied de nylon ou de soie. Ils ont tendu la main vers la partie incurvée de l'immatériel pied, l'ont effleurée, le nylon ou la soie a bougé très légèrement et, m'ont-ils assuré, à ce moment précis un petit gloussement s'est fait entendre au-dessus d'eux, comme si le pied de leur mère avait été véritablement chatouillé.

Cela leur a suffi pour qu'ils s'attribuent des pouvoirs magiques. "Nous avons des pouvoirs", me disaient-ils avec ce mélange d'arrogance et de naïveté qui me stupéfiait. Au début, je haussais les épaules. "Tu ne nous crois pas, parce que tu ne sais pas d'où nous viennent ces pouvoirs." Non, je ne le savais pas et me fichais de le savoir, insistais-je. Que leur mère ait soupiré ou même gloussé (elle avait le rire facile) au moment même où de petites mains chatouillaient la pointe du bas déserté de son pied de chair, c'était une coïncidence, pas même particulièrement marquante. Mais ce n'était pas une coïncidence pour Léo ou Camille. Pour eux, tout avait un sens, une logique bien à eux, tout intérieure, si j'avais su à quel point intérieure.

Sous le lit, à quelques centimètres de leur tête, pendait le bas de leur mère. Et puisque ce bas se laissait si bien chatouiller, l'un (ou l'autre) s'est mis à le tirer doucement. Millimètre par millimètre descendait le bas, jusqu'à ce que soudain il chute tout entier, la première jambe entraînant la seconde, sur la moquette couleur ivoire, en un petit tas soyeux à quelques centimètres de leur visage. Ils auraient pu le laisser là, permettant ainsi à l'ordre naturel des choses de sauver les apparences, car il n'y aurait rien eu d'extraordinaire à ce que ce collant, négligemment posé au bord du lit, finisse par tomber en tas sur le sol. Mais ce petit tas rosé les narguait, il a fallu qu'ils s'en emparent, qu'ils le fassent disparaître sous le lit, et c'est cette appropriation contre l'ordre naturel (l'inertie des choses tombées) qui a déclenché ce qui s'est passé ensuite et qui n'a cessé de les poursuivre, les éclaboussures en rejaillissant jusqu'à moi, à des milliers de kilomètres de distance, dans une parabole qui est venue me chercher bien plus tard jusqu'au Mali, pendant que j'écoutais une jeune écrivaine inconnue, et qui les a soudain dressés en moi comme les amis qu'ils étaient (à ce moment pas encore ex-amis) et en même temps, plus obscurément, comme personnages dans des pages qui devaient être au nombre de cent, disait Natacha, cent d'abord, ensuite on voit.

Dans le collant, dans ce double bas lové comme un serpent sur la moquette, étaient contenues les cent pages.

Ils ont fait glisser le bas jusqu'à eux sous le lit, m'ont-ils dit, ils l'ont humé, étiré, l'ont fait tourner sur leurs poignets, glisser sur leurs jambes, se sont entortillés tous les deux avec lui, leur mère s'était endormie, ils faisaient peu de bruit, souples comme ils étaient, et sournois et si bien accordés que pas un geste de l'un ne heurtait un geste de l'autre. Ils entendaient leur mère respirer avec parfois de petits grognements qui venaient du profond de son sommeil, l'animal en elle libéré de la férule de l'esprit se prélassant à son aise sur le lit, tandis qu'eux dessous jouaient comme de petits chats, des lionceaux plutôt, mais le bas les énervait, ils savaient que bien vite il faudrait le retourner à sa place, ils ne voulaient pas être découverts.

La fâcherie n'aurait pas été bien grande, ils étaient encore de trop peu d'importance aux yeux de leurs parents pour encourir une peine grave, et c'est justement pour cela qu'ils ne voulaient pas être découverts, ai-je fini par deviner. Je croyais que c'était la peur qui les avait tenus ainsi cachés sous le lit de leur mère, mais je m'étais trompé du tout au tout : Léo et Camille n'avaient peur d'aucune personne vivante, leur chemin ne passait pas par ce genre de peur, mais bien ailleurs, et je le découvrais par fragments, rarement là où je l'aurais situé.

Si leur mère les avait entendus et expulsés de la chambre avec quelques reproches et ordre de n'y plus revenir ou, pis encore, si elle les avait pris avec elle sur le lit pour les câliner, ce qui devait bien arriver de temps à autre tout de même, leur petite aventure aurait perdu tout son lustre, les aurait renvoyés à leur quotidien, à leur statut d'enfants ordinaires, et cela justement leur était impossible. Il se passait pour eux quelque chose d'important, qu'il leur fallait protéger.

Le bas était le danger, mais c'était aussi le salut, ou plutôt c'était la voie. Ils le tripotaient en tous sens, le mordillaient, s'en ligotaient et déligotaient, ils vivaient une passion là-dessous, ils étaient "télécommandés" m'ont-ils dit, ils ont mis leur tête dans la partie la plus large, celle du bassin, se faisant ainsi un masque double, ils se sont même étranglés l'un l'autre, l'un passant la jambe du bas

16

autour de son cou et l'autre tirant comme il le pouvait des deux côtés, pour voir, pour rire, pour compter jusqu'où on pouvait aller, eux qui aimaient tant compter. Mais ça ne les a pas fait rire, finalement, ce simulacre d'étranglement, ni le premier, celui de Léo étranglé par Camille, ni le second, celui de Camille étranglée par Léo, auquel il leur a bien fallu se livrer malgré l'étrange déplaisir du premier essai, parce qu'ils faisaient toujours tout à égalité.

Ce bas autour de leur cou leur a fait une impression terrible, et c'est alors que s'est produit pour la seule et unique fois l'événement qui n'aurait pas dû se produire, c'est alors qu'ils ont accompli l'acte qui devait marquer leur comportement jusqu'au bout, "bah on a couché ensemble", a dit Léo, "mais vous étiez trop jeunes", ai-je protesté, "je sais pas, a dit Camille, mais il a sorti son truc qui était très dur, et moi je l'ai poussé entre mes jambes, comme à la télé", a-t-elle ajouté. Si vous voulez, mes agneaux, ai-je pensé, je n'y étais pas, et vous pouvez fabuler tant que vous voulez. Mais c'était bien possible après tout, et maintenant je le crois. Camille a eu ses règles peu de temps après, elle avait douze ans, donc. Et l'année suivante ils sont revenus en France, pour leur second grand séjour, chez leurs grands-parents Desfontaines, à Bourgneuf, dans la petite ville d'où moi je n'avais encore jamais bougé.

Ensuite leur mère s'est réveillée, ils l'ont observée en train de marcher de-ci de-là dans la chambre, du moins ils ont observé ses pieds, très attentifs, ont-ils dit, comme s'ils avaient une dette à l'égard de leur mère, dans ce cas précis à l'égard de la partie de leur mère qui leur était visible, c'est-à-dire ses pieds, jolis plutôt, larges, fermes, avec de bons orteils solides aux ongles carrés et vernis de carmin, et pour seul défaut une protubérance de l'os sur le gros orteil, ainsi que des épaississements cutanés de forme presque circulaire sur les petits doigts de chaque côté, des cors, se sont-ils dit tout étonnés, car ils avaient toujours entendu leur mère se plaindre de ces saletés mais sans savoir à quoi cela ressemblait au juste. Et ils étaient maintenant très intéressés de voir ces cors à quelques centimètres de leur figure, ils avaient oublié leur acte bizarre ou du moins n'y pensaient plus pour l'instant, ils se concentraient sur les pieds de leur mère, plus tard Léo fit de beaux dessins de ces pieds, mais il ne les montra pas à sa mère, il craignait qu'elle ne les reconnaisse et que, de fil en aiguille, elle ne découvre où et quand ils avaient été si bien observés.

Ils n'avaient pas oublié leur acte bizarre, ils ne l'oublieraient jamais, l'acte bizarre irait se lover dans un coin de leur vie, un recoin peu fréquenté de l'espace privé, immatériel, où ils avaient leurs habitudes, irait se lover à la manière du bas, avec son odeur indéfinissable, son odeur marron dirait Léo, et sa texture légère, soyeuse, mais de forme couleuvrine cependant, et trop souple. "Vous avez avalé une couleuvre, en somme", leur a dit le pédopsychiatre français chez qui ils se rendaient de temps à autre, quand leur mère y pensait. Encore une bizarrerie de leur vie, avais-je pensé, cette façon d'aller chez le psychiatre comme on va se faire faire ses vaccins. Je ne me doutais guère qu'on m'en enverrait consulter un, moi aussi, ce serait beaucoup plus tard, à Paris cette fois, après l'histoire funeste avec Anne. Ils ne connaissaient pas le mot "couleuvre", l'ont rejeté aussitôt. Je les imagine haussant les épaules, et le psychiatre attendant, guettant, mais rien. Ils haussaient les épaules en énonçant pour moi la phrase du subtil docteur "vous avez avalé une couleuvre" et, en fin de compte, c'est moi que la couleuvre a frappé, moi qui ai reçu la couleuvre en pleine figure, qui l'ai avalée malgré ma volonté, et je suis encore à la remâcher.

Ce qui a repoussé l'acte bizarre dans cette remise secrète de leur vie, c'est ce qu'était en train de dire madame Van Broeker-Desfontaines tout en promenant ses pieds de long en large sur la moquette ivoire, téléphone en main et en grande forme oratoire après sa petite sieste dans le vaste lit royal californien. Leur mère s'occupait de plusieurs œuvres de bienfaisance qui l'avaient élue pour siéger à leur board, c'est-à-dire à leur conseil d'administration, où elle était diversement chairman ou vice-chairman ou assistante vice-chairman, et bien sûr je les avais interrompus, parce qu'on m'avait appris au collège que *man* devrait se dire *woman* lorsque la fonction en question est occupée par une femme. "Woman si tu veux, ont-ils dit, on s'en fout."

Peut-être essayais-je toujours de les prendre en défaut, de surprendre la faille d'un mensonge, même tout petit, mais qui prouverait que tout le reste était faux, leur histoire, la mienne, celle d'Anne, et tout le reste, et alors je pourrais enfin dormir un bon coup, reprendre mes études, puis m'en aller nager dans le monde aux eaux troubles mais avec mes nageoires à moi.

Il s'agissait du bal des Berceaux, "le bal des Berceaux, s'indignait madame Van Broeker, un événement international, on ne peut pas faire n'importe quoi, quand même", et d'une célébrité que l'interlocutrice à l'autre bout du fil avait sollicitée pour donner du lustre à l'événement, "mais on ne sollicite pas n'importe qui pour le bal des Berceaux !" s'exclamait madame Van Broeker, à juste titre semble-t-il, car cette célébrité, une actrice française, demandait une somme plus conséquente que ce qu'on espérait obtenir de recettes, "incroyable pour le bal des Berceaux, c'est une œuvre de charité, elle devrait le comprendre, non !"

Ainsi pérorait la voix de leur mère tandis que ses pieds se déplaçaient avec la régularité d'un métronome autour des trois côtés accessibles du lit californien. Sa voix était indignée en surface mais joyeuse dans le fond, cela faisait comme une risée soulevant des vaguelettes à la surface d'un lac, et sur le lac allaient tous ces petits berceaux, dans lesquels maintenant ils se blottissaient, Léo et Camille, bercés et apaisés, voguant sur la voix de leur mère dans ces berceaux inconsistants comme des nuages mais hypnotiques de la même façon, et tant qu'ils étaient dans ce bal-là, ils se sentaient bien, bal de berceaux fantômes, cela leur convenait, ils étaient tout oreilles et à moitié endormis, petits guetteurs des mondes en apesanteur.

Sales mômes, oui, tricheurs et espionneurs, est-ce que je serais resté, moi, sous le lit de ma mère, sans déguerpir, tout le temps que durent ses conversations avec ses copines, à me tapir comme un cafard sur la moquette, mais bien sûr chez nous, la moquette est un lino ("pas vrai, ont-ils dit, c'est pas du lino chez toi", et j'ai dit "d'accord, c'est de la moquette, mais elle a pas dix centimètres d'épaisseur comme chez vous", "mais, ont-ils dit, t'as pas vu chez nous puisque c'était à New York", "j'ai pas vu, ai-je rétorqué, mais c'est ce que vous avez dit", "pas vrai on n'a jamais dit ça", ont-ils crié, et cette fois ils étaient indignés, parce qu'il était question de chiffres et les chiffres sont leur propriété privée, personne ne peut alléguer un chiffre sans leur consentement, "bon, ai-je dit, quelle épaisseur alors ?") et cela pouvait continuer comme cela jusqu'à ce que nous abandonnions, par pure lassitude.

Nous fabriquions de sacrées tresses avec les mots, une phrase par-dessus une phrase par-dessous, affirmation, dénégation, dénégation, affirmation, chacune toujours un peu plus outrée pour que l'adversaire puisse faire repartir l'ouvrage, une tresse de phrases pour bien ficeler ensemble Raphaël et ses merveilleux jumeaux.

"Adversaire", ai-je dit, et je suis sûr que vous le noterez aussitôt dans votre petit carnet, monsieur mon psy à moi, car des adversaires qui se fabriquent à tout moment une tresse de mots pour s'encorder, c'est de l'amour, non, sinon pourquoi s'encorder, vous me demanderez. Parce qu'au-dessous il y a le vide, voilà ce que je vous dirai. Content, monsieur ? Et ma mère à moi ne parle pas de bal des Berceaux et ses paroles n'ont rien de léger, ses paroles sont de bons gros cailloux qui ne flottent ni ne voguent. Si on veut. Si on veut, dit monsieur mon psy, est-ce que vous n'en faites pas trop, Raphaël ?

Madame Van Broeker avait raccroché le téléphone et maintenant ils avaient envie de partir. Le cache-cache, le bas, les pieds, l'acte bizarre, cela suffisait pour la journée, ils sentaient venir de profonds bâillements, ils n'étaient que des enfants après tout, et enfin leur mère s'est éloignée, vers la salle de bains ou la cuisine, c'était égal, l'une comme l'autre se trouvaient au détour d'un couloir dans ce vaste appartement, la fuite leur était possible, ils ont glissé comme des elfes à travers le hall d'entrée jusqu'à leur chambre. Fin de l'histoire pour la journée et d'ailleurs pour plusieurs années.

"Tu raconteras bien tout", ont-ils dit. C'était plus tard, quand ils se sont mis en tête de me faire prendre des notes sur leur vie, parce qu'ils étaient sûrs de mourir bientôt. Et je leur disais "comment je vais faire, je suis jamais allé à New York, j'ai pas de détails, il faut que vous me disiez les choses", j'étais énervé, et eux riaient. "On te demande pas de faire des enluminures sur un livre d'heures, juste raconte comme on t'a dit", et puis Léo a proposé de me faire des dessins, le lendemain j'avais un dessin de la chambre avec le bas lové sur le côté du lit, le bas ressemblait à un serpent. Mais cela ne m'aidait guère. "Pourquoi vous croyez que vous allez mourir bientôt ?" leur ai-je demandé. Réponse : "Parce que." "Et pourquoi ça serait moi qui devrais prendre des notes ?" Réponse : "Tu sais bien." Et leur regard, alors.

Ils étaient fuyants, Léo et Camille, ils étaient comme des chevreuils dans les bois, inapprochables finalement, prêts à détaler avec cette grâce qu'ils avaient, me laissant tout seul avec mes questionnements balourds, drôles de copains en fin de compte, mais c'était ainsi, à prendre ou à laisser, et j'ai pris, bien sûr.

J'ai "pris" dès ce premier jour où nous nous sommes rencontrés, l'année de leurs six ans, qui était l'année de mes neuf ans. La maîtresse de ma classe, malade ou en stage, était absente pour quelques jours et le directeur avait décidé de ventiler ses élèves dans les autres classes.

Ce mot "ventiler" m'a fait une impression désastreuse. Les mots nouveaux en général me titillaient agréablement, ils s'absorbaient avec facilité, dans la foulée de tout ce qui s'apprend quand on a neuf ans, mais celui-là m'a fait peur. Je ne voulais pas être arraché à ma classe habituelle, à la maîtresse que je connaissais et aimais, j'ai pressenti une bourrasque qui allait fondre sur l'école, dans laquelle je ne trouverais plus mon souffle. Le mot avait partie liée avec le vent et la respiration, et dans le fond c'est bien ce qui était en jeu.

Je me suis retrouvé avec les petits, assez morfondu d'abord et récalcitrant, mais le directeur m'a pris à part et m'a expliqué qu'il m'avait choisi pour cette classe parce qu'il avait en vue une mission particulière pour moi, qu'il lui fallait un "grand de confiance". Nous étions sept "ventilés" dans cette classe, les six autres faisaient-ils aussi partie de la mission ? J'ai passé la première matinée à m'interroger là-dessus, fallait-il le leur demander ? A trois heures de l'après-midi, je n'en pouvais plus de cette tension lorsqu'un pas s'est fait entendre dans le couloir, celui du directeur. Notre nouvelle maîtresse, celle des petits donc, a tressailli. Toutes les têtes se sont levées, elle s'est dirigée vers la porte, il y a eu un petit conciliabule, le silence dans la classe était total. Nous avions perçu une présence.

Je veux dire qu'avec la maîtresse, à moitié encore dans la classe, et le directeur, invisible dans le couloir mais dont nous entendions la voix sinon les paroles, il y avait quelqu'un d'autre. Quelqu'un que nous ne pouvions voir, mais qui était là, et qui était la cause de cette perturbation à la porte de notre classe. Nous connaissions très bien les rythmes et protocoles qui régissaient la vie de notre école, il y avait là du nouveau : il y avait un étranger.

Lorsque le directeur s'est enfin éloigné, que la porte s'est refermée et que la maîtresse est revenue à son bureau, je me suis aperçu que j'avais retenu mon souffle depuis un bon moment, j'étais au bord de l'étouffement, car j'ai soudain dû prendre une inspiration profonde, si profonde qu'elle s'est entendue dans toute la classe et que tout le monde s'est retourné vers moi, la maîtresse, les élèves, et ceux qu'elle tenait encore par la main, chacun d'un côté, les étrangers.

Ils étaient deux, et nous n'avons pas su tout de suite si c'était deux garçons ou deux filles, ou un garçon et une fille. Plus personne ne s'occupait de

moi, le spectacle nouveau qui se présentait retenait l'attention de tous, seuls eux gardaient les
yeux dans ma direction, fixes, sérieux. "Est-ce qu'on
peut se noyer dans l'air ?" m'ont-ils demandé plus
tard, peut-être le même soir, "j'étais juste en apnée",
leur ai-je dit, il fallait leur river leur clou déjà, ne
pas perdre la face. Le mot "apnée" les a surpris, ils
ont voulu savoir ce qu'"apnée" voulait dire, à quoi
ça servait, si je pouvais leur montrer, bref ma
mission était trouvée, j'avais été choisi pour être
leur guide, leur ami, leur traducteur aussi, car leur
français comportait beaucoup de trous. Inutile
d'aller chercher auprès du directeur les renseigne-
ments qu'il n'avait pas eu le temps de me communiquer dans la cour, j'avais trouvé tout seul et
je n'en étais pas peu fier. Il était clair aussi que
mes six autres condisciples de CM1 ne faisaient
pas partie de la mission. C'était moi et moi seul.

"Je vous présente Léo et Camille Van Broeker-
Desfontaines", disait notre maîtresse avec une solennité inhabituelle et qui lui allait aussi mal que des
talons aiguilles à une vache, ai-je tenté d'expliquer
plus tard à mon copain Paul. Elle a rougi, s'est
reprise et a lancé très vite : "Voici Léo et Camille,
ils vont rester jusqu'à la fin de l'année avec nous,
je vous demande de les aider à s'adapter à leur
nouvelle vie ici.

— C'est qui, le garçon ?" a crié l'un des petits,
Claude Blanquart, je ne risque pas d'oublier son
nom, et la classe a commencé à s'agiter et s'es-
claffer.

La maîtresse a eu l'air perplexe, elle ne savait
pas répondre, son air faisait peine à voir, j'ai vu
passer une légère commisération sur le visage des
nouveaux et j'en ai été estomaqué. En cet instant
où toute la classe se moquait d'eux, ils trouvaient
le moyen de considérer le visage de la maîtresse

et d'éprouver de la peine pour elle, pour la situation délicate dans laquelle elle se trouvait et dont ils étaient la cause. Ils devaient être très forts, ces deux-là, dès cet instant j'ai été subjugué, lié à eux, prisonnier d'eux.

"C'est qui, le garçon ?" claironnait Claude Blanquart, et les nouveaux, plantés droit devant la classe, tandis que le vacarme roulait vers eux, enflait, allait les engloutir, restaient dans une attente tranquille, complètement immobiles, comme des gens auxquels leurs serviteurs n'ont jamais manqué, ai-je pensé ou peut-être est-ce à l'instant que je me fais cette réflexion, en me remémorant cette scène.

Ils étaient très grands, pour des enfants de six ans, ai-je eu le temps de constater, j'étais en apnée de nouveau, fasciné par le drame qui se jouait. Je ne sais ce qu'il a lu sur mon visage, mais l'un des deux soudain a fait un pas en avant et d'une voix très claire, parfaitement posée, a dit : "Je suis Léo. Elle, c'est Camille." Cet aplomb, en soi, était déjà remarquable, mais ce qui nous a estourbis, je crois, c'est la suite. Car l'autre étranger, la fille donc, s'est avancé à son tour et a dit : "Je suis Camille. Lui, c'est Léo. Nous sommes jumeaux." Ensuite ils sont venus tout droit vers moi (et il fallait parcourir toute l'allée, puisque nous, les "ventilés", avions été installés au fond de la classe), m'ont chacun tendu la main, "bonjour, comment tu t'appelles ?" avec un accent très léger, qui enrobait leurs mots comme d'un nuage de sucre. Dans le silence stupéfait tombé sur la classe, je me suis entendu balbutier mon nom, "Raphaël", "on a rien compris, m'ont-ils dit plus tard, ou quelque chose comme Rafou" et lorsqu'ils voulaient se moquer de moi, ils m'appelaient Rafou, avec toutes sortes de variantes, je pourrais en remplir une pleine page, cela me ferait arriver plus vite à la centième, n'est-ce pas Natacha ? Ensuite je ne sais plus, la maîtresse a dû reprendre les choses en main, la dame de service et le jardinier sont arrivés avec des tables, puis ç'a été l'heure de la sortie, les nouveaux n'étaient déjà plus si nouveaux.

"On se rappelle pas tout ça", ont-ils dit, quand déjà, il y a trois ans, cinq ans ? A Paris, en tout cas, chez eux dans leur studio, ou au café.

"On se rappelle pas tout ça !" Grand bien leur fasse. Ils veulent être en dehors de l'Histoire, en dehors des généalogies, ils veulent être des météorites tombés du ciel, sans planète d'attache, arrivés déjà âgés de seize ans, ils ne veulent pas être des assassins, je ne sais pas ce qu'ils veulent, ils ont bousillé ma vie.

Pendant quatre jours, ils m'ont suivi comme des anges, partout dans l'école, à la cantine, sous le préau, dans la salle de gymnastique. Ils avaient une façon de lever leur visage vers moi d'un air interrogatif, un air d'attente confiante et tranquille, qui me stupéfiait. J'avais envie de me débarrasser d'eux pour retrouver mes copains, mais je ne le pouvais pas. Je ne pouvais pas leur résister. Je pensais qu'ils étaient peut-être débiles. "Ils sont collants, ces deux nazes", m'a dit mon meilleur copain, Paul, le lendemain. Ils ont levé la tête vers moi, toujours cet air, j'ai supposé que c'était le mot "nazes" qu'ils ne comprenaient pas. "Tu leur fous la paix", ai-je dit à Paul. Et, je ne sais comment, nous nous sommes retrouvés à nous tri- fouiller au sol, Paul et moi, comme s'il y avait eu entre nous une longue haine, mais ce ne pouvait être de la haine, nous n'avions jamais eu à subir d'émotion aussi violente que la haine ni aucune raison d'en éprouver, nous étions des garçons lents et placides, pas très éveillés, en accord avec notre monde, c'était plutôt un pressentiment de toutes les douleurs et complications de la vie, de la fin prochaine de notre enfance, le pressentiment d'une chose confuse, énorme, qui rôdait très loin de nos neuf ans, mais qui avait trouvé de façon mystérieuse un vecteur favorable pour s'approcher.

Léo et Camille s'étaient reculés, ils nous regardaient sans rien dire, l'air plus angéliques que jamais, pas du tout apeurés, simplement, comment dire, intéressés et détachés. Ils me volaient ma victoire. J'aurais voulu qu'ils aient l'air terrifiés, et qu'ils s'accrochent à moi, après la bagarre. J'aurais voulu être leur champion. Du moins c'est ainsi que dans un temps qui semblait déjà lointain, révolu et qui n'était que la veille, j'avais peut-être imaginé un "grand" défendant deux petits. Je me suis senti ridicule et balourd.

En classe, ils étaient extraordinairement sages. Ils avaient l'air d'écouter, mais je savais, je sentais qu'ils n'écoutaient rien qu'eux-mêmes, et j'aurais voulu entendre ce qui passait entre eux, un flux de sensations très fines, de paroles aériennes, de miroitements secrets se réfléchissant de l'un à l'autre. Je les aidais, me penchant sur la droite puis sur la gauche, puisqu'on les avait placés de part et d'autre de ma table, je les aidais à trouver le cahier ou le livre qu'il fallait, à faire leurs lignes, à entourer les mots.

Cela a duré quatre jours. Paul ne m'a plus regardé pendant ces quatre jours, ensuite notre maîtresse est revenue, j'ai réintégré ma classe habituelle, c'était un soulagement, je n'étais plus un garçon "ventilé", j'étais un garçon normal. J'en avais par-dessus la tête de Léo et Camille. Paul ne m'a pas reparlé d'eux, on est redevenus copains comme avant.

Et puis il y a eu cette histoire avec Claude Blanquart. J'avais bien remarqué qu'il leur tournait autour dans la cour, c'était un garçon vindicatif, obsessionnel, je dis cela maintenant pour expliquer mon sentiment d'alors, à l'époque je disais que c'était un petit con.

Plusieurs jours il leur a tourné autour dans la cour. Moi, je ne voulais pas regarder Léo et Camille, ils n'étaient plus mon affaire, ma mission n'avait été que de faciliter leurs premiers pas dans l'école. Si mission il y avait eu. Je n'en étais plus très sûr. Dès que je voulais y réfléchir, je sentais s'annoncer sous ma peau comme une fièvre, une honte qui me brûlerait. Personne, peut-être, ne m'avait confié de mission et le directeur n'avait peut-être pas même prononcé ce mot devant moi. Cela voulait dire que je m'étais laissé subjuguer par deux petits mômes, et subjuguer si fort que j'en étais venu à imaginer rétrospectivement une scène avec le directeur, qui n'avait jamais existé. C'était intolérable, ça l'est encore, je crois. Comparé à ce qui devait suivre, cela paraît insignifiant. Mais il s'avère que non, la petite honte d'enfance brûle toujours, à côté de la grande conflagration des hontes ultérieures.

Et en ce cas, s'il n'y avait pas eu mission, cela voulait dire que c'était eux, Léo ou Camille (ou les deux), qui m'avaient repéré, choisi, moi d'entre les sept grands. Et ce, non pas par sympathie, pour faire de moi leur ami, mais pour se sortir du mauvais pas où les avait mis la question de Claude Blanquart "qui c'est, le garçon ?" et ensuite obtenir de moi aide et protection. Cela voulait dire que sur mon visage ils avaient détecté un signe, faille ou faiblesse, évidente aussitôt à leurs yeux d'étrangers… Mais peut-être était-ce déjà encore plus retors. Et le petit Blanquart ne pouvait imaginer où s'en allaient résonner les échos de sa méchante question.

Je ne m'intéressais plus à Léo et Camille, mais il était difficile de ne pas les voir. D'abord parce qu'ils étaient toujours par deux, ensemble c'est-à-dire, ensuite parce que partout où ils passaient dans la cour, il se produisait un ralentissement d'activité, une sorte d'onde lénifiante. Ils approchaient facilement les autres, se joignaient sans difficulté apparente aux groupes, mouvants ou déjà constitués, mais leur présence amenait invariablement une accalmie. C'est qu'ils faisaient "la conversation", Léo et Camille, et s'il y avait bien une chose que nous ne savions faire, que nous n'aurions jamais eu l'idée de faire, c'était la conversation. Nous étions des gamins mal dégrossis, rétifs à toute forme de civilité qui aurait pu sembler copiée sur celle des adultes. Les autres, intimidés ou surpris par leur élocution soignée, leur expression élaborée et leur léger accent, répondaient poliment, d'abord, et c'est ce qui formait dans la cour ce ralentissement ponctuel que je percevais au sein du mouvement brownien. Je devinais leur présence à la périphérie de ma vision ou même dans mon dos et, à quelques pas, les suivant comme un chien de chasse, Claude Blanquart.

Et un jour, ils sont venus vers moi, passant délibérément dans la partie de la cour que se réservaient les grands, je n'en revenais pas de leur audace, mon cœur battait un peu, peut-être avais-je attendu qu'ils me cherchent, je l'avais attendu en effet, et voici qu'ils me cherchaient. "On voudrait que tu viennes", ont-ils dit. Léo ou elle, ou les deux. "Où ? – Au labyrinthe. – Quand ? – A la sonnerie. – Laquelle ? – Celle de la sortie." Sur l'invisible ligne médiane de la cour, Claude Blanquart s'était arrêté. Il faisait semblant de regarder ailleurs, mais toute son attention était concentrée vers nous. Je la sentais aussi sûrement que s'il y avait eu un arc dans ses mains, sa flèche pointée dans notre direction. Léo et Camille étaient déjà repartis. "Tu vas y aller ?" a dit Paul. J'ai haussé les épaules. Léo et Camille, ces deux marmots, n'étaient pas un sujet entre nous.

A la sonnerie de fin d'après-midi, je me suis dirigé vers le taillis.

Les arbustes qui le composaient avaient à l'origine poussé d'eux-mêmes à côté du mur. Le jardinier s'y était attaché, les avait taillés de telle sorte que l'intérieur faisait comme un petit labyrinthe où, en se courbant un peu, on devenait invisible de tous côtés. Là se trouvait notre cour des Miracles, notre marché noir, notre bourse aux trafics. Fréquenter le labyrinthe, c'était s'afficher aux marges troubles de notre société. Léo et Camille étaient déjà là, et Claude Blanquart aussi, un peu pâle.

"Qu'est-ce qu'il y a ?" ai-je jeté aux jumeaux. "Rien, on veut juste que tu regardes", ont-ils dit. "Et lui, qu'est-ce qu'il fait là ?" ai-je continué. "J'ai rien demandé", s'est aussitôt récrié Blanquart. Léo et Camille étaient en train d'enlever leur sweat-shirt, ils se sont baissés et ont retiré leurs chaussures, puis ils ont descendu leur pantalon et leur slip du même coup. Ils sont restés nus un moment, parfaitement immobiles, un instant plus tard ils étaient déjà rhabillés, j'avais encore sur la rétine leurs deux corps, si blancs contre le feuillage sombre. Deux petites ablettes minces sur l'herbe. Quand j'ai lâché "vous êtes tarés !", ils étaient déjà partis et je ne m'adressais plus qu'à Claude Blanquart. "C'est pas moi, c'est pas moi", balbutiait le petit morveux. "La ferme, ou je te fous à poil aussi." Je l'aurais battu tant j'étais hors de moi. Il marmonnait : "T'avais qu'à pas venir !" Je sentais dans sa voix qu'il aurait voulu me mettre de son côté. On entendait un ballon là-bas dans la cour, non plus les tirs au but d'une partie de foot contre le marronnier, avec les intervalles caractéristiques de silence et d'explosions, mais un tap tap régulier contre le sol : Paul m'attendait.

"Ecoute-moi, Blanquart, je vais sortir le premier, t'attendras que je joue avec Paul et tu sortiras après. T'as bien compris, je veux pas qu'on te voie avec moi." Il a pris ma tirade comme une façon de faire la paix, ce qu'elle était d'une certaine façon, il s'est assis par terre et je suis sorti du taillis.

Léo et Camille n'étaient plus à la grille, où s'attardaient encore quelques parents. "Alors ?" m'a dit Paul. "Des conneries", ai-je marmonné, il a hoché la tête, façon de dire "je m'en bats l'œil", et nous sommes partis en silence, cartable sur le dos, Paul tapant du ballon et moi m'éraillant la main sur les murets.

Claude Blanquart est parti dans les Vosges dans un lycée sport-études à la fin du collège. Je suis tombé sur lui trois ans plus tard, pendant les vacances. C'était au Cannibale, un café de Bourgneuf (notre ville) qui ferme tard et qui fait boîte le soir. Nous ne nous étions plus parlé depuis l'épisode de la soirée et je l'avais oublié, mais bien sûr jamais vraiment oublié. J'étais assis avec Paul à une table devant une bière et soudain une sensation ancienne m'est revenue : une fièvre sous la peau, la vision fugitive d'un arc avec une flèche tendue vers moi. Mon regard était posé sur un type, debout à côté de la scène, de l'autre côté de la salle. "C'est Claude Blanquart", m'a dit Paul. Mais une fille tournait autour de nous, ce devait être Elodie, il s'est éloigné avec elle. Quand je me suis retourné vers Blanquart, il venait déjà vers moi. "Ça va ?" avons-nous dit en même temps.

Oui, ça va pour lui, il est content d'être parti de ce trou, il est content dans son nouveau lycée, sa copine aussi fait sport-études. "Bon eh bien, ça va pour moi aussi, ai-je dit, je suis à Paris, et est-ce que tu passes toutes tes vacances ici ?" "Je ne sais pas, a-t-il dit, je vais peut-être travailler à la piscine, j'ai le diplôme, tu sais." "T'as toujours été un sportif", ai-je dit. Il a hoché la tête, avec un bon sourire. S'il avait su, tout sport-études qu'il était, que je pourrais désormais lui faire rentrer son sourire dans les dents d'un seul coup de sabre de kendo bien appliqué ! Est-ce qu'il se souvenait de notre aventure dans le taillis de l'école ? Il ne m'en donnait aucun indice et moi je ne pensais qu'à cela.

Léo et Camille à six ans, deux corps d'ablette tout blancs contre le feuillage sombre, sans la moindre incurvation à la taille, fragiles et raides, et si semblables des épaules jusqu'aux pieds, sauf pour cette minuscule virgule qu'avait l'un et cette entaille rectiligne tout aussi minuscule qu'avait l'autre, au même endroit en haut des cuisses. Blanquart avait eu sa réponse, enfin, à la question qui le taraudait. Il savait désormais avec certitude que ces deux corps si semblables étaient garçon pour l'un et fille pour l'autre, il n'aurait plus à se planter devant eux dans la cour et crier "c'est qui le garçon ?" ou, parfois, plus vicieusement, "c'est qui la fille ?", pourtant il avait continué à le faire. Et il fallait bien comprendre le sens de sa question : il lui était égal de savoir qui était qui, puisque de toute façon ni Léo ni Camille ne jouait au foot et qu'il n'y avait donc pas à les accepter ou les refuser dans les équipes éphémères qui se formaient à chaque récréation. Ce qui le taraudait, le troublait, c'était leur ressemblance. Qu'un humain puisse être un et deux en même temps portait atteinte aux fondements encore ininterrogés mais acceptés de l'existence sur terre. Il ne s'était pas trouvé de jumeaux autour de nous, ni à l'école ni dans nos foyers respectifs. Nous n'étions pas nombreux non plus à avoir des frères et sœurs. Notre département était sur la voie du dépeuplement, même si à l'époque je n'aurais su exprimer les choses ainsi. Et nous, les garçons, nous ne fréquentions pas les filles. Blanquart jusque-là s'était éprouvé comme un être unique, de sexe masculin. Un garçon, facile à comprendre, non ?

Mais un garçon qui pouvait être double, et pis encore, qui pouvait être fille en même temps, c'était le chamboulement de son monde. Lorsque la maîtresse faisait l'appel, il la scrutait intensément, guettant une modification de son expression au moment où arrivait le tour des Van Broeker-Desfontaines, quelque chose comme le bouleversement d'un inquisiteur obligé de se soumettre aux vues hérétiques d'un Galilée, ou d'un élève de Darwin contraint de reconnaître l'apparition spontanée d'une nouvelle espèce, mais rien de particulier ne se passait, une légère déception crispait le visage de Blanquart, et plus tard, lorsque le mouvement de la cour le remettait devant Léo et Camille, il lui revenait la même expression troublée et inquiète qu'il avait eue le premier jour où il avait lancé sa fameuse question, son exclamation plutôt, "c'est qui, le garçon ?", et il la poserait encore et encore, "c'est qui, le garçon ?"

Et il m'a semblé comprendre soudain que cette question n'avait jamais eu aucune méchanceté, qu'il n'avait pas cherché à démolir d'emblée les deux nouveaux, ni à se mettre en avant ni à provoquer qui que ce soit, ni cette fois ni plus tard dans la cour ou dans le taillis. Sa phrase lui avait échappé, c'est tout, comme il arrive d'un cri de douleur, ou d'angoisse, ou de stupéfaction.

Je me serais bien battu avec lui, là tout de suite, comme je m'étais battu avec Paul le jour où il avait traité Léo et Camille de "nazes", cela m'aurait fait du bien, mais c'était de l'agressivité pour l'ancien Claude Blanquart, celui qui avait six ans, maigrelet et jappeur, et qui n'avait plus rien à voir avec le Claude Blanquart assis en face de moi au Cannibale, qui avait dix-neuf ans bien râblés et souriait de ce bon sourire un peu gêné. J'en étais à ma troisième cigarette, lui bien sûr ne fume pas. Je commençais à me calmer lorsque soudain il a dit : "T'as des nouvelles des jumeaux ?

— Ils sont à Paris.

— Ah bon ? Je croyais qu'ils étaient à New York.

— Non, New York c'était avant de venir ici, après ils sont allés à Hong-Kong et puis maintenant ils sont à Paris."

Il a hoché la tête. New York, Hong-Kong, Paris, ce n'était pas dans son univers. Les jumeaux étaient retournés dans la sphère lointaine d'où ils n'auraient jamais dû sortir, leur passage dans notre ville avait été celui d'un météorite, un de ces accidents de la nature comme on sait qu'il en arrive, les météorites heurtent les endroits éloignés de la planète comme la Sibérie ou le Kamtchatka où ils se volatilisent et on n'en entend plus parler, ou bien ils passent au large, avec de grands effets lumineux, et ensuite ils disparaissent dans les fonds du ciel où on ne les voit plus jamais. Les météorites et les comètes ne nous concernent pas, Claude Blanquart ne me parlerait plus de Léo et Camille. Il ne savait rien concernant Anne, cela s'était passé dans la sphère lointaine. Ou bien savait-il ? Et n'était-il venu à ma table que par curiosité ? Il ne semblait pas prêt à partir, il y avait comme un résidu de questions non posées sur son visage. Soudain j'ai dû reprendre mon souffle, une grande aspiration d'air, trop bruyante.

"Tu fais encore de l'apnée ?" m'a-t-il dit.

Salaud ! Il avait remarqué. J'ai montré le paquet de cigarettes et tout l'inévitable discours s'est dévidé, sur ce qui est mauvais pour la santé et pour le sport, qu'il faudrait arrêter, dont il faudrait s'abstenir, mais l'homme a besoin de drogue, la cigarette c'est mieux que la fumette, mais il n'empêche, c'est très mauvais, et tout cela que vous connaissez à fond, monsieur, puisque nous avons eu cette conversation à chacune de nos rencontres, sauf que là, ce n'était pas Blanquart qui faisait le discours, c'était moi.

Je parlais, parlais, pour éloigner le fantôme d'Anne, que je sentais rôder autour de nous, pour l'empêcher de se glisser près de ce garçon en face de moi, Claude Blanquart, de se glisser comme elle le faisait à côté des garçons qu'elle ne connaissait pas, toute légère et lointaine et absente, comme si elle cherchait un point d'appui, un ancrage dans son monde de songes et de vapeurs, et même lorsqu'elle avait trouvé cet ancrage, elle restait légère et lointaine et absente, si légère qu'elle se détachait facilement, et personne ne cherchait à la retenir, tant cela semblait dans sa nature de se glisser près de vous puis un jour de s'éloigner à la dérive jusqu'à ce qu'un autre garçon l'accroche pour une heure ou un mois. Nous trouvions cela très naturel, c'était Anne, juste une fille comme ça, ni gentille ni méchante, soyeuse comme une écharpe, jolie à porter et facile à oublier, mais elle voulait exister, elle voulait cesser d'être une transparence de l'air, et moi naturellement j'ai vu cela aussitôt. Je l'ai percée à jour, gros malin que j'étais, si content dès qu'il y avait des profondeurs à dévoiler, des secrets à percer, des êtres à révéler à eux-mêmes et au monde. Elle voulait exister, Anne, et lorsque l'occasion s'en est présentée, ça ne lui a pas réussi du tout. J'étais en pleine apnée de nouveau.

"Ecoute, a dit soudain Claude Blanquart, c'était pas moi, tu sais.

— Qu'est-ce que tu veux dire ?

— Pour les jumeaux. C'était eux, ils voulaient absolument que je les voie, tu sais, dans le laby-rinthe à l'école. Je ne sais pas pourquoi.

— C'est pas grave, ai-je dit.

— Tu m'en veux pas ?

— Ça fait longtemps, mon vieux !

— Un truc marrant. Tu veux que je te dise ?

— Vas-y.

— Ma copine, c'est une jumelle, je veux dire elle a une sœur jumelle."

Il me regardait les yeux brillants, je voyais qu'il n'en avait pas fini, de sa révélation.

"Le truc marrant, c'est qu'elles ne sont pas vrai-ment jumelles. Pas monozygotes, tu vois ? C'est rare. Il y en a une brune et l'autre blonde, la mienne c'est la brune."

J'ai failli éclater de rire. Monozygotes, il avait prononcé le mot très vite, comme pour le mettre à égalité avec le reste de sa phrase, l'araser en quelque sorte, et montrer combien il était à l'aise dans ce monde nouveau où il était le familier de filles marquées d'un tel destin, mais le mot dépas-sait malgré lui, il en était ébloui, il aurait pu dire "princesses" de la même façon.

Et après un moment, en se levant pour partir : "Tu parles d'un hasard, non !"

Si cela s'était passé l'an dernier encore, j'aurais pris mon ton sentencieux et j'aurais lâché, l'air de rien, sournois comme le serpent, "je ne crois pas que ce soit un hasard". Va en paix, Claude Blan-quart, les jumeaux ne t'ont pas avalé tout cru, tu les as seulement vus nus, une fois, quand tu étais un petit enfant, ils ne t'ont pas brûlé les yeux, ni transformé en statue, tu as eu de la chance, va en paix et sois heureux avec ta fausse jumelle, je t'avais pris pour un mauvais, tu étais juste un innocent, je voudrais bien être à ta place, "vive le sport", ai-je dit à Paul lorsqu'il est revenu s'asseoir à côté de moi, vive le sport.

Je ne lui ai pas rapporté l'entretien avec Claude Blanquart, les histoires de jumeaux et jumelles n'entrent pas dans le champ de nos rapports, je garde ça pour mes séances posthumes avec vous, monsieur mon psy, en tout cas c'est bien ce que vous m'avez appris : "on n'est pas obligé de tout dire", ou bien "on peut être amis sans tout se dire", n'est-ce pas ?

"Alors ? a dit Paul, en tirant la tête vers Claude Blanquart, qui sortait déjà avec quelques-uns de son groupe.

— Rien", ai-je répondu.

De toute façon, il reste Paul, mon meilleur copain.

Paul a toujours été là, il fait partie de moi, de notre petite ville, il est comme les pierres, les rues, les chemins, en même temps il n'a jamais été à l'intérieur, dans cette partie de moi où errent et se cognent Léo et Camille, et Anne et tous ceux qu'ils ont entraînés avec eux. Il est au courant, bien obligé, mais il est resté en dehors, et c'est bien comme ça.

Tous les soirs, je rentrais de l'école avec lui. Nous avions le même âge, il était plutôt petit, moi plutôt grand, il ne parlait pas beaucoup, moi non plus, il aimait beaucoup le foot, moi juste assez. Sur toutes les photos de classe, nous sommes l'un à côté de l'autre. Quand je reviens ici, à Bourgneuf, je vais sonner à sa porte dès le premier soir, chez sa sœur en ville, ou à la ferme de ses parents. GameBoy, CD, DVD, il a eu presque tout, moi presque rien. Nous avons tous les deux un portable mais nous n'aimons pas l'utiliser entre nous. Je ne sais pas comment nous sommes devenus copains, je ne sais pas pourquoi exactement. J'ai souvent la tête dans les nuages et je ne suis pas très bien coordonné, Paul, lui, garde les pieds bien sur terre. Il a les épaules larges et les bras très musclés, moi aussi, mais lui plus que moi. Quand il marche cela le fait tanguer, comme s'il portait des poids accrochés à la planche de ses épaules et à chaque pas il se trouve ainsi brièvement déporté sur le côté, tandis que moi, dans le même moment, je heurte le rebord d'un pavé ou pars dans une brusque embardée, parce que j'ai enregistré trop tard ou trop à l'avance une irrégularité du chemin. Tout cela pour expliquer la nature exacte de notre amitié : en marchant nous nous heurtons constamment, par le côté, et cela ne m'a jamais gêné, alors que cela me gêne considérablement avec toute autre personne. Nos déséquilibres s'équilibrent, voilà.

J'ai marché avec Paul chaque jour, parfois pendant des heures, je marche avec lui depuis des années, c'est là l'essentiel de nos rapports. Nous avons arpenté toutes les rues de notre ville, en nous raccompagnant l'un l'autre, en faisant des détours, ou en oubliant simplement notre destination première. Quand nous étions petits, Paul emportait toujours son ballon, moi non, mais je me débrouillais bien avec son ballon, je supportais son tap tap incessant, qui déséquilibrait Paul d'une autre façon, mais j'arrivais très bien à rattraper ce déséquilibre et à rattraper le sacré ballon aussi quand il lui échappait des mains. Nous l'appelions le globule, puis le glob, nous faisions nos serments, les mains posées sur lui, en disant "glob de glob, je le jure", plus tard le ballon a disparu, mais le *glob* est resté, mot de passe de l'amitié. Nous marchons dans la campagne aussi, ces dernières années, la route du Puy, le chemin des Gaules, le bois des Pierres-Levées et les Courtilles, et aussi le chemin de halage le long de la rivière. Nous sommes un attelage, rien de plus.

Peut-être est-ce ainsi que les choses se passaient entre Léo et Camille, souvent je me suis dit qu'il n'y avait entre eux rien de plus que ce qu'il y avait entre Paul et moi, juste une longue habitude, et je me disais aussi que leur attelage était encore plus banal que celui que je formais avec Paul puisque eux n'avaient pas eu à choisir, ils avaient été attelés dès avant leur naissance, alors que Paul et moi avions bien dû, à un moment ou un autre, nous choisir.

Je me disais cela pour me rassurer. Léo et Camille me faisaient peur, comment est-il possible que des gamins fassent peur à un grand ? Ils étaient très gracieux, pas du tout agressifs, et ils faisaient peur. Et bien sûr, il était impossible de les imaginer en attelage. Ils étaient *semblables*, chacun totalement lui-même et en même temps totalement l'autre. Chaque fois que je les revoyais après une absence, j'éprouvais le même choc. Une telle solitude, chacun, et pourtant un tel compagnonnage. C'était révoltant. Ils m'ont horriblement révolté, dès le premier jour. Je n'ai jamais vu une si grande solitude chez des enfants, ils étaient pitoyables, ils m'ont ému comme personne ne l'avait jamais fait.

Je suis fils unique, je n'ai pas eu de cousins, les amis de ma mère n'avaient pas d'enfants de mon âge, j'ai été seul chez moi tous les soirs jusqu'à l'école maternelle et la rencontre avec Paul, mon copain. Mais je ne savais pas que j'étais seul, la solitude n'était qu'un état ordinaire, très banal, celui que je connaissais. Et la présence de Paul n'a pas changé beaucoup les choses. Il est fils unique, ou quasiment (sa sœur est beaucoup plus âgée), comme moi habitué à être un enfant seul, le soir, le dimanche, la nuit, et même dans la cour de récréation et en classe et avec ses parents à la ferme.

Léo et Camille m'ont fait rencontrer une tout autre sorte de solitude, et maintenant que nous sommes séparés, qu'il nous est interdit de nous revoir, je pense, j'admets parfois que s'ils m'ont agrippé si fort de leurs quatre petites mains, ce n'était pas pour me tuer comme je l'ai cru à mes pires moments, c'était pour faire de moi leur troisième sur la terre, chargé d'une mission qui n'était pas du tout celle que j'avais imaginée lorsque j'avais neuf ans et eux six, mais qui était de calmer leur solitude, et je l'ai fait, n'est-ce pas, personne n'a pu contester cela, pas même mon aréopage, mes dévoués professionnels de la jeunesse en souffrance, même si cela leur a pris du temps.

Je n'ai passé que quatre jours dans leur classe, et j'aurais pu ne plus jamais leur parler ni penser à eux, ils étaient chez les petits, moi chez les grands, la distance était infranchissable, mais je devais tout de même penser à eux car un soir, c'était peut-être deux ou trois semaines après leur arrivée, j'ai dit à ma mère : "Il y a deux nouveaux à l'école." Je n'attendais pas vraiment de réponse, je n'étais même pas sûr d'avoir parlé tout haut, c'était plutôt comme un trop-plein de pensées qui s'était déversé hors de moi, mais ma mère a repris : "Les petits Desfontaines, tu veux dire." Moi, en apnée aussitôt : "Tu les connais ? – Bien sûr, ce sont les petits-enfants de Marguerite et Lucien Desfontaines."

Les Desfontaines ? Nos vieux voisins de la rue derrière ? J'étais stupéfait, n'avais pas fait le rapprochement, comme si Léo et Camille ne pouvaient avoir aucun lien avec notre vie ordinaire, ou peut-être m'étais-je laissé obnubiler par leur autre nom, Van Broeker.

Ma mère a dit : "Reprends ta respiration, mon chou." Ce que j'ai fait aussitôt, je ne voulais pas qu'elle aille me chercher le respirateur et tout ça. "Ça va, maman." Je prenais mon temps pour avaler cette nouvelle, tout de même quelque chose n'allait pas, me semblait-il, "mange" disait ma mère, je touillais ma purée et j'avais l'impression de touiller la nouvelle information dans les replis blanchâtres, comme s'il s'agissait d'un médicament, et ainsi je l'ingurgitais par petites étapes, jusqu'à ce que me vienne une question : "Qu'est-ce qu'ils font là ? – Comment ?" a fait ma mère. "Les jumeaux, qu'est-ce qu'ils font là ?" J'ai eu toute la longue histoire, du moins l'histoire du côté de ma mère.

Ma mère connaît les Desfontaines depuis avant ma naissance. Ils l'ont beaucoup aidée dans sa vie. Elle était dans la même classe que leur fils Bernard à l'école primaire, ils faisaient toujours leurs devoirs ensemble, dans le salon des Desfontaines, où il y avait un bureau rien que pour eux, "mais il a beaucoup mieux réussi que moi, a dit ma mère, il est devenu une sorte de PDG et a épousé une fille Van Broeker, ça ne te dit rien, mais c'est une grosse fortune pharmaceutique, elle avait déjà trois enfants d'un premier mariage, et puis ils ont eu les jumeaux, ça a failli mal se passer, et il paraît que les jumeaux ont eu des séquelles ou je ne sais quoi. Bernard et elle, ils déménagent sans arrêt, Bernard le fils des Desfontaines, le père des petits si tu me suis. Ils vont en Australie cette fois, ils emmènent les grands avec

41

eux, mais les petits ils ont décidé de les laisser aux grands-parents pour une année. Ils sont perturbés, ces enfants, trop de changements de pays, de langue, les parents ont pensé que la vie ici serait plus calme pour eux, et puis les grands-parents les voulaient, ça peut se comprendre, ils ne voient presque jamais leur fils, Bernard, mais ces enfants, ils ont des problèmes."

"Ils ont l'air très sages", ai-je dit. "Je ne sais pas, a dit ma mère, je veux pas trop poser de questions." Cela voulait dire aussi "je ne te dirai rien de plus ce soir, finis ta purée".

De toute façon, j'avais eu mon compte. J'étais très fatigué. Quand j'écoute parler ma mère, j'entends non seulement ses paroles, mais la manière dont elle les prononce, ses inflexions, son débit. Sous ses paroles, à tout instant, j'entends son histoire et donc en partie la mienne aussi, cette histoire est comme un grand corps invisible qui ondule et frémit sous les paroles, et parfois se redresse et parfois se replie et, comme je suis son fils, son fils unique, je perçois chacun des mouvements de ce grand corps invisible caché sous les mots, vous me suivez ?

Et derrière ce qu'elle m'avait raconté, tout à la file, pendant que je luttais contre l'apnée et malaxais ma purée, il y avait eu beaucoup de mouvements de ce corps invisible, de sursauts, de reculs, de frémissements, mais cela prendrait du temps d'expliquer tout cela, ses rapports avec ces gens, Marguerite et Lucien Desfontaines, et avec leur fils Bernard et avec la femme de leur fils Bernard, et avec toute notre ville, et pourquoi elle disait beaucoup et soudain ne voulait plus rien dire. Cela me fatigue exactement comme cela m'avait fatigué quand elle m'avait parlé des Desfontaines, dans la cuisine, quelque deux ou trois semaines après l'arrivée de Léo et Camille, et voilà pourquoi je pense à toi, Natacha, là-bas au Mali, sous la tente qui faseyait dans le vent, comme tu les avais tous pris par surprise, tes collègues au discours de marteau-piqueur, parce que, oui, cent pages, c'est exténuant. Bien plus que toutes les heures à suer sous casque et armure au dojo et à manœuvrer le sabre avec le maître aveyronnais et parfois le grand maître japonais, plus dur que toutes les heures à porter les bidons de monsieur José, mon logeur et patron, et à tartiner de peinture des murs et pla-fonds à bout de bras, et plus dur aussi que toutes les heures que j'ai passées à me triturer la cervelle sur votre divan, monsieur, à me demander ce que signifiaient vos petites phrases énigmatiques, et quel scorpion elles pouvaient bien cacher, et s'il valait mieux les laisser pourrir d'elles-mêmes avec leur sale bête dessous ou avaler le tout un bon coup, petites phrases, scorpion et venin, et plus rien.

Et, et, et... je sais, je fais de l'apnée avec l'écriture, comme j'en ai fait avec la respiration, la raison en est la même, j'ai peur de laisser s'échapper les choses, que le monde change ou passe ailleurs tandis que je lâche l'air usé de mes poumons et reprends l'air neuf du dehors. Cela fait du bruit la respiration, on l'entend à l'intérieur de soi et, pen-dant ce temps, on n'entend plus ce qui se passe au-dehors. Et avec l'écriture c'est la même chose, j'attache tout ensemble pour ne rien lâcher, parce que si je pose un point, je pose aussi la fin d'une phrase et, entre la fin d'une phrase et le début d'une autre, il y a un trou, une solution de conti-nuité, qui peut être un abîme. Cela aussi est en train de changer, vous remarquerez que je vais à la ligne, je fais des paragraphes.

Ah, me répondez-vous, vous avez peur de l'abîme entre deux phrases, mais pas de l'abîme entre deux paragraphes, le danger paraît plus grand pourtant.

Ah mais ce n'est plus à vous que je parle, monsieur mon ex-psy. Dans mon aréopage personnel, il y a grand choix d'interlocuteurs, et c'est moi qui choisis désormais, je parle à qui je veux quand je le veux, donc celui à qui je m'adresse, c'est Xavier, le jeune éducateur, "absolument craquant" m'avait glissé Camille, forçant un sourire sur ses lèvres tremblantes, c'était dans le couloir du Palais à la sortie de notre première audition. "Craquant" oui, mais que je n'aurais pas dû rencontrer, puisque j'étais majeur, et qu'il était l'éducateur délégué aux mineurs. "Je m'appelle Xavier, m'avait-il dit, j'ai vu Léo et Camille, et j'ai pris sur moi de vous voir aussi, si vous voulez bien." Je voulais bien, il me plaisait aussi, ce Xavier, si c'était Camille qui me l'envoyait. "Je veux juste vous signaler que j'anime un atelier d'écriture, voici l'adresse, vos amis m'ont dit que vous aimiez écrire." Petits salauds, ils savaient bien que je n'aimais pas écrire, et voilà ce type qui s'y mettait aussi !

Je ne suis pas allé à votre atelier d'écriture, monsieur l'éducateur, mais je m'y suis retrouvé pourtant, dans votre atelier et dans votre écriture, j'aurais un sacré compte à régler avec vous à ce sujet, mais pour l'instant je vais me contenter de vous expliquer quelque chose concernant l'apnée et le paragraphe, et donc, Xavier, l'aller à la ligne pour un paragraphe, c'est un nouveau départ, il signale une remontée d'énergie, on a bouclé un ensemble, on peut s'attaquer à un autre, regard objectif, vision claire, action. Tandis qu'à l'intérieur d'un paragraphe, on est à l'intérieur justement, là où tout est confus, mouvant, ça file de tous côtés, se colle, se décolle. A l'intérieur d'un paragraphe, il faut s'accrocher très fort. Gardez cela à l'esprit pour vos merveilleux ateliers d'écriture, Xavier le craquant, Xavier le traître.

Après la soirée discussion-purée-apnée dans la cuisine avec ma mère, j'ai appelé Paul sur son portable, il était dans la grande salle de la ferme en train de faire ses devoirs, "attends, je monte à la grange". Je l'ai entendu traverser la cour, avec le chien qui lui parlait ou plutôt il parlait au chien, et je l'ai entendu grimper à l'échelle, clop clop, et le chien qui aboyait, bouf bouf, après j'ai entendu des chuit chuit, qui devaient être le froissement des bottes de foin, et soudain sa voix me parvenait très nettement, "va-t'en", il parlait toujours au chien, "tu es arrivé ? – oui, mais il veut pas s'en aller – arrête de lui parler, alors", j'étais jaloux de ce chien, "oui mais alors il faut que j'arrête de te parler aussi – bon, on éteint un moment et tu me rappelles quand il sera parti – sur le portable ? – non, sur le glob, débile !"

Mais ce ne pouvait être sur le portable. A l'époque (celle de nos neuf ans), il n'y en avait pas, le chien est toujours là mais ce n'est plus le même, et il n'est pas attaché aux pas de Paul comme l'était le précédent. Le temps entre Paul et moi est si constant que les moments y sont presque interchangeables, j'ajoute le portable d'aujourd'hui au temps d'autrefois et le chien ancien au temps d'aujourd'hui. Dès qu'il y a confidence, je nous vois dans les hauteurs de cette grange à foin, qui était l'endroit chez ses parents où nous allions tout naturellement pour être entre nous et le seul endroit de la ferme où personne ne pouvait nous épier. Il y avait d'autres attractions : la grande échelle aux barreaux irréguliers, et le nid de foin qui piquait même à travers nos jeans, et la vue imprenable sur la cour et les champs du côté sud, à quoi il fallait ajouter pour moi le plaisir un peu sadique

de regarder le chien en train d'aboyer misérable-
ment tout en bas.

Donc j'ai dit à Paul, ce devait être le lendemain
alors, ou le dimanche suivant, j'ai dit "Léo et Camille sont les petits-enfants des Desfontaines". Il
savait très bien qui étaient les Desfontaines, à
cause de son père qui connaît toute la ville, "ah,
a-t-il fait, pourquoi ?" Ainsi parlait Paul, d'une façon
qui pouvait paraître incohérente, mais qui était
seulement très ouverte. Ses questions ne pous-
saient pas vers d'étroits couloirs de réponse, mais,
comme sur les hauteurs de la grange, vers des
espaces dégagés, où je pouvais aller par ici ou par
là ou juste m'asseoir sur mes talons. J'étais libre
d'entendre par exemple "pourquoi tu me dis ça ?",
ou "pourquoi sont-ils chez leurs grands-parents ?",
ou encore "pourquoi ta mère a parlé d'eux ?" Et
ce "pourquoi" de Paul pouvait aussi bien n'être
qu'un mot passe-partout, qui ne demandait rien et
ne signifiait rien, sinon qu'un ami était à mes
côtés, et qu'il suffisait de marmonner "je sais pas"
pour faire toute une conversation.

J'ai dit "je sais pas", puis "j'ai l'impression qu'il
va m'arriver quelque chose". Et Paul a répondu
"t'auras qu'à venir chez moi". J'ai dit "ma mère, elle
va sûrement leur parler".

De fait, quelques jours après son long discours
sur la famille Desfontaines, ma mère est venue
m'attendre à l'école. D'habitude elle ne venait
jamais, à cause de son travail. Paul et moi étions
en train de shooter dans le marronnier avec le
ballon. Nous l'avons aperçue à la grille, elle était
avec les Desfontaines. Echange de regards entre
Paul et moi, il a rattrapé son ballon et nous nous
sommes dirigés vers eux en traînant les pieds. "Monsieur et madame Desfontaines ont une proposition

à te faire, mon chou", a dit ma mère d'une voix éclatante. Nouveau regard entre Paul et moi, c'était clair, cette voix éclatante de ma mère signifiait que je ne pourrais ni ne devrais refuser la proposition de monsieur et madame Desfontaines, quelle qu'elle soit, et elle devait être inhabituelle pour que ma mère l'enveloppe ainsi d'une armure aussi étincelante.

Ma mère parle fort et dru en général, mais sa voix ne brille pas, c'est de l'étain plutôt que de l'argent, du verre à moutarde plutôt que du cristal. A mes oreilles en tout cas, et cela me convient très bien ainsi, j'aime beaucoup ma mère, pas d'embrouille là-dessus.

Donc ce que voulaient les grands-parents Desfontaines, c'était que je raccompagne leurs petits-enfants tous les lundis après l'école, parce que c'était le jour et l'heure où eux, les grands-parents, allaient chez le kinésithérapeute. Il y avait d'autres explications, mais l'essentiel était là, et il faudrait aussi que je passe deux heures environ dans leur maison jusqu'à ce qu'ils reviennent de leur rendez-vous hebdomadaire. Les petits ne devaient pas rester seuls, ils m'aimaient bien, ils avaient parlé de moi à leurs grands-parents et Paul pourrait venir aussi s'il le voulait, monsieur Desfontaines le raccompagnerait à l'autocar ou même jusqu'à la ferme. "Le lundi, je couche en ville, chez ma sœur", a dit Paul. Je suis resté un moment à les regarder d'un air hébété, je n'avais pas saisi tout de suite qui étaient "les petits". Léo et Camille, je les avais trouvés grands dès le premier jour, anormalement grands, je les avais perçus comme plus vieux que moi, d'une certaine façon, et parfois cela me revenait, cette erreur de perspective. Paul a dit non tout de suite, "non, merci". Pour moi, l'affaire était pliée, ma mère avait dit "oui" en mon nom, avant même qu'on ne me pose la question, et voici que Léo et Camille étaient là, à côté de leurs grands-parents, et ils me regardaient de leurs yeux transparents.

Plus tard, Paul m'a dit "ils vont te payer", j'ai haussé les épaules, "ben si, puisque tu vas faire le baby-sitter". Moi : "Ma mère voudra pas", lui misérieux mi-goguenard : "Tu pourras t'acheter un ordinateur", moi : "Pas question…"

Nous avons eu là un bel os à ronger, Paul et moi. Il disait "tout travail mérite salaire", expression qui sonnait curieusement dans sa bouche et dont j'ai aussitôt reconnu la provenance, pour l'avoir souvent entendu prononcer par son père, lorsqu'il revenait des champs avec son tracteur ou de l'étable après un vêlage et s'asseyait à la table pour se couper une tranche de fromage et de pain et boire un grand verre d'eau coupé de vin, "tout travail mérite salaire, les enfants". "Et nous alors, qu'est-ce qu'on a comme salaire après l'école ? – Le salaire de l'école, ça vient plus tard, le salaire de l'école, ce sera un salaire justement !"

J'avais dû demander à ma mère de m'expliquer cette mystérieuse sentence, et j'avais eu droit à tout un cours sur le salariat et l'entreprise, sur les salariés et les entrepreneurs, le père de Paul n'était pas salarié, mais entrepreneur. "Il est pas entrepreneur, il est agriculteur", avais-je répondu, indigné. "Peut-être, mais il n'a pas de salaire. – Et nous, on a un salaire ? – Nous, on a un salaire", avait répondu ma mère avec fierté. "Mais le père de Paul est plus riche que nous." Elle ne s'était pas laissé démonter : "Son argent, c'est celui de la banque ! – Mais il a un tracteur. – Son tracteur, c'est pas à lui, c'est à la banque." Cette dernière remarque, assénée avec force, m'avait ouvert de sinistres horizons : "Et le ballon de Paul, c'est à la banque

aussi ?" Ma mère avait deviné mon envie de pleurer, "non, le ballon de Paul est à Paul", et elle
m'avait embrassé et cajolé, "ne t'inquiète pas, je
ferai tout pour que tu aies un salaire, toi aussi, un
bon salaire, même si tu n'as plus ton père, ne t'en
fais pas, mon chou".

Je m'étais laissé consoler, trop heureux de retrouver sa voix rassurante et ses caresses, mais j'avais
enterré tout au fond de moi, avec ma première et
sourde résistance à ma mère, une résolution toute
neuve : je ne voulais pas de "salaire", pas plus de
celui du père de Paul après le travail des champs
ou le vêlage des vaches que de celui de ma mère,
qui s'occupait de l'entretien à la mairie et recevait
pour cela chaque fin de mois un papier de la
poste sur lequel le chiffre final la lançait dans de
longues additions et soustractions qui semblaient
ne lui faire aucun plaisir, la rendaient revêche et
l'éloignaient de moi toute la soirée.

Et voilà que Paul me parlait de salaire ! Il s'en-
têtait là-dessus, je devais accepter l'argent des
Desfontaines, et moi je sentais qu'il y avait là une
impossibilité quasi ontologique. "Ils ne sont pas
plus riches que nous", ai-je dit. "Tu rigoles, a dit
Paul, ils ont fait plein d'héritages et leur fils est
bourré de fric. Tu sais comment elle vient, la mère
des jumeaux, quand elle vient ici ?" Non, je ne le
savais pas. En train ? "Tu parles, elle vient en voiture de la société, avec un chauffeur, et la voiture
elle est grosse comme ça." D'où sortait-il tout cela ?
"Ben, on sait des trucs, quand même", m'a-t-il fait
d'un air finaud et un peu buté qui, encore une
fois, l'a fait ressembler à son père. J'étais sidéré.
Paul avait d'autres arguments : que ma mère avait
beaucoup travaillé pour les Desfontaines déjà (les
ménages, quand ils enseignaient encore au collège), que je pourrais m'acheter un vélo ou une

paire de chaussures de foot, que je ne voulais quand même pas devenir l'esclave de deux mômes gâtés, et c'est cette dernière remarque qui m'a soudain éclairé, qui m'a montré l'exact différend entre Paul et moi, et où se dresserait l'unique barrière qu'il y aurait jamais entre nous.

Cette barrière était autour de Léo et Camille, moi j'étais avec eux à l'intérieur, Paul était dehors. Il ne devrait jamais la franchir si nous devions rester copains comme nous l'avions toujours été. Des phrases se bousculaient dans ma tête, "Léo et Camille ne sont pas à vendre et je ne suis pas à acheter" ou bien "Léo plus Camille n'égale pas salaire" ou bien encore des visions confuses, passablement exaltées, impossibles à mettre en mots et qui n'étaient dans le fond qu'une variante du premier combat qui nous avait opposés, Paul et moi, lorsqu'il avait traité les jumeaux de "nazes" et que je l'avais jeté à terre et martelé de coups de poing comme un croisé qui défendrait le trésor de sa Terre sainte. Léo et Camille, précieux trésors, en vérité ! Mais je me suis rattrapé à temps. "Les jumeaux, c'est mon affaire", ai-je dit, et cela Paul le comprenait parfaitement.

C'est ainsi que je me suis trouvé tous les lundis avec Léo et Camille chez leurs grands-parents, dans leur maison qui se trouvait à une rue derrière la mienne, ou avant la mienne, suivant qu'on part de la campagne ou de la ville. La première fois, Paul est venu avec nous, comme les Desfontaines lui en avaient donné la permission. Mais il n'était pas à l'aise chez les autres. Il ne venait que chez moi, peut-être parce que je vivais seul avec ma mère, ou parce qu'il supportait tout ce qui était une extension de moi. Ce premier soir, nous avons fait tout le trajet, de l'école jusque chez les Desfontaines, presque en silence, Paul gardait son

ballon coincé sous le bras, au début il marchait à
côté de moi comme à l'ordinaire, mais les trottoirs
étaient étroits, j'étais soucieux pour les jumeaux,
de nouveau je me sentais investi d'une mission, le
moindre bruit de voiture m'inquiétait, et pour une
fois la présence de Paul à mes côtés me dérangeait, m'empêchait de me concentrer sur les deux
gosses devant nous.

"Ça va, m'a dit Paul, ils vont pas se faire écra-
ser", je lui ai dit "t'en prends un par la main, moi
je prends l'autre".

Nous avons essayé cette formule, j'ai rattrapé
les jumeaux et pris l'un par la main, c'était Camille,
Paul m'a regardé d'un air bizarre et il a pris la main
de l'autre, de Léo donc, il lui a fallu changer son
ballon de côté, les jumeaux se sont laissé faire, ils
n'étaient pas contrariants à cette époque-là, et
cela en soi était troublant. Nous avions l'habitude
de plus de rudesse, nous aurions été bien plus à
l'aise s'ils s'étaient rebellés, même si nous n'étions
guère rebelles nous-mêmes. Rouspéteurs pour la
forme et obéissants dans le fond, tel était notre
catéchisme, notre credo informulé, notre confor-
misme. Léo et Camille, c'était tout le contraire, et
cela m'a trompé longtemps.

J'avais envie que les mômes nous échappent et
se mettent à courir, pour que nous ayons à les rattraper, à faire quelque chose, mais ils avançaient
tranquillement, la main de Camille posée dans la
mienne comme un petit oiseau tranquille, sans le
moindre frémissement ou battement d'ailes, et à
ce moment j'ai senti qu'il y avait quelque chose qui
n'allait pas chez les jumeaux, ou entre les jumeaux
et moi. Ma respiration s'était arrêtée, la main de
Camille était totalement abandonnée dans la mienne,
mais elle n'était pas inerte, elle était abandonnée
et retenue à la fois, il y avait une force dans cette

main, qui semblait me transmettre un message écrit en toutes lettres : "Tu ne perds rien pour attendre, un jour tu verras…" Et ce n'était pas une menace, la petite main de Camille ne cachait en elle aucun tranchant, elle était comme un bourgeon qui attend son heure dans une assurance aveugle et inconsciente. "Un jour tu verras…" Est-il possible que j'aie attendu ce jour où je "verrais" pour respirer vraiment, pour respirer comme on doit respirer quand on est un jeune type sans aucune maladie, plutôt costaud et en bonne forme ?

Pour reprendre ma respiration, j'attendais que cette petite main s'agite dans la mienne, me transmette un autre message, tout simple et attendu : "Tu m'embêtes, laisse-moi tranquille". J'étais en apnée, au bord de l'asphyxie, j'ai lâché la main de Camille brusquement. Paul aussitôt a fait de même avec Léo. Les jumeaux se sont replacés l'un à côté de l'autre, et Paul et moi aussi, derrière eux. "On avait pas l'air couillons, tiens !" a-t-il marmonné.

Je ne retrouve pas le temps qu'il faisait, ni les rues où nous passions, ni les gens que nous avons bien dû croiser. C'est normal, je suppose, quel adulte se souviendrait d'un jour de ses neuf ans où il ne s'est rien passé de particulier sinon qu'il a raccompagné deux petits mômes jusque chez eux ? Et pourtant je me souviens de cet étrange souci que j'avais, qui n'était pas tant celui de la sécurité des enfants, mais celui de la configuration de notre groupe. Paul n'était plus Paul, je n'étais plus moi-même, et les jumeaux n'étaient plus Léo et Camille, il y avait une figure nouvelle dont je ne reconnaissais pas les termes. Qui devait aller avec qui, comment devaient se disposer les angles, quelle diagonale tracer, quel périmètre observer, et surtout qui avec qui. C'était cela la question lovée en bourgeon dans la petite main de Camille et je l'ai senti dès ce jour, je le jure.

Quand nous sommes arrivés en vue de la maison Desfontaines, les jumeaux se sont enfin mis à courir. Ils ont ouvert le portail, cherché la clé sous le laurier, et ont disparu derrière la maison. "Tu les reconnais, toi ?" m'a dit Paul. "Qu'est-ce que tu veux dire ?" "T'as compris, fais pas l'idiot", a dit Paul. "C'est Léo que tu tenais par la main", je lui ai dit et il n'a pas insisté. La grande différence entre nous : je distinguais les jumeaux l'un de l'autre, nous savions tous deux que cette différence marquait la barrière en l'unique endroit qui nous séparait.

La maison des Desfontaines était une grande bâtisse carrée, avec des murs en granit, un balcon en fer forgé sur la façade à l'étage, et au rez-de-chaussée une grande fenêtre où de l'extérieur se voyait la double courbe de rideaux couleur bronze qui semblaient faire la révérence. Paul s'était figé devant cette fenêtre, comme s'il s'attendait à voir se redresser la courbe des rideaux et surgir les maîtres de cérémonie qui leur avaient ainsi fait ployer la taille pour nous.

Mais les jumeaux nous avaient ouvert de l'intérieur et nous sommes entrés. Je connaissais déjà cette maison, je ne lui avais rien trouvé de particulier, sinon qu'elle était plus grande et contenait plus de meubles que la nôtre, celle de ma mère c'est-à-dire. Mais Paul jetait ses regards de tous côtés, et j'ai fini par me sentir intimidé moi aussi. Les Desfontaines nous avaient préparé un goûter, des tranches de brioche et du thé. Les jumeaux savaient faire le thé mais n'avaient pas le droit de toucher à la gazinière. J'ai suivi leurs instructions sans broncher, pas très sûr que ma mère approuverait de me voir manipuler les allumettes et allumer le gaz. Paul se tenait raide dans un coin de la cuisine, le ballon toujours sous le bras.

L'affaire du thé lui restait en travers de la gorge. Les jumeaux expliquaient en effet que chez leurs parents, ils avaient leurs propres tasses, les tasses avec les images de Beatrix Potter, "qui ça ? – tu sais bien, les lapins Peter, Mopsy, Flopsy and Cotton-Tail", "ah ouais, les lapins !" a dit Paul, cachant son ignorance sous le sarcasme. Mais les grands-parents ne buvaient que du café. Bon, et alors ? Alors eux les jumeaux étaient obligés de boire dans les tasses à thé de Haviland et c'était embê-tant parce qu'il ne fallait pas les casser, mais grand-mère Desfontaines avait dit qu'elle achèterait des mazagrans pour eux.

"C'est quoi, des mazagrans ? a dit Paul.

— C'est quoi, Haviland ? ai-je dit.

— On boit du thé parce qu'on était en Chine avant, a dit Camille.

— En Angleterre aussi, a dit Léo, mais si tu veux tu peux avoir du Coca, nous on a pas le droit.

— Pourquoi vous avez pas le droit ?

— Parce qu'il y a du sucre dedans.

— Mais on en boit quand même, ont-ils dit.

— Est-ce que tu dois laver les tasses et tout le truc ?" m'a demandé Paul.

Je ne savais pas. Nous avons tout laissé en plan et nous sommes allés dans le salon des Desfon-taines regarder la télévision. Paul ne tenait pas en place. Il y avait des photos dans de jolis cadres compliqués partout sur les étagères, sur le piano, sur la console entre les fenêtres. Je ne me sentais pas le droit d'aller les regarder, ma mère aurait trouvé cela très indiscret. "Dans mon boulot, la discrétion, c'est capital, disait-elle du temps où elle faisait des ménages, les patrons t'en veulent pas si tu as laissé un peu de poussière, mais ils aiment pas que tu fouilles dans leurs affaires, c'est normal." La mère de Paul, elle, n'avait jamais fait le ménage chez les autres. Il s'est levé et s'est mis à examiner les photos une à une, attentivement.

"Viens voir. – J'ose pas. – Ils ne sont plus là, tu peux venir." Et en effet, les jumeaux avaient disparu, dans leur chambre je suppose. Les photos, donc.

Il y avait un mariage où on voyait un homme dans un habit à pans pointus et une femme avec un chapeau immense, et puis à côté les mêmes, mais entourés de trois enfants, les deux garçons avec un nœud papillon, la fille avec une robe qui descendait jusqu'aux chevilles.

"C'est pas Léo et Camille", a dit Paul, en fronçant les sourcils. J'ai expliqué que ce devait être leurs frères et sœur, mais Paul ne comprenait pas comment ces trois-là pouvaient être présents au mariage de leurs parents, alors qu'ils n'auraient dû apparaître que plus tard, et j'ai dû expliquer encore que Mme Desfontaines avait été mariée précédemment, et que ces enfants étaient ceux de son premier mari. "Ah, elle est veuve alors", a dit Paul, comme si cela remettait les choses en ordre. Et ma contrariété grandissait, parce que ma mère à moi est veuve aussi, et ce mot étrange, que nous n'avions peut-être jamais prononcé de notre vie, me séparait de lui qui avait ses deux parents, et me rejetait du côté de ces gens sur les photos, vers lesquels je ne voulais pas aller.

Ils m'éloignaient de Paul, ces gens, à cause de l'habit à pans pointus, du grand chapeau, et des nœuds papillons et de la robe longue, toutes choses qu'on ne pouvait certainement pas imaginer à la ferme, dans la cour ou sur l'échelle de la grange, ou dans la cuisine où le père de Paul mangeait son quignon de pain avec du fromage et un verre de vin. Mais j'avais tort, car on regardait beaucoup la télévision à la ferme, et le spectacle que déployaient ces photos, ces gens habillés à la façon des gens riches dans leurs cérémonies de riches, lui était finalement beaucoup moins étranger qu'à moi.

"Et là, c'est encore eux ? – Qui ? – Les frères et la sœur ? – Je suppose." "Ils sont vieux", a dit Paul. Il a ajouté "ils sont plus vieux que nous" et cela m'a fait un choc curieux. Que Léo et Camille aient une maman qui portait un grand chapeau de couturier et un père vêtu d'un habit comme les chefs d'Etat, c'était une chose, mais qu'ils aient à leur disposition, sans parler même d'une sœur, deux garçons plus vieux que moi, c'était presque insupportable. "T'es jaloux", a dit Paul. "De qui ? – Ben, de ceux-là. – Et pourquoi je serais jaloux ? – Parce qu'ils sont plus vieux que toi, et puis ils sont trois et nous on n'est que deux." Et cela aussi était un choc. Je n'avais jamais réfléchi à mon compagnonnage avec Paul, c'était mon copain, on ne se regardait jamais puisqu'on était presque toujours côte à côte, et quand nous étions de face c'était pour nous renvoyer le ballon dans la cour de l'école et ça ne donnait pas le temps de se regarder. On ne parlait pas beaucoup ensemble, et je ne me posais pas de questions sur lui, c'était juste mon copain, un élément donné du paysage dans lequel je vivais, que je distinguais à peine de moi. Et voilà qu'il avait une opinion sur moi, c'est ce qui était si surprenant, si nouveau. Cela signifiait qu'il me distinguait de lui, donc que je me distinguais de moi-même, et qu'il y aurait désormais deux personnes nouvelles entre nous, le Paul que je découvrais et cet autre moi-même qu'il voyait.

Parfois je me demande si je n'ai pas pris la manie de Léo et Camille, l'étrange façon qu'ils avaient de compter. Paul et moi étions dans la simplicité de l'unique, les jumeaux ont introduit en nous l'infinie complication des dédoublements.

Ils n'étaient pas dans leur chambre. Nous avons fait le tour de la maison, moi derrière Paul, qui visitait avec un sérieux de maquignon, comme s'il jaugeait un concurrent, comparait des prix, oublieux pour une fois de son ballon, les sourcils froncés et très concentré. Je le suivais, dans un malaise qui n'était dû peut-être qu'à cette configuration inhabituelle de notre déplacement. Nous avions l'habitude de tanguer l'un à côté de l'autre, dans les espaces larges de la campagne, de la ferme, de la cour de l'école, de la rue qui menait chez ma mère, et chez ma mère nous ne pouvions que nous poser aussitôt, à la table de la cuisine, ou dans l'unique canapé du séjour ou sur le lit de ma chambre. Dans cette maison des Desfontaines, spacieuse pourtant, nous allions par d'étroits chemins entre les meubles, d'une pièce à l'autre, comme dans un labyrinthe où Paul, vaguement réprobateur, cherchait je ne sais quelle révélation confirmant sa défiance et où je cherchais Léo et Camille, sourdement inquiet, conscient pour la première fois depuis la mort de mon père de la menace furtive d'un abîme.

"T'es jamais allé chez les gens ?" ai-je dit brutalement à Paul. "Ici, c'est des gens que je connais pas", a-t-il répondu.

J'avais envie d'appeler les jumeaux, de crier leurs noms, mais quelque chose me retenait, la peur qu'ils ne répondent pas, qu'il faille se mettre à leur recherche, alerter les voisins, faire crier le téléphone, puis toute la rue et toute la ville, et se faire happer dans des remous où je perdrais horriblement le souffle, comme ce soir où mon père était tombé du toit. J'avais peur que ma voix ne déraille dans des tonalités ridicules, et que Paul ne se moque de moi. Il ne semblait pas se préoccuper de la disparition des jumeaux.

Nous sommes revenus dans leur chambre et je me suis penché sous leurs lits. Ils étaient là, chacun sous le sien, comme j'en avais eu la certitude soudaine. "Des fois on se cache sous le lit", ont-ils dit comme s'ils constataient un phénomène météorologique. Ils sont sortis en rampant et se sont jetés chacun sur le sien. "Des fois, on se couche tout seuls", a dit Léo, "des fois on va sur le même", a dit Camille. Ils nous regardaient de leurs grands yeux transparents. Deux gamins de six ans, et j'avais le sentiment qu'ils avaient posé un piège et attendaient de voir, tranquillement, avec une curiosité détachée, ce que nous allions en faire, de leur piège. "C'est pas tellement marrant, comme jeu", a fait Paul. Les gamins ont eu l'air décontenancés un bref instant.

Et moi, qui un instant plus tôt aurais pu les cogner pour l'inquiétude stupide qu'ils m'avaient causée, j'éprouvais maintenant une désagréable compassion pour leurs petites ruses, leurs ruses pathétiques. Je les aurais bien pris dans mes bras, comme les chatons que ma mère avait recueillis, pour les caresser et les rassurer avec de petits bruits doux qui couleraient autour d'eux sans être des mots. Mais ils étaient deux, et c'était par trop ridicule de courir d'un lit à l'autre ! J'avais le pressentiment qu'ils me fileraient entre les doigts, se précipitant chacun vers l'autre lit et retour aussitôt, se croisant avec une parfaite coordination, leurs bonds d'un lit à l'autre m'immobilisant au milieu de la pièce aussi sûrement qu'avec des ficelles, sales mômes.

J'ai dit que chacun était sur son lit. J'ai dit "chacun sur le sien". C'est ce que j'avais pensé, automatiquement. On pense comme on marche, on pose le pied sans réfléchir et on s'attend à ce que le sol vous donne le même appui que l'instant d'avant, parce qu'il en a toujours été ainsi. Pas avec Léo et Camille. "Vous savez sur quel lit on est ?" demandaient-ils maintenant, toujours de ce même ton posé qu'ils avaient, comme s'ils faisaient la conversation à des invités. Paul a haussé les épaules, "ça veut dire quoi, ça ?" Les gamins ont répété leur question. Ils n'expliquaient jamais, ne se portaient jamais au-devant de leur interlocuteur, restaient dans leur monde, et que ceux qui veulent s'y aventurer s'en donnent la peine !

Ce n'était pas si différent après tout des façons des gens de chez nous. En dehors de nos institutrices, personne ne faisait beaucoup d'effort d'explication, ni ma mère, ni les parents de Paul, ni Paul et moi-même, ni bien sûr nos copains de classe. On disait des choses qui avaient le poids du granit de chez nous, des lourds nuages de pluie, des troupeaux dans les champs, de nos allers et retours dans les rues toujours les mêmes, on n'attendait pas de réponse de nous, les enfants, on n'attendait de réponse de personne, chacun se débrouillait, prenez ce que je dis comme c'est dit et ne venez surtout pas voir chez moi comment s'y tartouillent les choses. C'était reposant, c'était l'ordre du monde. Mais Léo et Camille jetaient leurs petites phrases brutes en vous regardant de leurs yeux transparents, et leurs petites phrases roulaient jusqu'à vous, hermétiques et lisses, et, parce que c'étaient des objets peut-être maléfiques comme dans les contes, vous étiez obligé de les ramasser et d'avancer vers eux, d'aller là où ils vous attiraient.

Voilà ce que j'éprouvais, j'ai eu le temps d'y réfléchir, pendant toutes ces séances avec mon psy. Et je n'arrivais pas à vous faire comprendre cela, à vous tous, madame et messieurs de mon aréopage au Palais de justice. Pourquoi me suis-je laissé attirer, pourquoi n'avoir pas simplement laissé tomber, n'être pas passé ailleurs ? Mais justement parce que cela ne se pouvait pas ! Parce que c'était leur sorcellerie, ou la mienne. Et vous n'avez pas aimé ce mot "sorcellerie", ce mot que j'ai lancé faute de trouver autre chose, il m'a enfoncé un peu plus. "Ne cherchez pas à vous dédouaner", a dit la juge, c'est-à-dire "ne nous faites pas le coup des forces obscures, nous ne sommes pas au Moyen Age", et cet autre, l'avocat de Bernard Desfontaines avec son discours sur les pratiques archaïques de nos contrées reculées, citations d'auteurs à l'appui, que s'imaginait-il cet imbécile, croassant du haut de son barreau, que nous étions tous des plan-teurs d'aiguilles et jeteurs de sort, mais du coup ma cote est remontée. Personne n'a aimé ces sot-tises, et mon avocat s'en est donné à cœur joie, sur la dignité bafouée des gens de la terre et des provinces, c'était presque aussi idiot que ce qu'avait dit l'autre, mais beaucoup plus beau.

Notre histoire n'aurait jamais dû arriver jusque dans cette affreuse salle du Palais de justice où tous les mots, même les miens, à peine proférés, semblaient enfler, devenir obèses et grimaçants, de grosses masses dandinantes alors qu'il aurait fallu de fins lézards filant entre les herbes. "Ça parle bizarre, ici", m'a dit Paul, mais il n'a eu à écou-ter tout cela qu'une fois.

"Vous savez sur quel lit on est ?" flûtaient mes petits filous. Et Paul, "ça veut dire quoi, ça ?" Et j'au-rais dû dire "tirons-nous" et planter là les petits emmerdeurs et m'en aller taper dans le ballon avec Paul au jardin, comme un garçon de neuf ans aurait dû le faire, comme j'avais bien envie de le faire aussi, mais le regard des jumeaux planté droit devant éclai-rait de sa transparence le garçon de treize ans, le gar-çon de seize puis de dix-neuf ans que j'abritais déjà en moi. C'était vers ce jeune homme qu'ils m'atti-raient, bien sûr je n'en savais rien, ni eux non plus, les pauvres gamins, six ans ils avaient, que pouvaient-ils savoir, vouloir, rien bien sûr, mais ils avaient ce regard, d'où leur venait-il ce regard, l'ont-ils encore, je ne le crois pas. Lorsque je les ai revus pour la dernière fois, leur regard, ce miroir à quatre foyers, n'éclairait plus rien, terni, banal.

J'avais tout de même une arme devant eux, j'avais un pouvoir moi aussi : je comprenais ce qu'ils voulaient dire presque avant qu'ils ne le disent. Comme si une part de moi les avait connus avant même que leurs cellules ne se séparent, comme si une part de moi était leur jumeau, puisque c'est de cela qu'il s'agit. Avec cette histoire de lit, je voyais très bien où ils voulaient en venir. "Est-ce que Léo est sur le lit de Léo et Camille sur le lit de Camille, ou l'inverse, c'est ça que ça veut dire", ai-je marmonné. Malgré lui, Paul a tourné la tête, un regard à droite, un regard à gauche, et les deux gamins qui l'observaient. Il s'est vite repris. "Rien à foutre !" Et moi je ne savais pas vraiment non plus, les lits étaient pareils, aussi jumeaux que leurs petits propriétaires, mais ce n'était pas à moi qu'ils avaient posé la question et j'en étais fier, confusément reconnaissant, comme s'ils n'avaient pas besoin de me mettre, moi, à l'épreuve parce qu'ils m'avaient d'emblée mis dans leur poche, mais ce n'était pas vrai, ce n'était pas vrai du tout !

Ils pouvaient changer d'une minute à l'autre, ces deux-là, dans leur danse agile de ludions, un instant vous étiez à l'intérieur de leur danse et l'instant d'après, vous étiez en dehors, ils allaient trop vite pour que quiconque les suive, ils allaient selon d'anciens savoirs, comme de petits animaux primitifs, humant des traces invisibles à tous, et qu'est-ce que nous pouvions faire ?

Soudain, aussi mystérieusement qu'il avait commencé, le jeu bizarre dans lequel ils avaient voulu nous entraîner s'est arrêté. Camille s'est assise. "Les grands-parents avaient mis un dessus rose et un dessus bleu, mais nous on voulait pas, les parents trouvaient ça bête aussi, alors ils ont mis un dessus blanc pour tous les deux, mais les parents n'étaient pas contents, ils disent qu'il ne faut pas les mêmes couleurs pour tous les deux, et les grands-parents ont dit que s'ils avaient su ils auraient laissé le bleu et le rose, comme ça on sait au moins qui est le garçon et la fille, mais nous on sait bien qui est le garçon et la fille, on n'a pas besoin de bleu ou de rose pour ça, et le blanc on trouve ça très bien, nous, et vous, vous ne trouvez pas ?"

Bouche bée, nous écoutions ce babillage éberluant de Camille. A l'époque, je croyais tout ce qu'ils disaient, mais ils ne disaient pas toujours la vérité, ou plutôt si, ils disaient la vérité, celle de leur monde à eux, qui n'était pas nécessairement celle du monde alentour. Les grands-parents Desfontaines n'auraient jamais regretté les dessus-de-lit bleu et rose au prétexte qu'ils permettaient de distinguer le garçon de la fille. Les grands-parents Desfontaines distinguaient très bien Léo de Camille, moi aussi je distinguais très bien Camille de Léo, et Paul de même, du moins après m'avoir jeté un œil, et leur maîtresse aussi en général, du moins après quelques semaines.

C'étaient eux qui ne voulaient pas qu'on les distingue, qui ne voulaient pas être différents. Ils s'accrochaient farouchement à leur ressemblance. Tant qu'ils se savaient doubles et semblables, ils avaient moins peur. Claude Blanquart avait dû leur faire une violence terrible en les obligeant à se dénuder devant lui, à lui dévoiler le signe distinctif de chacun, qui selon eux était aussi un signe de mort.

Ils ne voulaient pas aller de l'avant, mais ils ne pouvaient pas retourner en arrière non plus, dans le ventre de leur mère, symboliquement je veux dire, parce que là se tenait une chose qui leur faisait encore plus peur, la chose qui les terrifiait et qu'il m'a fallu tant de temps, à moi, à eux, à leurs proches, pour deviner. C'est ainsi que je pense lorsque s'éloigne ma colère. Mais pourquoi ont-ils voulu m'attirer dans leur histoire, si obstinément, avec tant de détermination et de séduction, et encore cela est-il secondaire, leur histoire ne m'importe plus, du moins ne m'importerait plus s'il n'y avait aussi cette question : pourquoi me suis-je laissé attirer ? Et encore ceci : les cent pages vers lesquelles je m'efforce, est-ce pour résoudre cette énigme ?

La première question m'a tenu presque toute mon enfance et à coup sûr toute mon adolescence, la seconde m'est tombée dessus à la fin de cette adolescence, comme une gargouille détachée d'une façade, mais la troisième, je devine maintenant que c'est celle de mon avenir si je dois en avoir un, et pour cela il me faut lutter avec l'apnée, *et et et*, l'apnée qui me gagne dès que je pense à ces cent pages, sans lesquelles je ne peux avancer, mais qui tout aussi bien peuvent m'étouffer, et c'est comme courir sur un pont miné, vous comprenez, le pont est le danger mais il est aussi le salut. Je crois.

Les lits. Ces lits de Léo et Camille, les premiers de tous ceux que je leur ai connus, des lits pour enfants, vraiment ça ne devrait avoir aucune importance. A la télévision, il n'y a pas longtemps, une image terrible : des maisons détruites, un amoncellement de décombres, de la poussière, et sortant d'entre les pierres un fragment de lit d'enfant, en Irak ou en Palestine, je n'ai pas eu le temps de saisir l'information, ce n'était pas un tremblement de terre, c'était la guerre, j'ai vu ce petit lit, et je n'ai pensé qu'à mes cent pages, comme si la bombe ou l'obus était tombé sur elles, nous anéantissant, Léo, Camille et moi, des mômes sans importance et sans destin, pas même dans une guerre, mais sur une voie isolée en dehors des grands chemins de l'Histoire.

Et en ce cas l'exclamation de Natacha, qui m'avait si vivement émoustillé, portait en elle bien plus que je ne l'avais imaginé. Portait plus que le simple écho des tourments d'une lycéenne aux prises avec un trop long devoir. Et je la revois, menue, presque frêle, dans son sari chatoyant, mais ce n'était peut-être pas un sari du tout, et ses longs cheveux noirs mêlés de rubans chatoyants aussi, mais il n'y avait peut-être pas de rubans non plus, je ne vois en fait qu'une tache colorée dansant autour d'un rire, et, alignés à sa gauche et à sa droite, de grands types pleins de gravité. Je n'avais pas le programme, ne savais pas leur nom, mais je reconnaissais le discours imposant, la force de frappe de l'écrivain confirmé. Ou plutôt je l'éprouvais dans mon corps, aucun de mes professeurs ne m'avait fait un tel effet. Et d'abord j'ai cru que Natacha était une fillette, la fille de l'un d'eux, jusqu'à ce qu'elle se redresse sur son siège et prenne la parole, tous se sont tournés vers elle, et j'ai compris qu'elle aussi était écrivain, invitée du festival, et mon cœur s'est mis à battre de trac pour elle, elle a parlé de son livre, mais ce satané trac m'empêchait d'écouter vraiment. Heureusement les autres ne manifestaient pas d'hostilité ni de condescendance, ils avaient l'air juste un peu surpris mais parfaitement respectueux, et mon trac s'est calmé. Elle venait de publier son premier roman, elle parlait de ses incertitudes, de l'inquiétude d'une jeune écrivaine, je suis tombé en apnée, j'étais sur ses lèvres, c'était miraculeux, là, au Mali, j'étais sur les lèvres de cette jeune femme étrangère, je n'avais aucun désir de retourner à moi-même, j'étais dans son souffle.

Si j'avais pu reprendre ma respiration à moi, j'aurais mieux écouté, je serais allé la voir, il n'y avait rien d'intimidant dans cette réunion sous la toile de tente colorée. Des gamins guettaient autour, espérant vendre quelques cigarettes, bouteilles d'eau ou babioles puis, oubliant leur tâche première, se mettaient à gambader ou se pourchasser sans que personne s'en offense, des gens venaient un instant s'appuyer au tronc du manguier sur le côté, repartaient, l'assistance était attentive mais mouvante, beaucoup de fauteuils étaient vides, et ils étaient très jolis, ces fauteuils, faits de cordes de plastique aux couleurs vives, fauteuils de plage plutôt que de congrès, tout le monde ruisselait de chaleur, cette chaleur était pour moi très nouvelle, je sentais tout à fleur de peau, les visages, les paroles, les sursauts du vent, le poids de l'air.

Pourtant, ce n'est pas de chaleur que je me suis trouvé mal, mais de l'apnée qui s'était prolongée vraiment trop longtemps, et c'est dans ce bref malaise que je mets mon espoir, si je dois un jour retrouver Natacha, si elle doit me reconnaître. Il y avait à côté de moi quelques lycéens, garçons et filles, et sans bouger presque, avec quelques chuchotements discrets, ils m'ont en quelque sorte reçu dans leurs bras, fait passer une canette fraîche de Coca-Cola (d'où sortait-elle ?), tapoté la main, tout cela sans bruit, relevant aussitôt la tête vers la rangée des écrivains, dans le désir évident de ne pas déranger l'auguste réunion, et je n'arrivais pas à boire, toujours oppressé, jusqu'à ce que l'un des garçons – voix puissante dans un murmure – me balance à l'oreille "respire, man", j'ai obéi aussitôt, dans une reprise sifflante qui a fait converger tous les regards vers moi, exactement comme ce jour de l'arrivée de Léo et Camille dans la petite classe de notre école.

Et Natacha a bien dû me distinguer dans l'assistance, comme Léo et Camille m'avaient distingué parmi tous les autres enfants.

Le soir à l'hôtel j'ai raconté à ma mère le manguier, les gamins furtifs, les lycéens sympas, la grande toile de tente, les jolis fauteuils de cordages colorés. Ma mère s'est entichée des fauteuils aussitôt, aurait voulu en trouver deux semblables, les ramener en souvenir, "ça doit se démonter", et puis "ça serait bien dans le jardin, non ?", "quel jardin ?" ai-je dit, "bon, on a un jardin, non ?", "ils ne tiendraient pas dedans", ai-je continué, irrité par l'idée de tels sièges échoués dans notre pitoyable jardinet avec sa poubelle, mon vélo, mes vieilles baskets, et ainsi nous étions revenus à notre petite ville et nos accrochages habituels – sans gravité, je dois le reconnaître, à la décharge de ma mère. Notre séjour s'est poursuivi ainsi, un pied au Mali pour ainsi dire et l'autre dans notre maison à nous, n'attendez pas de moi un récit de voyage, nous mangions du poulet-bicyclette (très épicé, très dur), ma mère allait à ses réunions, et moi je traînais mes sandales poussiéreuses où je le pouvais, avec le vague espoir de tomber sur les lycéens entrevus au festival, je n'avais pas demandé leur adresse, n'y avais pas pensé, j'étais un adolescent abruti, avec Léo et Camille circulant seuls entre mes neurones léthargiques.

Camille sur son petit lit babillait à toute allure, sans souffler une seconde. Elle faisait de menues erreurs sur les mots ou les verbes parfois, qui faisaient tiquer Paul au passage, comme s'il avait été piqué par un taon, et ce n'était pas à cause des incorrections occasionnelles du discours de la petite. Lui-même n'était pas un as en français et, si son père avait un véritable talent d'orateur, qu'il utilisait avec une jubilation tonnante dans les réunions au syndicat des agriculteurs ou à la mairie, en revanche sa mère et sa grand-mère ne se donnaient pas trop de mal lorsqu'elles ouvraient la bouche. Leurs phrases ressemblaient à leurs vêtements : pour les jours ordinaires bas et hauts de survêtement vite enfilés et pas trop bien assortis, et les jours de cérémonie corsages et jupes à ce point lavés et repassés que la moindre coulure de grammaire y faisait comme une grosse tache, si vous me comprenez. Nous, nous avions la langue de l'école, et les autres gens parlaient comme ils parlaient, et on n'y pensait pas plus que cela.

Mais Léo et Camille ! Les fautes qu'ils faisaient ne ressemblaient à rien de ce que nous connaissions. Sans parler de ces mots étrangers qui se glissaient tout seuls dans leur discours et qui étaient du chinois pour nous et en étaient peut-être pour ce que nous pouvions en savoir, puisqu'ils avaient aussi vécu à Shanghai ou à Hong-Kong, je ne sais plus.

Concernant les dessus-de-lit, nous n'avions pas d'opinion. C'était déjà assez bizarre de se voir poser une question de ce genre. Nous étions de placides guerriers, plus habitués à faire reluire nos armes d'école qu'à parler chiffons et décoration, il était contraire à nos notions courantes de la dignité de nous prononcer sur un tel sujet.

"Alors, comment vous trouvez ?" répétait Camille. "Ben, ça va", a dit Paul. "Moi aussi", ai-je dit. Elle a relevé la tête et m'a regardé, tout droit dans les yeux, et je me suis senti percé à jour, mais de quoi ?

Personne ne regardait ainsi les gens chez nous, tout droit dans les yeux, mais c'est ainsi qu'elle faisait, elle et son satané frère aussi je suppose, bien que maintenant je ne m'en souvienne pas. Elle avait fait un trou dans mes yeux et attendait patiemment de voir ce qui en sortirait. Je sentais ce trou, mais je sentais bien aussi que rien n'en sortait, et voilà, c'est ainsi qu'ont été les choses désormais entre nous, cela a commencé là, et cela a duré tout le temps que nous nous sommes connus, c'est-à-dire pas si longtemps finalement, cette année de leurs six, sept ans, puis l'année de leurs douze, treize ans, puis ces deux années de leurs seize et dix-sept ans, et alors il y a eu Anne entre nous, et tout s'est terriblement embrouillé. Et c'est maintenant que tout ce qu'il y avait au fond du trou que Camille avait creusé en moi se met enfin à sortir, et c'est trop tard pour elle et moi.

Même notre cahier, notre cahier des séances bizarres, m'a été enlevé, je n'ai plus que les paroles de Natacha à quoi me raccrocher, à mon souvenir de sa voix rieuse, faussement indignée, et de la toile de tente descendue sur ma tête, "cent pages, c'est dur, vous ne le dites jamais !" Je penserai après, quand j'aurai fait ces cent pages, rétabli notre vérité, la mienne, celle de Léo et Camille, celle d'Anne, c'est tout ce que j'ai en tête maintenant, ne pas rater cette chance : la toile de tente qui m'a effleuré la tête et les mots de Natacha.

Les jumeaux nous ont montré leurs cahiers d'avant. Il y avait de l'anglais et du français, ils nous lisaient les lignes avec application. "Elles sont bizarres, vos lettres", a dit Paul, "c'est des block letters, vous, vous écrivez en cursive", ont-ils dit, on a fait semblant de rien mais on n'avait pas vraiment compris. Ils nous ont montré leurs albums : sur l'un, une feuille d'arbre collée, toute rouge, "c'est une feuille de méppletri", ont-ils dit, et encore une fois on n'a pas fait de remarque, méppletri paraissait un nom tout à fait approprié pour un arbre de ces pays exotiques, quasiment imaginaires, où ils avaient vécu leur courte enfance.

Paul s'intéressait aux photos, il a voulu savoir le nom des deux garçons et de la fille, "là c'est Jon, là Titia et là Cornélius", "c'est des noms bizarres", a dit Paul, "on s'en fout, nous", ont-ils fait, "c'est pas des noms bizarres, j'ai dit, c'est des noms hollandais", "oui, mais on s'en fout", ont-ils répété, obstinés, et clac ils ont fermé albums et cahiers. "Quand même, c'est vos frères et votre sœur", insistait Paul. "Ils sont fatigués", ai-je dit.

Ça leur arrivait souvent, à Léo et Camille, de tomber en fatigue, leur petit visage perdait toute couleur, leurs traits semblaient s'effacer, leurs yeux devenaient fixes, ils me faisaient peur, j'avais l'impression qu'ils allaient mourir, "ben ils ont qu'à se reposer", a fait Paul et nous sommes sortis tous les deux dans le jardin pour taper un peu dans le ballon, mais je n'avais pas le cœur à jouer, "s'ils allaient mourir ?" j'ai dit, et on est rentrés à toute vitesse pour voir s'ils n'étaient pas morts. Ils étaient roulés en boule sur le même lit et dormaient, on s'est assis par terre et on les a regardés, "je vais rentrer", a dit Paul, je l'ai raccompagné jusqu'à la grille, j'avais le cœur lourd, on est restés un bon moment à la grille tous les deux sans rien dire, "comment tu vas faire ?" ai-je demandé, "je vais aller chez ma sœur – mais si elle est pas là ? – ben je l'attendrai" mais il ne partait toujours pas, "tu peux y aller, tu sais, je me débrouillerai", a-t-il dit, "ouais mais c'est pas marrant", on a regardé notre montre, "ça va pas être long maintenant", ai-je dit, "alors je peux rester avec toi", et moi aussitôt "si tu veux", et on est retournés dans la maison, les petits étaient réveillés et regardaient la télévision, on a regardé avec eux, "vous avez pas vu qu'on était partis ?" a demandé Paul, ils ont détourné la tête et nous ont regardés, et leur regard était si triste, mais Paul ne voyait pas cela, cette tristesse dans leur regard, il a haussé les épaules, et après on a continué de regarder la télévision, et ça allait mieux, puis les grands-parents sont arrivés et monsieur Desfontaines a ramené Paul chez sa sœur ou à la ferme, je ne sais plus.

J'ai continué à baby-sitter chez les Desfontaines comme on l'avait dit. Paul n'est pas revenu, et je crois que cela me soulageait, je me débrouillais mieux avec les petits, leurs bizarreries ne me gênaient pas s'il n'était pas là pour les voir. Leurs bizarreries, je ne pouvais pas les expliquer mais je les comprenais, elles me parlaient comme rien ne m'avait jamais parlé, les moments que je passais avec eux ne ressemblaient à rien de ce que j'avais connu, avaient quelque chose de tout à fait irréel, mais je me sentais chez moi dans cette irréalité, ou plutôt dans un autre chez-moi que personne ne connaissait. Un jour j'ai dit aux jumeaux "je pourrais être votre frère", "comme Jon et Cornélius ?" ont-ils fait après un moment de silence, mais je n'avais rien à voir avec ces inconnus, Jon et Cornélius, "non, pas un demi-frère, juste votre frère" et déjà je regrettais d'avoir amené cette idée sur le tapis, ils n'ont rien répondu tout de suite, mais plus tard, ou le lendemain, "tu es trop vieux – pour quoi ? – pour être lui – qui lui ?", je ne comprenais plus rien.

Souvent, ainsi, ils répondaient beaucoup plus tard à une question posée, ils n'oubliaient rien mais faisaient les choses en leur temps, au début je n'étais pas habitué et je m'y perdais. Il m'a fallu apprivoiser ce "chez-moi" que je partageais avec eux, c'était comme une maison où les meubles m'étaient familiers mais tous curieusement déplacés

et il me fallait tâtonner un moment pour les retrouver.

"Qui lui ?", ils ont haussé les épaules et je me
suis rappelé ma phrase stupide, cette idée que
j'avais lancée sans réfléchir, "je pourrais être votre
frère", j'ai fait semblant de ne pas me rappeler. Ils
avaient un air, un tel air, les petits salopiauds, si
j'avais pu déchiffrer cet air qu'ils avaient, mais
c'était impossible vraiment, je n'avais que neuf ans
après tout, et je n'étais pas tellement dégourdi pour
mon âge, et eux ils semblaient si fragiles mais ils
étaient plus vieux que moi à leur façon, et déjà
retors. Voilà l'apnée qui revient, *et et et*, cela passera, j'en suis sûr, je sais que cela passera, mais
pour l'instant il faut que je coure à travers les mots
et les phrases et les pages, j'ai peur que tout ne
s'envole et que je ne me retrouve comme j'étais il
n'y a pas si longtemps, perdu et transparent, cent
pages, j'y arriverai, et quand j'y serai arrivé, j'irai
voir cette fille, Natacha je-ne-sais-plus-quoi, je lui
dirai que j'étais là-bas, au Mali, le jour de ce colloque d'écrivains, je lui dirai que je ne l'ai jamais
oubliée, ni oublié comme le vent s'était levé et
comme la toile de tente était descendue sur nous,
languide et ondulante et parfaitement déterminée,
me frôlant le haut de la tête, je ne serai plus transparent ni perdu, et ensuite je commencerai à lire
vraiment, et à réfléchir, réfléchir avec de vraies
pensées, solides et bien attachées, mes pensées
ne seront plus des fumerolles blanches et âcres
sourdant de crevasses invisibles, et mes crises
d'apnée seront terminées.

Peut-être ne la chercherai-je pas, et elle ne saura
jamais combien elle m'a aidé, et je n'en ferai pas
une maladie, puisque c'est ainsi que les choses se
passent dans la vie quand on a grandi, enfin c'est ce
qu'on me dit, c'est ce que vous m'avez dit, monsieur

mon psy, et je veux bien le croire, je suis prêt à avancer dans tous les chemins que l'on me désigne, puisque celui que j'ai pris avec Léo et Camille a tourné court, n'était pas le bon, était un chemin qui partait vers l'arrière.

Quand monsieur Desfontaines est revenu, il m'a interrogé sur mon travail à l'école, "si tu as besoin d'aide pour tes devoirs, viens me voir", il m'a interrogé sur ma mère, "c'est une femme courageuse, tu sais, petit". Je sentais qu'il tournait autour du pot, et finalement "ça s'est bien passé avec les jumeaux ?", "très bien" ai-je répondu, "alors, c'est bien, très bien", mais il tournait toujours. C'était un homme solide, sa belle voix cultivée n'avait gardé de l'accent régional qu'un raclement sur les *r*, mais ce raclement était formidable, un vrai tonnerre. Cela me gênait de le voir ainsi hésiter devant moi, même insignifiant, "ils sont gentils", ai-je ajouté pour le mettre à l'aise, "très gentils, oui", a-t-il repris d'un air distrait, puis soudain "je crois qu'ils ont besoin de compagnie" et j'ai été estomaqué. De la compagnie ! Ils avaient deux frères et une sœur, deux parents, des grands-parents ici et des grands-parents en Hollande, la panoplie familiale complète, plus leur télévision, leur ordinateur, – pas si courant, l'ordinateur à l'époque –, leurs jeux, leur téléphone (dans leur chambre, tout ça, oui), et de plus ils étaient deux, tandis que moi, même si tout cela ne m'avait jamais manqué, je n'avais que ma mère tout de même, et c'est à moi qu'on parlait de compagnie ! Qu'est-ce qu'il fallait comprendre ?

Je savais que monsieur Desfontaines, malgré ses airs d'ogre, avait le cœur bon, ma mère lui devait son poste à la mairie et le peu de sécurité matérielle que nous avions, il m'a posé la main sur l'épaule, je pensais qu'il allait se lancer dans des confidences ou un de ces discours d'adulte qui embarrassent les enfants, je me suis recroquevillé instinctivement, il a retiré sa main aussi, je l'ai entendu soupirer, "je te remercie", a-t-il fait, il avait de nouveau son ton bourru habituel, "et voici pour toi". C'est-à-dire deux billets, qui étaient tout prêts dans sa poche.

Ces deux billets ! Ils sont très importants, je n'en ai pas parlé encore, ils n'avaient pas leur place devant ma juge, vous vous rappelez ce que j'ai dit, comme les mots devenaient étranges et méconnaissables dans cette salle du Palais de justice et même en dehors dans les rencontres avec les avocats, les psychologues, les médecins, tant de paroles étrangères, eh bien il en était de même avec les objets. Ces deux petits billets, que seraient-ils devenus devant la juge, ils seraient devenus d'énormes chevaux de Troie, portant dans leurs flancs d'obèses figures à l'épais discours, Argent, Pauvreté, Classe sociale, Envie, Sournoiserie, que sais-je. Je les ai gardés par-devers moi, ces deux petits billets fantômes, que personne ne mette ses pattes dessus avant que je ne les aie moi-même exorcisés.

On ne m'a pas posé de question sur la rétribution de mes heures de baby-sitting et moi-même je n'y pensais plus. Mais maintenant, je les vois si clairement, ils sont postés comme des fanions sur le chemin vers lequel je me retourne, ce lointain chemin d'enfance, ils ne sont pas de l'Argent, mais deux petits rectangles énigmatiques accrochés sur un poteau indicateur, et il y avait là une croisée des chemins, je le sentais bien, puisque je suis resté un moment à balancer d'un pied sur l'autre. "Bon, voici pour toi", répétait monsieur Desfontaines, impatient maintenant, de sa voix de conseiller municipal qui, une fois les problèmes exposés, les expédie avec vigueur et passons à autre chose, mais il y avait tempête en moi. Cette voix de conseiller municipal de monsieur Desfontaines avait soulevé la tempête, elle était passée comme le vent sur ma petite âme inexplorée et des vagues s'y soulevaient en tous sens, et curieusement ces vagues me faisaient percevoir comme une terre ferme sous mes pieds, je me découvrais un territoire à moi, un bout d'île, quelque chose. Je me suis senti un instant aussi grand que monsieur Desfontaines, aussi large de torse et bourru de voix et fort dans mon autorité.

"Non", ai-je dit. "Bien sûr que si", a-t-il dit. "Non. – Tu as fait un travail, un travail utile, et tu dois être payé, c'est normal."

Je l'avais déstabilisé, monsieur Desfontaines, j'entendais quasiment les idées qui filaient dans sa tête – enfant fier, humilié peut-être, mère qui me doit trop, pas de père, que faire ? – mais tout cela n'avait rien à voir et, s'il se mettait à parler, encore une fois je serais renvoyé dans le lieu des paroles déformées, des métamorphoses grossières, des chevaux de Troie en tous genres, je dis "encore une fois", mais c'est par anticipation. Ce couloir où se tenait monsieur Desfontaines avec ses deux billets qu'il voulait me fourrer dans la main s'ajoute rétrospectivement aux couloirs et salles de commissariat, d'hôpital, de Palais de justice et autres, qui sont venus par la suite.

J'ai détalé, filant entre le mur et le flanc de l'homme, le bousculant au passage, en larmes presque. Arrivé dehors, j'ai crié "dites rien à ma mère, ou je viens plus", c'était vraiment tout ce que je pouvais dire parce que ma voix tremblait, j'étais redevenu un môme de neuf ans, fou d'énervement à cause de choses qu'il ne comprenait pas, à cause du monde qui venait de se soulever et s'ébrouer sans prévenir, et en se foutant bien de ce qui passait autour et au-dessus. Personne ne m'avait prévenu que le monde pouvait se soulever comme un dos monstrueux. Même quand mon père était mort, cela ne s'était pas produit. Pourquoi cela se produisait-il là, à cause de deux ridicules petits billets de banque qui ne m'auraient même pas acheté une bande dessinée et tout juste un menu Big Mac au nouveau McDo à la sortie de la ville, je ne le savais pas, et cela me rendait fou.

Plus tard j'ai regretté de ne pas les avoir pris, j'ai pensé que je m'étais fait avoir par les bons sentiments, "il m'a bien eu, le grand-père, avec son chantage à la solitude des deux mômes". D'accord, peut-être bien que je ne voulais pas qu'il me paye comme il avait payé ma mère du temps où elle faisait des ménages chez eux, mais tout de même cela n'expliquait pas ce "non" radical qui avait jailli de ma gorge.

Après rien n'a été pareil vraiment, j'étais comme ces explorateurs qui ont découvert une terre inconnue et sur cette terre un être inconnu. Parfois il me semblait même que j'avais lu cette aventure dans un livre, tant ce garçon qui avait dit "non" avec violence puis s'était enfui brusquement en criant des menaces m'était inconnu, était si peu moi.

Les jumeaux regardaient, à demi avancés hors de leur chambre, la scène était comme un tournoi pour eux, mais à qui faisaient-ils porter leurs couleurs, du grand-père ou de moi ? A aucun, bien sûr, les sales petites bêtes. Ils regardaient, juste un tournoi.

Monsieur Desfontaines ou sa femme ont essayé plusieurs fois encore de me faire accepter leurs sacrés deux billets, qui s'étaient multipliés entre-temps, mais je ne répondais même plus, je baissais la tête et j'attendais qu'ils me laissent le passage dans le couloir pour que je puisse sortir.

Il faut rendre justice aux jumeaux : ils n'en ont rien rapporté à personne, ni en classe, ni à leur mère, qui leur téléphonait plusieurs fois la semaine apparemment, ni à Paul surtout. Et entre eux ? Mystère. Je leur ai demandé une fois s'ils parlaient entre eux, comme les autres mômes, ou se disputaient, ou Dieu sait quoi. Ils ont fait leur petite moue des lèvres. "Ça veut dire quoi, à la fin, vos mimiques, là ?", je me suis énervé, et ça devait être bien plus tard, quand ils avaient treize ans, avant je n'aurais pas songé à les bousculer. "Ça veut dire «pas la peine»", a répondu Camille, et après un temps "c'est con de parler". "Mais pour lui c'est pas con", a dit Léo. Pour "lui", c'est-à-dire pour moi, pauvre créature incomplète qui n'avait pas de jumeau, qui était bien obligée d'utiliser ces organes inadéquats de la bouche et des cordes vocales, et ainsi souvent tantôt l'un tantôt l'autre venait à mon secours, prenait ma défense, mais en fin de compte prenaient-ils vraiment ma défense ? Peut-être avaient-ils souci surtout d'expliquer à l'autre jumeau ce qu'il aurait mal compris ou oublié, et ainsi restais-je un objet extérieur même lorsqu'ils semblaient m'inclure au plus près.

Je ne sais pas, je ne saurai jamais.

Nous étions avec Paul à la ferme, grimpés en haut de la grange attenante au corps de bâtiment principal, grange qui ne servait plus beaucoup déjà à cette époque. Des foins qu'on y montait naguère du temps de la pleine exploitation ne demeuraient que quelques bottes à l'odeur douce, chaude et sucrée, mêlée à celle des branches et tronçons de bois entreposés un peu en vrac. Nous écoutions sur la grosse radiocassette de Paul le reportage d'un match de foot, le chien était couché en bas de l'échelle, agitant mollement la queue de temps à autre, la grand-mère jetait du grain à ses quelques poules, la voiture de la poste est passée, un tracteur ronflait loin du côté de l'aéroclub, nuages dérivant dans le ciel, talus de noisetiers de l'autre côté de la route, c'était le temps immobile dans lequel nous étions parfaitement à notre place, quelle saison je ne sais pas, les saisons nous portaient, servantes invisibles, trop fiables, nous n'avions pas l'habitude de leur prêter attention, encore moins de les observer. Les phrases sempiternelles qui s'échangeaient à chaque rencontre entre les gens ne faisaient que les rendre encore plus invisibles, temps de saison, entendions-nous, ou l'inverse, pour nous peu importaient les variations. Le temps, de saison ou pas de saison, assurait le déroulement habituel de notre vie, rien de plus.

Nous étions donc bien installés dans notre temps, sans plus de pensées que le chien à demi somnolent en bas de l'échelle, les yeux dans les nuages et les oreilles collées aux écouteurs (tout le monde savait que nous étions là-haut mais nous faisions comme si c'était un secret, tant que notre présence ne se signalait pas nous avions la certitude magique que nous ne serions pas appelés à quelque tâche), aussi ai-je été brutalement surpris lorsque Paul m'a dit, sans se décrocher de son match, "fais voir ce qu'ils t'ont donné". J'ai fait semblant de continuer à suivre le match, mais j'étais transpercé, "fais voir ce qu'ils t'ont donné – qui ? – les Desfontaines, pour le baby-sitting", et voilà de nouveau ces deux satanés billets de banque qui s'agitaient comme des fanions sur un poteau à encore une croisée des chemins, ça ne finirait donc jamais, non ça ne finirait plus je le sentais bien.

Depuis que les jumeaux étaient entrés dans ma petite vie simplette de garçon de neuf ans qui n'avait jamais eu à décider quoi que ce soit d'important, il se présenterait sans cesse des carrefours, des choix, mais était-ce des choix, il ne m'a jamais semblé que je décidais véritablement de moi-même. Cela, nous en avons fait le tour, monsieur, dans nos séances à nous, quelqu'un d'autre décidait pour moi, quelqu'un que connaissaient les jumeaux, le fameux troisième, et à l'époque je ne savais rien de ce troisième, de ce fantôme, mais il devait bien être entré en moi, laissez-moi encore une fois expliquer les choses ainsi. Les mots menteurs sont massés autour, poussent vers le puits des jours morts, où seul guette le silence.

Oh, Natacha, pardonne-moi ! Ta voix était rieuse, si directe au milieu des discours solennels de tes confrères, comme mon cœur allait vers toi, si jamais j'ai eu l'idée d'une sœur c'était toi en cet instant, jolie Natacha de l'île de la Réunion, je l'ai appris par la suite, et je n'en ai pas été surpris, il y avait de la magie autour de toi. La Réunion, je ne savais pas trop exactement où cela se trouvait sur le globe, mais la réunion, oui, c'était exactement cela, celle de mon être secret à une sœur, une sœur aînée, qui savait exactement comment m'aider dans ma tâche, qui mettait l'impensable à ma portée. "Cent pages, c'est dur", bien sûr, tout lycéen sait cela, ou l'imagine facilement, mais il y avait aussi ce rire que n'avait jamais eu aucun professeur, qui faisait jaillir les petites sources de joie, elle a marché sur mes étendues arides, Natacha je-ne-sais-comment, avec son rire comme baguette de coudrier.

Les deux billets de banque. Mon salaire de baby-sitter chez les Desfontaines. L'argent reçu pour Léo et Camille.

J'ai fouillé dans mes poches. "Bah, je les ai laissés à la maison !" "C'est bête", a dit Paul. "Ma mère veut pas que je les dépense", je m'enfonçais dans mon mensonge, j'aurais dû dire que je les avais déjà dépensés, en bonbons par exemple, mais ce n'était pas possible, en ce cas j'en aurais gardé pour Paul. "Ben, c'était juste pour voir", a-t-il dit, et on en serait restés là et j'aurais évité bien des problèmes si je n'avais ajouté "je te les montrerai demain". Je n'aimais pas mon mensonge, vous comprenez, une partie de moi restait l'ami intègre de Paul, mais l'autre partie était déjà perdue, égarée du côté de Léo et Camille, car le lendemain au moment de partir à l'école, je suis allé ouvrir la boîte à biscuits de la cuisine où ma mère gardait un peu d'argent au cas où, et j'ai pris deux billets. A la sortie de l'école, j'ai dit "je les ai", "quoi ?" a-t-il fait, "les billets des Desfontaines", et je les ai sortis négligemment de ma poche. "Pas mal", a fait Paul, impressionné, ou indifférent, je n'ai pas eu le temps de le deviner.

Léo et Camille étaient arrivés à côté de nous, "c'est quoi ?" ont-ils flûté en chœur. "L'argent du baby-sitting", a répondu Paul et j'ai cru que j'allais mourir. Enfin, c'est ce qui m'est venu à l'esprit, j'aurais voulu disparaître de ce moment, faire comme si personne n'était là, de la magie en somme, rien à voir avec le suicide, il faut bien le préciser par égard pour Anne et tout ce qui a suivi. Les deux gamins ont regardé les billets avec curiosité, "il peut s'acheter des choses alors", ont-ils dit, mais Paul aussitôt, mon Paul sérieux et honnête : "Sa mère veut pas qu'il les dépense", et moi, toujours talonné par mon mensonge et le regard si horriblement limpide de Léo et Camille, et Dieu sait quoi encore : "On va leur acheter des trucs", ai-je dit à Paul, "ben pourquoi ?" a-t-il dit, et il m'a semblé entendre son père, que j'aimais bien pourtant, mais que je n'aimais pas non plus parce que moi je n'avais plus de père, et pas de grande maison de ferme et de grosse télévision et de tracteur, même si ma mère disait que tout cela appartenait à la banque, au moins il y avait des tractations entre une banque et la famille de Paul, ils étaient de vrais "clients" d'une vraie banque, alors que ma mère et moi on n'avait que la poste, où même les clochards et les pochetrons pouvaient aller chercher de l'argent, enfin c'était comme cela que je devais voir les choses, et il a fallu que je dise à Paul "c'est leur argent, non ? Je fais que le leur rendre."

On est passés par le Monoprix, j'ai acheté des sacs de friandises qu'on a mangées sur-le-champ et tout serait allé sans encombre si je n'avais pas recommencé. De temps en temps je me sentais obligé de prouver à Paul que j'avais bien cet argent, et si je l'avais, ça ne pouvait être que pour le dépenser avec lui, et avec les jumeaux. Ainsi j'avais un secret à double tiroir avec les jumeaux et un secret à un tiroir avec Paul. J'étais devenu un garçon à tiroirs.

La troisième ou quatrième fois de ce petit manège de voleur, ma mère est venue me chercher à l'école, ce qui n'arrivait jamais à cause de son travail. "Paul, tu viens aussi", a-t-elle ordonné. Paul et moi nous sommes regardés avec la même pensée, "ça chauffe". A la maison, elle a ouvert la boîte à biscuits. "Alors ?" Nous nous taisions, puis l'un de nous a fini par lâcher "c'est à cause des Desfontaines". Ma mère a été saisie, elle a refermé sa boîte, et elle a filé dehors en claquant la porte, "vous m'attendez ici". "Elle va chez eux", a dit Paul. Nous étions horrifiés.

Quand elle est revenue, elle était calmée, elle m'a simplement dit "bon, je te donnerai un peu d'argent de poche à partir de maintenant, Raphaël. Combien tu as, toi, Paul ?" Mais je ne voulais pas de son argent de poche, je le lui avais réclamé souvent pourtant, mais maintenant je n'en voulais plus.

Parfois elle me regardait en coin, l'air inquiète ou intriguée, mais elle n'avait pas beaucoup de temps, elle était souvent fatiguée, ses techniciens de surface lui encombraient la tête, elle n'avait pas eu l'habitude de commander et elle ne savait pas trop bien s'y prendre au début. Il y avait des vols de produits d'entretien à la mairie, elle comptait et recomptait ses commandes, soupçonnait les uns ou les autres puis s'en voulait de les avoir soupçonnés. Elle avait des idées sur les patrons et les ouvriers, elle avait assez répété que les ouvriers avaient bien le droit de se servir puisqu'ils étaient exploités au départ, mais maintenant qu'elle était devenue une sorte de patron, elle ne savait pas très bien comment s'en sortir.

Le lendemain, j'ai demandé aux jumeaux ce qui s'était passé avec ma mère chez eux la veille. "Ta mère ?" Ils étaient sincèrement étonnés. "Ma mère est pas venue chez vous hier ?" Non, ma mère n'était pas allée chez les Desfontaines. Qu'est-ce qu'elle avait fait alors ? Encore un secret, dans le tiroir de ma mère cette fois. Ou bien les jumeaux m'avaient-ils menti ?

Mentir d'ailleurs n'était pas le mot juste les concernant. Ils voletaient simplement d'un habitat à l'autre dans le drôle de monde qu'ils s'étaient fabriqué, et ajustaient en conséquence et sans malice particulière les choses pour qu'elles s'accordent entre elles, ils se dessinaient leur monde au fur et à mesure de leurs errances mentales, les paroles vraies ou justes n'étaient pas leur problème, ils parlaient peu. Le dessin importait à Léo, il avait un don pour les lignes et Camille rajoutait les couleurs, c'est ainsi que j'ai appris à connaître des villes et des maisons et des appartements situés sur des continents lointains, mais je devinais qu'ils dessinaient aussi dans leur tête des mondes bien plus secrets et, si je n'y avais pas accès, j'étais vite devenu capable de deviner d'où ils parlaient en somme, de l'intérieur ou de l'extérieur pour simplifier. Presque toujours.

J'ai l'air de raconter des choses trop compliquées en regard de ce que pouvait être un garçon de neuf, dix ans, j'ai l'air d'en rajouter ou d'inventer. C'est parce que je n'ai pas raconté le reste, c'est-à-dire le temps ordinaire de cette année-là, qui dans l'ensemble s'étirait mollement, tout semblable à celui que nous passions Paul et moi dans le haut de la grange, à nous ennuyer ensemble. L'ennui paisible, c'était l'essentiel de ma vie. Et même ces petits événements dont je fais tant histoire se fondaient dans la pâte lisse des jours, comme les cerises s'enfonçant dans la pâte des clafoutis, ces clafoutis qui étaient la spécialité de notre région et faisaient nos desserts du dimanche, et que nous avions appris à préparer, Paul et moi et même les jumeaux, avec cette réserve que nous n'avions pas le droit de les mettre au four, four à gaz donc dangereux. La cuisson était l'apanage des adultes, à la sortie du four nous guettions la résurrection des cerises, ou mûres, ou poires, mais cerises le plus souvent, qui ressortaient en rouge ou en noir à travers la chair blonde du clafoutis et que nous aurions volontiers extraites à la petite cuiller de leur gangue si les adultes l'avaient permis.

Et maintenant je fais avec notre vie de l'époque comme avec les cerises et le clafoutis. La pâte de la vie de mes neuf ans a longuement cuit au four des années qui ont suivi, elle est prête à servir, et je fais ce que je ne pouvais faire à l'époque, j'extrais les cerises, tout ce qui ressort en noir ou en rouge, et voilà.

Ça ne devrait pas faire plus de cerises qu'il n'y en avait dans la pâte au départ, mais c'est là que ma métaphore ne va plus. Toutes ces cerises extraites et mises les unes à côté des autres semblent en nombre excessif, faussent mon récit, lui donnent une coloration forcée, alors qu'il y avait aussi la pâte claire et fluide des jours ordinaires pas encore cuits, si vous me comprenez. Tu ne te moquerais pas de moi, Natacha, n'est-ce pas ? Tu t'exclamerais de cette voix indignée et rieuse qui m'a touché si fort "mais si, il a raison, l'écriture ça peut très bien être du clafoutis !" et alors tu m'enseignerais comment s'écrit la pâte ordinaire du temps, ou comment on la suggère, comment on la fait apparaître en filigrane, comment on fait… et moi je t'apporterais un clafoutis, enfin des roses plutôt, mais pas des roses non plus, juste les cent pages, Natacha.

Nous avons fait beaucoup de clafoutis, Paul et moi. A la ferme, chez ma mère, et même chez les Desfontaines. Les jumeaux ne connaissaient pas le mot, "qu'est-ce que c'est, «clafoutis» ?" Ils étaient émerveillés, ils se répétaient les syllabes et c'était si marrant de les entendre, ils n'arrivaient pas à les enchaîner correctement, il leur fallait d'abord apprivoiser chacune d'elles. "Claf, claf" c'était déjà drôle en soi, et après il y avait "fou", un gâteau qui recelait un fou en son milieu, ce n'était pas rien non plus, je le découvrais avec eux, ensuite ce "fou" devenait "fouti" ! "Pourquoi pas foutu, Raphaël ?" demandaient-ils. Ils avaient du mal avec les *u* qu'ils prononçaient presque comme des *ou*, "pourquoi pas foutou, Raphaël ?" "Non, je vous assure, c'est «fouti», et ça s'écrit avec un *s*, «foutis», répétez, les mômes", et ils s'efforçaient avec leur merveilleuse bonne volonté, trébuchaient encore. "Tu vois pas qu'ils te font marcher ?" grognait Paul. Oui, ils faisaient peut-être semblant, pour que je redevienne leur guide, celui qui avait eu pour mission de les aider les quatre premiers jours de leur arrivée dans notre école, mais la connivence entre nous trois était si grande, si chaude dans ce moment-là, c'est un de mes bons souvenirs avec eux, j'en ai une dette envers le clafoutis.

Et j'en ai presque oublié que parfois, dans une sorte de dérapage que je ne voyais pas venir, c'était bien "Rafoutu" qu'ils murmuraient, innocemment, le regard plus clair que jamais, c'est-à-dire Raf foutu, vous comprenez, et je faisais semblant de ne pas entendre, parce que j'avais mal.

Paul, que n'intéressaient pas trop nos "conneries" comme il disait, ou plutôt comme il ne disait pas, parce qu'il était mon ami et très pudique à sa façon, mais comme je voyais bien qu'il le pensait, Paul donc a marmonné : "On ferait mieux d'aller en faire un", et il est devenu soudain tout ensoleillé, la cuisine était sa passion, son fort, il s'est penché vers les jumeaux, "je vais vous apprendre à en faire, du clafoutis, hein Raf, on va leur apprendre", "ouais, on va leur apprendre", ai-je dit avec enthousiasme, et les jumeaux ont eu l'air contents aussi, "du claf, Raf", chantonnaient-ils, et Paul se marrait, j'ai failli tomber en apnée, j'étais si heureux de voir Paul dans cette humeur, avec moi entièrement de nouveau, nous avons pris les jumeaux par la main, Léo et Camille entre nous deux, nous étions les petits papa-maman en cet instant, vraiment.

J'ai pris une bonne goulée d'air, car il fallait décider où nous allions accomplir cette œuvre, "on va chez toi", m'a dit Paul qui ne se sentait pas

à l'aise chez les Desfontaines, j'ai expliqué aux
petits que ma maison était tout près de la leur et
que nous serions rentrés avant le retour des grands-
parents, ce devait être un lundi donc.

Ce doit être la seule fois, cette année-là, où les
jumeaux sont venus chez moi, chez ma mère c'est-
à-dire. Mais ça n'a pas marché. D'abord il n'y avait
aucun fruit ni dans le réfrigérateur ni dans le garde-
manger de la cour, ensuite parce que la cuisine
était trop petite pour nous quatre et tous les usten-
siles qu'il nous faudrait. Pendant que nous discu-
tions avec Paul de la suite à donner à notre idée,
Léo et Camille s'étaient aventurés dans la cour, ce
bout de terrain que ma mère appelait "jardin" et
qui nous servait à tout. Ils regardaient autour d'eux
en silence, moi je les observais du coin de l'œil
pendant que Paul ouvrait et refermait les placards
de la cuisine. Je guettais inconsciemment du mépris
chez eux, et par conséquent de la honte et de
l'humiliation chez moi, mais ce n'était rien de tout
cela qui se passait. Ils regardaient autour d'eux,
sans surprise, comme ils avaient dû regarder les
multiples lieux où ils avaient déjà vécu, prenant
en eux de nouveaux paysages sans juger ni comparer, et presque sans curiosité, comme des voyageurs d'une autre galaxie, pour qui tous lieux se
valent dans leur étrangeté.

Léo cependant semblait fasciné par l'appentis,
une construction sommaire qui partait à mi-mur
en pente jusqu'au sol. "On dirait un tipi", a-t-il dit.
Ils n'avaient jamais vu de garde-manger, non plus.
Ils se sont amusés à manœuvrer le loquet, à ouvrir
et refermer la petite porte un bon moment. C'était
la première fois que je les voyais s'intéresser vivement à quelque chose. Notre appentis m'a paru une
chose merveilleuse, "personne en a un comme ça",
ai-je dit. "Y en avait pas chez nous", a dit Léo. A quel

"chez-nous" il faisait allusion, je n'en avais aucune idée, à New York, à Londres, à Hong-Kong ? "On pourrait y habiter, Léo et moi", a dit Camille. Ils se sont assis l'un contre l'autre sous la partie la plus basse de la construction, ils semblaient avoir été là de tout temps. Paul a senti que l'idée du clafoutis se perdait, "on va chez les Desf", a-t-il dit, les mômes se sont levés à regret et nous l'avons suivi.

Quand les Desfontaines sont revenus, ils ont été un peu interloqués. Paul avait déjà filé, soi-disant parce que sa sœur l'attendait, nous n'avions rien rangé, le clafoutis grésillait dans le four, il était superbe, mais nous avions transgressé la règle numéro un, ne pas utiliser le four seuls, je m'attendais à une belle engueulade, de celles dont ma mère était coutumière, hauts cris et menaces terrifiantes pendant cinq minutes au moins, "clafoutu" ai-je pensé, mais rien de tout cela. "Les jumeaux, la prochaine fois…", a commencé monsieur Desfontaines d'une grosse voix, où le *r* ronflait comme un tonnerre, mais sa femme le regardait, il s'est repris, adoucissant le ton : "Les jumeaux, la prochaine fois, attendez-nous pour le four, vous comprenez, juste pour le four." Madame Desfontaines nettoyait rapidement, le repoussant presque hors de la cuisine, et cela s'est terminé comme cela. On aurait dit qu'ils avaient peur. Peur des jumeaux ? Pas de moi en tout cas, à qui ils n'avaient pas jeté un œil. Quantité négligeable. Plus tard madame Desfontaines nous a appelés. Le goûter était prêt pour nous dans la salle à manger, petites assiettes et serviettes blanches, et le fameux clafoutis sur un beau plat au milieu. "C'est un peu tard pour le goûter, a dit madame Desfontaines, mais tant pis !"

Léo et Camille se sont installés docilement, madame Desfontaines les couvait des yeux, ils manipulaient leur petite fourchette avec application, je les imitais, nous avons mangé très poliment notre part, levant de temps en temps les yeux vers la fenêtre par laquelle on apercevait monsieur Desfontaines, furieusement acharné à retourner quelques mètres carrés de terre. "Je m'excuse, madame Desfontaines, pour le four", ai-je sorti soudain. Mais elle aussitôt : "Pas du tout, mon petit Raphaël, ton gâteau est excellent, excellent vraiment." Elle ne parlait pas de Paul et nous n'en avons rien dit non plus, mais comme je m'apprêtais à partir "tu reviendras, n'est-ce pas, Raphaël ?" "Oui, madame Desfontaines", ai-je dit.

J'ai eu envie de me jeter dans ses bras, elle était vraiment très gentille, cette grand-mère, je trouvais que les jumeaux avaient de la chance. Ma grand-mère aussi était gentille, mais elle habitait du côté des carrières et ne s'intéressait qu'à ses patates et sa télé et je ne la voyais pas beaucoup. Et peut-être que madame Desfontaines aussi avait envie de m'embrasser, il y avait dans l'air comme des caresses étranglées, des fantômes de bras tendus, des baisers errants qui n'osaient se poser. Léo et Camille restaient rigides et absents, debout à côté de leur grand-mère, non ils n'embrasseraient personne ces deux-là, et je leur en ai voulu très fort, sales mômes inflexibles, je me suis enfui en courant, j'en avais assez de toute la maison Desfontaines.

J'avais hâte d'être chez moi, d'entendre ma mère crier parce que je ne mangerais rien au dîner, "à quoi ça sert que je me mette en quatre ! Si t'avais crevé misère comme moi, tu ferais pas la fine bouche, ah on voit bien que t'es pas un enfant des Carrières, toi !" Elle faisait allusion, encore une fois, au quartier près des anciennes carrières dans les collines, où elle avait passé son enfance. Et je ferais semblant de pleurer et elle me planterait un gros baiser dru sur le haut de la tête. Je ferais la vaisselle pour la consoler et elle me raconterait les histoires de ses techniciens de surface qui voulaient tous prendre leurs vacances en même temps, "et tu comprends, il faut que je me débrouille toute seule, le maire il aimerait pas que je l'embête avec ça, c'est pas tous les jours rigolo d'être la chef, je peux te le dire, mon petit chou", et je lui donnerais mon avis, et elle serait épatée, "t'en as dans la tête, toi, tu seras un vrai chef un jour, et tu te rappelleras, hein, faut pas se laisser emmerder par ceux qui sont au-dessous", et après elle se lamenterait "tu vois comme je suis devenue, tu crois que je suis une pourrie, dis-moi mon chou, dis-moi la vérité", et je lui dirais qu'elle était ma mère bien-aimée et qu'elle ne pouvait pas, absolument pas, être une pourrie.

Chez moi je me suis mis à mes devoirs, elle a sorti ses cahiers de comptes de la mairie, sur le buffet mon père nous souriait dans sa photo, et on était vraiment bien.

Et comme on était bien, je me suis arrêté dans mes devoirs, j'ai dit : "Maman ? – Oui, mon chou ? – On dirait que les Desfontaines ont peur des jumeaux, de Léo et Camille. – Ont peur comment ? – Je ne sais pas, ils grondent jamais, même quand on fait des bêtises. – Vous avez fait des bêtises ? – Non, mais quand même ils ne grondent jamais." Ma mère a lâché sa calculette, elle était dans une bonne disposition ce soir. "Eh bien mon poulet, t'as peut-être pas tort. Ils se font du souci. C'est fou de se faire du souci quand on a tout, mais c'est comme ça." Et moi, sentencieux et flatteur : "Ils ont pas tout, maman, puisqu'ils ont pas leur fils avec eux." Ma mère encore une fois m'a regardé avec étonnement : "Tu as de la psychologie, toi. C'est vrai, ce que tu dis. Depuis que Bernard a commencé ses études, ils ne le voient pratiquement plus. Ça leur fait de la peine, même s'ils sont fiers de sa réussite et s'ils l'ont bien poussé. Il y a aussi qu'il a épousé une étrangère, du coup ils le voient encore moins, parce que l'autre famille elle n'est pas à la porte à côté. – Et pour Léo et Camille ? – Ils se font du souci pour eux aussi. Tu comprends, leur mère elle a trois autres enfants, et Bernard il a son boulot, ils trouvent peut-être qu'ils ne s'occupent pas assez d'eux." Tout cela, je le savais déjà. Mais ma mère avait repris sa calculette, et comme je continuais à la fixer, attendant la suite, "reste pas le bec en l'air comme ça, t'as tes devoirs à faire, non ?" Finie la discussion pour ce soir. Ma mère est une brave personne, mais elle était comme tous les adultes, lunatique à sa façon, on ne pouvait jamais savoir ce qu'elle avait exactement en tête. Elle tenait surtout à ce que je fasse bien mes devoirs, il n'y avait peut-être pas à chercher plus loin.

Ma mère avait quitté l'école à seize ans, ma grand-mère des Carrières l'avait mise à faire des ménages aussitôt. C'était une coriace, ma mémé, il fallait que sa fille lui rapporte des sous. Mais les Desfontaines n'étaient pas d'accord. Ils pensaient qu'elle devait faire des études. Ils se sont arrangés avec la terrible mère de ma mère. Grâce aux Desfontaines, ma mère a pu suivre des cours de comptabilité, et puis elle s'est mariée, et je suis né. Enfin, cela ne s'est pas passé exactement dans cet ordre, ni tout à fait de la façon dont je le croyais. Là encore, un fil dans la corde qui nous a si bien entortillés, Léo et Camille et moi, et qui a fini pour ainsi dire au cou d'Anne, mais je ne veux pas aller de ce côté, arrière, gargouilles et mots hideux, votre temps n'est pas venu.

Oh, Natacha, l'écriture peut se tordre à tout instant, se prendre elle-même en nœud coulant, les mots tirent si fort, tant de facettes qui réverbèrent de tous côtés, ils inclinent vers de soudains tournants, au premier relâchement ils filent à leur façon, parle-moi Natacha, redis-moi encore ce que j'entends depuis peu dans ta voix, "c'est toi le maître désormais, Raphaël, si un mot fait le mariolle, tue-le" et puis fais-moi entendre ton rire aussi, si tu savais comme j'aspire à ton rire, Natacha,

Donc ma mère a pris des cours par correspondance, passé des examens et obtenu à la mairie le poste de directrice des services techniques. C'était en gros ce que je savais, et tout ce que je savais je l'avais appris à propos de mes devoirs. "Si tu ne travailles pas bien à l'école, je t'envoie chez la mémé des Carrières" ou "on aura pas toujours les Desfontaines pour nous aider" ou encore "me fais pas honte devant les Desfontaines après tout ce qu'ils ont fait pour moi". Je n'écoutais que d'une oreille, c'était le chantage ordinaire des parents.

Chez Paul c'était la même chose, avec d'autres thèmes : "Les agriculteurs aujourd'hui, c'est pas comme du temps des anciens, il faut qu'ils fassent des études." Je savais bien que ma mère et moi n'étions pas riches, puisqu'elle me le disait si souvent, mais moi je trouvais que je ne manquais de rien. J'avais ma mère à la maison le soir, la télé à la ferme chez Paul, les rues où déambuler à l'infini avec Paul, la grange où suivre avec Paul les reportages des matchs de foot, la bibliothèque où nous allions lire ou emprunter des disques une fois par semaine, et mon vélo. De l'histoire de ma mère, je me contentais des quelques bribes qu'elle me jetait en pâture au hasard de ses accès d'humeur, et surtout lorsque mes notes étaient à la baisse, ce qui me portait plutôt à fermer les oreilles qu'à les ouvrir toutes grandes.

Mais ce soir-là, pendant que je recopiais ma rédaction, une autre de ses phrases me revenait, ou plutôt un nom qui hantait régulièrement ses discours de morale : "Bernard". Bernard, le fils des Desfontaines, le père de Léo et Camille, le directeur général. Ce Bernard n'avait pas figure de chair pour moi, ce n'était qu'un drapeau rouge que ma mère agitait devant moi, pour me pousser à travailler à l'école, à faire des études plus tard, pour ne pas rester comme elle en bas de l'échelle. Bernard, lui, avait grimpé en haut de l'échelle, et pourtant ils avaient été copains, ma mère et lui, lorsqu'ils étaient à l'école primaire, inséparables même semble-t-il, mais il avait des atouts qu'elle n'avait pas, soupirait-elle, et il était si intelligent, et c'était un garçon ! Elle n'avait pas pu suivre, ma petite mère, il était parti dans le vaste monde faire des étincelles et elle était restée à Bourgneuf, "quand même, j'ai réussi à quitter les Carrières, disait-elle avec fierté, mais toi, mon petit, tu la grimperas l'échelle, je te le promets".

Je voyais aussitôt celle de la grange, trois ou quatre mètres de haut, posée contre le mur de pierres sèches, taillée à la main dans du bois de frêne, montants pas très droits et barreaux irréguliers fichés dans des encoches creusées au couteau, mais douce au toucher, lissée par des années et des années d'usage, notre amie de cœur à Paul et moi depuis que nous l'avions apprivoisée. Ma mère n'y avait pas même jeté un œil quand elle était venue en visite à la ferme, son échelle n'était pas la mienne, son échelle me faisait peur, je n'avais pas envie d'y grimper.

"Maman ?" ai-je dit. "Quoi ?" a-t-elle répondu, impatiente. "Maman, cette échelle, tu veux que je la grimpe à cause de Bernard ?" J'ai marmonné le nom tout bas, je ne sais pas si elle m'a entendu. "Qu'est-ce que tu racontes ? – Bernard, tu sais", mais elle n'était plus avec moi, et je n'ai pas osé continuer.

A Pâques, les jumeaux sont partis rejoindre leurs parents à New York. Les Desfontaines les ont emmenés à Paris à l'aéroport. Ils étaient très énervés, plus ils étaient énervés, plus les jumeaux étaient calmes, dociles comme jamais, retirés en eux-mêmes et presque mutiques. Madame Desfontaines faisait et défaisait leur valise, monsieur Desfontaines ne cessait de téléphoner à l'aéroport, à son fils et sa belle-fille, à son garage, il avait porté sa voiture à réviser et craignait que les réparations ne soient pas faites à temps. J'étais quasiment tous les soirs chez eux, "on a besoin de toi, mon petit Raphaël, je ne sais plus où donner de la tête, disait madame Desfontaines, pendant que tu joues avec eux, ils sont sages". "Ils sont toujours sages, madame Desfontaines", ai-je rétorqué sentencieusement.

Parfois cela me dépassait, ce rôle qu'ils me faisaient jouer, je faisais l'adulte, tout en me sentant grotesque, mais je ne pouvais m'en empêcher. "Je sais ce que je dis, mon petit", continuait madame Desfontaines. Elle retournait à ses valises, tout agitée : "On ne sait même pas quel temps il fera là-bas, ils ne m'ont rien dit, quand même ils exagèrent, c'est tout Bernard, ça, toujours à courir à droite et à gauche, et elle, n'en parlons pas, elle est encore pire que lui, ce n'est pas normal chez une femme." Elle faisait vieille soudain, un peu égarée, cela me décontenançait, me mettait mal à l'aise. Les Desfontaines étaient nos dieux, à ma mère et à moi, j'exagère bien sûr, mais nous ne connaissions personne d'autre avec une si belle maison, une telle maîtrise de leurs gestes, de leurs paroles. J'en voulais aux jumeaux de faire trembler le socle sur lequel se tenait le couple statufié que ma mère révérait.

Nous voici dans le jardin, Léo et Camille se poussent à tour de rôle sur la balançoire, Camille a une petite robe blanche avec des plis qui s'envolent à chaque élan de la balançoire, c'est la première fois que je la vois en robe, différente de Léo c'est-à-dire. "T'as mis une robe", dis-je. Je me sens stupide aussitôt. Elle est très jolie, je ne l'ai jamais remarqué avant, je suis gêné, me sens vaguement trahi, et je prends conscience d'une seconde chose : ils vont partir, et moi je reste.

"J'aime pas quand elle a une robe", dit Léo en la poussant très fort. "Et toi, tu aimes quand j'ai une robe ?" crie Camille en arrivant tout en haut, ses petits bras accrochés aux cordes, le visage levé vers le ciel, ses boucles soulevées en auréole attrapant un instant les reflets du soleil, je crois qu'elle va s'envoler pour de bon, et je bouscule Léo pour reprendre les cordes à la descente, me laissant traîner de tout mon poids sur le sol jusqu'à ce qu'elle saute de la balançoire, très contente d'elle-même, lissant les plis de sa robette et les bouclettes de ses cheveux, et nous regardant d'un air de défi, nous regardant Léo et moi, c'est la première fois qu'elle se détache de Léo, le repousse du côté d'un autre, de moi c'est-à-dire… mais, ah mais, c'est là une situation que je connais bien : les filles d'un côté les garçons de l'autre, et je suis prêt à m'embarquer dans cette situation-là, avec un beau soulagement, c'est-à-dire celui de revenir à ce qui est familier et normal dans le monde des garçons de mon âge. Je regarde Léo, prêt à faire bande avec lui contre une fille. Tout coquelet et faraud je regarde cet autre garçon, Léo, petit certes mais de mon espèce à moi, et à Paul, la seule espèce que je connais vraiment, mais c'est comme si je recevais une claque.

Léo me regarde, un léger sourire sur son visage d'ange, les boucles de ses cheveux accrochant les rayons du soleil, fin et droit dans le contre-jour, son grand t-shirt blanc flottant sur son short, et c'est Camille que je vois, Léo et Camille interchangeables comme toujours, Léo dans Camille et Camille dans Léo, je me suis fait avoir, ils m'ont fait marcher, les deux petits sournois, et j'ai couru, m'imaginant que je pouvais me mettre entre eux deux. Ils me regardent en souriant de leur innocente et insupportable façon, je hausse les épaules, "je m'en fiche, de sa robe", malheureux soudain à en mourir, crevant de solitude, de ces désespoirs insondables d'enfant, et c'est peut-être parce qu'ils vont partir bientôt, que peut-être ils ne reviendront jamais, absorbés par leur autre vie lointaine où je n'ai nulle part.

Et voilà comment cela se passait, j'en suis sûr, maintenant que j'y ai tant réfléchi, et croyez-moi ce n'est pas facile de retrouver ces instants perdus dans les brumes filandreuses de l'enfance, de les tirer hors de là et ils résistent et je m'arc-boute, et même enfin détachés ils ne vous donnent aucune certitude, ils chatoient et miroitent puis retombent ternes et sans vie, puis se retournent encore, muant sans cesse et, à la fin, on ne sait plus au juste ce qu'ils étaient, ces instants entre Léo et Camille et moi.

Est-ce aussi de cela que tu voulais me prévenir, Natacha, sous le dais flottant du congrès des écrivains, même si tu ne me connaissais pas, ne savais pas qu'un jeune garçon inconnu buvait à tes lèvres ? Les autres écrivains parlaient à des kilomètres de distance de moi. Dans l'écrasante chaleur de cet après-midi au Mali, à travers la vitre de leurs paroles, l'écriture semblait s'élever à l'horizon comme un pic inaccessible et glacé, mais toi, Natacha, tu avais perçu une enfantine anxiété flottant sur le public anonyme qui te faisait face, et tu t'es adressée à

elle, à même hauteur, sans fioriture ni grandilo-
quence, aînée d'une fratrie que tu créais pour moi
dans l'instant. Tes mots si simples ne cessent de
s'éployer en moi, et voici ce que je comprends
maintenant : l'écriture est le paysage auquel je
dois me fier, celui dans lequel je dois chercher
notre histoire, et je sens la subtile métamorphose
s'annoncer, ils vont me lâcher enfin, Léo et Camille,
et c'est moi qui les tiendrai, cela se fera, Natacha,
parce que j'approche des cent pages et que je n'ai
pas lâché prise.

Je leur ai demandé s'ils se souvenaient de cette
veille de leur départ, ce mois de leurs sept ans, où
Camille pour la première fois portait une robe,
une minuscule robe à plis ou à volants, avec deux
minces bretelles sur les épaules, et toute blanche,
et où je l'avais forcée à descendre de la balançoire,
m'accrochant aux montants de corde et me traînant sur la terre encore lourde de l'averse nocturne,
pesant de toutes mes forces pour qu'elle descende
du ciel. Je voulais qu'elle cesse de s'envoler en l'air,
si haut, et qu'elle revienne avec nous, et roule avec
moi dans la boue. "C'était pas la première fois
qu'elle portait une robe", a dit Léo. Nous avons
argumenté longtemps, première fois ou pas première fois, retombant dans l'infernal jeu de ping-
pong verbal, oui, non, mais si, mais non. Ils étaient
nus sur le grand lit de leur studio à Paris, nonchalamment nus, habillés de leur nonchalance et de
leur totale impudeur, leurs deux corps presque
aussi semblables que dans le labyrinthe feuillu de
l'école quelque dix ans auparavant, moi j'étais
habillé puisque nous attendions Anne, habillé et
raidement assis sur leur seul fauteuil, une antiquité
large et haute, pleine de dorures, déposée là un
jour par madame Van Broeker, "ça sera rigolo

dans votre studio, les jumeaux", avait-elle dit d'un ton définitif. Pour madame Van Broeker "rigolo" était le maître mot, qu'elle étendait à tout instant sur le monde lorsqu'elle voulait en effacer les complications.

L'appartement des jumeaux n'était pas un studio mais un deux, trois-pièces passablement vaste et il y avait deux lits, un pour chacun dans chaque pièce, qu'ils accolaient en un seul dans la plus grande des deux, les séparant quand leurs parents ou leurs frères et sœur annonçaient une visite, et quand je venais nous enlevions le matelas de l'un des deux lits et je dormais sur le parquet. "Fous tes jambes sur l'accoudoir, me disaient-ils, tu donnes des courbatures à te voir raide comme ça – je le ferai pas si vous me dites pas – quoi ? – si vous vous rappelez le jour de la balançoire", et c'était reparti pour un tour, j'avais l'impression de m'accrocher de nouveau aux montants de corde et de tirer et peser de tout mon poids, pour les amener jusqu'à moi, et finalement oui ils se souvenaient, "tu nous as poussés dans la boue, tu as dégueulassé ma robe, et le t-shirt de Léo – c'est pas vrai !", mais c'était vrai, je m'en souvenais à l'instant même où je le niais. "Tu voulais faire mal à Camille, elle avait mis cette robe pour que tu la remarques", disait Léo. "Tu parles, c'est votre grand-mère qui l'avait habillée comme ça, pour qu'elle s'habitue, pour son retour chez vos parents, c'est elle qui me l'a dit !" "Ça change rien, tu voulais lui faire mal", insistait Léo. Et Camille qui me regardait en coin. Et moi qui m'emballais "tu la lançais trop fort, ça m'avait foutu les jetons" et encore "c'est de votre faute, vous aviez qu'à pas dire tout le temps que vous alliez mourir bientôt !" Et eux : "C'était pas une raison pour nous rouler dans la boue."

Mais un autre jour, un peu plus tard, Camille soudain : "Tu te rappelles le jour de la balançoire ?" J'ai
haussé les épaules, mais elle avait une idée en tête.
"On avait changé et t'as fait semblant de pas le
voir !" a-t-elle lancé. "Comment ça ? – C'était pas moi
qui portais la robe, c'était Léo. – Pas vrai !" "Tu voulais pas qu'on se ressemble", a dit Léo. Et Camille,
triomphante : "Alors on a truandé, pour voir !" Je
secouais la tête, énervé, "n'importe quoi !", et eux :
"T'as bien vu la tête de grand-mère, non ?" Et soudain je me suis rappelé l'embarras de madame Desfontaines, son air trop calme, monsieur Desfontaines
qui retournait furieusement la terre avec sa pelle. Et
ils continuaient, les petits salauds, "c'était pas une raison pour nous rouler dans la boue !"

Se calmer. Laisser filer du silence, chercher une
parade : "Mais vous avez aimé ça", ai-je dit. Ton né-
gligent, constatation.
Ils se sont levés d'un coup et sont venus m'attraper chacun d'un côté. Je les ai flanqués à terre.
J'avais été longtemps beaucoup plus fort qu'eux,
mais maintenant nous étions à égalité, et il me fallait lutter fort pour me dégager, mais il me fallait
lutter encore plus fort pour ne pas serrer Camille
contre moi, son corps fluide et musclé, et la garder contre mon cœur, sentir le poids léger de ses
seins, le battement de son sang, un moment d'immobilité et de silence avec Camille dans mes bras,
et il arrivait parfois que ce soit le corps de Léo qui
atterrisse contre le mien, et c'était une sorte d'horreur tant il ressemblait à celui de Camille, mais ce
n'était pas le corps de Camille. Il ne fallait pas que
je montre mon désir fervent du corps de Camille
et mon désir horrifié du corps de Léo, me battant
contre eux je me battais contre moi-même, heureusement ces empoignades ne duraient pas, ils

n'avaient aucun goût pour la bagarre et se fatiguaient vite malgré leur stature athlétique, "vous faites chier", ai-je dit, remettant mes vêtements en ordre, et tout était comme il le fallait, nous pouvions attendre Anne, petit papillon léger que j'avais capturé dans son vol innocent, et que je n'ai pas su garder ni protéger.

"Anne, tu ne l'aimes même pas", disais-je à Léo. "Si, je l'aime", disait-il et j'enrageais sombrement. "Alors, je me tire, j'ai pas besoin de faire ton babysitter", criais-je. "Ecoute, Raphaël…" et je m'arrêtais de crier. "Ecoute, Raphaël…", j'attendais, le cœur battant, mais il n'y avait pas d'autres mots sur les lèvres décolorées de Léo, nous guettions tous les deux des mots morts depuis longtemps, une prière passait dans les yeux clairs de Léo, son visage se modifiait brusquement, mince visage d'enfant éperdu, oh ils pouvaient être pathétiques tous les deux, Camille glissait silencieusement derrière moi, posait ses deux mains sur mes yeux, je sentais ses seins sur mes épaules, nous entrions en apnée tous les trois, cela ne durait qu'un instant, mais en cet instant ils étaient sincères, j'étais bouleversé, j'étais avec eux, le seul être au monde qui pouvait être avec eux jusqu'au bout. Ils n'étaient pas méchants, Léo et Camille, et parfois je les aimais, simplement et entièrement, d'un amour antérieur à nous, comme ils le voulaient, si cela a un sens pour vous, mais nous fumions beaucoup ces jours-là, Léo et Camille semblaient avoir une réserve d'herbe inépuisable, je crois que la plupart du temps je n'avais pas toute ma tête.

J'allais avec eux sur leur grand lit double, et nous nous serrions tous les trois, dans une pelote emmêlée de tous nos membres, nous passant les joints silencieusement, humides de nos salives, le nuage de fumée s'enroulait autour de nous, et nous tombions dans une sorte de coma, loin, loin lovés dans cette brume, nous dérivions dans le temps, dans l'espace, pas d'érection, non, pas de sexe, le nuage de fumée nous faisait une membrane commune, douce, impalpable, nous nous reposions.

Cela, ils l'ont tous lu dans notre cahier, les avocats des deux parties adverses, celui de Bernard Desfontaines et celui de la mère d'Anne, ils en ont fait une sorte de saloperie, alors que c'était nos moments de plus grande douceur, et cela n'arrivait pas souvent non plus ces moments de fumerie au lit, Léo et Camille nus comme il leur arrivait de l'être chez eux, par paresse et quelquefois par provocation, provocation gentille mais qui pourrait le comprendre, et moi tout habillé parce que ce n'était pas mon genre ni mon éducation de me promener à poil. Chez ma mère on n'aurait pas imaginé ce genre de chose.

Dans notre minuscule maison nous prenions de grandes précautions à l'égard l'un de l'autre, targette tirée dans la salle d'eau, peignoir bien serré le matin et une façon de parler fort avant d'entrer dans la chambre de l'autre pour bien prévenir, tout cela sans y faire particulièrement attention, cela allait de soi, mais chez les Desfontaines parents il n'en allait pas ainsi, ai-je compris. Ils avaient l'habitude des plages, clubs et piscines privées dans tous les coins du monde où ils avaient habité. "Alors c'est ringard de rester habillé ?" disais-je aux jumeaux, vaguement mécontent, "tu comprends pas, on fait pas exprès mais on fait pas attention non plus, c'est tout". Mais cela me dérangeait, je ne pouvais m'empêcher d'imaginer ma mère, elle avait une poitrine lourde et sur la plage municipale de l'étang elle tournait le dos quand il lui fallait enlever son soutien-gorge pour se changer, moi je regardais ailleurs. Non, ma mère les seins à l'air, ce n'était pas possible, mais Bernard Desfontaines et sa femme fréquentaient les clubs de fitness, ils avaient aussi un coach privé, sur les photos que m'avaient montrées les jumeaux on voyait leur père bronzé et remarquablement musclé, et leur mère un peu forte mais bronzée aussi et avec cet air parfaitement à l'aise en toutes circonstances des gens riches, du moins c'est ainsi que je le sentais, et toujours ils riaient sur ces photos, "rigolo, n'est-ce pas", semblaient-ils dire. Les Van Broeker-Desfontaines étaient déterminés à s'amuser et qui ne les rejoignait pas dans cette vision de la vie ne pouvait qu'être ennuyeux et se faire subtilement expulser.

Les trois aînés, les enfants Van Broeker, avaient eux l'air plus contraint sur ces photographies de vacances, de fêtes ou de réceptions, "c'est parce qu'ils se prennent au sérieux, ils sont obligés", disaient les jumeaux, "alors ils s'ennuient, eux ?" disais-je. Il y avait toujours en moi l'espoir secret d'une faille dans cette famille, par laquelle les jumeaux glisseraient hors de son emprise et me reviendraient à moi, j'aurais aimé apprendre qu'il y avait des querelles et des révoltes, mais les jumeaux défendaient leurs aînés, ils ne leur portaient pas grand intérêt mais ils les défendaient.

Les trois Van Broeker malgré tout leur argent n'avaient apparemment pas une vie très facile, leur père avait de grandes exigences à leur égard, "leur père, Bernard ?", "mais non, leur père à eux !" s'exclamaient les jumeaux, "je croyais qu'il était mort", criais-je, incrédule, "il est pas mort, juste divorcé", expliquaient les jumeaux, et il me fallait agrandir encore leur famille et y englober maintenant cet homme en vivant qui, lui-même, s'était remarié, avait d'autres enfants, "et vous les connaissez ?"

demandais-je, espérant qu'ils me diraient "surtout pas" ou quelque chose de cet ordre, mais ils riaient, "bien sûr, on les connaît, on passe des fois les vacances chez eux, en Autriche", et j'étais mortifié de cet univers des jumeaux qui semblait s'étendre à l'infini, dans lequel nos trois années ensemble, trois petites années trouées de plusieurs absences, ne semblaient que parenthèses négligeables.

"Et avec votre père à vous, Bernard je veux dire, comment ça se passe ?" Les jumeaux avaient eu l'air étonnés, "ils s'entendent bien, il les fait rire". Impossible d'aller plus avant sur ce sujet avec eux, si j'insistais ils devenaient vagues, presque confus.

Ma mère, une fois : "Ne crois pas tout ce que les jumeaux te racontent. Ça ne se passe pas toujours si bien que ça, je le sais par madame Desfontaines, la grand-mère. Les trois mômes Van Broeker sont coincés, leur père est très ambitieux pour eux, ce n'est pas un marrant à ce que je comprends, mais ne t'imagine pas que ce soit plus facile pour eux avec Bernard. La seule différence c'est que Bernard est tellement doué, tellement intelligent qu'il réussit tout sans se forcer, en rigolant quoi, et il attend que tout le monde fasse pareil autour de lui." Donc il fallait que les trois Van Broeker soient les meilleurs en tout pour satisfaire leur père, qu'ils le soient de plus avec légèreté et enjouement pour satisfaire leur beau-père et, enfin, il leur fallait aussi entourer leur mère lors de ses multiples obligations mondaines, saluer et s'empresser et sourire encore. "Et les jumeaux alors ?" demandais-je à ma mère. "Oh, les jumeaux, c'est différent", disait-elle, "différent pourquoi ?", mais elle ne savait pas me répondre. Les jumeaux étaient à part, voilà tout.

Je pensais qu'ils voulaient garder leur famille pour eux, qu'ils ne me jugeaient pas apte à y être englobé, même de façon lointaine. Je pensais que je n'étais pour eux qu'un copain fortuit, le petit voisin de leurs grands-parents, celui auquel on ne pensait qu'au moment de descendre du train, celui que les grands-parents vous avaient imposé et qui servait à passer le temps durant ces longs séjours forcés en province. Pourtant ils m'écrivaient, à leur façon du moins, des cartes postales d'abord, avec juste leur signature, puis plus tard par Internet, Léo m'envoyait ses dessins, Camille des photos des endroits où ils se trouvaient, tout cela se logeait dans un recoin de mon cerveau sans que j'y aie part, je ne leur répondais guère, peut-être parce qu'il me fallait aller chez Paul pour consulter leurs messages. Paul avait créé une adresse Internet pour moi sur son ordinateur, avec un mot de passe qu'il n'avait pas voulu que je lui communique, c'était l'année de nos seize ans, "un mot de passe c'est top perso", et comme j'insistais : "J'en veux pas de ton mot de passe, j'ai pas envie que tu me téléphones toutes les minutes pour me demander si Camille t'a écrit." "Camille ?" avais-je dit, interloqué, vaguement inquiet. "Ben oui, Camille" et après un instant de silence : "Ou Léo… des fois je ne sais pas." Moi : "Qu'est-ce que tu veux dire ?" et il avait repris, gêné : "Je ne sais pas, Raf, des fois je me demande…"

J'ai ruminé cette phrase de Paul des jours et des jours, je ne lui cherchais pas un sens, je la ruminais, c'est tout. Léo et Camille faisaient un bloc pour moi, indissociable croyais-je. Lorsqu'ils étaient dans notre ville, à Bourgneuf, je les voyais toujours ensemble, je ne les voyais pas vraiment d'ailleurs, ils étaient les deux pôles d'un espace parcouru d'invisibles frémissements. Je me tenais dans cet espace, cherchant à capter ce qui filait de l'un à l'autre, m'effleurant, me traversant, ricochant et revenant, ce n'est qu'en retrouvant Paul que je me retrouvais moi-même et, ensemble, nous parlions peu des jumeaux. Pour Paul, ils n'étaient que des mômes des petites classes, qui trop souvent m'empêchaient de rester jouer avec lui à la sortie de l'école ou du lycée, et qu'il oubliait dès qu'ils repartaient dans leur vie d'ailleurs, bon vent et ne revenez plus !

Me restait à moi cette adresse Internet "leoetcamille@compuserve.com", surnageant au milieu des publicités et messages non sollicités, leoetcamille tout attaché, avec ce "et" au milieu, infernale et innocente particule de liaison qui attachait mon souffle, me tenait en apnée, Léo et Camille, c'est-à-dire Léo *est* Camille et donc Camille *est* Léo. Belle surprise quand vous avez pointé ce "double-entendre", monsieur mon psy, vous étiez content, moi aussi d'ailleurs, nous avions du pain sur la planche, il nous fallait désormais nous colleter avec ces identités mêlées, déprendre le "et" du "est", réinstaller mon souffle, mon "identité à moi", comme vous disiez, monsieur. J'ai été un bon patient n'est-ce pas, vous et moi nous faisions du bon travail, fallait-il prendre garde à ce nouveau "et", vous *et* moi ?

Votre texte (votre étude, votre communication) ne m'a pas fait plaisir, lorsque je l'ai découvert dans une publication où j'ai aussitôt remarqué votre nom, à la librairie des PUF. Il y était question de "la captation", vous étiez prudent, les noms avaient été changés. Mais il y avait eu trop d'écriture autour de moi, celle à laquelle m'avaient obligé les jumeaux, celle des dossiers au Palais de justice, celle de Xavier l'éducateur dans son stupide atelier, et puis la vôtre en dernier. Permettez que je reprenne mon histoire, messieurs et mesdames de cette affaire !

La seule interlocutrice que je me souhaite maintenant, c'est Natacha je-ne-sais-quoi, qui n'a jamais entendu parler de moi, dont je n'ai pas encore lu les livres, mais dont le nom tel que je l'entends appartient à moi seul, merci à toi Natacha, qui ne seras jamais Natacha *et* moi, ni Natacha *est* moi.

Mon mot de passe était "jumeaux", rien que Paul n'aurait pu découvrir, mais je savais qu'il ne s'intéressait pas aux messages de Léo et Camille. Et moi, dans sa chambre du premier étage à la ferme, je ne me sentais pas à l'aise pour répondre à ces messages lancés de si loin, j'amenais le curseur sur "répondre", puis je restais de longs moments devant le rectangle vide, finalement je tapais "bien reçu" et aussitôt le curseur sur la case "envoyer" et vite je refermais le tout. Il y avait incompatibilité entre la ferme, la chambre de Paul et ces messages. Mais ils ne se décourageaient pas, Léo et Camille, comme si le temps, l'espace et même mon silence ne comptaient pas.

Dans la grand-rue, un soir en rentrant de l'école, l'année de mes douze ans, je crois, me voici soudain nez à nez avec madame Desfontaines. Aussitôt, "bonjour, madame Desfontaines", pas très fort et par réflexe, et j'allais continuer mon chemin, n'imaginant pas qu'elle puisse avoir envie de me parler. Les jumeaux une fois disparus de notre ville, elle redevenait la dame lointaine, amie et protectrice de ma mère, à laquelle je devais respect et salutations, et il me semblait que par un mouvement semblable il devait en être de même pour elle, je redevenais le jeune garçon insignifiant qu'elle se devait de gratifier d'un sourire bienveillant, à tout hasard, parce qu'elle ne savait plus très bien qui il était exactement.

"Oh, Raphaël, comme je suis contente de te trouver !" me dit-elle en m'embrassant avec chaleur, et "pourquoi ne viens-tu plus nous voir, tu nous manques beaucoup". Je suis resté stupidement planté, elle parlait de l'école, de son mari, de ma mère, la grand-rue tanguait devant moi, ce n'était plus la grand-rue mais une image tendue par un magicien mauvais pour fracasser les petits garçons, il fallait que je me métamorphose à toute vitesse pour reprendre la main, j'ai fait un grand effort et tout soudain je suis redevenu le Raphaël qui baby-sittait chez les Desfontaines, et madame Desfontaines était de nouveau la grand-mère qui préparait le goûter pour les trois enfants qu'elle aimait. "Tu es tout pâle, mon petit Raphaël", dit-elle soudain et moi presque simultanément : "Vous avez un beau tailleur, madame Desfontaines", parce que je voulais signaler mon retour dans son monde, et ne trouvais rien d'autre que ce qui était là sous mes yeux, un beau tailleur, oui, avec des parements blancs et des boutons dorés. "Merci, Raphaël", me dit-elle, et nous restions là, l'un devant l'autre, hésitants. "Ça va, madame Desfontaines ?" ai-je dit enfin. "Ils n'écrivent pas, tu sais", a-t-elle dit, comme pour s'excuser de n'avoir pas de nouvelles à me donner. "J'avais pourtant bien recommandé à Camille de nous envoyer un petit mot de temps en temps, mais… une fois qu'ils sont là-bas, c'est le tourbillon." Et puis, m'englobant dans cet abandon, "ils nous oublient, mon pauvre Raphaël".

Je brûlais d'envie de lui dire "madame Desfontaines, ils n'envoient que des cartes, sans rien d'écrit dessus, à part leur signature", mais peut-être ne recevait-elle même pas de cartes, ou peut-être voulait-elle dire qu'ils ne lui faisaient pas de vraies lettres, avec détails et tout. Je ne voulais pas trahir Léo et Camille ni lui causer de la peine. Soudain je me suis jeté contre elle, contre son beau tailleur à boutons dorés, et je l'ai confusément étreinte. Je sens encore la marque de ces boutons sur ma poitrine. "Eh bien, eh bien mon petit Raphaël…", elle m'a gentiment écarté, "viens nous voir si tu t'ennuies, cela nous fera plaisir". Si tu t'ennuies ! Mais je ne m'ennuie jamais, madame Desfontaines, je voulais vous offrir un peu de consolation, mais une dame comme vous n'avait pas besoin de la consolation d'un petit garçon, voilà ce que je ressassais en traînant mon cartable sur le chemin du retour, sourdement furieux contre moi-même, et les Desfontaines et Léo et Camille. "Qu'est-ce que j'en ai à foutre de vos cartes, me répétais-je en boucle, qu'est-ce que j'en ai à foutre de vos cartes ?"

J'aurais voulu avoir des choses extraordinaires à raconter aux jumeaux, mais je n'en voyais aucune dans ma vie. Ici, à Bourgneuf, rien, et ils connaissaient déjà, de toute façon. Chez moi, peu de choses. Ma mère ne voulait pas d'hommes dans sa vie, il y avait eu mon père, il ne devait plus y avoir personne, c'est ce qu'elle me répétait chaque fois qu'elle "voyait" quelqu'un, cela voulait dire "ne te mêle pas de mes histoires", et je choisissais de fermer les yeux lorsqu'elle rentrait un peu plus tard, soi-disant à cause d'une réunion à la mairie. Tant qu'aucun homme n'entrait dans notre maison, nous pouvions l'un et l'autre poursuivre cette fiction qui nous arrangeait.

Il ne pouvait y avoir chez nous d'histoires d'amour que les miennes, ma mère les guettait, mais je n'en avais pas. "C'est bizarre, disait-elle, un beau garçon comme toi." Ce qui était bizarre, c'était notre façon de vivre, ma mère avec ses breloques ethniques et ses idées à part, pas de télévision, contre la consommation, et en même temps son désir de s'élever, d'avoir un salaire, ses ambitions pour moi. Et moi, dans une sorte de rêve immobile, ni ici ni ailleurs, en attente. Mon seul lien avec la réalité immédiate et les jeunes de mon âge, c'était Paul.

Paul avait une petite amie, Elodie, une fille de notre classe, qu'il retrouvait chez moi quand nos cours finissaient tôt l'après-midi. C'était plus tard, nous avions dix-sept ans. Pendant qu'ils occupaient ma chambre, j'allais faire un tour de vélo, décrivant des cercles pas trop larges autour de la maison, un peu inquiet tout de même, redoutant que ma mère ne rentre inopinément. Je pédalais devant chez les Desfontaines à toute allure, revenais par la rue derrière, repartais chercher des pains au chocolat pour nous trois à la boulangerie-épicerie de la place, je m'ennuyais ferme mais j'étais habitué à l'ennui, l'ennui ne me dérangeait pas, quand je revenais ma chambre était rangée, Paul et son amie m'attendaient, nous mangions nos pains au chocolat, Paul et moi silencieux, Elodie bavarde. Par timidité, je pense maintenant, elle me provoquait. "Tu ne l'aimes pas beaucoup, hein ?" me disait Paul. "Pas trop. – Tu peux coucher avec elle, si tu veux. Je crois qu'elle te cherche." Ma seule réponse : "Bof !" Jusqu'au jour où Paul a dit soudain "c'est moi qui vais faire un tour à vélo, je reviens tout à l'heure", et je me suis retrouvé seul avec cette Elodie qui faisait de grands efforts pour avoir l'air décontractée.

Nous avons couché ensemble puisque c'était le plan, aussi mal à l'aise l'un que l'autre, elle me faisait de la peine, je ne me souviens pas d'avoir eu beaucoup de plaisir, moins sans doute que dans mes rêveries solitaires. Elle était jolie je suppose, cette Elodie, ronde et charnue, les cheveux ébouriffés parsemés de petites pinces de toutes couleurs, un anneau minuscule niché dans le nombril, les yeux maquillés de rose et de brun et de bleu, une petite bouche en cœur où les lèvres ne connaissaient jamais de repos, elle riait fort, parlait fort, suçait avec ardeur, en fin de compte je ne pouvais la supporter, trop de présence dans un seul corps, j'étouffais auprès d'elle. Nous étions rhabillés depuis longtemps mais Paul ne revenait toujours pas. "Attends-moi là, ai-je dit à Elodie, je vais voir." Je suis parti faire le tour des rues avoisinantes, et voilà soudain que j'aperçois mon Paul, assis à côté du vélo, le vélo couché une roue en l'air, et Paul à moitié assommé, le genou en sang, incapable de bouger semblait-il. "Ça fait longtemps que tu es là ?" ai-je dit. "Je sais pas", a-t-il balbutié. "Qu'est-ce qui t'est arrivé ? – Je sais pas." Finalement ce n'était pas un bon plan, cette idée de me faire coucher avec Elodie.

Je me suis assis à côté de lui, attendant que son étourdissement lui passe, nous étions dans la rue des Glycines, une rue bordée d'un côté par le mur d'un entrepôt de meubles, de l'autre par des jardins sur lesquels donnait l'arrière des maisons. Les volets sur ces façades de derrière étaient tirés, laissant juste une fente d'ombre entre les deux battants, la rue était déserte, les jardins immobiles et silencieux, un chat était posté sur le pilier d'en face, la tête sur ses pattes comme un sphinx, ses yeux deux fentes braquées vers nous. Réverbération du silence, de la lumière et de l'immobilité. Nous aurions pu rester longtemps ainsi, côte à côte, à attendre que quelque chose bouge pour bouger nous-mêmes. Quelle saison, quel mois, ne me demandez pas. Nous étions dans le temps des rues de notre petite ville, le temps de la province, il lui arrivait souvent de se figer ainsi, nous y étions habitués, c'est dans ce temps-là que nous étions d'ordinaire, au cours de nos longues déambulations, avec le ballon qui sautait de l'un à l'autre, et rien à raconter, vraiment. Le ballon nous servait de moteur, tap tap, et nos hanches et nos épaules qui se heurtaient et se relançaient, et nos pas qui faisaient leur bruit de marche, mais cet après-midi-là, quoi donc pourrait nous mettre en mouvement ?

L'heure tournait, ma mère allait bientôt rentrer, j'ai avisé le chat et l'ai fixé méchamment en sifflant entre mes lèvres, il a redressé la tête, puis les pattes, nous le regardions, intéressés soudain et, quand il a sauté dans le jardin derrière et filé, nous nous sommes levés aussi, "sale bête !", ça faisait du bien d'injurier un chat anonyme, le vélo roulait à peu près, avec juste un grincement du pédalier contre le haut de la béquille, il faudrait les régler, nous avions un bon sujet de conversation jusqu'à la maison, Elodie n'était plus là, Paul a nettoyé le sang de son genou, puis nous nous sommes affairés sur le vélo.

L'affaire d'Elodie n'était pas finie, je l'ai appris à mes dépens, car si indifférent que j'aie cru l'être lorsque nous avions fait l'amour, baisé plutôt, je me suis vite aperçu que je ne l'étais pas du tout. Me torturait d'abord l'histoire du préservatif, que je n'étais pas sûr d'avoir utilisé correctement, ensuite il y avait Paul, je n'étais plus sûr non plus du rôle qu'il avait joué exactement : avait-il fait exprès d'aller faire ce tour à vélo pour me laisser le champ libre avec sa copine ? Et s'il l'avait fait, était-ce par souci d'égalité, par désir d'éprouver les sentiments de cette fille, ou par quelque autre obscure motivation que je n'osais explorer ?

Et enfin il y avait toutes ces choses du corps d'Elodie qui me revenaient une à une maintenant qu'elle n'était plus dans mes parages. Son ventre bombé, sa toison que j'avais à peine devinée, puisqu'elle avait gardé sa culotte, et ses seins aussi je ne les avais pas regardés, puisque je ne lui avais pas enlevé son soutien-gorge, et cette phrase de Paul, au sujet de Léo, cette phrase qui me hantait en arrière-plan, "je ne sais pas, Raf, des fois je me demande…"

A cause de cette phrase laissée en suspens, je n'ai rien dit à Paul de la rapide étreinte avec Elodie. "Des fois, je me demande, Raf…" Que se demandait-il ? Si j'étais amoureux de Léo ? Je n'avais pas de réponse à cette question, ne me la posais pas d'ailleurs, mais si Paul avait voulu vérifier ce qu'il en était, je me sentais autorisé à lui infliger une petite punition. Je ne lui ai donc rien dit de ce que j'avais fait avec Elodie pendant qu'il se cassait la figure à vélo et il ne m'en a rien dit non plus, ainsi en allait-il entre nous, et comme elle était toujours sa petite amie et qu'il continuait à la voir, chez lui maintenant puisque ses parents avaient décidé de fermer les yeux, il n'y avait pas de raison de revenir là-dessus.

Ce qu'Elodie elle-même avait voulu, non je n'y pensais pas beaucoup. Son petit ventre dodu m'avait sidéré, si différent du mien, j'étais une grande asperge efflanquée à l'époque, "un loup maigre" disait ma mère, "un vrai poulet-bicyclette !" Bon, Elodie c'était ce petit ventre dodu, Elodie c'était ma première fille, mais je n'arrivais pas à la voir en entier, ni même à me rappeler très bien ce qui s'était passé sur mon lit avec elle. Aucune envie de me retracer son visage le soir dans la solitude de ma chambre, elle continuait à me déranger beaucoup, elle était trop elle-même, tout entière contenue dans ce corps dont elle faisait si grand cas. J'avais un peu de pitié pour Paul qui s'enfermait dans ce corps aux frontières bornées, avec cette fille qui n'avait pas d'ailleurs, et c'est sur ce mot que vous m'avez sorti votre joker, monsieur mon psy. "Cette fille qui n'avait pas d'ailleurs...", avez-vous repris, et après un silence, de cette façon sournoisement tranquille qui résonnait aussitôt en moi comme un signal d'alarme, bip bip Raphaël, attention voici la révélation, "pas *d'ailleurs*, c'est-à-dire pas de jumeau...", bingo, eh oui bien sûr ! Et comme j'aurais aimé, alors, avoir les yeux si limpides de Léo et Camille, leur regard transparent qui n'ouvrait que sur d'autres transparences.

Comme j'aurais aimé me retirer dans d'insondables transparences, éployer de larges ailes et voler, voler dans des ailleurs vides à l'infini, me poser sur des colonnes d'air, replier mes ailes et me laisser bercer... Vous étiez miséricordieux, monsieur, vous me laissiez reposer, et puis au moment où ma tête commençait à dodeliner, vous repreniez "mais la boue, Raphaël...", ah oui la boue, "je ne suis pas au bout de cette boue, n'est-ce pas, monsieur ?", vous hochiez la tête benoîtement, vous n'aimiez guère mes jeux de mots, moi non plus d'ailleurs, alors revenons à la boue, à la boue sous la balançoire, la veille du départ des jumeaux pour Paris puis New York, tout de même nous n'avions que sept et dix ans, est-ce important ?

Après la balançoire, Camille avait glissé sur la terre encore détrempée du jardin, peut-être l'avais-je bousculée, sa jolie robe neuve était maculée de traînées noirâtres, un instant j'ai perçu une vacillation dans ses yeux, qui répondait à celle qu'il y avait dans mes yeux, allait-elle pleurer, ses pleurs seraient-ils un ruisseau apaisant sur mes écorchures ou au contraire un impensable cataclysme ? Camille et moi étions sur un qui-vive violent, rivés l'un à l'autre par cette vacillation dans nos yeux. Une fraction de seconde, pas plus, et puis-je être sûr que je n'ai pas inventé cet instant ? Une petite fille sage et un garçonnet tout juste monté en graine, une vie peut-elle se nouer dans l'infinitésimal du temps, deux êtres nageant encore dans les eaux informes et confuses peuvent-ils heurter en même temps la même pointe de rocher et que ce choc infime ne cesse en sourdine d'irradier en eux des années après ?

Je ne cherche pas d'excuse, j'agite simplement le kaléidoscope de mon histoire, guettant quelles formes possibles il recèle, espérant qu'il s'en trouvera une qui me dédouanera entièrement, me rendra tout neuf et libre à la vie des jeunes de mon âge, en attendant je m'invente des crêtes rocheuses, des alevins argentés filant entre deux reflets, des rochers tapis sous la surface obscurément miroitante.

J'invente bien peu. A part cette semaine au Mali à la remorque de ma mère, je n'ai presque pas voyagé, mon champ de métaphores n'est guère plus vaste que celui de mes aventures avec Paul. Le conquistador de la métaphore, ce n'est pas moi, Natacha, pas encore ! Quand nous n'en pouvions plus, Paul et moi, de marcher dans les rues toujours les mêmes de la ville, nous prenions le chemin des Gaules vers les collines et parfois nous montions jusqu'aux Carrières, chez ma grand-mère, ce qui donnait un alibi imparable à notre expédition en cas de grabuge à la maison.

Nous étions sûrs de la trouver chez elle : elle regardait la télévision toute la journée, jeux, séries et publicités. Ma mère lui avait donné de l'argent pour faire réparer ses gouttières, mais elle s'était aussitôt acheté cet énorme bazar, qu'on entendait zaziller dès l'entrée du chemin, et les gouttières gouttaient toujours. C'était un drôle de zèbre, cette grand-mère. Il nous fallait d'abord manger ce qu'elle

servait d'autorité, des biscuits ramollis et du chocolat de ménage, mais parfois aussi, ô surprise,
ô bonheur, du Nutella et à la cuiller, car ma grand-
mère avait découvert cette douceur sur le tard
et se l'était autorisée à cause de son goût de
noisette, "ces Américains, ils en ont donc des noisettes aussi !" s'exclamait-elle, "ben pourquoi ils
en auraient pas, mémé ?" disait Paul avec une
pointe de condescendance, et l'irascible mémé
s'emportait, "c'est pas pour les noisettes que je dis
ça, Paulo de mes deux, mais pour l'idée de les faire
fondre avec du chocolat, les noisettes tu crois pas
que j'en ai pas ma claque peut-être, on mangeait
que ça nous autres quand on était petits, ça m'a
cassé toutes mes dents, vous savez pas ce que
c'est, vous, d'avoir faim, alors leur gâteau aux noisettes, c'est pas moi qu'en achèterai, je vous le
dis, mes petits, et j'en ferai pas non plus". Il faut
savoir que le gâteau aux noisettes est la spécialité
de notre région, celle qui trône dans les belles
pâtisseries du centre-ville, celle qu'on apporte le
dimanche à ses hôtes distingués, ou qui s'offre
aux nobles étrangers en visite, on peut même
l'envoyer par la poste en souvenir, tout cela expli-
quant en partie la vindicte de ma mémé. A dire
vrai, on ne savait jamais si elle ne se moquait pas
de nous.

Elle nous regardait de ses petits yeux gris à moitié cachés sous des sourcils en bataille, contente
de sa sortie, elle n'avait déjà plus grand monde
pour écouter ses discours, c'était une très vieille
femme, une arrière-grand-mère plutôt, et pas même
vraiment la mienne, pas plus qu'elle n'était vraiment la mère de ma mère, comme je l'ai appris
par bribes, je devais quand même bien le savoir
un peu, mais Paul et moi mettions un point d'hon-
neur à laisser de côté "les histoires de famille". Je

sentais sans doute que je n'avais rien à gagner à connaître les miennes, et lui qui en savait sûrement plus que moi sur ma propre famille (son père était au courant de tout) devait sentir la même chose puisqu'il était mon ami, et donc nous n'abordions pas ces sujets.

Mais surtout Léo et Camille prenaient toute la place en ce domaine, la famille de Léo et Camille était une galaxie étincelante à elle seule, ma famille à moi n'était qu'un petit fragment d'étoile morte dont nul astronome digne de ce nom n'aurait pris la peine de tracer la dérive. Ma famille, c'était ma mère et cette autre femme, celle que j'appelais ma mémé des Carrières, et il n'y avait pas à réfléchir là-dessus. Et donc, ayant patiemment écouté ce que nous jugions être ses radotages et amplement écorné son pot de Nutella, et aussi, il faut le dire à notre décharge, réparé une bricole ou deux dans sa bicoque, nous filions vers les anciennes carrières interdites pourtant au public, sûrs qu'elle ne nous trahirait pas, et là nous nous amusions à escalader les pentes raides et les rochers aigus, d'où mes comparaisons, et pour les alevins et ablettes, c'est la même chose, c'était nos séances de pêche, avec la famille de Paul le plus souvent, au bord de la rivière ou du lac de V.

Et, monsieur le psy, permettez cette fois que je me fiche de vos petites phrases insinuantes que j'entends parfaitement en cet instant, car si je n'ai pas de mémoire pour les saisons et les lieux, j'en ai une très affûtée pour "les rapports interpersonnels" selon l'expression que vous et les autres m'avez servie si souvent, "vous fuyez, Raphaël…", disiez-vous. Non, je ne fuis pas. Je rétablis seulement les choses et pour une fois, c'est moi qui décide.

Si je raconte maintenant ces petites aventures avec Paul, c'est parce que mes comparaisons et métaphores, si banales qu'elles soient, ont un sens dans notre histoire, et surtout c'est pour revenir sur cette question du temps qui selon moi est plus pertinente que le sexe ou les secrets de famille, si seulement j'avais pu l'expliquer. Le temps de notre ville et de notre enfance, non ce n'était pas le temps des banlieues "sensibles", ni celui des grandes villes, ni celui des communautés rurales, ces lieux fournisseurs de faits divers pour les journaux télé-visés et qui étaient la grande référence de mon aréopage, je le sentais bien, pour aborder les pro-blèmes des "jeunes". Il faut comprendre ce temps d'alors si vous voulez comprendre ce qui a pu se passer en un éclair entre Camille et moi, ce mo-ment où dans nos yeux nous avons dansé l'un autour de l'autre, elle avec sa petite robe tachée de boue et moi les mains encore accrochées sur la balançoire.

Elle s'était relevée aussitôt, fillette longiligne et très droite, j'avais bien une tête de plus qu'elle mais elle m'a toujours semblé aussi grande que moi, ses lèvres tremblaient un peu, les miennes aussi sans doute, sur cette crête où elle pouvait verser du côté des pleurs et moi du côté du rire, ou moi du côté des pleurs et elle du côté du rire. Un garçon qui bouscule une fille, une fille qui se moque d'un garçon, c'est ce qui arrivait tous les jours dans notre cour de récréation où les jeux n'étaient pas tendres, mais il se passait entre nous quelque chose de si compliqué que nous avons hésité, une fraction de seconde, et cela a suffi pour que cette indécision reste à jamais entre nous, car Léo à son tour s'est jeté sur le sol, et je ne sais comment nous nous sommes retrouvés comme des vers à nous tortiller tous les trois sur la terre au pied de la balançoire, dans l'aire de réception qui se transformait en une pataugeoire molle et boueuse. A ramper en nous tournant autour et en nous salissant méthodiquement, comme si nous venions d'échapper à un danger et qu'il convenait de marquer le coup.

Nous y allions de tout cœur, les cheveux, les coudes, les pieds, les oreilles, il fallait nous mettre à égalité, voilà ce qui était en jeu au fond, mais c'était marrant surtout, ne perdons pas cela de vue. Et plus intense que ma courte plongée dans le ventre d'Elodie, même si cela ne peut vraiment se comparer.

"C'est vous qui comparez, Raphaël...", m'avez-vous susurré.

Je fais ce que je peux, monsieur, j'ai bien conscience que ma vie n'a rien de remarquable, nous sommes la génération des enfants qu'ont épargnés les cavaliers de l'apocalypse, nous jouons à nos jeux d'enfants sur une pelouse correctement entretenue avec dans nos sacoches des goûters suffisamment nourrissants et des boissons bien sucrées, les cavaliers foncent de toutes parts, nous entendons le fracas de leur galop, les ouragans et les incendies que soulève leur passage, les cavaliers féroces tournoient, parfois nous levons les yeux tout étonnés, mais notre pelouse est intacte, nos goûters aussi, et tout ce fracas ne fait au bord de notre aire de jeux qu'un bruit de roulement sur un boulevard et, en fin de compte, nous sommes surtout habitués à la sirène des voitures de pompiers.

"Notre boue n'est pas la boue des tranchées", ai-je dit et je savais ce que vous alliez me dire : "Bien sûr, mais c'est la vôtre." La boue d'une pataugeoire ! Parfois j'étais dégoûté de mon histoire, et alors il me disait, le cher homme, il susurrait "après la pataugeoire... le bas, la corde, Anne...", entendu, monsieur, compris, donc reprenons, la boue, Léo et Camille et moi, rampant comme des vers de terre, grognant et soufflant, excités et vaillants, dans l'euphorie d'un obscur accomplissement.

La suite ne s'est pas très bien passée, ni très mal non plus. J'étais l'aîné, j'aurais dû recevoir un bon savon, et les jumeaux aussi, à la suite. Nous avons été vigoureusement savonnés, certes, mais physiquement seulement. Camille et Léo très poliment : "Excuse-nous, grand-mère", contrition sans explication, ils étaient très forts dans ce genre d'exercice. Moi je n'arrivais pas à proférer la moindre excuse, pétrifié et comme d'habitude cherchant désespérément les ailes que je n'avais pas pour m'envoler ailleurs, vous savez ce qu'on dit de la douleur des amputés, que leur membre absent continue à les faire souffrir, je souffrais de l'absence d'ailes, mon corps n'était qu'un moignon douloureux.

Madame Desfontaines nous a poussés dans la grande salle de bains, nous a fait retirer nos vêtements sur-le-champ, et ordonné d'entrer dans l'eau tous les trois dès que le niveau serait "à cette hauteur, là, tu vois Raphaël, et alors tu arrêteras le robinet, d'accord ? – Oui, madame Desfontaines", mon cœur se gonflait de reconnaissance pour elle. Malgré mon horrible défaillance, elle me gardait mon statut de "grand", j'étais toujours celui à qui on fait confiance, à qui on confie les responsabilités. Je gardais les yeux fixés sur la paroi de porcelaine de la baignoire, cillant presque de douleur tant elle étincelait, m'efforçant de ne pas perdre de vue l'imaginaire ligne sur la paroi sans repère.

Quelques semaines plus tard, je suis tombé par hasard à la bibliothèque sur des récits racontant les expéditions de Scott et Amundsen. Je lisais peu, davantage sans doute que les autres enfants de ma classe, mais par désœuvrement surtout, les livres me restaient extérieurs. Ceux-là, pourtant, je les ai lus comme si mon corps était contenu entre les pages, comme si j'y retrouvais une expérience intime, qui n'avait encore jamais eu de mots ni de lieux pour s'exprimer. Je les ai lus la nuit, chez moi, dans une exaltation stupéfaite, je les cachais de ma mère, de Paul, comme s'il s'agissait d'une lecture honteuse. Et maintenant je vois (littéralement) ce qui m'avait attiré au Palais de la culture de Bamako, où je t'ai rencontrée, Natacha. Je vois les affiches sur les arbres, sur les murs, dans notre hôtel. Ce qui avait accroché mon attention, ce n'était pas tant les lignes qui annonçaient le festival des écrivains, mais celle qui se détachait au-dessus. Tout en haut, en gros caractères, il y avait écrit : ÉTONNANTS VOYAGEURS.

A surveiller le niveau de l'eau dans cette sacrée baignoire, j'oubliais que j'étais tout nu, ce qui ne m'était arrivé devant personne, sinon ma mère et il y avait déjà longtemps, soudain j'ai arrêté les robinets, madame Desfontaines est arrivée et s'est mise à frotter les petits vigoureusement, "tu te débrouilles tout seul, hein, Raphaël", a-t-elle dit en relevant ses manches. Son torse penché sur la baignoire, ses bras solides couverts de mousse faisaient un écran derrière lequel, le dos tourné, je me savonnais avec prudence, mais au moment où j'essayais subrepticement de me glisser hors de la baignoire pour attraper une serviette, "tsss, tsss, on ne s'en va pas, on rince maintenant". Atterré, j'ai dû contempler jusqu'au bout l'eau grisâtre qui s'écoulait et attendre que remonte l'eau claire, dans laquelle elle nous a abandonnés, et où nous avons bien été obligés de nous voir tous les trois, comme des poissons sortis de la rivière sombre et jetés dans une bassine d'eau pure. Mais les jumeaux ne me prêtaient aucune attention, ils s'amusaient à faire jaillir de petits geysers, faisaient couler des cascades entre leurs doigts. J'étais assis tout recroquevillé sur mes genoux, "pourquoi tu joues pas, Raf ?", et puis Camille : "Tu as l'air d'un faitout." Léo l'a reprise sur ce dernier mot, elle a recommencé, "tu as l'air d'un fitou", ou "fiteus", ils se sont assis comme moi, leurs genoux touchant les miens, la tête posée sur leurs bras repliés, jusqu'à ce que l'eau qui clapotait encore réduise sa houle, se taise, puis silence. "It's weird", a murmuré Léo, et Camille a traduit "c'est bizarre", sans relever la tête, et puis l'un ou l'autre "c'est bien", et soudain ma gêne avait disparu, l'eau était encore très chaude, vapeur dans l'air et buée sur les murs et le miroir, nos genoux collés, image flottante d'une étoile de mer, je m'endormais.

Tout le reste de la soirée, même après m'être rhabillé, avoir dit au revoir à monsieur et madame Desfontaines, être rentré chez moi, avoir dîné et parlé avec ma mère, cette sensation de torpeur endormie m'est restée, et ce n'est que bien plus tard, des jours ou des semaines, que m'est revenu le mot bafouillé des jumeaux. "Faitout", je savais très bien ce que c'était, mais quel rapport ?

"Maman, ça sert à quoi, un faitout ?" ai-je demandé, pour voir. "Tu le sais bien, voyons, à faire les nouilles." Et moi, déjà consterné, "rien que les nouilles ?", et ma mère "mais non, on fait tout dans un faitout". Pendant plusieurs années, chaque fois que ce minuscule souvenir de notre station dans l'eau et la vapeur zébrait ma mémoire, deux sensations furtives et concomitantes l'accompagnaient, l'une soulevant une fureur dormante, l'autre au contraire une sorte de fierté sourde. C'était simple : si la première définition de ma mère était la bonne, les jumeaux s'étaient bien payé ma tête, j'étais une nouille pour eux, mais si la deuxième définition de ma mère était la bonne, alors j'étais tout pour eux. Ce "faitout", je l'ai traîné comme on dit "traîner une casserole", casserole virtuelle la plupart du temps, mais lorsque le faitout se matérialisait dans ma tête, quel drôle de bouillon il contenait, une soupe confuse où flottait une étoile de mer à trois branches, Léo, Camille et moi.

Lorsqu'ils sont revenus, pour leur seconde année dans notre ville, à Bourgneuf, ils avaient treize ans, moi seize. Ils avaient été inscrits au collège, j'étais au lycée, ils n'avaient plus besoin de baby-sitter, nous n'avions aucune raison de nous revoir.

J'étais dans la cour de ma maison, en train de démonter mon vélo, en short et torse nu, les mains pleines de graisse, en sueur. La rentrée me rendait nerveux, quand j'étais nerveux je bricolais de la vieille mécanique, j'étais bon en bricolage. Soudain ils étaient devant moi. Je n'avais pas entendu de sonnette, ni de grincement à la porte d'entrée, ni à celle de la cour.

"On est entrés", a dit Léo. Sa voix avait changé. "Comment vous saviez que j'étais là ?" ai-je fait. "On le savait", a dit Camille. Je les reconnaissais bien sûr, mais d'une autre façon je ne les reconnaissais pas du tout. Ils me semblaient presque aussi grands que moi, c'était leur manière de se tenir très droits, alors que tout en moi penchait. "Tu as grandi", a dit Léo. "Vous aussi", ai-je fait. "Tu mesures combien ?" a dit Camille. "Un mètre quatre-vingt-cinq, ai-je dit, mentant d'un demi-centimètre, et vous ?" "Un mètre soixante-dix. – Pareil tous les deux ? – Presque." "Un mètre soixante-dix, c'est la moyenne des deux", ont-ils dit. "Bon alors, c'est lequel le plus grand ?" "C'est Camille", a dit Léo. "Normal, a dit Camille, les filles grandissent plus

vite que les garçons, mais après on sera pareils."
"Non, c'est Léo qui sera le plus grand" ai-je renvoyé. "Pas grave, a-t-il dit, on fera toujours la
moyenne." Toujours aussi tarés, ai-je pensé. Il n'y
avait plus rien à dire, je me suis remis à faire tourner le pédalier de mon vélo, ils me regardaient sans
bouger.

"T'es cracra", a observé Camille. Sa voix semblait venir d'un puits profond. Et tout m'est revenu
d'un coup, la boue, la baignoire, l'étoile de mer,
comment était-ce possible, je n'avais pas beaucoup pensé à eux pendant ces six années d'absence, j'avais eu des nouvelles de temps en temps
par ma mère, par leurs cartes, mais ils n'étaient
plus que deux silhouettes confuses que j'écartais
au plus vite si elles se profilaient dans ma tête, et
voilà qu'ils étaient là devant moi, sans crier gare,
et tout était pareil, nous avions six et neuf ans, deux
mômes de six ans qui mesuraient un mètre soixante-
dix, et un môme de neuf ans d'un mètre quatre-
vingt-cinq. Je faisais tourner mon pédalier à grands
coups de paume sur le pneu, les yeux rivés aux
rayons de la roue, si le vélo avait été à l'endroit, je
l'aurais enfourché immédiatement, plantant là les
deux visiteurs. J'avais besoin des rues, de l'espace, mais tel qu'il était, renversé et posé sur sa
selle comme un scarabée retourné, c'était impossible, je m'accrochais au tournoiement des rayons,
j'étais en pleine crise d'apnée, et chlac sur le pneu,
et que tourne la roue, tant qu'elle tournait j'étais
inaccessible, loin, dans l'éternelle giration des planètes.

Alerté par un mouvement infime, j'ai levé les
yeux, ils n'étaient plus là, bon débarras, mais ils
étaient là, sous l'appentis, accroupis à l'angle où
le toit rejoint le sol, serrés l'un contre l'autre. "Vous
tenez plus là-dessous", ai-je dit. "Si, on tient", a dit

Léo. "Vous êtes que des mômes !" ai-je dit. "J'ai mes règles", a rétorqué Camille. Je me suis senti devenir rouge dans le ventre et la poitrine, mais ce qui me tuait c'était sa voix, le ton de sa voix, où il n'y avait nulle provocation, mais une simple réponse à ma phrase, un renvoi comme au ping-pong, comme si nous reprenions nos anciens échanges sans qu'il y ait eu cette énorme absence, et il y avait plus, une gentillesse que je n'arrivais pas même à saisir tant j'étais sonné, et comme je ne répondais pas, elle m'a renvoyé une autre balle pour ainsi dire, "t'as une grosse voix, toi", et cela voulait dire "on a changé tous les trois, mais ce n'est pas grave", cela voulait dire "ne t'en fais pas pour ta grosse voix et ta dégaine voûtée et tes mollets pleins de poils, et ton torse maigre, et la sueur de tes aisselles et la graisse sur tes mains, on est à égalité de toute façon".

Ils m'avaient rattrapé, les deux petits salauds, six années effacées d'un coup, mes seize ans de grand adolescent emmêlés de nouveau à leurs treize ans de gamins, "je suis dégueulasse" ai-je dit, et tout était revenu comme avant, ma rougeur était partie, mon apnée aussi, "on va te laver" a dit Camille, et aussitôt Léo à Camille "tu fais chier" et elle à lui "si tu veux pas, t'as qu'à finir de lui réparer son vélo", et lui à moi "des fois elle se sent plus !", et elle à moi "tu viens, oui ou merde !" C'était la première fois que je les entendais se disputer, ou du moins parler en désaccord, et surtout parler grossièrement. J'étais revenu totalement avec eux et déjà je me trouvais perdu, effaré, se disputaient-ils vraiment, étaient-ils en train d'essayer de me tirer chacun vers lui, vers elle ? Et cette façon de parler, eux qui étaient si polis, était-ce un jeu, une manœuvre ?

"C'est quoi, cette façon de parler, ai-je fait, c'est nouveau, ça vient juste de sortir ?", j'ai ajouté "et puis sortez de là, à la fin". Ils se sont extirpés de dessous l'appentis, salis à leur tour, poussière et traces de je ne sais quoi. "C'était pour que tu refasses le baby-sitter", a dit Camille. "C'est ça qu'elle veut, c'est vrai, Raf", a dit Léo. Ils me tuaient, ces deux-là. "Ouaf, ouaf !" ai-je fait, ils se moquaient de moi, de nous, de notre enfance, de cette époque antique où ils avaient été assez naïfs et bébés pour accepter un gardien tel que moi, eux les grands voyageurs et moi le pauvre niais qui ne décollait pas de sa province, "ouaf, ouaf !", il fallait montrer que j'entrais parfaitement dans leur plaisanterie, que s'ils se moquaient, moi aussi je me moquais, et d'eux surtout, "ouaf ouaf", à malin malin et demi. Mais ils ne se moquaient pas, ils restaient silencieux à me regarder, l'air vaguement peinés, intrigués plutôt, et soudain j'ai lâché mon vélo, arrêté de donner ces grandes tapes chlac sur le pneu, j'étais tout tremblant, "ça fait longtemps", ai-je dit, et aussitôt Camille, comme si elle n'avait attendu que ce fléchissement de ma part : "On s'embrasse ?"

C'était une question, presque timide, sa voix était pleine de modulations fines, complexes, de sursauts, d'élans et de reculs, trois mots, une phrase minuscule et c'était comme une fugue qui m'emplissait la tête, mon univers se retournait d'un coup, l'après-midi morne pendant lequel je m'étais acharné sur mon vieux biclou dans la cour solitaire était déjà à des années-lumière, toute la nuit je me suis répété ces trois mots "on s'embrasse ?", essayant d'en graver la fuyante mélodie. Je n'avais eu aucun goût particulier pour la musique jusque-là, les CD qu'achetait Paul, je les écoutais avec lui, mais cela me restait extérieur.

Tout me restait extérieur, je m'en rends compte maintenant, mais comme j'étais patient et silencieux, ça ne se voyait pas. Paul avait trouvé un mot qui expliquait tout aux yeux des autres, "c'est un mec réservé, c'est tout". Réservé, donc. Je n'étais pas entré avec mon corps dans la musique, et encore moins dans celle que j'avais pu entendre chez les Desfontaines, Bach surtout, d'où ma référence à la fugue !

Monsieur Desfontaines avait essayé de m'expliquer la musique, celle qu'il aimait, c'était un bon professeur (il avait enseigné les mathématiques), il m'avait même appris à jouer sur son piano quelques mesures de la toccata BWV 911,

le seul fragment de partition que je ne devais jamais oublier, mais quelque chose m'empêchait de prendre vraiment en moi les séquences de notes, et voilà que cette nuit qui suivit le retour de Léo et Camille, agité et fiévreux dans mon lit, j'entendais des bribes de cette toccata, je les entendais dans la douleur d'un rêve, cherchant au milieu d'un fouillis de notes le triolet de Camille, sachant bien qu'au réveil tout serait évanoui.

"On s'embrasse", ai-je dit. Ensuite nous avons été encore un peu gênés, mais le plus dur avait été fait, nous avons pu en revenir aux choses normales, dans quelle classe tu es, et vous dans laquelle, et quels professeurs vous allez avoir, oui je le connais, ah oui il est bien ? et ainsi de suite. Puis soudain Léo : "En fait, on est venus te dire que notre père est là."

Ah bon ? Leur père, Bernard Desfontaines ?

"C'est lui qui nous a amenés cette fois", a dit Camille. "Avec le chauffeur ?" ai-je fait, revenant tout naturellement dans leur univers, où les parents se déplacent avec une voiture de société conduite par un chauffeur, amenant leurs enfants à l'école sur le chemin de leur avion, mais le père de Léo et Camille était venu dans sa voiture à lui, pour partager quelques heures avec ses·enfants si je comprenais bien, et j'ai hoché la tête, cela aussi je le prenais dans la foulée : un père ne peut trouver de temps pour ses enfants qu'en voiture entre deux avions. Normal dans le monde de Léo et Camille. "Et puis les grands-parents aiment pas qu'ils viennent avec le chauffeur, à cause des voisins." A cause des voisins, ah oui bien sûr, "mais pas toi, a dit Camille, toi tu sais comment ils sont, nos parents". Je commençais à trouver étrange leur discours, ils ne parlaient pas autant de leur famille lorsqu'ils avaient sept ans, et pourquoi tenaient-ils tant à m'expliquer que leur père était là ?

"En fait, a dit Léo, les grands-parents voudraient que tu viennes", et Camille "en fait ils t'invitent à dîner", "avec ta mère, en fait", a ajouté Léo.

Je n'arrivais pas bien à saisir le contenu de leurs phrases, obnubilé par ce "en fait", qui détonnait dans leur voix. Ils avaient dû attraper ce tic tout récemment, la langue avait le temps de changer pendant leurs absences. Souples et avertis, ils captaient vite dans chaque pays les expressions nouvelles, en abusaient pour un temps, façon de s'adapter, en fait.

Nous étions assis sur le sol de la cour, encore chaud du soleil de l'après-midi, mais je sentais que cette chaleur commençait à se dissiper, le triangle d'ombre que faisait l'appentis s'allongeait vers nous, dans quelques instants il nous atteindrait, ma mère rentrerait de la mairie, je n'avais pas envie d'entendre ce que disaient les dernières phrases des jumeaux. Ce fragment d'après-midi, depuis le moment où ils avaient surgi devant moi jusqu'à maintenant, faisait à lui seul comme plusieurs jours sans sommeil. J'aurais voulu rester avec eux tranquillement comme nous étions, mais déjà il fallait entrer dans un autre temps pour lequel je n'étais pas prêt.

"Ça t'embête", a dit Léo, "nous aussi ça nous embête", a dit Camille, "ça m'embête pas, mais je ne sais pas si ma mère…", et je suis resté sur ces points de suspension, effrayé soudain. Ma mère, dans la maison Desfontaines, avec monsieur Desfontaines Bernard, le directeur général ? "Grand-mère dit qu'ils se connaissent bien", a dit Camille. Et moi : "Qui ça ? – Ta mère et Bernard, depuis l'enfance, comme nous, quoi." "Bernard, notre père, tu sais", a précisé Léo.

Leur gentillesse parfois, leur incroyable délicatesse, la subtilité de leurs perceptions, j'en étais étourdi. C'était comme de remettre en marche en moi de très fins mécanismes, oubliés depuis des lustres. Et je leur en voulais de tout ce tintinnabulement qui s'orchestrait en moi. J'aspirais à reprendre ma conversation solitaire avec mon vélo et me salir à loisir sur son pédalier. Revenir en arrière, juste avant qu'ils n'arrivent, dans la touffeur sans pensées de cet après-midi de vacances, l'un des derniers avant la rentrée scolaire. Ou voir Paul débarquer, avec son scooter bleu tout neuf, et filer avec lui sur les routes de campagne, à toute vitesse et le vent dans les oreilles.

J'avais besoin de respirer. Tant d'années que nous ne nous étions vus, et ils étaient là, soudain. Camille et Léo.

"Il faut que je me change", ai-je balbutié. Ils m'ont suivi dans la salle d'eau pendant que je prenais ma douche, et il me fallait reprendre cela aussi, leur totale absence de pudeur, "je t'essuie" a dit Camille, "non" ai-je crié et, aussitôt, un ton au-dessous, "non", elle a reculé, pas du tout fâchée. Ils m'ont suivi dans ma chambre, se sont assis sur mon lit, "c'est vous qui me baby-sittez, là, ou quoi ?" ai-je fait, énervé de nouveau, mais soudain Camille a bondi du lit, s'est jetée à mon cou, "on est contents de te revoir, Raphaël, tu peux pas savoir", et Léo a bondi derrière elle, "c'est vrai, Raf, ce qu'elle dit", nous sommes retombés tous les trois sur le lit, emmêlés, nous serrant de tous nos bras, je m'accrochais comme je le pouvais à ma serviette, ému et furieux, dans une ambivalence de sentiments contraires, la même exactement que six ans auparavant, seulement plus exacerbée, mais au fond incroyablement heureux enfin, comme si j'avais été mort très longtemps, et revenais à la vie. "Ma serviette !" ai-je crié, ils m'ont lâché très vite.

Je me demandais ce que j'allais bien pouvoir mettre, un dîner officiel en somme, cela ne m'était jamais arrivé. "Je sais pas quoi mettre", ai-je dit, "ben, n'importe quoi", a fait Léo. Ils portaient tous deux un jean et un t-shirt, comme moi, sauf que ces vêtements n'avaient rien à voir avec les miens, qui n'en semblaient que la caricature, je ne savais pas trop à quoi cela se voyait, mais je savais bien que cela se voyait et j'aurais aimé avoir les mêmes qu'eux, être habillé comme eux, et Camille, comme si elle avait lu en moi : "Mets n'importe quoi et à la maison, on te passera des trucs à nous, comme ça on sera pareils – mais je suis plus grand !", "pas tellement", ont-ils crié, et nous sommes partis dans l'une de ces discussions dont ils avaient le secret, eux se mesurant contre moi, puis Camille en slip enfilant un de mes jeans, je me demandais si elle portait un soutien-gorge, je ne voyais pas bien les petits renflements sous son t-shirt trop large, finalement j'ai gardé mon pantalon et pris le t-shirt de Léo, puis comme nous arrivions dans la rue de la maison Desfontaines, je me suis senti ridicule, "Léo, refile-moi mon t-shirt", on a fait l'échange, sur le trottoir, sous l'œil réprobateur des maisons, soudain : "Et ma mère ?" Je l'avais oubliée.

Mais ma mère avait déjà été prévenue, elle viendrait directement après son travail, "pourquoi vous m'avez pas dit plus tôt ?", je me sentais floué par ma propre mère, je me sentais la victime d'un coup monté, mais déjà nous étions devant le jardin Desfontaines et soudain j'étais bien content d'arriver avec Léo et Camille plutôt qu'avec ma mère. Je me suis vu un instant à ses côtés, petit garçon qu'on emmène en visite, un petit garçon germé en taille, obligé de se voûter des épaules, parce que sa mère, la mienne c'est-à-dire, était petite.

Avec les jumeaux au moins je pouvais me tenir normalement, cela allait, oui cela allait, mais quand même tout cela était épuisant, et déjà voici que j'apercevais cet inconnu, monsieur Desfontaines, Bernard donc, assis sur la balançoire, en bermuda, pieds nus et torse nu, le nez dans son journal, un orteil grattant le sol pour imprimer un mouvement léger à la balançoire, éclatant de couleur dans le soleil déclinant, mais cette couleur n'était que celle de sa peau, bronze doré et poli, une couleur comme on en voyait peu sinon jamais dans notre entourage, à Paul et moi et ses parents et ma mère, une couleur riche, qui faisait comme une armure, si bien que dans le même instant deux images entraient en collision devant moi, celle d'un vacancier hawaïen et celle d'un guerrier de haut rang.

Les jumeaux s'étaient arrêtés à quelques pas de leur père, nous observant silencieusement tous les deux, leur regard allant de lui à moi et retour, j'étais pétrifié. Monsieur Desfontaines a baissé son journal et, comme si nous étions de vieilles connaissances qui ne s'étaient quittées que de la veille, m'adressait un large sourire : "Ah bonjour, Raphaël. Lucette vient d'appeler, elle arrive sans tarder."

Lucette !

Personne ne se permettait d'appeler ma mère ainsi, son prénom était Luce, elle avait horreur du diminutif qui l'avait poursuivie toute son enfance, "Lucette, assiette, sucette", lui criaient les autres dans la cour de récréation. "Bonjour, monsieur", ai-je dit, et lui "appelle-moi donc Bernard" puis d'un signe de tête enjoué du côté des jumeaux, "c'est comme ça qu'ils m'appellent, eux, tu vois ce qu'ils font de mon autorité paternelle". Son rire était contagieux, impérieux, je me suis entendu rire aussi, avec le sentiment étrange de le faire sur ordre, et toujours les jumeaux qui nous observaient, leur fin visage étrangement aiguisé, enfin il a replié son journal, qui n'était pas notre journal local ni même un journal français, et il s'est levé pour nous accompagner dans la maison.

C'était un homme de taille moyenne mais d'une carrure puissante, qu'on devinait entretenue journellement avec un coach privé, "bon je vais me changer, nous a-t-il dit avec un clin d'œil, sinon gare à grand-maman Desfontaines !" Je l'ai détesté pour ce clin d'œil, qu'est-ce qu'il s'imaginait, que nous allions l'accepter comme petit camarade parce qu'il se mettait avec nous contre sa propre mère ! Et en même temps, je l'ai adoré aussitôt, pour cet irrépressible besoin de s'amuser qui jaillissait si naturellement de lui, et s'il n'y avait que des enfants pour rire avec lui, eh bien il riait comme un enfant. C'était une denrée inconnue de moi, ce genre d'attitude. On ne s'amusait pas chez nous, on riait selon des règles que les enfants avaient intérêt à vite comprendre. Manipulateur ou véritablement folâtre, ce monsieur tombé de son avion ? Toujours est-il que je lui ai rendu son sourire, avec un reste d'adoration, et que je m'en suis voulu horriblement. Les jumeaux, eux, n'avaient pas bougé un cil.

Grand-maman Desfontaines, comme il disait, tournait avec agitation dans sa cuisine, "mon pauvre Raphaël, je ne sais plus où j'en suis, et il ne faut pas de graisse, et il ne faut pas de sucre, et pas de pâtisseries, bon vous voulez bien me rincer cette salade, mes petits", j'étais content de me rendre utile auprès d'elle, elle rinçait ses salades à l'ancienne, elle disait "fatiguer la salade", nous sommes donc sortis dans le jardin avec les jumeaux, pour balancer énergiquement et à tour de rôle un énorme panier rond en fil d'acier, et nous asperger copieusement à chaque aller et retour de l'engin, et voici que Léo disait "il te ressemble, non ?", et moi tout occupé à mon travail et ne prêtant pas trop attention, "qui ça ?", et Camille "Bernard, il te ressemble, non ?" Les gouttelettes fusaient en l'air, retombaient en légers panaches aussitôt disparus, tout mon être s'était concentré dans le balancement régulier de mes bras, j'aurais bien aimé que ce moment continue indéfiniment, "tu ne trouves pas ?" insistaient les deux énergumènes, et je leur en voulais cordialement de chercher à briser mon bel élan, j'ai dirigé vers eux mon panier à projection aquatique, y mettant une telle force que je l'ai senti devenir projectile immédiat au bout de mon bras, heureusement à ce moment le portail s'est ouvert et ma mère était là. Je n'avais pas vraiment écouté la question des jumeaux.

"Salut, Lucette !" s'exclamait monsieur Desfontaines, Bernard, revenu parmi nous, en chemisette blanche et pantalon havane, tout sourire et embrassades, niveau le plus élevé du mercure sur le thermomètre des retrouvailles, et ma mère "salut, Binou, tu n'as pas changé", lui aussitôt "et toi, tu as toujours l'air d'avoir seize ans", puis à mon adresse "ta mère était notre grande star à l'école !" et ainsi de suite pendant un bon moment. J'étais gêné pour ma mère car j'entendais bien le ton narquois, la pointe de rosserie dans la voix du monsieur, mais ma mère ne se laissait pas faire. Je ne lui connaissais pas cette capacité de riposte, je guettais chacune des attaques feutrées de l'adversaire, prêt à m'évanouir de honte, mais ma mère lançait ses reparties avec vigueur et bonne humeur, sans se laisser démonter, bravo maman, vas-y, tape fort, elle riait, "Binou, gros nounours !", apparemment c'était l'insulte majeure du temps de leur grande époque, dans la cour de récréation de l'école primaire, cette même école d'ailleurs que celle où j'avais rencontré les jumeaux la première fois, et grand-mère Desfontaines d'en rajouter, sur le mode maternel ému, "il était un peu gros, mon pauvre Bernard, le professeur de gymnastique se moquait de lui parce qu'il n'arrivait pas à grimper à la corde à nœuds, tu te rappelles, Bernard, voyons comment s'appelait-il, ah oui, monsieur Desplat !" Les jumeaux ne pipaient mot, moi de même, nous mangions poliment, moi l'oreille aux aguets et toutes antennes dehors, eux l'air absents, mais je les connaissais trop bien pour savoir qu'il n'en était rien, leur esprit circulait à la vitesse de la lumière, fluant et refluant autour des mots sur des trajectoires connues d'eux seuls, j'étais assis entre eux deux, et je sentais quasiment l'effleurement d'ondes subtiles sur ma peau, à l'intérieur de ma peau.

Monsieur Desfontaines, Bernard, interrogeait ma mère sur son travail à la mairie, combien d'agents techniques, combien d'heures de présence, et les rapports avec ses supérieurs, avec son équipe, et le budget, s'informant avec le plus grand sérieux, comme s'il désirait poser sa candidature au poste d'employé de mairie, ou tout aussi bien comme si le modeste travail de ma mère était celui d'un PDG et son département une entreprise cotée en Bourse, faisant avec son travail à lui au sein du groupe pharmaceutique des rapprochements pleins de bonhomie, et j'avais envie de hurler "pourquoi vous ne demandez pas combien de rouleaux de papier hygiénique elle a le droit de distribuer, tant que vous y êtes ?" parce que c'était cela aussi le travail de ma mère, et que ces rouleaux par paquets de seize et non les cours du pétrole lui étaient un souci permanent, car ils disparaissaient plus vite qu'elle n'en faisait la commande, "à croire que les cuvettes des chiottes les avalent, les cuvettes c'est des gueules de lion et elles avalent mes rouleaux comme des kilos de barbaque, et qu'est-ce que tu crois que je devrais faire, mon chou ?" Bernard Desfontaines s'informait avec sérieux et compétence, et je ne savais démêler s'il le faisait par pure condescendance, par intérêt réel pour le sujet, par habitude professionnelle, ou par amitié pour ma mère. Parfois ses yeux s'égaraient, fuyaient dans le vague, je le sentais à des kilomètres de là, puis vite il se reprenait.

Soudain la phrase des jumeaux m'est revenue, bang dans la tête, boomerang et commotion, "vous vous ressemblez", et dans le trouble soudain d'entendre à retardement, je me suis fait l'idée, le cinéma devrait-on dire, que oui, je lui ressemblais.

Pas physiquement, non, pas dans l'immédiat du moins, son corps puissant et ramassé ne pouvait se comparer au mien, longiligne et anguleux, et ses traits à la fois lourds et acérés aux miens, totalement différents me semblait-il (ta tête d'étranger, disait ma mémé des Carrières de cet air entendu qu'elle prenait parfois juste pour m'irriter), mais dans l'état de tension confuse où j'étais, je sentais une puissance semblable attendant sourdement de gonfler dans mes muscles, l'image de Popeye le marin m'est passée par la tête, n'aie pas peur mon gars, gonfle tes biceps, tu les auras tous ! Mais surtout, il me semblait avoir plongé un instant, un très bref instant, dans l'esprit du père de Léo et Camille, avoir nagé dans ses courants complexes, déjà il ne m'en restait plus qu'une vague exaltation, accompagnée d'un sentiment d'abattement, quelques secondes tout cela, et combien de lignes pour l'exprimer, et combien d'heures pour retrouver cet instant fugitif, et quelle vérité dans cette reconstruction, à qui à quoi se fier ?

A moi seul bien sûr, mais je suis jeune, c'est la première fois que je suis si seul, j'ai envie de pleurer comme un petit chiot, et en même temps de galoper comme un cheval, et encore en même temps de tout lâcher, parce c'est trop pour moi, et de retourner rêvasser, comme je l'ai fait pendant des années, m'abandonnant au temps, me couchant sur le mol oreiller du temps et le laissant me porter, oh comme j'envie les hommes préhistoriques, as-tu vu le film *La Guerre du feu*, Natacha, cette séquence où le petit groupe d'hommes réfugiés sous un rebord de falaise, accroupis, regarde tomber la pluie, et devant eux s'étend la plaine immense, ennui et attente, et le temps sans bornes.

Ma mère aussi interrogeait Bernard sur son travail, mais elle n'avait pas les moyens de poser des questions pertinentes, le groupe pharmaceutique Van Broeker dépassait ses compétences, la conversation s'enlisait, madame Desfontaines en profitait pour revenir à ce qui l'intéressait, sa belle-fille, leur appartement à Tokyo (ils n'étaient plus à Sydney), les réponses étaient rapides, en forme de plaisanteries le plus souvent, Bernard n'était pas prolixe sur sa vie de famille. Monsieur Desfontaines grand-père parlait peu, ce qui l'intéressait, lui, c'était la Bourse et la politique bancaire, mais Bernard éludait aussi, "pas étonnant, m'a expliqué ma mère plus tard, ils ne sont pas du tout du même bord et ça chauffe dur entre eux parfois", apparemment le grand-père Desfontaines ne voulait pas que ça chauffe ce soir-là, "bon, a-t-il dit, on parlera de ça plus tard". Le portable de Bernard a sonné, il avait déjà sonné plusieurs fois et après un bref regard sur l'écran il l'avait aussitôt refermé d'un clic définitif, mais cette fois son visage avait changé d'expression, "tiens, me suis-je dit, voici enfin son vrai visage". Il s'est excusé et est sorti de table, les jumeaux ont échangé un regard, "c'est Astrid" m'ont-ils murmuré, leur mère ai-je aussitôt compris. Quand il est revenu, il avait l'air préoccupé, mais voyant tous les visages tournés vers lui, aussitôt grand sourire : "Ah, j'ai eu droit au grand air du bal des Berceaux ! LéoCamille, elle n'avait pas le temps de vous parler tout de suite, elle vous rappellera." Il disait "LéoCamille", en un seul bloc, madame Desfontaines n'a pu s'empêcher de le reprendre : "Léo ET Camille, voyons !", il y a eu un froid, puis "Lucette, je te raccompagne". La soirée était finie.

Bon, il raccompagne Lucette, mais moi qu'est-ce que je fais ? Personne ne semblait y penser. Ma mère avait l'air exténuée, Bernard avait l'air pressé, madame Desfontaines avait l'air de vouloir débarrasser la table au plus vite et monsieur Desfontaines de l'aider dans cette opération, et pas question que les jumeaux s'en mêlent, "allez jouer avec Raphaël", puis se reprenant, "pardon Raphaël, j'oublie que tu es un jeune homme maintenant", et nous nous sommes retrouvés tous les trois, perclus de fatigue sur le seuil de la maison, bâillant à qui mieux mieux. "Non, ai-je dit, je trouve pas qu'on se ressemble, qu'est-ce qui vous a pris de dire ça ?", "une idée, ont-ils fait, c'était bête", "oui, c'était bête". J'en avais vraiment assez maintenant, j'avais envie d'être chez moi. Ma mère m'avait quasiment oublié, comme si j'étais un pochon de plastique, qu'est-ce que j'étais censé faire ? Mais déjà, Bernard revenait : "Ta mère t'attend, Raphaël", le ton du patron qui congédie son employé, ça ne rigolait plus, puis "LéoCamille, je vais partir tout de suite, inutile que je passe la nuit ici". J'ai jeté un œil à sa voiture, la portière semblait prête à s'ouvrir d'elle-même, les roues trépignaient d'impatience, et le capot avant ouvrait les mâchoires pour mordre la route.

Je suis rentré tout seul, vaguement assommé, ma mère était déjà en pyjama, "alors ?" lui ai-je dit, "alors, rien", m'a-t-elle fait, elle était tout à fait comme d'habitude. J'ai continué : "Vous avez l'air très copains", "c'est du flan, tout ça !" a-t-elle marmonné, prête à s'endormir. Mais je ne pouvais quitter la porte de sa chambre. "Quand même, il est sympa ?
– Sympa, oui, mais c'est un requin", et moi soudain "pourquoi tu t'es pas mariée avec lui ?" Ça l'a réveillée, elle s'est rassise dans son lit, "mais mon chou, on n'était pas amoureux, sans compter tout le reste, mais alors pas amoureux du tout, jamais !" Elle en riait. "Et fronce pas les sourcils comme ça, mon bébé, Bernard c'était juste un copain de l'école, comme toi et les jumeaux !" "Justement", ai-je grogné, pas assez fort pour qu'elle l'entende. Je ne savais pas moi-même ce que je voulais dire, mais en allant vers ma chambre, je me répétais encore "justement, justement…"

Le lendemain, au lycée, tout cela semblait n'avoir été qu'un rêve. Paul m'attendait comme d'habitude : "Les jumeaux sont revenus", m'a-t-il dit. Il y avait une excitation dans sa voix. J'ai haussé les épaules. "Camille est vachement belle", a-t-il continué.

"Elle a que treize ans", j'ai dit. "Elle en fait bien seize", a-t-il fait après un moment de réflexion. Ensuite il a voulu savoir si je leur avais parlé, je lui ai dit que je les avais vus la veille, il a eu l'air un peu déçu : "Tu m'as pas appelé pour me dire ? – Ça t'intéresse tant que ça ?" A son tour de hausser les épaules. Nous entrions en terminale, élèves moyens, pas trop mauvais dans l'ensemble, nous avions des difficultés en langues, Paul se donnait plus de mal que moi. Pendant le cours d'anglais, il m'a fait passer un petit mot : "On pourrait demander à Camille et Léo de nous aider pour les devoirs d'anglais", j'ai remarqué qu'il avait écrit Camille et Léo, et non pas Léo et Camille, comme nous le disions autrefois, "à voir", ai-je répondu, j'avais besoin de réfléchir à la soirée de la veille.

Chaque fois que j'essayais d'y revenir, un brouillard se mettait en travers de mes pensées, mes paupières devenaient lourdes, j'ai repoussé le moment de réfléchir au soir, mais le soir même chose, et toute la semaine même chose. J'arrivais tout juste à m'accrocher à mon travail, nos professeurs étaient différents de ceux que nous avions l'année précédente, dès le premier jour ils nous ont harcelés avec le baccalauréat. L'année allait être difficile, ma mère était irritable, elle me répétait que c'était une année décisive pour mon avenir, que je devais préparer "mon orientation", je détestais ce mot "orientation" dans sa bouche, "je suis pas une rose des vents, maman", disais-je, Paul voulait entrer en classe préparatoire, puis présenter les concours d'ingénieur agronome, "Paul va faire une prépa, et toi qu'est-ce que tu vas faire ?", je m'énervais "qui c'est qui me paiera une chambre ?" Il n'y avait pas de classe préparatoire chez nous, il nous fallait aller dans une ville voisine, Clermont-Ferrand ou Poitiers, ma mère enrageait "tu sais bien que ce n'est pas le problème !" et moi "ah oui, et comment tu feras ?", et elle "je me débrouillerai".

Un soir, une idée terrible m'a traversé. "Tu n'as pas l'intention de demander aux Desfontaines de me payer mes études par hasard ?" Elle s'est retournée violemment vers moi, renversant une chaise, se heurtant la cheville, elle s'était fait mal, son visage était tout chamboulé de colère : "Ecoute, mon petit Raphaël, j'en ai assez de tes insinuations, si tu as quelque chose à dire, dis-le une bonne fois, et puis boucle-la, parce que je ne le supporterai pas une seconde de plus." Nous étions de part et d'autre de la table, ma voix tremblait, nous aurions pu en venir aux mains. "Si tu étais mon père...", ai-je murmuré, "ah oui si j'étais ton père, tu me taperais dessus, c'est ça ?", et moi "justement, qui c'était mon père ?", "comment ça, qui c'était ton père ?"

Nous avions tous deux tourné la tête vers la photographie sur le buffet, "et lui alors, tu ne sais plus qui c'est ?" me disait-elle d'une voix de tôle ondulée percutée par la pluie, "c'est pas mon père", ai-je crié, emporté par un élan qui me venait de je ne sais où. "Qui c'est qui t'a dit ça ?" et moi, emporté de plus en plus vite comme par un vent furieux, fuyant au hasard devant moi, avec cette chose qui me poursuivait, accrochée à mes basques, "c'est les jumeaux", et ma mère, hurlant presque, "qu'est-ce qu'ils en savent, les jumeaux", et puis effondrée maintenant sur la chaise qu'elle avait relevée : "Qu'est-ce qu'ils en savent, les jumeaux !" De fait, qu'est-ce qu'ils en savaient, les jumeaux, et qu'est-ce qui me prenait, moi ?

"C'est lui qui t'a élevé, et puis il est mort, tu le sais bien", a dit ma mère, tristement, hochant la tête vers la photographie. Et je me suis senti très triste aussi. Je n'avais pas beaucoup de souvenirs de mon père, ils étaient tous entourés d'un halo de bonheur, si "bonheur" est le mot qui convenait pour un petit enfant, disons plutôt qu'avec lui la maison paraissait plus grande, plus solide, le courant du temps plus rassurant, oui, avec lui ma mère et moi étions rassurés. Depuis sa mort nous n'étions plus rassurés du tout, nous faisions attention tout le temps, me semble-t-il, attention à ne pas "déborder", nous tenant bien serrés l'un contre l'autre, ma mère accrochée à sa mairie et à moi, et moi accroché à elle, à Paul et à mon vélo, une petite vie tranquille pourrait-on dire, mais en réalité, elle n'était pas tranquille du tout, notre vie, elle essayait de se maintenir dans ce courant du temps rassurant que nous avions connu quand mon père était avec nous, vivant, mais il n'avait pas été longtemps avec nous vivant, très vite il avait été avec nous mort, et je comprenais pourquoi Paul était mon ami, c'était parce qu'il était possible de marcher côte à côte avec lui en silence, ou de nous nicher dans les bottes de foin de sa grange, et de nous laisser porter sur le dos du temps, sans l'asticoter, le bousculer, sans lui craquer des allumettes à la face, ou lui lancer des pétards au derrière, sans le bombarder de crachats, ni lui brûler les yeux du jus de notre irritante jeunesse, et le temps voulait bien nous porter comme un gros chien bonhomme, nous étions peut-être des adolescents endormis, mais Paul c'était par amitié et moi par terreur.

"T'en fais pas, mon chou, sanglotait ma mère, t'en fais pas", j'avais le cœur lourd, j'aurais bien voulu l'embrasser, mettre ma tête sur ses gros seins comme autrefois. Le petit Raphaël les pressait en faisant "pouet pouet" pour voir s'il viendrait du lait, "parce que si tu as un autre bébé, il faut que tu aies du lait", disait-il, petit sage sentencieux avide d'exhiber sa connaissance de la vie, et la jeune maman riait, "tu es et tu seras toujours mon seul bébé, Raf", mais l'enfant ne voulait pas lâcher ce bonheur rare d'une telle proximité avec sa mère, "alors pourquoi ils sont si gros tes seins, maman ?", et elle se laissait faire par la douceur du moment, "d'abord ils ne sont pas si gros, ils sont beaux, nuance, et puis ça, tu sais, on ne choisit pas, c'est héréditaire", et l'enfant "c'est quoi, héréditaire ?", "ça veut dire qu'on ressemble à ses parents", et lui, prompt à saisir le mot nouveau, s'accrochant à lui pour poursuivre la profonde conversation, "ma mémé des Carrières, elle a pas de seins du tout, elle, alors tu n'es pas héréditaire, maman".

Je voyais cette scène, condensé de tant d'autres moments avec ma mère, comme une image, une icône mystérieusement conservée, aux couleurs naïves de feutres ou de boîte de peinture, mais porteuse de signes très anciens, et soudain j'ai dit, ma voix calmée, "tu n'es pas héréditaire, maman". Ma mère a relevé la tête, son regard est tombé dans le mien, elle m'avait très bien compris, sans doute avait-elle elle aussi son icône, pas si différente de la mienne, elle a souri enfin, j'ai dit "je prépare le dîner", elle a dit "je veux bien, mon chou".

Le pardon était revenu dans notre maison, il voletait de-ci de-là dans un doux froissement, effaçant du velours de ses ailes les larmes et les cris, Seigneur pardonnez-nous nos offenses, et tandis que mes mains laissaient glisser le gros sel dans le faitout empli d'eau bouillante, il me semblait égrener les mots d'une antique supplique, enfouis dans l'âme des hommes depuis le début de leur espèce. Nous n'allions pas à l'église, ma mère et moi, pourtant les mots étaient là, pardonnez-nous nos offenses, et lorsque j'ai ajouté le beurre pour empêcher que les pâtes ne collent, il semblait que les mots fondaient avec lui pour adoucir notre repas. J'ai servi ma mère, elle avait des cernes sous les yeux, nous avons mangé en silence, dans la buée de la cuisine, le temps était redevenu celui qui m'était familier, nos pensées lisses et longues comme les pâtes, pas de bruit ou presque, le bref aboiement d'un chien, le murmure d'une télévision dans le voisinage, un roulement de voiture, le feuillage du platane devant chez nous s'agitant faiblement par à-coups.

C'était l'époque des talibans en Afghanistan, ma mère avait une amie rencontrée Dieu sait où, partie là-bas pour le compte d'une association franco-afghane, elle me racontait avec indignation les angoisses et humiliations subies par elle à la frontière pakistanaise et ensuite tout au long du trajet vers Kaboul, et je m'inquiétais de cet intérêt soudain chez ma mère. Si elle se mettait en tête de partir elle aussi, avec un camion empli de produits ménagers et la bénédiction de la mairie, qui sait ?

Il lui arrivait d'avoir des tocades ainsi, sursauts de rêves inaccomplis, "je ne vais pas continuer toute ma vie comme ça, il faut quand même faire quelque chose", mais dans le fond je sentais bien que ce n'étaient que des mots, qui faisaient passer devant elle un instant les images d'une vie toute différente, et ces images lui suffisaient. Je n'avais pas à craindre que ma mère ne m'échappe. Oui, c'est une horreur tout ça, maman, mais je n'avais pas assez d'imagination pour en concevoir la réalité, les femmes voilées reléguées comme des paquets à l'arrière des camionnettes ou poussées au bâton par des furieux au regard de fou rejoignaient dans mon esprit les tableaux sur les martyres des chrétiens ou les images d'archives de la guerre des tranchées ou les récits encore vivaces dans notre région des massacres nazis, c'était de l'Histoire, et l'Histoire se passait dans un temps différent du nôtre, un temps tout en majuscules, placardé sur de gigantesques panneaux le long d'autoroutes lointaines, tandis que le mien, je l'ai assez dit, était le temps des petites rues aux volets clos et des sentiers bordés de fougères, et il ne s'écrivait qu'en minuscules, phrases peu assurées et assez mal orthographiées, sur les feuilles de nos classeurs de lycéens.

Nous avions fini nos pâtes, "je n'ai rien à mettre pour demain, a soupiré ma mère, il faut au moins que je me repasse un chemisier", et je me suis demandé si c'était le retour de Bernard à son horizon qui la faisait soupirer ainsi, elle n'était pas particulièrement soucieuse de la mode, sa garde-robe tenait dans une armoire étroite et elle ne s'en était pas plainte jusque-là, "je vais te le repasser, maman, ai-je dit, et je ferai la vaisselle, va te reposer", j'avais encore un peu d'angoisse, oui, ma mère était l'unique pilier de notre vie, si elle flé-chissait que ferions-nous ? "Merci", m'a-t-elle dit, et cela m'a inquiété aussi, j'aurais presque préféré ses reparties habituelles, "ça va pas non, j'aime mieux que tu fasses tes devoirs", ou "je ne t'ai pas élevé pour que tu fasses la boniche comme moi", ou "c'est gentil, mais j'aime mieux le faire moi-même, ça ira plus vite". Je suis allé chercher la table à repasser sous l'appentis, ma mère a pris une aspirine puis une cigarette (était-ce Bernard qui lui avait redonné le goût de fumer, avec son gros cigare ?), elle s'est calée dans sa chaise, la fumée a pris la place de la buée, tout aussi apai-sante, et je me suis attelé au repassage, à tout le repassage tant que j'y étais. Je savais faire cela, et la cuisine de tous les jours, et les réparations ordi-naires d'une maison et l'entretien de notre bout de jardin, finalement je savais faire pas mal de choses pour un garçon de seize ans, vous ne trouvez pas ? Il hochait la tête, mon psy, tout approbation et encouragements, content de te voir remonter dans ta propre estime, mon garçon, continue comme ça, tu es sur la bonne voie !

Et donc nous étions là, tous deux dans la cuisine, ma mère et moi, elle alanguie dans la fumée de sa cigarette et la buée du fer à repasser, moi absorbé dans mes gestes méticuleux, lorsqu'un toc toc discret s'est fait entendre à la fenêtre. J'ai soulevé le petit rideau de dentelle, deux visages lunaires flottaient dans l'obscurité, Léo et Camille. C'était donc le soir du dîner chez leurs grands-parents, et non celui de la querelle avec ma mère. Mon récit mêle les moments, des scènes s'aimantent les unes les autres, cette aimantation est bien plus puissante que mes efforts de chronologie, un fil de l'écheveau se défait, d'autres aussitôt s'enchevêtrent ailleurs. Que me disiez-vous ? "La chronologie est importante dans la vie, mais pas dans ce cabinet, continuez, Raphaël." Je continue, monsieur.

Je suis allé leur ouvrir la porte, "mais quelle heure il est, qu'est-ce qui se passe ?" "On voulait juste te dire bonsoir", ont-ils dit, pas gênés du tout. A Bourgneuf, passé minuit, on ne va pas frapper chez les voisins sans une bonne raison, et en général c'est plutôt pour une raison mauvaise. "Ma mère est fatiguée", ai-je dit, mais eux "Bernard est parti, grand-mère n'est pas contente et grand-père essaie de la calmer, on s'est tirés en douce, par-derrière". Ils avaient eu leur orage familial aussi. "Entrez", a crié ma mère, on leur a fait de la place dans la cuisine, j'ai continué mon repassage, me marmonnant des choses dans la tête, très bien qu'ils me voient comme ça, ça leur apprendra comment on vit par ici, pas question de me sentir bête, je repasse et j'irai jusqu'au bout, je suis le champion des plis les mieux faits aux manches des chemisiers de femme et, tant que j'y suis, je vais même faire les torchons, carré impeccable, c'est comme ça, mes agneaux, ça vous épate, hein, chez vous ce sont les domestiques locales qui font ça, mais pas ici, mes petits vieux.

"Je peux te repasser ta robe, si tu veux, Camille", ai-je dit, parce qu'elle portait une robe, une robe blanche à bretelles, comme il y a longtemps, l'avait-elle fait exprès, elle en était capable j'en étais sûr, et elle était belle, ce n'était pas une chose que nous disions des filles, nous avions d'autres mots, mais pour Camille il n'y avait que celui-là qui convenait, belle, très belle, c'en était presque gênant, une fille n'aurait pas dû avoir cette beauté-là à treize ans.

Léo à côté ne tenait plus la comparaison avec sa sœur, beaucoup d'acné sur le visage, les traits tirant dans des directions contraires, il se tenait toujours très droit, mais cela ne paraissait plus aussi naturel, son corps semblait lutter contre les attaques de sournois déséquilibres. Impossible désormais à Claude Blanquart de lancer son vilain cri "c'est qui, le garçon ?" Plus tard dans l'année, ce serait au tour de Camille de "tourner vinaigre" selon l'expression de ma grand-mère, comme si elle voulait rejoindre son frère dans ces disgrâces incongrues, mais Léo alors aurait déjà réussi à vaincre la rébellion de sa peau et de ses membres, et l'acné lâcherait vite prise sur le visage de Camille, de nouveau ils se retrouveraient semblables, interchangeables presque, dans leur effrayante beauté.

"Je peux te la repasser, ta robe, si tu veux."

Elle ne m'a pas répondu, mais son regard... Si j'essaie de chercher ce qu'il y avait dans ce regard, je vais me perdre, mal de tête et carambolage cérébral, retour à la rêvasserie, au rien-faire, au temps-matelas et aux heures-caoutchouc, mais il y a des trucs, n'est-ce pas Natacha, ton rire disait cela "ne t'en fais pas, jeune inconnu ébahi qui me dévores du regard, tu ne sais pas encore que tu vas avoir besoin de moi, mais moi je l'ai deviné, je connais ta poitrine bloquée, le pauvre filet d'air que tu tiens bien serré dedans, tu es quelque part dans ce public anonyme, oh bien sûr je ne peux pas te parler, il faut que je tienne ma place dans ce très sérieux colloque, mais je te vois, tu es le fantôme que j'ai bien connu dans ma jeunesse encore toute proche, alors écoute je vais t'envoyer un message secret, d'accord ?" C'est ce que disait ton rire, Natacha, et miracle, ce rire je peux le faire retentir à volonté, et à chaque fois, il me livre un nouveau truc, le dernier est tout simple, "tu n'y arrives pas, Raphaël, alors saute !" Et si j'insiste, tu ris encore, "lâche un peu la réalité, cher jeune fantôme, fais ce que savent faire les fantômes, apprends à circuler à ton gré, et le regard de ta Camille se retrouvera ailleurs, il sera mouvement, parole, vêtement, air du temps ou tout autre chose, qu'importe, rien ne se perd en pays d'écriture" et si je prends mon air buté et malheureux, "bon, je vois que tu n'aimes pas ces fariboles, tu es un peu gonflant, mon petit vieux, tu voudrais sans doute que je te fasse un commentaire de texte pour étudiant de licence, car c'est là que tu en es, n'est-ce pas, en ce cas, désolée, ce n'est pas mon affaire, moi je peux juste te donner un truc". Bon, quel truc, alors, Natacha ? "Fais un copier-coller, un copier sur le regard de ta Camille, oui sur son regard au moment du repassage, et colle-le ailleurs, sur un mouvement, une parole, un vêtement ou l'air du temps, l'écriture c'est un miroitement, rien d'autre, un jeu de reflets qui se renvoient les uns les autres, OK, jeune homme ?"

Peut-être, Natacha, on verra.

Donc Camille m'a lancé son regard et n'a rien répondu et j'ai continué à repasser et ma mère à fumer et eux deux à ne rien faire du tout, tranquilles et contents, comme s'ils avaient été là de tout temps, dans notre cuisine, comme s'ils y étaient nés, c'en était stupéfiant, mais personne n'avait l'air de s'en étonner, pas même moi d'ailleurs, trop occupé à faire mes plis pour réfléchir plus avant.

Tout de même, il se passait quelque chose. Ma mère avait cessé de souffler ses panaches de fumée, elle se mordillait les lèvres tout en observant Camille et Léo, l'un puis l'autre, je sentais qu'elle méditait une question tordue, ses yeux faisaient leur aller et retour comme mon fer sur le linge, s'appesantissant parfois de la même manière sur l'un ou l'autre, comme si elle "repassait" sa question, la lissait, la pliait et dépliait, pour lui trouver la meilleure présentation, et je commençais à m'inquiéter fortement, j'en entendais quasiment le début, "pourquoi avez-vous dit à Raphaël que son père…" J'essayais d'attraper son regard, de clouer sa question au fond de ses yeux avant qu'elle ne la formule, mais rien à faire, elle pouvait être têtue, ma mère. Et eux deux qui ne sentaient pas venir le danger, qui ne voyaient rien et ne devinaient rien, tout évaporés dans la fumée et la buée, et soudain les lèvres de ma mère ont remué, j'ai posé brutalement mon fer sur sa tranche, trop tard, la question était là : "Qu'est-ce que c'est ce bal des Berceaux, expliquez-moi donc ça, Léo et Camille."

On croit connaître sa mère à fond, et on se trompe beaucoup. En quelques instants je m'étais monté tout un cinéma sur ma naissance, mon père qui n'était peut-être pas l'homme sur le buffet, un obscur et désagréable secret, ou plutôt (car ces questions sur mon père me restaient sur le cœur, mais elles pouvaient attendre) je m'étais monté un cinéma sur un possible mensonge de ma mère, et dans ce mensonge elle était méchante, obstinée et prête à mordre quiconque menaçait son secret, l'hypothétique secret de la naissance de son enfant.

Or ce qui brillait dans ses yeux, ce n'était pas du tout les dents pointues de la rancune, c'était le diamant d'un mot, le mot "bal", mais en même temps ses sourcils s'étaient rejoints, plissant son front, lui donnant un petit air chiffonné et inquiet, et avec stupeur j'ai vu un visage que tourmentaient des soucis de jeune fille, une jeune fille qui avait eu grande envie d'aller au bal, ne l'avait peut-être jamais pu, rêvait encore de danse et de cavalier et de toutes ces choses qui m'avaient jusque-là semblé aussi lointaines et idiotes que les histoires des contes de fées, et comme tous mes muscles étaient encore dans la disposition du repassage, j'ai presque tendu la main vers son visage, pour le lisser, et poser par-dessus un gros baiser consolateur, mais aussitôt mon obsession du moment a redressé sa gueule de serpent, crachotant aigrement à tout va, ah tiens, revoilà Bernard, et l'épouse de Bernard, et la petite Lucette serait-elle jalouse, et qu'est-ce que ça peut bien lui faire, leurs bals et tout leur tralala ?

J'aurais très bien pu dire "il est tard, les Desfontaines vont s'inquiéter, je raccompagne les jumeaux", ou quelque excuse de cet ordre pour en finir sur-le-champ, mais en plus de ce visage de jeune fille surgi soudainement, flou et tremblé et émouvant, en plus du serpent bilieux qui me crachait des horreurs, il y avait une autre figure, beaucoup plus insaisissable, qui tâtonnait en aveugle autour d'un berceau sans forme et sans contenu. Et cela (cette soirée dans notre cuisine) se passait bien avant que les jumeaux ne me racontent les radios et examens médicaux qu'ils avaient dû subir quand ils étaient encore bébés.

Le mot "berceau" m'intriguait violemment.

Et tout cela, la jeune fille, le serpent et le berceau, cela faisait beaucoup pour un garçon saisi en pleine monotonie paisible de repassage. Je me suis assis, un peu sonné et très désireux moi aussi, en fin de compte, de savoir ce qu'était le bal des Berceaux.

"C'est Astrid, a commencé Léo.

— Elle est au board, a continué Camille.

— Astrid, c'est notre mère, a interrompu Léo.

— Le board, c'est les gens qui décident, a repris Camille.

— Oui, mais le bal des Berceaux ?" a dit ma mère à moi, qui ne comprenait rien à ce charabia.

Et moi, son fils, si désireux pourtant de savoir ce que recouvrait cet assemblage curieux de deux mots mal assortis, "bal" et "berceau", bon fils en général comme vous avez pu le voir, repassage et menus bricolages si utiles dans une maison exténuée, visites à la mémé des Carrières pour que sa fille, ma mère surmenée, puisse s'en dispenser, bon fils vraiment, écoute errante mais néanmoins aimante des soucis concernant les techniciens de surface, et dans l'ensemble obéissance et dévotion, moi, son fils, me suis senti saisi d'une verve irrésistible, ni mauvaise ni bonne, mais tout simplement folle d'elle-même, comme on dit "folle de son corps", vous savez, c'est même vous qui me l'avez apprise, cette expression (vous savez bien quand, et à propos de qui, oui vous, monsieur mon psy, c'est à vous que je m'adresse en cet instant), une verve qui n'avait rien à voir avec aucun secret enfoui dans l'enfance, aucun refoulé profond, ni rien de ce qui fait le sel de votre pain, une verve qui n'était que le contentement de revoir les jumeaux, de les savoir revenus dans ma ville,

de les avoir dans ma cuisine, effusion à retardement, pétrifiée par la longue sédation de six
années et retenue encore par de récents chardons
bien piquants. Vous savez que je suis un garçon
lent, pas trop démonstratif et – malgré les insinuations de mes accusateurs – peu enclin aux excès,
or voici qu'une effervescence s'échappait de moi,
et m'entraînait, et je la suivais, tout surpris moi-
même, comme d'autres le sont par l'irruption du
destin, par une épiphanie soudaine.

Mais ma verve follette était sans gravité, sans
raison ni logique, sinon celle de ma grande jeunesse, après tout j'avais seize ans, et soudain je les
sentais frétiller en moi ces seize ans, et Camille en
avait treize, et elle était belle, je reconnaissais sa
robe blanche à bretelles, pas la même bien sûr
que celle de ses six ans. Le petit chiffon confusément accroché dans ma mémoire était devenu une
vraie robe de fille, où je remarquais la présence
de bretelles secondaires, plus minces et rose pâle,
quoi d'autre sinon celles d'un soutien-gorge, Camille avait des seins donc, et Léo avait de l'acné,
et ces deux nouveautés étaient une bénédiction,
me tournaient quasiment la tête, "on fait tourner
des berceaux dans une salle de bal ?" ai-je dit,
"des berceaux tirés par des chevaux, comme dans
un manège, ou par des cordes comme pour les
automates, et ils dansent, les berceaux, les chers
petits berceaux blancs ?" ai-je dit.

Ou quelque chose d'approchant.

Camille et Léo ont tourné vivement la tête, surpris. Leur regard m'interrogeait, demandait confirmation, puis autorisation, hésitait encore un peu,
eux aussi étaient lents parfois, et polis de plus,
très bien élevés comme on dit, mais moi aussi je
l'étais, à ma mesure et selon les règles de chez
nous, et on peut se demander qui de leur couple

ou de moi a le premier tracé le chemin tortueux au bout duquel vous m'avez trouvé, monsieur, âgé de vingt ans, en pleine déconfiture et au bord d'un égarement apparemment irréversible… Trois enfants sages, vraiment nous n'aurions pas dû déconner si fort, vous avez raison, mais passons, et donc du bal des Berceaux ce soir nous n'avons rien su, car Léo et Camille se sont mis à sautiller sur place, mimant de leurs bras repliés des berceaux tournoyant dans un manège, s'élevant et descendant comme suspendus à des fils de marionnettes, et je tapais sur la table le rythme de leur danse, je ne leur connaissais pas cette fantaisie, cet emballement soudain, ne les connaissais pas même en moi, je leur étais follement reconnaissant d'avoir répondu à ma propre fantaisie, d'avoir saisi la toute petite brindille que j'avais tendue sans en rien attendre, vraiment, juste une tentative qui serait aussitôt retombée, mais ils avaient deviné l'élan qui couvait derrière, et ils s'en étaient emparés, de ma brindille de verve follette, et la faisaient danser et flamboyer.

Mes doigts dansaient sur la table comme sur les touches d'un piano, retrouvant les mesures gracieuses de la toccata BWV 911 de Bach que m'avait enseignées le grand-père Desfontaines, puis changement de rythme, j'y allais du coude pour d'imaginaires percussions, et sifflais pour les instruments à vent et modulais de longues plaintes pour les violons, j'étais tout un orchestre, moi qui croyais ne rien connaître à la musique, puis retour à la toccata, je chantonnais les notes et ils les chantaient avec moi, enfin je me suis retrouvé bébé dans le berceau de leurs bras, puis Léo de même, puis Camille, les chaises étaient tombées, d'agiles coups de pied les avaient repoussées sous la table, ma mère avait baissé les bras, s'était retirée dans le couloir, puis dans sa chambre, peut-être tout cela n'a-t-il duré que quelques minutes, mais nous étions hors d'haleine, titubant de vertige.

Un instant m'est passée par la tête l'image de Paul, Paul mon vieux copain si placide, il m'a semblé qu'il appartenait à une autre planète, que je l'avais abandonné sur une rive très lointaine il y a longtemps, nous nous regardions, Camille, Léo et moi, cherchant au fond de nos yeux la clé de ce qui nous était arrivé, comme si nous avions passé une frontière, comme si nous nous étions rejoints dans un pays primitif où nous étions liés tous les trois, ce pays avait déjà disparu mais la trace du lien demeurait, et c'est ce que nous cherchions en nous regardant ainsi au fond des yeux, un peu effrayés, haletants.

"Vous êtes bien énervés, les enfants", a dit ma mère qui était revenue dans le couloir, et notre exaltation est retombée, nous avons ramassé les chaises, la musique qui avait jailli de mes doigts, de mes coudes et de mes pieds s'était évanouie, "excusez-nous, madame", disaient Léo et Camille, redevenus ineffablement polis. Ma mère a tenu à les raccompagner jusque chez eux, je suivais derrière.

Nos silhouettes dans la rue déserte, la lune énorme au-dessus des feuillages immobiles, les volets mystérieusement clos, l'ombre du chat rasant un trottoir, ces rues de notre ville la nuit, inscrites en moi comme le souvenir indélébile d'une vie antérieure. Nous marchions sur la pointe des pieds, "qu'est-ce qui nous prend, les enfants !" a murmuré ma mère, en essayant de revenir à son pas habituel, renonçant aussitôt, trop sonore ce pas, "c'est la lune", marmonnait-elle. "Oups, une étoile filante", a chuchoté Camille, nous avons levé les yeux, ciel étranger habité d'une vie intense, si lointaine, inaccessible à nos sens.

Au portail des Desfontaines, ma mère a recouvré ses esprits et son autorité, "n'allumez pas, nous attendrons une minute, si les grands-parents sont réveillés, dites-leur que je suis là, je leur parlerai", les jumeaux se sont glissés dans le jardin, ont contourné l'angle du mur, une minute, deux, cinq, pas un bruit dans la maison silencieuse, "bon, ça va", a dit ma mère, soulagée, et un peu plus loin au bout de la rue, "mais on ne recommence pas ça, hein, Raphaël, tu m'entends !"

Elle grondait pour la forme, mais je ne la sentais pas fâchée, plutôt alanguie et curieusement proche de moi. Il m'est venu à l'esprit qu'elle aurait peut-être aimé avoir plusieurs enfants, au lieu de moi seul, avoir des elfes gracieux et délicats comme Léo et Camille, jamais je ne l'avais entendue dire "les enfants" sur ce ton de connivence tendre lorsqu'elle s'adressait à Paul et moi. Nous partagions notre maison comme deux adultes, ma mère et moi, elle n'avait guère l'occasion de jouer à la jolie maman, trop talonnée par son travail et ses soucis de femme seule, elle était heureuse de s'être abandonnée quelques instants à un rêve publicitaire de maternité heureuse, et peut-être ce rêve s'accompagnait-il d'une belle maison à balcons, de fauteuils de jardin en cordage coloré sur une pelouse, d'une grande table de chêne dans la cuisine, de petits lits emplis de chuchotements, et moi j'étais heureux d'avoir été inclus quelques instants dans ce rêve de ma mère qui lui avait fait dire avec tant de douceur "les enfants".

Ainsi nous revenions chez nous par les rues nocturnes, côte à côte sans dire mot, unis dans ce rêve que nous avaient apporté Léo et Camille, mais plus tard, me réveillant au profond de la nuit, je penserais que je m'étais totalement trompé, que ce n'était pas un rêve de mère qui l'avait effleurée de sa caresse légère, mais un rêve de petite enfant.

Peut-être n'était-ce pas à une famille imaginaire de trois enfants qu'elle s'était adressée, mais à quatre gamins parmi lesquels elle était incluse, et alors quelle était la voix qui avait prononcé "les enfants" de ce ton qui me déchirait le cœur ? Certainement pas celle de la vieille femme acariâtre qui me tenait lieu de grand-mère, mais celle d'une mère imaginaire qu'elle, la petite Luce, n'avait jamais eue, puisqu'elle était une enfant de la DASS, abandonnée à la naissance, j'étais bien obligé de me le rappeler crûment, puis placée chez une nourrice, chez cette femme que j'appelais "ma mémé des Carrières". C'était comme si j'acceptais seulement en cet instant ces faits que j'avais toujours plus ou moins sus, et je sangloterais dans mon lit, non pas de chagrin, mais d'une émotion océanique, venue de très loin et très nouvelle, dans laquelle se mêleraient aussi les visages de Léo et Camille – une émotion qui n'appartenait qu'à moi, qui était "moi". J'ai fini par me rendormir, et ne croyez pas que le lendemain ma vie était transformée, ni que cet excès nerveux m'ait bouleversé, le lendemain j'étais grognon, ma mère aussi, et ce à quoi j'avais fait face au creux de la nuit s'en était, comme avant, retourné sommeiller dans les arrières de la conscience.

J'ai revu Bernard Desfontaines quelques années plus tard, alors que les jumeaux et moi vivions à Paris. Il venait par avion une fois par semaine, ne restait qu'un soir et repartait le lendemain. Les jumeaux allaient en général déjeuner avec lui au siège de la société. Mais ce jour-là, il était au studio lorsque je suis arrivé et je me suis mis à trembler intérieurement. Cet homme m'impressionnait, j'ai eu le sentiment qu'il était venu pour moi. Etait-il au courant du fantasme que nous avions développé, les jumeaux et moi, à son sujet, et de la crise à laquelle ce fantasme avait donné lieu entre ma mère, nous et les grands-parents Desfontaines ? Surtout, était-il au courant de ce qui se passait dans le studio entre les jumeaux, leurs amants… et moi ? J'étais comme un coupable prêt à tout, à mentir jusqu'au bout de l'invraisemblable, ou au contraire à tout reconnaître sans le moindre remords et avec la plus grande effronterie.

Cet homme suscitait en moi un violent désir de confrontation, la puissance de son torse me sautait à la figure, comme la première fois où je l'avais aperçu dans le jardin Desfontaines, en bermuda et pieds nus, assis sur la balançoire en train de lire son journal, mais j'étais maintenant beaucoup plus grand que lui, et plus du tout l'asperge anguleuse de mes seize ans. Je sentais mes propres muscles se contracter, gonfler, Popeye, fonce et ne te laisse pas faire, ou, comme disaient les jumeaux en lançant leur cri de guerre, Papaye the sailorman, arrgh ! J'avais vingt ans donc.

"Tiens, voici Raphaël", a dit monsieur Desfontaines, sans bouger de son fauteuil, nonchalamment, comme si j'étais le dernier de ses soucis. Mais j'avais déjà bandé mes forces, "bonjour, monsieur", ai-je lancé, rudement, beaucoup trop rudement. Il a haussé les sourcils, et j'ai senti le disque dur dans sa tête se mettre à ronfler subitement, et de nouveaux logiciels dormants entrer en action, cet homme était un rapide, habitué à saisir aussitôt les situations nouvelles, il s'est mis à rire, "on me dit que tu es devenu un as au judo, Raphaël". "Pas le judo, monsieur, le kendo." OK, si vous voulez venir sur ce terrain, allons-y, vous ne risquez pas de m'y battre. "Le kendo, alors ! – J'aime bien ça, monsieur. – Et à quel dojo vas-tu, Raphaël ?" Il était fort, très fort, le père des jumeaux, il connaissait mon dojo, le Budo XI, il connaissait le maître, l'avait rencontré au Japon, il adorait le Japon, Tokyo était sa ville favorite, et est-ce que j'avais l'intention de m'y rendre un jour, en ce cas, il m'indiquerait où aller, me donnerait l'adresse de ses chers amis Machin Chose, et avais-je vu l'exposition du Grand Palais, j'étais battu à plates coutures, humilié, rendu à ma condition de jeune sot fiérot de son casque, de son armure et de son sabre de bois (si coûteux que j'avais dû, une fois de plus, faire un emprunt aux jumeaux, je ne les avais pas encore remboursés), pratiquant mon sport comme un gamin, ignorant de ses hautes significations, ainsi que de ses ramifications financières et sociales, tout comme j'étais lorsque je me traînais derrière Paul aux entraînements de foot au stade de notre ville le soir.

Nos jambes grêles dans les vestiaires grisâtres, nos shorts maculés de boue, les cris énervés de nos entraîneurs, les matchs piteux du dimanche, la pluie glaciale qui nous violaçait la face ou le soleil de plomb qui nous mettait en nage, et l'odeur âcre dans les vestiaires, et toutes ces heures à piétiner au banc de touche, à ne pas jouer moi-même, à regarder jouer Paul, qui revenait ensuite excité, agglutiné aux autres, sans presque un regard pour moi, pouah, et bien sûr je ne savais rien de ce qui se passait dans les hautes sphères de la fédération, n'en avais pas la moindre idée, valetaille et piétaille du sport, englué dans mes problèmes de chaussures, l'ego mis à mal, et jaloux non des succès de Paul mais des fiers-à-bras qui lui tapaient l'épaule et lui claquaient la poitrine et lui serraient la main, exaspéré de leurs infinis commentaires sous la douche, de leurs supputations pour le match suivant. Ils me bouchaient l'avenir, ces mecs, ils me prenaient le plus cher de ce que je partageais avec Paul, la douce ondulation du temps sur laquelle nous laisser porter, en regardant les nuages et sans dire grand-chose, quelques mots de-ci de-là, qui étaient comme une façon de pousser un peu cette balancelle du temps, pour en continuer la molle ondulation.

Les jumeaux regardaient leur père, les yeux écarquillés, attentifs et sans curiosité, comme s'il était un être d'une autre planète parfaitement connue d'eux, et voici que celui-ci, lassé du kendo, ayant fait l'ascension vers le pic de l'enthousiasme en un temps record et couvert le sujet dans sa totalité, se levait, déjà tendu vers d'autres horizons plus excitants, embrassait ses enfants, leur faisait quelques recommandations hâtives, entre autres celle d'appeler leur mère et de penser au "rallye", car elle tenait à ce qu'ils y soient, jetant en anglais pour montrer qu'il était bien au courant "don't forget, you'll be a débutante, Camille, and Léo your escort", cherchait son veston, sortait son portefeuille, leur fourrait quelques billets dans les mains, et tout ce temps, reculé dans le fond de la pièce, les yeux tournés d'un autre côté pour ne surtout pas paraître observer cette transaction d'argent, je me demandais ce que c'était que ce rallye.

Fallait-il ajouter au palmarès de Bernard Desfontaines celui de pilote de course, ou bien était-ce Léo ou même Camille qui aurait trouvé le don de la compétition automobile dans son berceau, et ne m'en avait rien dit, parce que c'était si normal chez les Van Broeker-Desfontaines de naître dans une Ferrari, je n'ai pu m'empêcher de ramener mon regard sur eux, et voici que Bernard, le portefeuille encore ouvert, rencontrait mon regard, hésitait un instant, puis, malheur et mille sabords, "eh bien toi aussi Raphaël, puisque tu es là", sa main vers moi et quelques gros billets dedans, et je me suis retrouvé petit enfant dans le couloir de la maison Desfontaines, bouleversé par les deux billets que me tendait le grand-père pour salaire de mon baby-sitting, avec la même colère soufflant en tempête, mais la situation n'était plus la même puisque je l'avais déjà vécue une fois et que je n'étais plus un petit enfant.

Je me suis calé au sommet de mon mètre quatre-vingt-quinze et de cette éminence, calmement : "Monsieur Desfontaines, je dois déjà plus de sept cents euros à Léo et Camille pour mon équipement de kendo, vous comprenez que je ne puisse accepter." Bref instant de stupéfaction chez le monsieur, puis il s'est mis à rire, "tu as bien fait, mon garçon, il faut profiter des chances qui vous sont offertes !" Allait-il insister, comme l'avait fait le grand-père Desfontaines ? S'il le faisait, s'il me représentait son offre, j'étais prêt à l'accepter cette fois, pour le plaisir malin de le surprendre, et aussi bien entendu parce que j'avais besoin de cet argent. Vous comprenez, je n'étais plus l'honnête et naïf petit garçon d'autrefois, je jouais mon orgueil sur un plateau d'échecs beaucoup plus complexe, mais monsieur Desfontaines était plus malin que moi.

Il a aussitôt refermé son portefeuille, clac, et l'a glissé dans la poche de son veston, toujours hilare, il m'avait bien eu, mes grands airs l'amusaient, j'étais "rigolo". Formidable, j'avais perdu les sous, mais j'avais gagné au moins cela, je ne l'ennuyais pas, me disais-je pour me réconforter, parce que c'était tout de même très vexant de lui servir de distraction. Qu'il parte, me disais-je, je n'en pouvais plus, il riait toujours, à sa façon exubérante et ostentatoire, ah ah ah, puis soudain changement d'expression, que cet homme changeait vite de terrain ! Dans le rire maintenant s'était glissée une pointe nouvelle, très aiguë, sous la forme d'une sorte de gloussement sardonique : "Je vois que tu ne veux pas que je te serve de père, tu as raison, les jumeaux te diront qu'un père ce n'est pas toujours un avantage, ah ah, n'est-ce pas LéoCamille ?" J'ai rougi affreusement, il savait donc ? Ou bien ne savait-il pas, et n'était-ce qu'une réflexion en l'air ?

Les jumeaux ne se donnaient pas la peine de répondre à sa question, ils devaient avoir l'habitude de ses boutades, mais je n'en avais pas fini avec leur père, ou plutôt il n'en avait pas fini avec moi, car sur le palier et comme les jumeaux s'étaient déjà repliés sur eux-mêmes et qu'il commençait à descendre l'escalier, trop impatient pour attendre l'ascenseur, voici qu'il me lançait : "Et tu as des projets, qu'est-ce que tu veux faire de tes études ?" Paf, un ballon que vous n'avez pas vu venir, qui vous arrive sur le côté, je l'ai saisi à la volée, malgré moi, et maintenant j'étais plié dessus, sur cette question qui vibrait contre mon ventre, ne sachant qu'en faire, ce n'était sans doute pour monsieur Desfontaines qu'une façon d'occuper l'ennuyeuse tâche de dévaler quelques marches d'escalier, je voyais bien qu'il ralentissait à peine, et justement soudain je voulais qu'il ralentisse, que sa question soit une vraie question, je ne voulais pas qu'il parte, qu'est-ce que je voulais à la fin de cet homme ?

Et je lui ai dit la seule chose que je n'aurais jamais voulu dire, que je ne m'étais pas même formulée à moi-même, je lui ai dit ce qui pouvait sans doute le plus attirer son mépris, "je voudrais écrire, monsieur", et j'anticipais déjà son rire condescendant, mais il s'est arrêté au milieu de la volée de marches, redevenu sérieux comme malgré lui car on voyait bien combien il était pressé maintenant, "journalisme, cinéma ?", et moi "littérature, monsieur", et lui "eh bien choisis un bon éditeur et envoie-moi ton contrat avant de signer", et il était parti. Enfin.

A la fenêtre, nous avons regardé le chauffeur qui faisait les cent pas et soudain se précipitait pour ouvrir la portière, ni l'un ni l'autre n'a relevé la tête pour faire signe aux jumeaux, nous avons regardé la voiture disparaître au bout de la rue et nous sommes restés encore un bon moment, collés tous les trois au rebord, écoutant s'évanouir le bruit du moteur loin dans le tumulte de la ville, comme au concert on laisse vibrer la dernière note jusqu'au bord extrême de la disparition.

J'étais reconnaissant aux jumeaux de rester là avec moi, sans rien dire, nous laissant doucement hypnotiser par le mouvement de la rue et la houle des mille bruits mêlés, c'était une façon de chasser les intrusions troublantes, de rétablir l'intégrité de notre monde à nous. Ils savaient faire cela, Léo et Camille, ils étaient très respectueux des autres à leur façon, je les ai souvent accusés d'indifférence, mais là, au balcon de leur fenêtre, ce n'était pas leur indifférence que je sentais, mais au contraire une extrême sensibilité à une autre présence à côté d'eux, cette porosité devait leur être douloureuse, expliquait sans doute l'air absent qu'ils avaient si souvent. Quand nous étions plus jeunes, plus d'une fois j'avais dû entendre et pas seulement de la bouche de Claude Blanquart "ils sont débiles, tes copains", et je répliquais "ils sont débiles avec toi, parce que t'es débile toi-même", ou ce genre de gracieuseté qu'on s'envoie à cet âge, parfaitement attendue et qui ne froisse personne. Mais il y avait de la vérité dans ma réponse, Léo et Camille étaient en danger près des autres, leurs antennes très fines saisissaient trop de l'autre et même ce qu'il ignorait de lui-même, et il leur fallait vite replier ces antennes, filer au large pour ne pas chavirer, comme un petit voilier au passage d'un gros tanker. Cette prédisposition à percevoir les autres leur venait peut-être de leur nature double. Dès avant la naissance il avait fallu pour Camille compter avec Léo, et pour Léo compter avec Camille. Sans oublier l'autre chose, celle qui s'était passée dans le ventre de leur mère.

"Moui-moui… et vous alors, Raphaël ?" me disiez-vous, monsieur. Oui, et moi ?

Ils n'étaient pas passés au large avec moi, ils m'avaient recherché, "on t'a reconnu tout de suite", m'a dit Léo un jour où nous évoquions leur arrivée dans notre école, des années auparavant, comme ils étaient venus à moi, marchant tranquillement toute la longueur de l'allée entre les tables, se présentant avec leur nom, me tendant la main, comme des adultes, ces deux petits mômes pas plus épais que des roseaux, "on t'a reconnu", reconnu mais d'où ?

"Vous le savez bien, maintenant, ce qu'ils voulaient dire", je vous entends encore monsieur mon ex-psy, et cela me faisait presque rire ce ton précautionneux que vous preniez, comme si je trimballais un bâton de dynamite en moi et que vos paroles pouvaient à tout instant le faire exploser, "gros malin, avais-je envie de dire, bien sûr que je le sais, et qu'est-ce que ça change !"

Il vous plaisait beaucoup, notre trio bizarroïde, ne croyez pas que je ne m'en rendais pas compte, et je savais très bien que vous preniez des notes pendant la séance, et aussi dès que je vous avais quitté, parce que je restais quelques minutes à écouter, l'oreille collée à votre porte matelassée qui ne valait pas un clou question isolation phonique, je vous entendais remuer du papier et gratter furieusement, et je m'imaginais la rouvrir, cette porte si nulle, et vous dire sans ciller "avec tout le fric qu'on vous file, vous pourriez au moins vous payer une vraie isolation !" J'écoutais et la patiente suivante me regardait, je ne crois pas qu'elle m'ait jamais trahi, cette femme à l'air si accablé, je pense même que si quelqu'un lui a donné du courage, c'est moi, bien plus que vous, car au bout de quelques instants, un sourire furtif se dessinait sur son pauvre visage, je lui souriais en retour, et pendant ces quelques instants il y avait entre nous une complicité parfaite, peut-être n'en avait-elle jamais eu autant avec aucun être humain, et moi j'étais content, "Raphaël, tu n'es pas foutu, bravo mon vieux Raf", me disais-je en dévalant votre escalier quatre à quatre.

Paul aussi savait se taire, mais de façon très différente. Se taire avec Paul, c'était laisser le temps vide entre nous et nous prélasser dedans en toute quiétude. Se taire avec les jumeaux, c'était au contraire nous laisser traverser de mille frémissements qui n'avaient pas de mots pour eux, tant et si bien qu'après il nous fallait réintégrer le monde de la parole de toute urgence et nous le faisions plutôt rudement.

"Pourquoi t'as dit qu'on t'avait prêté le fric pour le kendo ? a dit Léo. C'était vraiment con.

— Et pourquoi t'as raconté pour l'écriture ? a dit Camille. Il avait pas besoin de savoir.

— Et pourquoi je l'aurais pas fait ? ai-je dit à Camille, tout hérissé et prêt à me battre.

— Parce qu'on veut pas qu'il rentre dans nos trucs, tu sais bien.

— J'ai pas peur de lui.

— C'est pas la question, ont-ils rétorqué.

— Et vous, qu'est-ce que c'est, cette histoire de rallye ? Il fait de la course automobile maintenant, ou c'est vous ? Vous avez une Ferrari ou quoi ?"

J'étais ulcéré que les jumeaux m'aient caché cette nouvelle dorure dans leur coffre à trésors. Pis encore, ils ne m'avaient sûrement rien caché, pour eux ce genre d'activité allait de soi, et j'étais un crétin de ne pas l'avoir su de naissance pour ainsi dire. Mais j'étais encore plus crétin que je ne l'imaginais.

"Quoi, quel rallye ? On fait pas de rallye. Et d'abord il n'y a pas de Ferrari dans les rallyes, tu confonds avec les circuits."

Ils avaient l'air sincèrement étonnés.

"Mais ce qu'il a dit, votre père, et puis «débutante» et puis «escort», c'était quoi alors ?"

Je prononçais les mots en exagérant l'accent anglais de Bernard, par raillerie, mais l'accent de Bernard n'était pas très bon, paraît-il, et les jumeaux ont éclaté de rire.

"C'était pas un rallye, il s'est trompé, il voulait dire le bal des Berceaux, tu te rappelles, on en a parlé une fois.

— Chez ta mère, tu te rappelles pas ? insistait Camille. On a dansé et tu faisais la musique. Fais pas semblant d'avoir oublié."

Les jumeaux n'oubliaient rien, eux. Seulement ils se promenaient dans leurs souvenirs à leur guise, "on se rappelle pas" disaient-ils souvent, mais c'était simplement qu'ils étaient sur un autre sentier de leur mémoire et ne se donnaient pas la peine de revenir à celui qu'on les sollicitait d'emprunter, trop de fatigue, ne pas déranger les petits princes quand ils sont en promenade dans leur tête, on fait courbette et on attend dans l'antichambre, respectueusement. Surtout ne pas leur courir après, comme je l'avais fait au début, par rage et pour les forcer, mais on ne force pas ces êtres subtils, car alors ils se perdent vraiment, les pauvres bambins, et vous vous retrouvez comme

un gros phacochère devant leurs yeux de faons
aux abois.

Oh, qu'ils m'ont fait courir, Léo et Camille, "pourquoi tu laisses pas tomber ?" disait Paul, et son
bon sens me faisait mal. Courir derrière Léo et
Camille était une entreprise insensée, mais c'était
ce qui m'était arrivé de plus beau, de plus exci-
tant, de plus enivrant dans ma petite vie, et comment aurais-je pu dire cela à Paul sans le blesser,
lui qui trouvait notre petite vie très bonne à son
goût, moi aussi bien sûr je la trouvais à mon goût,
mais il y avait cet ailleurs de Léo et Camille, qui
me faisait signe comme une galaxie brillante au
fond du ciel ténébreux, et bon, cela vraiment était
par trop déraillant pour Paul.

J'ai fini par cesser de courir derrière mes deux
farfadets, je commençais à bien les connaître, il
suffisait de s'asseoir tranquillement sur le talus,
pour continuer sur cette idée de promenade, de
s'asseoir en mâchouillant une herbe et en sifflo-
tant à part soi. Il suffisait d'attendre pour les voir
rappliquer sans tarder, intrigués par une présence
que je leur avais laissé le temps de flairer. Surtout
ne faire semblant de rien, les laisser venir, car ils
venaient toujours… Les cris et hurlements, ils ne
les entendaient que s'ils le voulaient bien, mais les
fines vibrations de l'âme, ah oui, celles-là ils les
percevaient toujours.

Pour l'heure, c'était eux qui me présentaient un
souvenir.

"Ça va, je me rappelle, ai-je dit, mais quel rapport avec «rallye» ?

— Un rallye, c'est aussi une grande soirée pour
les jeunes, très chic et tout.

— Et vous y êtes déjà allés ?

— Pas nous, non. Jon et Cornélius, oui, et Titia
aussi, c'est là qu'elle a rencontré son mari.

— Votre sœur est mariée ?"

Première nouvelle, j'étais stupéfait. Ainsi, dans cette vaste famille des jumeaux que j'avais dû apprendre à dénombrer et à nommer, il fallait encore ajouter un jeune mari, le beau-frère de Léo et Camille, ou le demi-beau-frère, puisque Titia était leur demi-sœur, et à la suite de ce mariage, des demi-neveux, pourquoi pas.

"Ils ont des enfants, Titia et son mari ?

— Ah non ! se sont exclamés Léo et Camille, puis ils se sont interrompus brusquement, comme s'ils venaient de proférer une grosse bêtise.

— Pourquoi n'ont-ils pas d'enfants ?

— Il y a un problème, c'est pour ça qu'elle veut divorcer.

— Ah bon, elle veut divorcer ?"

Toutes mes sirènes internes étaient en alerte, je sentais que quelque chose se passait, qu'il me fallait marcher sur des œufs, les laisser me conduire à leur façon.

"Les parents sont furieux, ils disent qu'il n'y a pas de raison, mais Titia dit que le type lui a fait une réflexion et que ça lui suffit, elle veut plus le revoir de toute sa vie.

— Titia, elle est comme Astrid, elle a le crâne dur.

— Et comme son père aussi, tu sais, Ernst, le premier mari d'Astrid. Elle est très fière et touchée.

— Touchée par quoi ?

— Pas touchée, touchy, bredouillaient-ils, susceptible quoi !" Lorsqu'ils étaient très énervés, il leur arrivait de mélanger des mots français et anglais.

Ce que je sentais, c'est qu'ils me menaient en bateau. Ils me saoulaient de bavardages sur leur famille, pour m'égarer, mais où s'était fait le tournant, quel était le point qu'ils fuyaient, et qu'avait-il de si brûlant pour les faire patauger ainsi à toute vitesse dans les potins familiaux, eux qui les refu-saient d'ordinaire ?

C'est alors qu'une idée est venue me frapper. Peut-être ne fuyaient-ils pas du tout, peut-être voulaient-ils me dire quelque chose justement, et cela leur était difficile, ils avaient peur que je ne devine pas, souhaitaient que je découvre cette chose par moi-même.

Etait-ce toujours cette vieille histoire concernant leur père et ma mère ? L'histoire nous avait bien occupés, quelques années auparavant, l'année de leurs treize, quatorze ans. "Tu es peut-être notre frère, Raphaël, tu ne ressembles pas à la photo de ton père, tu nous ressembles à nous, on est grands tous les trois, on a la même allure", c'était un jeu, Camille dressait des tables de nos mensurations, Léo dessinait nos visages sur des papiers calques, les superposait, je me laissais aller au roman qui semblait se raconter tout seul, le jeu tournait à l'obsession, ce n'était plus un jeu. Mais il fallait des dates, des circonstances à cette généalogie qui nous semblait de plus en plus évidente, et j'étais allé voir ma mémé des Carrières. Une lueur s'était allumée dans ses yeux quand je lui avais posé mes questions, "ça va faire du vilain tout ça, c'est moi qui te le dis".

Elle y comptait bien, la vieille carne misanthrope, du vilain pour distraire la monotonie de ses jours. Cette phrase, sa phrase passe-partout, m'avait tou-jours fait rire, je pensais que ce "vilain" ne pouvait m'atteindre, qu'elle en protégerait son petit-fils bien-aimé. Elle me racontait des horreurs sur les gens de la ville et je me tordais de rire, "ah ça te fait rire, mon chameau", disait-elle, et elle était fière de moi, "t'es pas comme ta mère, toi, au moins". Elle en prenait pour son grade, ma mère, certains jours, dans la bicoque de la mémé, "elle est passée de l'autre côté, la Luce, elle a choisi son camp, on ne peut plus rien lui dire, elle fait la morale sur tout, comme ces Démouillés", "Desfontaines, mémé", la reprenais-je, "c'est bien ce que je dis, les Détrempés", j'étouffais de rire, j'avais cinq ou six ans, ma mémé était mon Capitaine Crochet, ma sorcière des bois profonds, elle avait le nez crochu et trois poils noirs au menton, c'était exprès pour faire peur aux méchants, elle était plus méchante que les méchants, elle n'avait pas peur des crapauds ni des serpents ni des ivrognes qui gueulaient le soir sur le chemin.

Mais elle s'est bien gardée de m'éclairer sur les amours possibles de Bernard et de Luce, "le chameau, ah le petit chameau !", c'était tout ce que je pouvais tirer d'elle. En apparence, du moins.

"Mémé, est-ce que Bernard est venu ici avant ma naissance, neuf mois avant ? – Ah ben, ça se pourrait bien, il venait souvent avant. – Avant quoi ? – Avant qu'il vienne plus, pardi ! – Mais est-ce que ma mère était amoureuse de lui ? – Elle aurait mieux fait, tiens, c'est pas faute que je lui aie dit, mais c'était une tête de mule, la Lucette ! – Qu'est-ce que tu veux dire ? – Je veux dire que si elle avait fait comme je lui disais, c'est toi qu'aurais ce qu'ils ont, les deux têtards des Desfontaines, et moi je serais pas dans ce taudis, il faut que tu me remplaces un carreau, Raphaël. – Mémé… – T'as entendu, faut que tu me remplaces un carreau. – Je vais le faire, mémé, dis-moi d'abord si je suis le fils de Bernard Desfontaines ! – Tu me fais du chantage, maintenant, ah ben mon chameau !" Et puis elle s'était assise, avait calé ses bras sur son ventre, ses petits yeux gris me regardaient fixement. "Ecoute, mon petit, c'est peut-être pas une mauvaise idée, ton idée. – J'ai pas d'idée, mémé, je veux juste savoir." Elle ne m'écoutait pas, elle réfléchissait. Et enfin : "Si tu veux foncer, fonce, mon petit, je t'aiderai, t'as entendu, je t'aiderai, et faut pas croire, ça rigole pas avec moi."

Les insinuations étranges de Léo et Camille ont fini par alerter les grands-parents Desfontaines, de même de mon côté avec ma mère, jusqu'à convocation de nous trois, les enfants, explication, sermon, et non, quelle sottise, Bernard n'était pas mon père. Mais de la crise est sortie, pour moi, une autre vérité. L'homme de la photographie sur le buffet de notre cuisine n'était pas mon père non plus. Luce était déjà enceinte lorsqu'il l'avait épousée, mon vrai père était un tout jeune type, de passage au camping avec un groupe d'étudiants de tous pays, "des hippies, ouais", avait craché ma grand-mère. C'était ce qu'avait fini par m'avouer ma mère, je pouvais la croire ou ne pas la croire, c'était plausible, en tout cas mon père n'était pas Bernard, et je n'étais pas le demi-frère des jumeaux.

"Et te mets pas en tête de chercher ce gars, Raphaël, je sais même pas son nom, j'ai fait une bêtise, t'as pas besoin d'un dessin, non ? Et tout de suite après j'ai rencontré ton père, c'était l'homme de ma vie, il a voulu qu'on te garde, il t'a adopté, juste le temps de t'élever un peu et puis il est mort.

— Mais ce qu'elle dit, la mémé des Carrières ?

— C'est une vieille folle, je t'interdis de lui parler, et je ne veux pas que tu racontes ma vie aux jumeaux, compris ?"

Voilà pour moi. Mais pour eux ? Jusqu'à quel point avaient-ils cru à cette fable d'un père commun à nous trois ? Pourquoi avaient-ils eu le besoin de s'imaginer un demi-frère, puisqu'ils en avaient déjà deux, sans compter leur sœur ? Retour à la sœur, Titia, donc.

"Titia ne peut pas avoir d'enfants ? ai-je dit un peu au hasard.

— Elle n'en veut pas.

— Mais pourquoi ?"

Pas de réponse.

Ils commençaient à sérieusement m'énerver. L'histoire de leur mère, je la connaissais, Luce ou les grands-parents ou la rumeur me l'avait racontée : la grossesse difficile, l'accouchement prématuré, madame Van Broeker, si belle et dynamique fût-elle, n'était pas très jeune. Plus âgée que Bernard d'une dizaine d'années, elle ne souhaitait pas d'autres enfants, cette grossesse lui était venue contre son gré, je ne sais pas si Bernard la lui avait imposée, mais l'arrivée de jumeaux n'avait pas été bienvenue, et ils devaient le savoir. Bon, mais après tout, chacun vient au monde comme il le peut, mon histoire à moi n'était pas plus brillante et je n'en avais pas fait tout un drame. De quoi pouvaient-ils se plaindre ? Ils étaient riches, ils étaient beaux, et ils étaient deux.

Soudain un projecteur s'est allumé en moi. Certitude parfaite, parfaite clarté, lumière blanche jusqu'au fond des cellules.

"Titia a peur d'avoir des jumeaux ?"

Leurs yeux élargis, leur regard fixe sur moi, statues tous les deux.

"Elle a peur des complications ?

— …

— Parce qu'en fait, vous n'étiez pas jumeaux.

— …

— Vous n'étiez pas deux, vous étiez trois.

— …"

Silence. Comment savais-je cela ?

Et voici que les statues s'animent. Aparté soudain entre les deux.

"On lui montre ? dit Camille.

— Quoi ?

— Les trucs.

— Tu sais où ils sont ?

— Au même endroit, avec tes dessins."

Les trucs, c'était une série de clichés, des radios de la tête et du cou, tous contenus dans une grande enveloppe brune. "Là, tu vois ? – Quoi ? – Un petit bout de dent. – Ça ? – Oui, et là, c'est une boulette de cheveux." Je ne voyais pas grand-chose. "Tiens, tu peux lire les rapports, si tu veux." Mais je ne le pouvais pas, ne pouvais pas me plonger dans ces paperasses peu engageantes, l'en-tête "Mount Sinai Hospital" m'intimidait, tout semblait écrit en anglais. "Si, insistaient-ils, là, et puis là, regarde."

Leur voix, leur visage ont changé d'un coup. De tout petits doigts suivent les lignes, exhument les uns après les autres des mots aux consonances obscures, leurs lèvres bougent à mesure, ânonnant tout bas, avec application, séquences filées qu'ils savent par cœur. Et moi, je suis perdu dans le brouillard de la langue étrangère, égaré par leur voix même, qui m'empêche de comprendre, tant elle m'est nouvelle, et méconnaissable, une voix de tout petits enfants, surgie d'un autre monde, presque effrayante.

"Tu vois, ont-ils conclu tristement, on l'a bouffé."

Ils ont rangé leur trésor dans l'enveloppe, radios et papiers, en silence, les mains de l'un secondant les mains de l'autre dans un synchronisme parfait, je n'existais plus, ils accomplissaient un rite funèbre bien à eux, rendant leur jumeau à son linceul, combien de fois avaient-ils pratiqué ce rite, retournement des restes, litanie des mots, gestes toujours les mêmes ?

Je souffrais bizarrement. Ils avaient quitté la pièce, partis sans doute réinstaller leur mort dans le mausolée qu'ils lui avaient inventé, carton à dessins de Léo ou toute autre cachette, le lieu devait changer après chaque sortie de l'enveloppe.

Leur troisième jumeau.

Comment le savais-je ? Personne ne m'avait raconté cette histoire. Personne non plus ne leur en avait parlé. Et ils ne m'en ont rien dit de plus ce soir-là. Mais plus tard ce serait comme si l'enveloppe brune m'avait été familière de tout temps, comme si j'avais toujours su ce qu'elle racontait, les maux de tête et comportements inhabituels qui les avaient affectés dès la naissance, les radios et prélèvements qu'ils avaient dû subir tout au long de leur petite enfance, les résultats qui avaient enfin révélé chez l'un et chez l'autre des vestiges d'un autre embryon, d'un fœtus plutôt, celui d'un "jumeau fantôme", *phantom twin*, tel était le terme qui ressortait, souligné de deux traits, sur l'une des pages, rien de très rare, semble-t-il, encore que dans leur cas, il y eût des éléments plus exceptionnels – ils étaient peut-être vrais jumeaux en fin de compte. Et ce serait aussi comme si j'avais toujours su où et comment ils avaient découvert l'enveloppe, sous le lit de leurs parents bien sûr, le grand lit royal californien, posée sans doute sur le bord par leur mère, puis tombée et glissée sous un pan de drap, puis repoussée plus loin encore par l'aspirateur de la domestique jamaïcaine. Les petits fureteurs avaient trouvé le dossier, avaient regardé les radios, lu les comptes rendus d'analyses, puis l'avaient caché dans leurs affaires, et l'avaient oublié. Oublié par intermittence. Comme il me semblait, moi aussi, l'avoir oublié et retrouvé avec eux, en cet instant.

Le projecteur dans ma tête brûlait toujours, sa lumière blanche, violente, collée sur les deux mots *phantom twin*.

Et maintenant les jumeaux étaient revenus à moi, ils me regardaient de leurs grands yeux transparents où il y avait une supplique muette, mais aussi de l'excitation, j'en étais sûr, de la provocation même, les petits salauds, et je ne savais plus que dire ni que faire, tant j'étais énervé, je me rappelais mille détails qui se pressaient dans ma tête, "on est contents de te revoir, Raphaël, tu peux pas savoir", "on a besoin de toi, Raphaël", "avec toi, on est trois", "avec toi, on n'a pas peur".

Et soudain ils m'ont été insupportables.

Leurs grands corps languides, leur façon de m'attirer à eux, de se presser contre moi, de me suivre partout, à la douche, dans ma chambre, sur mon lit, nos fumeries enlacés tous les trois. J'étouffais dans le studio, le grand fauteuil à dorures de madame Van Broeker me brûlait les yeux, les tapis qu'ils avaient disposés un peu partout, à tel point qu'il y en avait plusieurs les uns sur les autres, m'étouffaient, "Astrid n'en veut plus", avaient-ils expliqué, "vous êtes sa poubelle alors !" avais-je lancé méchamment, et encore une fois nous nous étions battus. Notre façon de nous battre c'était une façon de faire l'amour, d'accord monsieur, même si vous m'avez beaucoup choqué lorsque vous avez fait cette suggestion, "cette façon de vous frotter, de vous mordre, d'épuiser vos énergies errantes, Raphaël, qu'est-ce que c'était ?"

Léo et moi, nous nous faisions vraiment mal dans ces bagarres, il fréquentait régulièrement la salle de musculation au club de son père et même si ses muscles restaient fins, ils étaient nerveux et son coup de poing redoutable. Camille et moi nous faisions plus mal encore, elle était aussi puissante que son frère pour les mêmes raisons, mais si je cherchais à éviter le corps de Léo, je recherchais le sien, essayant de l'étreindre, de l'immobiliser contre moi, mais elle était fluide, glissante comme une anguille, et je me retrouvais avec le corps de

Léo plaqué contre le mien et ce corps de Léo alors je le retenais, tout vibrant de colère, à quelques millimètres de moi, et qu'il ne croie pas, la sale petite sangsue, que je ne sentais pas ce qui se passait en lui, son sexe sur ma cuisse, et le durcissement violent de tous ses muscles, et derrière cette armure de son corps la détresse d'un appel ou la sournoiserie d'une invite, ou les deux mêlées, mais cela m'était bien égal, j'avais une sacrée poigne alors, je le tenais ferme à lui briser les os des bras, jusqu'à ce que Camille nous sépare en me tirant en arrière par les cheveux, nos bagarres finissaient dans une confusion inextricable.

D'un seul coup j'en ai eu assez de leurs corps à tous les deux, ils me collaient à la peau, je suis allé à la fenêtre, et j'ai arraché brutalement les rideaux, crac un grand pan de tissu qui se dégonfle, s'écroule en chair flasque au sol, et crac un second rideau, pas grave, madame Van Broeker se ferait un plaisir d'en acheter de nouveaux, en soie sauvage ou moirée ou Dieu sait quoi, puis je suis sorti en claquant la porte, bon débarras les jumeaux, je ne suis pas votre troisième, je ne suis pas un fantôme, je suis moi, moi tout seul.

Il faut que je respire, Natacha. Respirer, sortir de ces histoires de naissance, de berceaux, tu comprends pourquoi je suis si pressé ? Je marche vers ma stature d'homme, et pour cela il me faut retourner en arrière, tout au début, nager et patouiller dans ce faitout des jumeaux. "Faitout", c'était fœtus bien sûr, qu'ils prononçaient de travers quand ils avaient six, sept ans et que leur français était encore incertain, mais comme leur intuition était fine, si fine qu'elle les dépassait eux-mêmes bien souvent.

171

Il y avait bien du faitout dans l'air, une marmite psychique où nous marinions tous les trois, si je ne les avais pas rencontrés que serais-je aujourd'hui ? L'ami de Paul, sûrement, ce que je suis toujours, Raphaël et Paul sont deux amis d'enfance, mais ils n'ont pas mariné dans le faitout fœtal, c'est le temps de leur petite ville qui les a bercés ensemble et les a faits amis, ce n'est pas le grand faitout aux infusoires cosmiques, tu me suis, Natacha ?

Voilà, il était une fois un garçon tranquille, plutôt endormi, et sans histoire, mais un jour sont arrivés dans sa ville un garçon et une fille, jumeaux dizygotes, plus jeunes de trois ans, et tout à fait mignons, jolis et bien élevés. On ne savait pas à ce moment qu'ils étaient en fait des triplés, que dans le ventre de leur mère où peut-être il n'y avait pas assez de place, ils s'étaient ligués contre le troisième et l'avaient tout simplement bouffé. On ne savait pas cela, eux non plus ne le savaient pas clairement. Très bien, mais une petite dent en eux le savait, ainsi qu'une boulette de cheveux, et les bambins, très inquiets malgré les apparences, cherchaient partout ce troisième de leur fratrie pour faire réparation ou peut-être reconstituer le plus haut moment de leur vie, leur bonheur d'amibes avant le carnage de la survie. Ils ont élu ce garçon de trois ans leur aîné pour être leur compagnon perdu, ils l'ont aimé, fasciné, conquis, et ce garçon que rien ne prédestinait à une histoire aussi farfelue a reconnu sa place dans ce trio improbable. Il avait ses raisons, que par la grâce d'une toile de tente descendue du ciel sur sa tête à un congrès d'écrivains, il s'efforce aujourd'hui de démêler, pour émerger du faitout enfin. Il avait reconnu son destin symbolique, merci les jumeaux, mais il aurait été préférable, bien préférable, que le trio nouveau ne se remette pas au carnage, et ne s'en aille pas boulotter un nouveau voisin, une voisine en l'occurrence, Anne comme vous le savez, mais du calme, Raphaël, ton récit n'est pas encore prêt pour Anne, du calme et de l'ordre.

Donc l'année de la rencontre du garçon Raphaël et des jolis jumeaux, je vais la nommer conjonction numéro I. Selon les voies mystérieuses du cosmos, les trois planètes s'alignent, et bang, voilà que cela crée une figure, aubaine pour le romancier, la figure n'est pas très claire encore, elle se défait au bout d'un an, mais elle laisse son empreinte ectoplasmique dans le ciel, les deux petites planètes avaient six ans d'âge, bientôt sept. Quant à l'autre planète, la plus grosse quoique pas très grosse non plus, elle avait lors de cette première conjonction neuf ans, ou dix ans selon.

Que s'est-il passé lors de cette conjonction initiale ? Peu de choses finalement. Une bagarre dans une cour d'école, deux billets de banque refusés, un aperçu, dans un fourré, de la différence sexuelle, quelques broutilles d'ordre sociologique, à quoi il faut ajouter l'irruption de Babel sous la forme modeste de quelques mots mal prononcés.

La seconde conjonction s'est produite six ans plus tard, les deux petites planètes étant alors âgées alors de treize, quatorze ans, l'autre de seize, dix-sept ans, toujours dans la même petite ville de province, à Bourgneuf. Et c'est là que j'en étais, avant de me laisser emporter par ma trouille.

Léo et Camille étaient revenus donc, nous nous voyions peu souvent, ma mère me tannait rudement pour que je travaille davantage, Paul sortait officiellement avec Elodie, et moins officiellement rentrait aussi assez souvent avec elle, dans sa chambre à la ferme. Pour moi, je faisais l'amour de temps en temps avec une amie de la sœur d'Elodie, étudiante dans une autre ville, autant dire que cela n'arrivait pas souvent, et aussi avec la fille d'une collègue de ma mère, qui me poursuivait avec la bénédiction discrète des deux mamans, ce qui me donnait plutôt envie de ne pas continuer, mais nos rencontres avaient toujours un caractère si fortuit que je me laissais embarquer et n'arrivais pas à rompre.

L'essentiel pour moi était de n'être plus puceau, du moins c'est ainsi que parlait Paul, "faut pas être puceau, mon vieux, sinon on se fait avoir par les filles". Je trouvais ce mot révulsant, ringard, archaïque. Après mon aventure avec Elodie j'espérais en être débarrassé à jamais, du mot affreux et d'Elodie aussi, mais selon l'évangile de l'ami Paul une seule coucherie ne suffisait pas pour échapper à la honte, et surtout au danger d'être puceau, une seule coucherie rendait un garçon encore plus vulnérable.

Paul avait une conception très pragmatique des rapports avec l'autre sexe, il voulait se marier un jour et se préparait avec sérieux et efficacité à cette affaire importante. A préciser qu'Elodie n'entrait pas dans ses plans sur la comète du mariage, Elodie était son terrain d'essais, terrain unique "pour la sécurité, mon vieux, à cause du sida", mais bien labouré et reconnu en tous sens, "toutes les filles sont pareilles, non ?" disait-il, "ah bon, Camille aussi, par exemple ?" répondais-je, "bah, c'est une gamine !", mais il rougissait, mon pauvre Paul, "et puis elle est plus grande que moi !" ajoutait-il très sérieusement comme si cette plus grande hauteur de Camille était un obstacle majeur, et je n'insistais pas, je savais bien qu'il était plus accroché à Elodie qu'il ne le croyait, quant à Camille il y avait là un point douloureux pour nous deux, gênant plutôt, mal résolu et mal cerné. De toute façon chacun ses faiblesses, la nature de notre amitié c'était justement de ne pas creuser les faiblesses, on les effleure et on passe, que chacun se débrouille comme il le veut dans sa tête, parler c'est fatigant et ça complique tout, l'essentiel est de pouvoir marcher côte à côte dans les rues ou rêvasser ensemble en haut d'une grange, et cela nous savions le faire, et ne pouvions le faire avec personne d'autre.

Néanmoins, de temps à autre, puisque le statut de non-puceau ne s'obtenait pas avec une seule coucherie, il fallait prouver à Paul que je me maintenais à un niveau de connaissance des filles acceptable, ne serait-ce que pour être à égalité avec lui, lui éviter tout souci me concernant, et m'éviter à moi une récurrence possible de l'affreux mot. Je laissais donc tomber dès que cela s'était produit "j'ai baisé avec Caroline" (la copine de la sœur d'Elodie) ou "j'ai baisé avec Nathalie Lesage" (la fille de la copine de ma mère), il hochait la tête, "t'as pensé à mettre le truc ? – ouais", et ça allait comme ça pour au moins trois mois. C'est dire la fréquence de la chose !

Il a fallu que j'explique tout cela aux uns et aux autres pendant l'instruction. Ils voulaient des noms, des dates, le mot affreux est revenu, ils voulaient savoir si je l'étais, c'était paraît-il très important pour la compréhension de l'affaire, Paul a dû témoigner. Ils se promenaient dans notre amitié avec leurs questions grossières, peut-être espéraient-ils nous pousser à bout, nous dresser l'un contre l'autre, faire jaillir quelque saleté précoce qui expliquerait les autres saletés, celles qu'ils avaient lues dans les notes que me faisaient écrire Léo et Camille, dans notre cahier des séances, mais ils ne savaient pas qu'on se foutait de tout ça, Paul et moi, que notre amitié était en dehors de tout cela. Paul a dit ce qu'il savait, sobrement, et ils étaient contents, je n'étais pas "puceau", j'avais fait mes expériences, j'étais un adulte pleinement responsable, et donc pour Anne je n'avais pas d'excuse. Paul n'a pas cherché à me défendre, il a dit le minimum et n'a menti sur rien, et c'était bien ainsi. Le monde où ma vie s'embrouillait avec celle des jumeaux n'était pas celui de mon amitié avec Paul.

Au début de la troisième conjonction s'est produite la rencontre entre Raphaël et le père de ses amis les jumeaux, rencontre pénible, qui réveillait les secousses du passé et n'augurait rien de bon. Après le départ de Bernard, je me suis jeté dans la rue, je voulais marcher pour me calmer, mais je ne savais pas marcher seul, Paul me manquait : le roulement régulier de son corps trapu, le heurt rassurant de son épaule, métronome qui me donnait le rythme, et le tap tap du ballon qui résonnait sur la route. Ce chant du ballon, comme j'aspirais à lui en cet instant, solide petit moteur qui m'aurait fait traverser les vagues mauvaises, tap tap tap, et il avait toujours une farce en réserve pour nous distraire, il s'envolait soudain, le malicieux globule, et nous nous précipitions derrière lui, "attrape, mille sabords", criait Paul, et il n'y avait plus rien au monde alors que nous trois, Paul, moi et son ballon. La planète entière avec ses plantes, ses nuages, ses océans et tout le ramdam n'avait été créée que pour cet apogée : le sang qui courait à fond de train dans ses tuyaux, et l'air qui filait entre ses portes battantes, tout le sacré flux du monde en pleine animation et circulation, et ensuite tap tap tap, le contentement des choses apaisées.

Je ne savais pas marcher dans Paris, ne trouvais pas ma ligne juste entre les passants, les femmes n'aiment pas être heurtées par un grand type un peu hagard, "pardon, pardon", et le coup d'œil des hommes, une seconde pour se mesurer, décider si c'est tigre ou couleuvre, "pardon, pardon", ni tigre ni couleuvre, juste une bouse insignifiante à ne pas se coller sous le pied, et le métro, c'était pire, parce qu'il y a là tous les gens du monde, ramassés en vrac par les pelleteuses des rames, plus de gens que je n'en avais vu de ma vie, et vu de si près, tous avec de vrais visages, contrairement à ceux de la rue qui passent en amas fuyants de traits, nuque, silhouette. Dans le métro je me sentais réduit à rien, ma tête posée au-dessus de toutes les autres, comme sur une étagère bringuebalante. La fabuleuse histoire de Raphaël et de ses merveilleux jumeaux fondait littéralement dans la masse, il y avait bien d'autres histoires, plus fantastiques, dans ces têtes de toutes les couleurs, la mienne devenait toute petite, ridicule, or je n'avais alors que cette histoire pour exister, vous comprenez.

Léo et Camille ne faisaient pas le poids dans le métro. Leur belle auréole, comprimée de tous côtés et rongée de sueur, se dégonflait vite, mais ils ne prenaient presque jamais le métro, les souterrains du commun des mortels n'étaient pas pour eux, ou alors il fallait que je les accompagne, pour leur garantir la continuation de leur bulle. Gardien de bulle, voilà ce que j'étais, et leur présence me gênait, leur air abasourdi, leurs gestes maladroits, le visage de Camille surtout, qui devenait presque laid, incongru plutôt. En émergeant à l'air libre, j'étais sonné de pitié et de détestation. Ils prenaient le taxi, ah le taxi ils aimaient beaucoup, le taxi les rendait vifs et loquaces, nous faisions parfois tout le tour de Paris, plusieurs fois, pour rien, pour être ensemble serrés à l'arrière.

Je me suis jeté dans les rues, mais les rues de Paris ne pouvaient rien pour moi. Il m'aurait fallu la rue des Glycines, les trottoirs vides, les façades grises aux volets clos, et puis grimper le chemin des Gaules vers les collines, avec ses talus bordés de fougères, il m'aurait fallu Paul surtout.

Je suis rentré chez moi, Mairie des Lilas, me suis couché. Encore un soir où je ne travaillerais pas, et le lendemain non plus sans doute, parce que je me suis mis à ruminer la scène avec Bernard Desfontaines et au milieu de la nuit, je me suis réveillé dans une colère féroce et un énorme apitoiement sur moi-même. Réplique à distance de toutes les secousses de cette année d'adolescence à Bourgneuf, quand les jumeaux avaient treize ans et moi seize. Sur le coup, je n'avais rien eu le temps d'éprouver, maintenant j'avais vingt ans, et j'éprouvais.

"Vous vous rendez compte ce qu'il a osé me dire, ce sauvage ?", je moulinais cette phrase entre mes dents serrées, m'adressant aux murs, à ma pile de bouquins non ouverts sur la table, à un témoin imaginaire, vous vous rendez compte ? Il me parle des inconvénients d'un père, à moi qui suis orphelin ! Il me fait passer son argent sous le nez et se le rempoche aussitôt ! Il ne me demande même pas pourquoi j'ai dû emprunter sept cents euros aux jumeaux, je pourrais crever la gueule ouverte, il trouverait ça "rigolo" je suppose, il me montre que sept cents euros c'est vraiment rien pour lui, il suggère que je suis un profiteur, et pour finir, il faudrait que je lui envoie mon contrat d'édition, comme si j'en étais déjà là. Et bien sûr, ça ne l'intéresse pas ce que je pourrais écrire, ce qui compte c'est le contrat, et si ça se trouve il est vraiment mon père, ce salaud ! Et ma mère s'est laissé faire comme une gamine, une gamine pauvre qui a la fierté des pauvres, oui monsieur oui madame je ne dirai rien, mais quand même je veux garder mon bébé, alors on t'aidera, on te trouvera un travail et même un mari, merci monsieur merci madame, ce qui est étonnant c'est que la mémé des Carrières ait marché dans une telle combine, non, impossible cela, la vieille carne ne se serait pas laissé faire, elle m'aurait défendu, elle, donc il n'est pas mon père, mais ça n'empêche rien, et ainsi de suite toute la nuit, jusqu'au matin où ne me restait plus que la honte d'avoir raconté que je voulais "écrire", parce que ce n'était pas vrai à l'époque, la littérature n'avait rien à voir avec moi, je n'avais aucun projet précis, j'avais saisi la première idée suffisamment vague et prestigieuse pour répondre quelque chose, pour me rendre intéressant, j'aurais pu tout aussi bien dire "je veux faire de la politique, ou de l'humanitaire", et cet affreux bonhomme avait fait semblant de me croire, m'avait pris au mot en somme, et il me parlait contrat et chiffres, c'est-à-dire ce qu'il connaissait à fond, lui, là où il était infiniment supérieur à moi, à moi qui n'en étais pas même au premier mot de cette hypothétique carrière d'écrivain, qui n'arrivais pas même à rédiger mes devoirs de fac. Je n'avais déjà pas les épaules assez solides pour faire un étudiant convenable et il me jetait dans un monde où il fallait les avoir très, très solides, les épaules, où il fallait des épaules de géant, je me sentais humilié, écrabouillé, je le haïssais.

Peut-être monsieur Desfontaines a-t-il été plus important dans ma courte vie que Léo et Camille. Je n'avais pas leur souveraine indifférence, pas de père, ni aucun arrière pour me soutenir. Je servais à ma mère des semi-mensonges sur ce que je faisais à Paris, mes études n'allaient pas fort du tout, j'étais au plus bas en somme.

Cette calamiteuse rencontre avec monsieur Desfontaines, Bernard, s'est produite, je l'ai dit, durant la conjonction numéro III, alors que j'étais étudiant à Paris et les jumeaux en classe de terminale à l'Ecole alsacienne, ils avaient dix-sept ans et moi vingt. Les jumeaux ne voulaient pas aller à l'Ecole alsacienne, ils savaient qu'ils y retrouveraient bon nombre d'enfants d'amis de leurs parents, sans compter le proviseur qui était une de leurs innombrables connaissances, mais c'était justement ce qui motivait madame Van Broeker, "ces pauvres enfants ont eu une vie déjà bien agitée, avec tous nos déménagements et changements de langue, il leur faut un environnement sûr, je serai plus tranquille". Pour qu'elle soit plus tranquille, il lui fallait placer ses poussins dans un cocon de soie fine, "les autres enfants ont une vie plus simple, finalement, ces enfants de nos milieux sont fragiles", il n'est pas facile en effet d'être riche et entouré de tous les grands noms de la politique, de la banque ou des affaires ou Dieu sait quoi ! Les jumeaux avaient eu le choix entre l'Ecole alsacienne ou suivre leurs parents à Hong-Kong où ils seraient allés au lycée Victor-Segalen, "et le lycée de HK, c'est pire, tu comprends Raphaël, parce que même Astrid y donne des cours parfois, quand ils n'ont plus de prof sous la main !"

Ils avaient choisi de rester seuls à Paris, et madame Van Broeker s'était aussitôt mise en quête d'un studio pour eux, avait téléphoné à toutes ses amies pour qu'elles "gardent un œil" sur les pauvres petits, avait longuement palabré avec le directeur de l'école et les professeurs, bref s'était occupée de ses devoirs maternels avec diligence et efficacité, comme elle savait le faire. "Tu parles, elle se débarrasse de nous !" avait dit Léo, et c'était l'une des rares fois où j'avais senti chez lui une légère amertume à l'égard de madame Van Broeker. Camille l'avait aussitôt repris : "C'est ce qu'on veut, non !"

C'est à cette époque que Camille est devenue communiste, tandis que Léo s'inscrivait chez les verts.

Ils aimaient ma mère, ils l'auraient volontiers élue pour être leur référent et gardienne, s'ils en avaient eu le choix. "Tu as de la chance, toi, Raf !" disaient-ils. "Comment ça ? – Tu as Luce. – Et alors ?" Ils étaient incapables d'expliquer en quoi Luce était une chance, mais ils étaient sincères. Je pense qu'ils aimaient les gros seins de ma mère. Un jour, Léo lui avait dit : "Je peux mettre ma tête là, madame ?" Elle était assise sur le canapé, dans notre maison, il était debout devant elle, comme un grand gosse malheureux, gêné non pas de sa demande déplacée, mais de la tension qu'il ne pouvait maîtriser sur son visage. "Ma tête, là…" Je me demandais si je devais le gifler, chercher une phrase cinglante, ou faire semblant de ne pas avoir entendu, en réalité j'étais trop soufflé pour réagir, Camille aussi apparemment. Temps suspendu, le visage de ma mère n'exprimait rien, qu'allait-il en sortir ? Puis elle a eu un bon sourire, "bien sûr, mon poulet" et il s'est assis contre elle et a posé sa tête sur sa poitrine. "Toi aussi, Camille, si tu veux" et Camille n'a pas hésité une seconde, elle s'est assise de l'autre côté, ma mère a passé les bras autour de leurs épaules, et ils sont restés ainsi immobiles, me regardant tous les trois, souriant vaguement, absorbés dans une béatitude sérieuse.

Ma mère portait son tablier d'intérieur, une sorte de surtout informe coupé dans un tissu africain. Soudain je le voyais, ce vêtement mal taillé, à l'imprimé passé, avec ses grandes poches portant toujours quelque objet ménager, et il me faisait un effet très gênant, parce que je le découvrais à la fois lamentable et émouvant. Elle avait quelque chose de très maternel dans ce tablier avec les têtes des deux enfants sur sa poitrine. Etait-elle ainsi avec moi ? Pas vraiment, je l'ai dit, nous étions plutôt deux adultes à égalité. Et j'étais tout retourné de cet air qu'elle avait, de maternité accomplie, qu'elle semblait découvrir timidement. Elle avait l'air si heureuse et embarrassée, ma pauvre mère, que j'ai fini par détourner les yeux.

Elle les aimait, Léo et Camille, "finalement, ces pauvres gosses, ils n'ont pas tellement de chance !" Pour eux, elle mettait entre parenthèses ses discours tonitruants sur la lutte des classes. Et si je lui rappelais que ces "pauvres gosses" étaient héritiers d'une grosse fortune, elle haussait les épaules : "Et ton humanité, Raphaël !" Me fallait-il maintenant considérer les jumeaux comme relevant d'une entreprise humanitaire ? J'étais révolté de son inconsistance, ou je faisais semblant, en réalité j'étais heureux et fier de sa tendresse pour mes amis, de la simplicité de cette tendresse.

Aimer quelqu'un, est-ce être capable de le voir nu quels que soient ses oripeaux extérieurs ? Etre de son côté, tout simplement ? Evidemment, j'étais jaloux aussi de cette tendresse spontanée entre ma mère et les jumeaux. Dans leur famille, Léo et Camille avaient des dizaines de personnes pour les aimer, mais dans la mienne, il n'y en avait qu'une, c'était injuste, n'est-ce pas ? Et vous mon psy, quelques années plus tard, vous susurriez : "Hum, hum, revenons à ce que vous avez dit à Bernard Desfontaines ce jour de sa visite au studio." J'étais contrarié qu'on ne s'intéresse pas à ma jalousie, qui m'avait bien pincé le cœur pourtant. J'ai dit : "Quoi ?" "Que vous vouliez écrire", poursuiviez-vous flegmatiquement. "Oui et alors ? – C'était la première idée qui vous passait par la tête ?" Réponse du patient : "Le hasard." Et l'irritant docteur : "Hum…" Un hum qui ressemblait à un oui, ce qui donnait quelque chose comme "moui-moui".

Parfois, en sortant de mes séances, boulevard Saint-Germain, je m'amusais à le reproduire ce fameux "moui-moui", je me le chantonnais, me le mâchouillais, le lançais au visage des passants, et si j'avais l'air dérangé, tant mieux !

Au temps de la conjonction numéro II, peu après le retour des jumeaux à Bourgneuf, une vilaine rumeur a commencé à onduler alentour. Ils avaient treize ans, moi seize, nous n'avions pas encore plongé dans la tourmente de notre hypothétique parenté. "T'as entendu, pour Léo et Camille ?" ai-je fini par demander à Paul. "Bah, fais pas attention !" a-t-il répondu. Mais je voyais bien qu'il était choqué. "T'as entendu alors ?" Haussement d'épaules. Paul voulait surtout m'éloigner de la rumeur, empêcher qu'elle ne vienne me troubler, et donc troubler notre petite tranquillité à tous les deux. Cela voulait dire qu'il y croyait. "Qui est-ce qui raconte ça ? Claude Blanquart ?" Paul était indigné : "Mais non, le pauvre vieux, il ferait jamais ça, il les défend au contraire !" "C'est qui alors ?" On ne savait pas qui. Mais on savait où. Où la rumeur avait commencé.

Monsieur et madame Desfontaines trouvaient que les jumeaux étaient trop isolés et avaient suggéré qu'ils "reçoivent leurs camarades". Et pour les encourager et bien montrer jusqu'où allait sa tolérance, la grand-mère avait ajouté : "pour une boum". Monsieur et madame Desfontaines étaient à la retraite, ils avaient été enseignants tous les deux, et enseignants plutôt selon les coutumes anciennes. Les "boums" ne faisaient certainement pas partie de leurs priorités pour leurs petits-enfants, mais ils désiraient bien faire. "On ne dit plus boum, grand-mère", avait remarqué Léo avec sérieux. "Je voulais dire que nous vous préparerons tout, mais nous disparaîtrons, grand-père et moi, pour vous laisser tranquilles." "On dit une soirée", avait continué Léo. "Bon, avait-elle repris, un peu décontenancée, une soirée, alors, avec vos camarades." Le problème, c'est que Léo et Camille n'avaient pas de camarades. Madame Desfontaines avait préparé des cartons d'invitation, mais les jumeaux ne les avaient pas transmis, ou au dernier moment. Elle avait imaginé de recevoir les parents, bavarder quelques instants avec eux, puis laisser les enfants entre eux, comme on dit. De la classe des jumeaux, seul s'est présenté Claude Blanquart. Les grands-parents, un peu déçus mais rassurés par ailleurs, sont allés dîner chez leurs vieux amis du collège, comme il avait été prévu.

C'est alors qu'après leur départ, alertée on ne sait comment, est arrivée une tout autre bande, des garçons plus âgés, certains qui travaillaient déjà, bien décidés à profiter de la cave des "bourges". J'étais malade, cloué au lit par une fièvre de cheval. Comme je ne pouvais aller à la soirée, ni Paul ni Elodie n'ont voulu y aller. Vers neuf heures, ma mère est venue me tirer du lit. "Raphaël, il y a beaucoup de bruit chez les Desfontaines. Je voudrais que tu ailles voir ce qui se passe." Elle pouvait être rude, ma mère. Je me suis levé et me suis traîné jusqu'à la maison Desfontaines. Il y avait du bruit en effet. Je connaissais un peu les garçons qui étaient là, ils fréquentaient le Cannibale, qui était alors un simple café, tolérant pour les jeunes qui fumaient, buvaient de la bière et jouaient au poker, ce qui suffisait à le désigner comme le café des "voyous". Ils n'aimaient pas les élèves du lycée et venaient souvent nous chercher noise, à la sortie des cours, sur la grand-place ou au stade. Ma mère les défendait, "c'est juste des gosses qui ont la vie dure chez eux, Raphaël".

Il ne se passait pas grand-chose finalement, musique techno un peu fort, des canettes de bière sur les meubles, les gars affalés dans les fauteuils. On s'est serré la main, j'ai bu quelques verres avec eux, la tête me tournait. Mais où étaient les jumeaux ? "Ils sont dans leur chambre", m'a dit Claude Blanquart, qui avait l'air tout heureux et soulagé de me voir. "Tu vas me les chercher tout de suite", ai-je dit. J'étais furieux, je ne supportais pas de voir le salon des Desfontaines sens dessus dessous. Je n'y mettais pas souvent les pieds quand je venais en visite, mais c'était le seul vrai salon que j'avais jamais vu de toute ma vie, c'était mon Versailles, mon musée du Louvre, mon palais de l'Elysée. Visitez le salon Desfontaines, ses tableaux, ses fauteuils, son piano, ses rideaux et sa bibliothèque ! J'avais à son égard un sentiment de propriétaire, ou plus exactement celui d'un citoyen qui tient à son patrimoine national. "J'aimerais mieux que tu viennes avec moi", me dit Claude Blanquart, troublé. Bon, allons-y.

Léo était sur son lit, Camille sur le sien. Ils avaient l'air vaguement effrayés et, comme il leur arrivait devant des situations inconfortables, le regard dans le vague, indifférent et lointain. Ils n'ont pas paru me voir. Camille n'était pas seule sur son lit. Il y avait un type vautré à côté d'elle, le visage de ce type je l'ai à peine vu, mais j'ai vu ses mains. De grosses mains qui bougeaient sur son corps, il y en avait des dizaines, qui montaient sur son cou, descendaient sur sa poitrine, sur ses genoux, remontaient sur ses cuisses, je voyais double, triple, "il y a des araignées sur toi, Camille", ai-je dit. J'étais dans le délire de ma fièvre, je sentais mes yeux qui brasillaient, "des araignées ?" a bredouillé l'autre. "Va me chercher un balai, Claude, on va les enlever." J'entendais cette voix, ma voix, comme si elle tombait du ciel, tonnante et impérieuse, j'étais ravi de cette aide divine, "un balai, tu as entendu, Blanquart, tout de suite", le pauvre garçon a filé en direction de la cuisine, le type avait disparu, je me suis laissé tomber sur le lit de Léo, la tête sur ses cuisses, deux ou trois têtes se sont encadrées dans la porte, "laissez, ai-je crié, Jupiter n'aime pas les araignées, Jupiter va s'en occuper", je me sentais délicieusement bien soudain, un dieu de l'Olympe prenait ma vie en charge, le balai s'est matérialisé devant moi, il était devenu une baguette de chef d'orchestre, "il faut danser" ai-je dit, la musique avait changé au salon, une voix douce murmurait "Raphaël", Léo me soutenait, ma tête était sur ses épaules, mes pieds glissaient tout seuls, ce n'était plus Léo mais Camille dans mes bras, il n'y avait plus personne au salon, sinon Claude Blanquart à qui j'ordonnais de remettre la même chanson, encore et encore. Quelqu'un me tendait un verre, "puisque Jupiter le veut", disais-je en avalant consciencieusement le liquide blanchâtre, "je lui en ai mis deux, disait la voix de ma mère, il tient une bonne fièvre et arrêtez ce disque de Carla Bruni, je ne peux plus l'entendre". "C'est dommage, ai-je murmuré la voix pâteuse, très dommage." J'entendais des tintements de verres, des grincements de meubles déplacés, je me croyais sur un navire qui tanguait, la douce voix qui chantait "Raphaël" avait cessé de m'appeler, nous marchions dans la rue, "dommage", répétais-je dans une grande désolation, mais trop faible pour m'insurger, qui pouvait comprendre, j'avais tenu une sirène dans mes bras, j'avais eu la puissance d'un dieu, maintenant j'étais un pourceau qu'on ramenait à la porcherie, "je pisse" ai-je dit, j'étais dans mon lit, ma mère me faisait relever, elle changeait mes draps, les nouveaux draps me glaçaient la peau, ce remue-ménage me donnait la nausée, puis black-out.

Quand les grands-parents Desfontaines sont rentrés chez eux, ai-je appris par la suite, tout était rangé, ma mère et Claude Blanquart avaient nettoyé, jeté canettes et bouteilles, aéré, on ne sentait plus l'odeur de tabac et d'herbe, le balai avait réintégré son placard. "Encore heureux que tu n'aies tapé personne, Raphaël", me dit ma mère le lendemain ou deux jours plus tard, tu étais dans un drôle d'état. "Et les mecs qui étaient là ?" ai-je demandé, "oh ils sont partis bien gentiment", a-t-elle répondu un peu vite. "Et les jumeaux, qu'est-ce qu'ils faisaient ? – Je les ai mis au lit, voilà ce que j'ai fait, et ils se sont laissé faire, crois-moi !" Il y avait un reproche dans sa voix, un reproche dirigé vers moi mais qu'elle n'osait préciser, puisque j'étais malade. J'aurais peut-être dû empêcher les jumeaux de boire, n'est-ce pas, et de fumer de l'herbe, ne pas boire moi-même et, qui sait, faire aussi le videur à gros bras à l'entrée, et inviter la princesse à danser, et ensuite rentrer chez moi et raconter à ma mère la belle splendide soirée au palais de ses seigneurs. Pas de blâme pour les jumeaux, tout le blâme pour moi, c'était injuste ! "J'ai dansé avec Camille", ai-je protesté du fond de mes oreillers. "Oui, et avec Léo aussi, et ce n'est pas ce que tu as fait de mieux !" Mais qu'est-ce que j'avais fait ? J'avais conscience d'avoir connu un moment de puissance enivrante, suivi d'un bonheur brûlant, puis d'une dégringolade dans l'eau glacée, et enfin le lendemain notre médecin, l'ancien employeur de ma mère, le docteur Villeneuve.

"Cette nuit, j'ai entendu des voix, lui ai-je dit pendant qu'il m'auscultait.

— Et c'était agréable, Raphaël ?

— Très agréable, il y avait le chef des dieux qui parlait, et puis une sirène qui disait mon nom."

Le docteur Villeneuve était impressionné.

"Eh bien mon garçon, tu as de la chance, tu seras heureux dans la vie, je crois. Tu avais une fièvre de cheval plus une bonne cuite, en général ça donne de mauvaises hallucinations !

— Vous êtes sûr que c'est une chance, tout ça ?

— Ton imagination t'a rendu heureux, non ? Tu chantais à tue-tête, paraît-il. Et la sirène, Raphaël, peux-tu me dire qui c'était ? a ajouté le docteur, après un instant de silence.

— C'était Camille Desfontaines, docteur.

— La petite-fille du conseiller municipal ?"

Il s'était rembruni.

"Elle est bien jeune. Je les ai soignés plusieurs fois, elle et son frère. Ils m'ont paru un peu… J'ai dit aux Desfontaines… Enfin, je ne sais pas, je crois que…"

Il s'est interrompu, puis a repris :

"Tu as vu juste, c'est une sirène, une très jolie sirène, mais n'oublie pas, elle n'est pas encore prête à marcher sur la terre des hommes.

— Elle m'appelait, elle disait «Raphaël, Raphaël» avec une voix qui sortait de l'eau, une voix si douce…

— Bon, il faut que tu dormes, et la prochaine fois fais attention à la boisson, il y a un djinn caché dans la bouteille et aussi, tu sais, dans les petits brins d'herbe qu'on roule pour les fumer, et il n'est pas sûr que tu puisses toujours avoir le dessus sur lui."

J'ai hoché la tête et suis retombé dans mes oreillers, épuisé et de nouveau trempé de sueur. Le docteur Villeneuve rangeait son attirail, il avait l'air assez content de lui.

"Tu m'en fais dire des choses, mon garçon. Jupiter, une sirène, un djinn ! Ma foi, ça fait du bien. Et

tiens, encore un conseil, tant qu'on y est : les araignées, je n'aime pas trop. Ne raconte pas ça. Les
gens diraient que tu as une araignée au plafond et
tu connais ta mère, elle serait capable de leur flanquer un coup de poing. L'imagination, ça se mani-
pule avec prudence, mon garçon. Enfin, je crois,
peut-être que si j'avais été moins prudent moi-
même... bon, bon, tu verras bien."

Cette pneumonie m'a gardé au lit une dizaine
de jours. J'étais heureux, je me ressassais cette
voix puissante qui était tombée du ciel au-dessus
de ma tête, et cette autre voix si douce et attirante
qui m'appelait, et il y avait le djinn du docteur aussi,
à qui je tenais de longs discours. Des images sor-
ties de mes vieux livres d'enfant revenaient en
force, je demandais à ma mère de me trouver des
histoires où il y avait des sirènes, des dieux et des
djinns, je faisais une véritable fièvre littéraire. Les
jumeaux ne sont pas venus me voir, tant mieux, je
voulais rester avec mes rêves. Même les visites de
Paul ne me faisaient pas plaisir. Quand vous avez
trouvé une porte sur un autre monde, vous n'avez
pas envie d'être dérangé. Et vous ne pouvez emmener personne avec vous. Vous sentez bien que
cette porte s'est ouverte par hasard, qu'elle est
étroite, capricieuse, qu'elle bat au gré de vents invisibles, et qu'elle a la faculté surnaturelle d'apparaître ou disparaître à sa guise. Vous guettez cette
mince ouverture en vous répétant les quelques
mots magiques qui vous y ont donné accès, tout
est brouillard et sensations fuyantes, vous baignez
dans des lueurs mouvantes, la température s'élève,
fusion et bouillonnements, puis se refroidit, le corps
gît, déserté de magie, de mauvaises odeurs s'exha-
lent, dans votre tête il n'y a plus qu'un petit squelette qui ne trouve plus ses muscles.

"Il dort encore ?" disait la voix de Paul, à la fois lointaine et désagréablement proche.

Surtout ne pas ouvrir les yeux, se terrer bien serré dans sa maladie, les chasseurs des bords du lit sont à l'affût, un geste et ils lanceront leurs harpons, reste au fond de ton marécage puant, quand ils seront partis tu pourras retourner au royaume des fées. "Bon, ben j'y vais alors", disait Paul et je ne bougeais toujours pas. Je n'avais pas du tout envie de guérir.

Il y avait de la paresse dans mon obstination à faire le malade. J'avais été un assez bon élève jusque-là, il suffisait d'écouter en classe, de faire mes devoirs avec Paul et de ne pas sécher les cours, cela nous convenait parfaitement à tous les deux : suivre l'ordre régulier des choses et s'en remettre aux adultes pour sa continuation. Mais nous arrivions en vue de la fin, la fin du lycée, il allait falloir prendre des décisions, nous serions nécessairement séparés. Pour Paul l'avenir était à peu près défini, pour moi il l'était beaucoup moins, je n'avais pas de point fort qui m'aurait orienté de lui-même, le seul mot "orientation" était terrifiant, on allait me jeter tout nu dans un désert aride où, d'un seul coup, je m'apercevrais que je n'avais pas de boussole et manquais de toutes les connaissances nécessaires à la survie. Il était plus agréable de suçoter mes hallucinations, il a bien fallu les abandonner, hélas, sur le commandement de notre docteur, revenu exprès pour me sortir du lit. Elles étaient déjà bien usées, la réalité pointait son vilain nez à travers les trous, jamais je n'avais eu si peur du monde.

Et revoici les jumeaux. Je suis tout pâle et tremblotant, mon corps a poussé de quelques centimètres, du côté des genoux me semble-t-il, mais la nouvelle pousse est trop faible, elle soutient mal l'édifice au-dessus. Léo et Camille me semblent d'une robustesse inouïe. Je fais une fixation sur les pieds de Camille. "Tu chausses du combien ?" "On fait du quarante-deux", dit Léo. "C'est-à-dire qu'elle fait du quarante et un et toi du quarante-trois, vous croyez pas qu'il serait temps de compter normalement ?" Ils ont l'air peinés. "Quarante et un, c'est trop grand pour une fille", dis-je.

"T'as couché avec moi, dit soudain Camille, et aussi avec Léo."

Qu'est-ce qu'elle raconte ? Impression de déjà-vu, défi dans ses yeux, une scène ancienne, les années catapultées dans le néant, une petite fille en robe à bretelles, toute maculée de boue, balançoire dans ma tête, vertige, est-ce ainsi que les années se vivent, s'effaçant au gré des paroles, poussées ici ou là, en désordre, je fais du sur-place, égaré, en apnée, ne pas bouger, retenir son souffle, qu'est-ce que tu racontes, Camille ?

"Tout le monde t'a vu. Tu étais sur le lit de Léo, après tu étais sur le mien."

Léo ne dit rien. Il regarde sa sœur. Je n'arrive pas à déchiffrer ce qu'il y a sur son visage.

"Léo, dis quelque chose."

Léo, je t'en prie, tu es un garçon, viens de mon côté, ne m'abandonne pas, je t'accueillerai dans l'antique solidarité des hommes, je sais que je t'ai négligé, je t'ai repoussé dans l'infernale gémellité, du haut de mon amitié avec Paul je t'ai refusé, c'est ma faute, reviens dans le clan des hommes, je ne t'éloignerai plus, nous serons trois avec Paul si tu le veux, et si tu ne le veux pas nous serons deux tous les deux, je suis assez fort pour avoir deux amis, je t'emmènerai au stade, aux matchs de foot, à la rivière pour pêcher, je te montrerai le chemin des collines, les carrières de pierre, nous ferons du vélo ensemble, viens de mon côté, Léo, je t'en prie.

"Camille", murmure-t-il.

Elle nous tourne le dos brusquement. Ses épaules tressautent. Pleure-t-elle ?

"Camille", dis-je.

Elle fait volte-face, elle n'a pas pleuré, ses yeux sont rouges pourtant.

"Tu as gâché ma soirée, tu as fait partir mes invités…

— Mais ils t'embêtaient, ces garçons !

— Ils m'embêtaient pas, je voulais qu'ils restent, et tu es venu et après il n'y avait plus personne pour danser, que toi et Claude.

— J'ai dansé avec toi, Camille, ai-je bredouillé.

— Tu le sais même pas que tu as dansé avec moi, tu étais out !

— J'avais de la fièvre, Camille, mais je sais très bien que j'ai dansé avec toi.

— Et tu sais que tu as dansé avec Léo aussi ?"

J'étais interloqué. J'avais donc dansé avec Léo ? J'en avais un très vague souvenir, que je n'arrivais pas à préciser. L'avais-je embrassé lui aussi ? L'avais-je pas pris pour Camille ? Qu'est-ce que j'avais fait au juste ?

"C'est de votre faute. Vous faites exprès de vous ressembler, ai-je murmuré.

— T'en fais pas, a dit Léo, de toute façon tout ce qui s'est passé, c'est ce qu'elle voulait. C'est ce qu'on voulait."

Camille lui a lancé un regard bizarre, et elle s'est tue. Où étions-nous ? Chez eux, chez moi, dans la rue ? Je ne revois rien. Rien que mon angoisse et un étrange bonheur. Camille me parlait, me parlait vraiment, et Léo était venu de mon côté, un peu, mais bien assez déjà. La fine membrane qui les encerclait s'était rompue : cela bougeait à l'intérieur, et ce qui faisait bouger tout cela, c'était moi.

Ils sont partis quelques jours avec leur classe en Angleterre, dans le Kent et à Oxford. J'étais convalescent, encore faible et flottant. Les contours des choses n'étaient pas nets, je me sentais mal amarré, proie facile de lubies errantes, de pensées lépreuses, enfantines ou mal formées, tout un peuple rejeté qui se pressait vers moi, à tout instant on sonnait à la porte de mon esprit, on traversait devant mes jambes, on agitait des crécelles, on marchait sur mes talons. Il y avait une lubie qui n'était qu'un vide informe, enveloppé de vagues oripeaux peints à l'image de la rue des Desfontaines. Les jumeaux étaient déjà souvent partis de ma vie, pour de très longues périodes, mais jamais je n'avais ressenti leur absence comme un fantôme, un fantôme vide qui se trimballait à mes côtés, s'évanouissant et reparaissant sans que j'y puisse rien. Ce trou encapuchonné du toit de la maison Desfontaines ne me facilitait pas les choses pour marcher à côté de Paul et jouer au ballon avec lui. "Ben, mon vieux, tu tiens pas sur tes jambes", disait-il, un peu dépité. Ou bien "on dirait que t'as vu un fantôme, Raf !" J'avais raté le sacré ballon, il était tombé dans le trou, c'était le fantôme qui l'avait soudain détourné.

Un soir, je suis sorti devant la maison. Ma mère devait rentrer tard, officiellement retenue par une réunion à la mairie, mais sans doute plutôt par son nouveau collègue de l'association France-Mali. Pour une raison que j'ignore, le réverbère de la rue était éteint, et je n'avais pas allumé chez nous. Le ciel était d'un bleu profond, immense, criblé de milliers de points lumineux. Une autre lubie glissait vers moi, je la sentais bien venir, mais pourquoi lutter, il n'y avait qu'elle et moi dans la rue. Elle s'introduisait en moi, me vidait de substance, me rendait infiniment léger, si léger que je tenais à peine au sol, le sol était inconsistant, la planète petite, le ciel et l'espace immense m'aspiraient. Je suis rentré dans la maison, le vertige s'est un peu calmé, mais c'était encore plus terrible, j'aurais pu tout aussi bien avaler un tube complet de somnifères ou n'importe quoi d'autre s'il y en avait eu chez nous.

Quand j'ai rencontré Anne, trois ans plus tard, j'ai reconnu aussitôt cette chose en elle, qui n'était pas du désespoir, juste une infinie légèreté de son être. Mais chez elle, il ne s'agissait pas d'une lubie passagère, venue en visite d'exploration un soir dans une rue déserte, pour voir s'il y avait là un hôte à investir. Anne tout entière ne tenait pas au sol, aux gens, le monde était en glissade perpétuelle autour d'elle. Et je n'aurais pas dû montrer que je la comprenais, rien ne pouvait être plus dangereux pour elle.

Léo et Camille sont revenus du voyage scolaire dans le Kent, tout heureux parce qu'ils avaient pu parler anglais, leur professeur en avait fait ses assistants privilégiés, les autres élèves avaient eu besoin d'eux, soudain on s'était aperçu combien ils étaient serviables et aimables, ils étaient devenus indispensables à leur classe, pour un temps ils avaient eu des camarades. Au retour, ils écrivirent les lettres de leurs condisciples à leurs nouveaux correspondants anglais ou traduisirent celles qu'ils avaient reçues. Cela dura le temps que dura cet emballement épistolaire, c'est-à-dire jusqu'à ce que les uns et les autres se lassent, la correspondance se raréfia, la classe retourna à son inertie, et ils se retrouvèrent isolés de nouveau, plus peut-être, parce que leur statut privilégié, si vite évanoui pourtant, laissa du ressentiment. Le professeur, inconscient du mal qu'il leur faisait, continuait à les solliciter, à les citer en exemple. Ils avaient les meilleures notes dans cette matière, "évidemment, c'est facile pour eux", disaient les autres. Ils écrivaient les devoirs de tout un chacun à la demande, s'efforçant du mieux qu'ils le pouvaient, ils faisaient trop bien, le professeur s'apercevait de la tricherie, divisait la note du tricheur par deux, "ils l'ont fait exprès", disaient alors les punis. Mais Léo et Camille ne le faisaient pas exprès, ils avaient connu des types d'éducation différents, où le travail collectif était valorisé, où on ne cachait pas ses sources ni les aides qu'on avait eues. Les autres imaginaient de sourdes machinations, se croyaient dénoncés, leur en voulaient en fin de compte. Léo et Camille étaient démunis devant ces complexités, de héros ils devinrent des parias. On n'aimait pas les héros très longtemps dans nos classes.

Et là-dessus, la rumeur. Les mecs du Cannibale venaient se poster devant le lycée, à la sortie des cours, l'air goguenards, fumant à la chaîne sur leurs motos. Mais lorsque nous passions devant eux avec Paul, ils ne cherchaient plus à se moquer ou à nous bousculer. Ils me faisaient des sourires entendus, me tapaient sur l'épaule, surtout celui qui avait eu ses mains en araignées sur Camille dans sa chambre, Kevin Bouillaud je crois. Au début, je pensais que ma taille les impressionnait, j'étais de loin le plus grand, ou qu'ils m'avaient adopté parce que j'avais bu un bon coup avec eux. "Pauvres cons, ils croient que j'étais saoul, mais j'avais juste la fièvre !" ai-je dit à Paul. "T'as rien compris !" a répondu Paul. "Qu'est-ce que tu veux dire ? – Ils croient que t'as couché avec Camille, c'est tout !" Ça alors, c'était donc là mon titre de gloire, coucher avec une gamine de treize ans et demi ! "Et comment tu sais ça, toi ? – Kevin le raconte partout. Il dit qu'il se serait bien fait la même, qu'elle demandait que ça, mais qu'il faut respecter les priorités." Et Léo alors, qu'est-ce qu'on en disait ? "Bah, ils disent que c'est un pédé et que tu peux bien te le faire aussi, si ça te chante, ils te le laissent !" Et où Paul avait-il eu vent de ces racontars ? Dans les vestiaires du stade. Et pourquoi moi, le premier concerné en somme, ne savais-je rien ? "Parce que personne dit rien devant toi." Et pourquoi ne dit-on rien devant moi ? "A cause du balai !" Le balai ? "Ben oui, Claude Blanquart a dit que t'avais pas peur de la cogne, t'es son héros au cas où tu le saurais pas !"

Et voilà que je viens de découvrir quelque chose. Ce balai que j'avais envoyé Claude Blanquart chercher à la cuisine, que j'avais brandi comme une arme ou un étendard, et qui n'avait servi en fin de compte qu'à ramasser les verres brisés et les miettes de chips, se pourrait-il que ce soit lui l'ancêtre du sabre de kendo que je manie trois soirs par semaine au dojo avec tant d'acharnement ? Peut-être, et que puis-je tirer de cette découverte ? Qu'il y a en moi une agressivité latente ? Mais encore ? diriez-vous.

Votre profession n'aime pas le hasard, monsieur mon ex-psy. Le hasard est votre ennemi, celui qui vous mettrait sur la paille, et ferait de nous tous des contemplatifs, assis à croupetons au bord des chemins. Ce que vous aimez, ce sont les liens de cause à effet, ils font de jolies tresses, ces liens, des cordes et ficelles et nœuds en tous genres, les démêler est une occupation passionnante, cela me plaît beaucoup à moi aussi de remonter tous ces fils un à un, il n'empêche, au bout du dernier nœud que voit-on se profiler ? L'incommensurable hasard, celui que j'ai si bien aperçu dans le grand ciel ouvert au-dessus de ma rue déserte, qui s'est glissé vers moi sous la forme d'une lubie évanescente, et qui aurait pu m'emporter. Voilà ce que j'avais à vous dire, monsieur.

Vers la fin de l'année, Camille a enfin eu une amie. Elle s'appelait Nour, portait une sorte de voile autour de la tête, et pour cette raison ou pour d'autres était rejetée par sa classe. Camille la défendait avec passion, ou plutôt s'en prenait avec passion à notre lycée, à notre ville, à notre pays. "Nour, ça veut dire lumière", concluait-elle avec fierté, comme si jusqu'ici il n'y avait eu qu'obscurité dans nos rues et nos têtes. Inutile d'argumenter avec elle, nous étions tous étroits d'esprit, nous n'avions rien vu du monde, ne connaissions rien aux autres peuples de la terre, elle se drapait dans une logorrhée nouvelle mais redoutable, défiait du regard d'imaginaires contradicteurs, Nour baissait les yeux, Paul tapotait son ballon, Léo dansait d'un pied sur l'autre, moi je ne me lassais pas de la regarder.

Elle était enfin sortie de sa longue indifférence, elle avait mis un pied en dehors de son cocon gémellaire, et voici que la première brise venue l'avait saisie, elle bagarrait à tout va. J'essayais de capter son attention, de planter mon regard dans le sien pour qu'elle y entortille sa fureur, et c'était ainsi que se terminaient ces emportements, ses yeux rivés dans les miens, les phrases s'amenuisaient, elle haussait les épaules, "tu viens, Nour", et les deux filles nous plantaient là, s'en allaient en se tenant par la taille. Nous trois, nous ne savions plus trop que faire.

En ce temps de l'amitié de Nour et Camille, Léo était souvent avec Paul et moi, sa compagnie était légère, il ne demandait rien, se contentait de sa place de plus jeune, il semblait dans les nuages la plupart du temps, mais c'était un leurre. Nous avions fini par remarquer qu'il avait toujours sur le dos un petit sac de toile grise, même quand il n'avait pas cours. Un jour, Paul lui a demandé ce qu'il portait dans ce sac. J'ai vu que Léo n'avait pas envie de répondre, mais il ne savait pas dire non. Il a ouvert son sac. Dedans il n'y avait qu'un cahier et une boîte de crayons.

"Fais voir", a dit Paul. Léo m'a jeté un regard suppliant, mais Paul passait avant Léo, n'est-ce pas. "Fais voir", ai-je ordonné.

C'était un cahier de dessins. Dedans, des croquis. De Camille, de moi, de ma mère, de Nour, beaucoup de croquis de Nour. Si c'était bien elle, car elle semblait une autre personne sur ces dessins. Je n'avais pas remarqué combien la nouvelle amie de Camille avait de grâce, mais Léo n'avait rien laissé échapper, la frange épaisse des cils, l'ovale très pur du visage sous le voile, le sourire taquin qui contredisait l'austérité des traits, et il avait beaucoup travaillé, certaines pages ne portaient que quelques traits, répétés dans tous les sens, le coin des yeux, la tempe, la commissure des lèvres. Léo, qui semblait toujours ailleurs, en réalité ne devait cesser d'observer. C'en était presque gênant, je n'osais pas poser mes yeux sur les croquis de Camille, encore moins sur les miens. Léo avait l'air abattu, peut-être avait-il subi des moqueries de la part des autres garçons et s'attendait-il à la même réaction de notre part. Paul a feuilleté tout le cahier jusqu'au bout. "Tu ne m'as pas dessiné, moi", a-t-il dit enfin, un léger dépit dans la voix. Léo s'est redressé, son visage s'est animé, pour la première fois il laissait voir un sentiment spontané, "lisible" : de la joie incontestablement. Le reproche de Paul lui donnait de la joie.

Il n'a rien répondu, mais quelques jours plus tard, il a dit à Paul "tu veux voir mon cahier ?" Et mon Paul, qui était un peu balourd parfois, a haussé les épaules, "je l'ai déjà vu !" Léo n'aurait de lui-même pas insisté. "Ça empêche pas, ai-je dit, on peut bien regarder encore." J'avais deviné ce qu'il y avait de nouveau dans le cahier. Trois ou quatre esquisses, aucune n'était vraiment ressemblante, et pourtant on ne pouvait s'y tromper, c'était Paul, avec son ballon. "C'est le glob, et c'est moi", a dit Paul, médusé. Il s'est tourné vers moi et a ajouté "glob de glob !", et vers Léo encore une fois "glob de glob !" Léo, gravement, a incliné légèrement le buste.

Ce mouvement m'a ébloui, littéralement. En un éclair, j'ai vu une autre personne dans un autre monde, le monde des musées, des galeries, des catalogues d'art. Je ne peux mieux décrire cette vision fugitive, car de ce monde je ne connaissais presque rien, quelques livres feuilletés à la bibliothèque, les allusions erratiques de notre prof de maths dont le cours était à moitié fait de digressions sur son dada, la peinture. Tout cela faisait une auréole confuse où le visage métamorphosé de Léo s'inscrivait comme dans son aire naturelle. Je ne sais où Léo avait trouvé l'aisance et l'autorité de ce mouvement, un instant plus tard il refermait son cahier et il était redevenu le grand adolescent insaisissable qu'il était d'ordinaire. Nous étions, Paul et moi, bien trop ignorants pour l'engager dans une conversation sur ce que nous avions vu dans ce cahier, Léo d'ailleurs n'attendait rien de nous, nous sommes passés à autre chose. Le cahier a rejoint pour nous la collection de bizarreries des jumeaux.

Ce n'est que beaucoup plus tard, au temps de la conjonction numéro III, à Paris, que j'ai pris véritablement conscience de ce don que possédait Léo. "Tu ne dessines que des portraits", ai-je remarqué.

Une crispation est passée sur son visage. "Pourquoi tu ne fais pas de paysages ?" ai-je continué. Il a eu la mimique que je connaissais bien, qui signifiait qu'il ne pouvait ou ne voulait pas répondre. Et comme d'habitude, j'en ai été démesurément irrité. "Merde, Léo, ça t'arrive des fois de répondre aux questions qu'on te pose ! C'est pourtant pas compliqué." Il a tourné son visage vers moi, ses yeux étaient emplis d'une angoisse muette, "Raphaël", a-t-il murmuré. Et comme d'habitude, j'ai secoué la tête et abandonné la partie. Sinon, qu'aurais-je fait ? Je l'aurais pris dans mes bras, je l'aurais serré contre moi, j'aurais pleuré, et quoi d'autre encore ! Il s'est retiré dans son nuage d'absence, et moi dans ma mare à grognements, si j'avais su faire un tableau de nous deux à l'époque, c'est cela que j'aurais peint : un nuage évanescent et un phacochère dans un marigot. Les phacochères ne mordent pas les nuages, ils ont besoin d'eux, de leur pluie, qui vient quand le ciel le veut, et alors la mare desséchée se gonfle d'eau et le cœur du phacochère se gonfle de ce qui fait le bonheur des phacochères. Quoi qu'il en soit, ou comme disaient les jumeaux en haussant les épaules, "whatever !"

Cette expression ponctuait alors presque toutes leurs phrases, comme s'ils avaient besoin d'une marge d'incertitude pour respirer. Je les appelais Miss et Mr Whatever, puis avais fini par adopter leur manie, qui était bien commode en fin de compte. Nous vivions le long de cette marge flottante du *whatever*, et lorsqu'un copain ou une connaissance se lançait dans un discours trop assertif ou redondant ou simplement se risquait à émettre une opinion, nous nous jetions un coup d'œil et l'un de nous murmurait "whatever". Oh, nous devions être insupportables !

Le lendemain, alors que nous étions sortis faire une course à la FNAC pour Camille qui était un peu malade, Léo me dit soudain : "Les portraits, c'est plus facile, Raphaël." J'étais alors beaucoup moins ignorant que du temps du lycée, mon esprit s'était ouvert et enrichi, selon l'expression de mon psy. "Votre esprit s'est beaucoup ouvert et enrichi en l'espace de peu de temps, Raphaël, hum hum". Et cela voulait dire quoi, cela ? Que je devais beaucoup aux jumeaux ? D'accord. Que je ne fichais pas grand-chose à la fac ? D'accord. Je ne travaillais pas beaucoup, mais j'allais avec eux au concert, au musée, au cinéma, au théâtre, ils savaient faire cela, sélectionner les spectacles à voir, réserver des places, profiter des abonnements de leurs parents. La "culture" était leur habitat de naissance, s'y balader leur était aussi naturel que mes longues marches avec Paul à la campagne ou nos stations dans la grange avec la radiocassette. Je les accompagnais même à leurs satanées réunions politiques, que nous suivions très sérieusement au début, Camille surtout, jusqu'à ce que le *whatever*, notre mot de passe pour le monde du flou et de l'incertain, se réinsinue en douce, et finisse par nous entraîner hors du local en question, et nous n'y sommes plus retournés. Fin de la période communiste pour Camille. Je lisais beaucoup aussi, enfin beaucoup pour moi qui, en dehors des récits sur Scott et Amundsen, avais commencé beaucoup de livres mais n'en avais terminé aucun. Et donc j'ai dit à Léo :

"Les portraits, c'est ce qu'il y a de plus difficile ?

— Non, a dit Léo.

— Pourquoi ?

— Parce que je comprends les visages.

— Comment ça ?

— Tous les visages, c'est moi. Je les comprends.

— Et les paysages ?

— Les paysages, c'est la nature.

— Et alors ?

— La nature me fait peur, Raphaël."

Je me suis arrêté de marcher. J'étais vraiment étonné. Comment une telle chose était-elle possible ? Avoir peur des collines, des sentiers de campagne, des arbres, des fougères ?

"Moi, c'est le contraire", ai-je dit.

Nous nous sommes regardés, incertains. Nous n'avions jamais parlé ainsi, seuls tous les deux, avec des paroles toutes nues.

"Ecoute, ai-je dit, on laisse tomber la FNAC."

Il a acquiescé. Tant pis pour Camille. Nous irions chercher son film une autre fois. Nous sommes allés nous asseoir sur un banc du jardin du Luxembourg et nous avons continué de parler. Je compte cet après-midi au jardin avec Léo comme un des moments de pur bonheur de ma vie. Ou plutôt de pur bien-être. Je ne pensais plus à moi, à mes études qui s'enlisaient, à ma mère qui me houspillait, aux histoires troubles qui se déroulaient dans le studio des jumeaux, à Anne que je venais de rencontrer mais dont je ne leur avais pas parlé, à mon avenir. Pour une fois j'avais réussi à faire passer Camille au second plan, elle n'en reviendrait pas de nous voir revenir sans son film, elle nous ferait la tête, cela m'était égal, je ne pensais plus à Camille, je ne pensais pas même à Léo. J'essayais de pénétrer le sens de cette expression, "comprendre les visages", et il essayait de me l'expliquer.

En quelques minutes il m'avait cité plusieurs artistes inconnus de moi, j'étais stupéfait. Je côtoyais Léo presque tous les jours, et je n'avais rien deviné de sa passion et de l'étendue de ses connaissances. Lorsque nous allions au musée, il lambinait derrière nous, pour moi aller au musée était une sortie comme une autre, cela me plaisait surtout parce que j'avais Camille toute à moi, et nous passions notre temps à nous moquer des visiteurs.

"Et les couleurs non plus, tu n'en veux pas ? ai-je dit.

— Non. Les couleurs, ça vient par-dessus, ça dérange."

J'ai réfléchi à cela un moment.

"Peut-être que tu pourras faire des bandes dessinées, quand même. J'en ai vu qui ne sont qu'en noir et blanc. Tu sais, ce type qui raconte l'histoire de son frère qui était atteint d'épilepsie.

— *L'Ascension du haut mal*, oui. C'est bien. Mais il raconte sa vie. Moi, je ne vois pas ma vie, Raphaël. Je ne vois que des visages."

Selon lui, chaque visage portait le pire, le meilleur et tous les degrés entre, et ce qu'il lui fallait dégager, c'était comment se répartissent ces forces, comment elles s'annulent ou se renforcent, ou se côtoient.

"Chez Nour aussi, il y avait du mal alors ?

— Je me suis laissé dominer par la joliesse des traits, et ce sourire qu'elle avait, tu te rappelles ?"

Je me rappelais très bien, ce sourire qui surgissait comme un diablotin dans l'ovale austère de son visage encadré par le voile.

"Tu étais amoureux d'elle ?

— Je ne suis jamais amoureux, Raphaël."

S'il n'avait été si sérieux, j'aurais pris cette déclaration pour de la pose. J'étais toujours amoureux, moi, être amoureux était l'état normal d'un garçon, la seule difficulté était de savoir de qui on était vraiment amoureux, et si l'autre l'était de vous.

"Ça te fait de la peine ?

— De la peine ?

— Oui, de ne pas tomber amoureux ?

— Je ne sais pas. C'est comme ça."

Nous nous sommes regardés. Nous étions là tous les deux, assis sur ce banc, dans ce jardin paisible, avec le roulement de la circulation au loin pour bercer nos silences, et soudain entre nous la Chose ancienne était là, le spectre de leurs radios d'enfant, la flaque de chair où se multipliaient les cellules et où la mort s'était déjà installée, le crime premier. J'allais dire "écoute Léo, tu sais bien que ce n'était pas un crime", mais il a fait un geste léger du bras pour balayer la phrase que je n'avais pas encore prononcée, et le spectre a disparu. Un regard est passé de lui à moi, comme nous étions proches alors, nous avons poussé un soupir, vraiment nous nous sentions comme deux vieillards exténués, et contents pourtant de jouir ensemble du filet d'air qui passe dans leurs poumons, et tout ce temps j'étais conscient du claquement des balles de tennis sur les courts à quelques mètres, des passants autour de nous, des femmes qui se tournaient un bref instant vers Léo, et à travers leur regard j'étais conscient de sa beauté, et en même temps du trouble que celle-ci me causait dans l'instant.

Léo et Camille ensemble attiraient inévitablement les regards, parce qu'ils étaient si visiblement semblables, mais aussi à cause de leur beauté, de leur beauté ensemble, qui faisait d'eux une sorte de curiosité. Mais qu'en était-il de Léo seul ? Je n'arrivais pas à en décider, comme si son visage vacillait au bord d'une beauté stupéfiante, inhabituelle, mais qu'un manque subtil l'empêchait de s'y installer tout à fait. Ce qui manquait pour moi, c'était le visage de Camille.

Un enfant qui avait laissé rouler sa balle jusqu'à nos pieds s'est arrêté devant Léo, oublieux de la balle, le dévisageant gravement. Léo a ramassé la balle, l'enfant a posé les mains dessus mais n'est pas parti. "Bon, tu t'en vas, maintenant", ai-je dit. "C'est ton papa ?" a demandé l'enfant sans détourner son regard de Léo, "non, c'est mon frère", a répondu Léo en me poussant légèrement du coude, "ah bon, a dit l'enfant, alors je m'en vais, au revoir", et il est parti en courant. "Drôle de môme !" a fait Léo. "Il était prêt à t'adopter comme frère !" ai-je dit. "Ah !" a-t-il fait, et moi "tu vois !"

Léo a ri. Comme j'aimais ce rire de Léo, si frais et si rare. "Tu pourrais faire des caricatures pour les journaux, pour gagner ta vie", ai-je dit, revenant à mon train de pensées antérieur, comme si ce moment de tranquille intimité avec Léo ressuscitait mon ancien souci de protection, du temps où j'étais son baby-sitter. Comme un aîné, je m'inquiétais de son avenir ! "Whatever", a-t-il répondu, c'était le mot de la fin, nous sommes rentrés,

Camille nous a reçus fraîchement, nous n'avions pas acheté son film et ne pouvions lui en donner la raison. "Nous sommes allés au Luxembourg", ai-je sommairement expliqué, "sans moi !" criait son visage indigné, mais elle ne pouvait le dire, Léo s'était éclipsé, nous restions seuls tous les deux à nous regarder, j'aurais dû la prendre dans mes bras, embrasser ses lèvres, son visage, j'aurais dû lui dire "c'est toi que j'aime, Camille, je t'aime entièrement, totalement, il ne peut pas y avoir d'autre amour pour moi", mais je n'ai pas pu, je n'ai pas pu aller jusque-là, cela me suffisait de jouir de sa colère, et de la peur que je percevais sous cette colère.

Mon âme atrophiée se nourrissait de ces déchets, ces détritus de sentiments, je lui en voulais mortellement de ce qu'elle me faisait subir au long de ces séances où ils recevaient leurs amants, Léo et elle, je lui en voulais de cette pitié par laquelle ils me tenaient tous les deux. Avec Léo il y avait parfois des espaces clairs, comme celui que nous avions eu au Luxembourg, avec Camille il n'y avait jamais de répit. Je n'ai jamais couché avec elle, j'ai vu son corps nu sur le lit, ses seins que léchait un autre garçon, les fesses d'un autre garçon sur elle, ses jambes ouvertes, je connais son corps mieux que je ne connais le mien, je l'ai caressé, enjambé, transpercé des dizaines de fois, par procuration toujours. J'ai soutenu son visage de mon regard, rassemblé ses traits lorsqu'ils s'égaraient de tous côtés, cueilli ses sourires avant qu'un autre ne les écrase, je sais qu'elle ne jouissait pas, elle n'était qu'une gamine après tout, elle ne cherchait pas l'abandon, pas le plaisir, elle jouait à un jeu très sérieux qu'elle-même ne comprenait pas très bien, et souvent au dernier moment elle se lassait ou n'avait plus le courage, "tire-toi", disait-elle au garçon. Celui-ci s'en allait vite en général, trop échaudé pour protester, parfois cela tournait mal, le garçon ne voulait pas la lâcher, réclamait son dû, mais j'étais là, n'est-ce pas, je l'attrapais à pleins bras, s'il le fallait. Léo donnait un coup de main aussi, il n'avait aucune chance contre nous deux, le pauvre mec tout nu et encore bandant, "elle est folle !" répétait-il en enfilant ses vêtements dans le vestibule, "elle est folle, tu es fou, vous êtes fous", en une incantation qui tenait sa déconfiture à distance.

Je hochais la tête, si ça pouvait le soulager, je pouvais bien lui accorder cela, et après nous nous retrouvions tous les trois, Léo, Camille et moi, sur leur grand lit, Camille nous roulait une cigarette d'herbe, nous étions tremblants encore car nous avions eu nos peurs chacun, il ne faut pas croire que nous étions insensibles. Nous étions un peu secoués, inquiets, pas très fiers de nous, c'est pour cela que nous ne parlions pas, il fallait rester silencieux, que l'écoulement laiteux des minutes efface cette secousse du temps, au bout d'un moment le lit était devenu un nid, une barque, le temps clapotait doucement autour de nous, se faisait étale, c'est cela qui nous liait si étroitement tous les trois, le temps, comme une matière, large, profonde, sans reflet, et cela n'arrivait pas si souvent, ces séances bizarres, par hasard presque, du moins au début.

La première fois, Léo était rentré avec une jeune fille qui suivait les mêmes cours que lui, le soir, à l'académie de dessin. Une jeune fille délurée, qui le buvait des yeux, elle avait décidé de se l'approprier, et ne s'en cachait pas. Camille travaillait dans sa chambre, elle a entendu rire la jeune fille, elle s'est levée sans faire de bruit, a entrouvert la porte. La jeune fille était couchée sur le lit, seins nus, Léo assis devant elle dessinait dans son cahier, soudain la jeune fille s'est redressée, a envoyé balader le cahier d'un grand revers de bras et a attiré Léo sur le lit. Ils se caressaient, s'embrassaient, Camille ne bougeait pas, la jeune fille l'a aperçue, et Léo presque en même temps.

C'est ce qu'ils m'ont raconté. "Et ensuite, leur ai-je demandé, qu'est-ce qui s'est passé ?" Ils m'ont regardé avec ce regard profond et aveugle des nouveau-nés, et j'aurais dû les arracher à cette stase alors, les harponner avec une phrase brutale, "tu l'as baisée, cette nana, oui ou merde ?", les tirer à toute force dans la réalité. Et surtout ne pas les suivre là où ils s'en étaient retournés. Mais ce regard. Je ne voulais pas les suivre, mais si loin que je me tienne, je les suivais.

Je n'étais qu'un garçon ordinaire, plus banal que la moyenne, ringard si vous voulez, provincial et tout ("n'en faites pas trop, Raphaël !" disait monsieur mon psy, irrité, ah j'aimais beaucoup l'irriter), rien à signaler, même pas un groupe où je chanterais, accroché en sueur à mon micro, pas de bande avec qui j'aurais fait les quatre cents coups, juste Paul, et pour le reste une attention vagabonde et presque incrédule aux événements de mon époque, pas de don spécifique, pas d'ambition particulière, juste doué pour le train-train des jours, mon seul talent le temps, une affinité avec le temps sous toutes ses formes.

Le temps était un être, à sa consistance je savais ce que je vivais, et peut-être en est-il ainsi pour chacun, je vous l'ai demandé, monsieur, vous ne m'avez pas répondu, "mon histoire de temps ne vous intéresse pas, ai-je constaté un jour avec amertume, vous pensez juste que je me défile". Vous vouliez des êtres de chair, avec des seins, des fesses et une bite, je vous en ai donné de cela, pourtant, et même du sang. Il n'empêche, vous ne pouvez pas comprendre ce qui se passait entre Camille, Léo et moi, sur leur lit, après ces séances bizarres, si vous refusez cet être immatériel, profond, immense, qui nous baignait en lui, auquel je ne saurais donner d'autre nom que le Temps.

J'ai croisé la jeune fille dans l'escalier de l'immeuble, comme elle s'en allait. Elle s'est arrêtée quelques marches au-dessus de moi : "Je parie que c'est toi le fameux copain, le grand Raphaël !" Elle était mi-furieuse mi-amusée. J'ai dit : "C'est moi, qu'est-ce qui se passe ?" "Je te le dirai si tu m'emmènes boire un verre." Donc nous sommes allés boire un verre. L'indifférence de Léo l'intriguait, elle appréciait ses dessins, le trouvait séduisant, elle était sûre qu'elle lui plaisait, "mais je ne sais pas comment je m'y prends, il ne fait que me dessiner, c'est bien, mais quand même... Tu crois que je m'y prends mal ?" Elle était adorable, cette jeune fille, belle et spontanée et pas compliquée et directe, elle me plaisait beaucoup à moi. "Tu as rencontré sa sœur ? – La fille qui est chez Léo, c'est sa sœur ?" Non, elle ne connaissait pas Camille, ne savait pas qu'il avait une jumelle. "Alors comment connais-tu mon nom à moi ?" ai-je dit. "C'est bien toi qui as suggéré à Léo qu'il pourrait gagner sa vie en faisant de la bande dessinée ou des caricatures pour les journaux ?"

Ah, Léo avait donc raconté cela ? J'étais secoué. Ce que je lui disais avait de l'importance, voilà ce que j'entendais, et de cela je n'avais jamais été sûr. Autre chose encore : Léo s'inquiétait donc de son avenir, lui le petit prince d'une riche famille. J'écoutais la jeune fille avec passion. "D'abord je t'ai pris pour son tuteur ou quelque chose comme ça, continuait-elle, puis pour le peintre lui-même, Raphaël tu sais, Léo est assez loufoque pour ça, après j'ai compris que tu étais une sorte de cousin de province, j'ai surtout compris que tu étais très important pour Léo." Elle me regardait, la tête légèrement penchée de côté, un air interrogateur, un air d'attente, bon maintenant que je t'ai dit cela, que vas-tu faire ? "Tu as envie de faire l'amour avec Léo ?" ai-je dit. Trouble sur son visage, puis aussitôt sourire, "bien sûr !"

Je ne savais pas ce qui se passait exactement entre nous, j'ai revu la jeune fille, Sophie était son nom, nous nous retrouvions dans le même café, j'étais un peu amoureux d'elle, et elle de moi je crois bien, mais il y avait cette histoire de Léo à régler d'abord. Je lui ai parlé de Camille, je lui ai dit "allons chez eux, n'aie pas peur, je resterai là", nous avons téléphoné aux jumeaux, ils étaient à la maison tous les deux, nous avons monté les marches, Sophie et moi, négligeant l'ascenseur comme le jour de notre rencontre, j'avais le cœur lourd, elle était provocante et excitée.

"Sophie", ai-je dit sur le palier, je voulais la prendre par la main, faire demi-tour, elle s'est méprise, "je n'ai pas peur", a-t-elle dit et elle a sonné. Léo est venu ouvrir, il semblait heureux de la voir. "Camille !" ai-je crié, elle était déjà là, ma Camille, pas du tout dans un de ses bons jours, pâle et lointaine, les deux filles se sont toisées, ou plutôt Sophie a regardé Camille droit dans les yeux, "Camille, je vais coucher avec ton frère", a-t-elle dit de cette voix un peu rauque qu'elle avait, presque masculine, terriblement attirante, "youpi, s'est écriée Camille, allez-y !"

Youpi, youpi, Raphaël et sa belle amie Camille vous laissent le champ libre ! Raphaël et sa princesse s'en vont main dans la main, la belle est enfin libre, son frère guerroie en terre de sexe, les remparts ne sont plus gardés, la ceinture de chasteté s'est défaite, à eux enfin le butinage des jolies fleurs d'amour, Raphaël l'emmène, il la couchera sur un grand lit tout blanc, dans le mitan du lit la rivière est profonde, la rivière est profonde…

Bien sûr, cela ne s'est pas passé ainsi, Camille m'a pris par la main, mais ce n'était pas pour m'emmener butiner les fleurs d'amour, elle m'a conduit au grand fauteuil doré, s'est assise en tailleur à mes pieds, a regardé Sophie froidement. "Tu fais ce que tu veux, mais nous on reste là, c'est comme ça, ici." Elle pouvait être si abrupte, ma Camille. Mais Sophie, courageuse fille, ne s'est pas démontée : "Si Léo est d'accord…" et Léo lui a touché doucement l'épaule : "On ne peut pas faire autrement", a-t-il murmuré. Et Camille a jeté : "On a peur du sexe, tu comprends !" Puis brusquement : "Oh, ça va, on se tourne, si tu veux !" et, se levant d'un bond, elle a fait pivoter mon fauteuil, entraînant le tapis dans un soulèvement de houle, tant il y avait de force dans son corps athlétique, les plis entassés du tapis se sont bloqués en rempart devant mes pieds.

Camille serrait toujours le fauteuil dans ses bras et mes épaules dans le fauteuil. "Ne pars pas, Raphaël, ne lâche pas Léo, sinon il ne fera jamais l'amour, tu sais pourquoi, Raphaël, ne me lâche pas", murmurait-elle, son visage presque collé au mien, sa bouche sur ma joue, "calme-toi, Camille, je ne te lâcherai jamais" et doucement j'ai tiré sur son bras pour la faire glisser par le côté jusqu'à mes pieds. Elle s'est assise sur le remblai du tapis, sa tête sur mes genoux, la mienne penchée vers elle, un chuchotement coulait entre nous, moussait, s'étalait, dans lequel flottaient les restes du jumeau disparu, un fragment de dent, une boulette de cheveux, traces pâles à peine visibles dans la transparence des clichés, un ectoplasme qui remontait, cherchait à prendre corps, et les paroles de Camille étaient presque inaudibles, comme avalées par cette ombre si faible, et je chuchotais en réponse, des folies à peine plus raisonnables que les siennes, "non, mon amour, tu n'es pas mauvaise, tu n'es pas une meurtrière", et elle posait sa main sur le côté de sa tête, là où sous l'os du crâne se trouvait le minuscule fragment de dent, "on ne sent rien, Camille", "Camille, je le sentirais s'il était encore là", "Camille, vous n'avez tué personne", et ma main caressait sa tête, "fais-moi confiance, Camille", je reconstitue des mots, des phrases, mais ce qui fluait entre nous n'était pas des mots, mais des balbutiements, de la parole liquide, baveuse, tiède, et je sais que ce soir-là nous n'avons rien vu, rien entendu de ce qui se passait sur le lit, entre Léo et son amoureuse.

Soudain Sophie était à la porte, habillée, prête à sortir et Léo à côté d'elle, la tenant par les épaules.

Camille a relevé la tête vers Sophie, "tu vois, on ne t'a pas mangée", a-t-elle dit. "On sort", a dit Léo, "salut", a dit Sophie, ils ont disparu. Camille restait lovée dans mes bras, "ça va, lui murmurais-je, tu vois bien que ça va", c'était la première fois qu'elle restait ainsi dans mes bras, je n'osais pas la caresser de crainte qu'elle ne bondisse hors de ce nid enchanté entre le fauteuil et les plis surélevés du tapis.

J'ai dit "c'était la première fois que…", je m'aperçois que je l'ai dit souvent, mais nous étions jeunes, tout était une première fois, nous n'avons pas eu le temps qu'il y ait des secondes et troisièmes fois, de véritables répétitions tranquilles qui nous auraient donné le temps de nous retrouver, nous n'avons eu le temps de rien.

Je n'ai plus revu Sophie. Elle n'a été que la première de toutes les jeunes filles, pas si nombreuses, que Léo a dessinées, et caressées et empennées à son cerf-volant, dans le ciel de son rêve perpétuel. Et les amants de Camille n'ont pas été plus nombreux, car les garçons n'aiment pas la présence de deux autres mâles dans l'entourage de leur conquête. Deux mâles contemplatifs et silencieux, patients, lointains, mais vont-ils s'étirer soudain, et bondir et d'un coup de patte lui déchirer le dos, vont-ils lui disputer la chair qu'il a tout juste commencé à déguster, dans l'éblouissement encore craintif de sa conquête et l'inquiétude sournoise d'une méprise ?

Mes mains gisent sur le clavier, chaque doigt abattu sur sa touche, les bras sont lourds et douloureux, d'infimes résidus de son grésillent à l'intérieur de la machine, on dirait qu'elle guette, très vite je jette le curseur sur "enregistrer", je clique, inutile action, déjà faite plusieurs fois, cela calme la machine pour un moment, les mains retombent, et les bras sont si lourds, envie de dormir.

"C'est dur", avait dit Natacha et cela m'avait fait tressaillir, parce que j'avais entendu l'intonation de l'étudiante devant son premier vrai long devoir, étudiante certes mais encore enfant, et indignée, presque incrédule, du labeur ardu à elle imposé et par elle accompli, elle si jeunette encore. On n'en revient pas n'est-ce pas de ce qui se passe dans le monde des adultes, finie l'indulgence attendrie, au casse-pipe il faut aller, et tout seuls, c'est comme ça que se fait le tri, ah ah vous ne saviez pas cela, jeunes gens, eh bien vous le savez maintenant !

Et bien sûr chez les garçons, on ne raconte pas ces choses, chez les garçons on bascule aussitôt du côté des faces froides, ils étaient là, les écrivains confirmés, à discourir avec toute leur force de frappe masculine sur quelque point de théorie esthétique ou politique, de ces discours qui vous classent son homme, faut-il écrire dans la langue du colonisateur, écrire dans la langue du colonisateur fait-il de vous un traître ? Voici que cela me revient, le sujet de la table ronde de ce jour-là, dans les jardins du Palais de la culture à Bamako, quelle écriture pour les anciens pays colonisés. Et là était la cause de la querelle entre les deux écrivains, si vous vous souvenez.

Il était question de "fascination", et c'est autour de ce mot soudain isolé, saisi vif, que s'enroulaient les flammes et crépitaient les étincelles. Incendie de paroles dans la chaleur immobile, la poussière, sous le ciel sans couleur, "respire, man" m'avait murmuré le garçon à côté de moi, élève du lycée Massa-Makan-Diabaté de Bamako, beau visage, traits fins bien taillés, pas un ruisselet de sueur, la peau noire et fraîche comme un galet. Je scrute les visages à la télévision ou dans les journaux lorsqu'il est question des personnages importants de son pays, je m'imagine qu'un jour je le reconnaîtrai, "respire, man", j'aimerais bien qu'il soit à mes côtés en cet instant, copain solide et viril, un super-Paul en somme.

L'apnée me guette, une porte au fond de la gorge se ferme, plus un geste, plus un souffle, que rien ne bouge, regarde, Raphaël, regarde ce qui se passe sur cette scène que tu ne cesses de dresser, tout un décor est entassé dans les coulisses, et voici que tel ou tel accessoire apparaît sur le plateau, sur ordre d'une mémoire qui n'en fait qu'à sa guise : des fauteuils en fils de plastique coloré, tu te rappelles hein, parmi toutes les choses sans importance ces fauteuils, sous prétexte qu'ils plairaient à ta maman, allez ouste retour aux coulisses les fauteuils ! Et le grand dais s'affalant comme une voile sur ton crâne bouillant, aux coulisses lui aussi ! Place à ce qui vient de se découvrir, les mots "colonisateur", "colonisé", "fascination", ah ils ne s'étaient pas montrés encore, ceux-là, Raphaël n'avait pas compris le sujet du débat et l'enjeu des querelles, il était trop jeune, gentil touriste égaré en pays d'altérité, mais voyez donc comme cela se tourne, Raphaël n'a en fait rien oublié. Il avait tout bonnement occulté, et s'il s'était quasi évanoui, ce n'était pas tant à cause du soleil de fer, c'était à cause de la morsure que lui faisaient ces mots qui n'auraient à première vue pas dû trop le concerner, mais les mots une fois lâchés ne peuvent être contrôlés.

Toc toc ont fait ces trois-là aux portes du cœur de Raphaël, nous avons quelque chose à te dire, "non, non, disait Raphaël, je n'ai rien à voir avec les problèmes des écrivains haïtiens, des écrivains maliens, ni même des écrivains tout court !" "Mais si, mais si, disaient les trois mots, ne sais-tu donc pas, pauvre poulet, pauvre petit poulet-bicyclette, ne sais-tu pas que même dans cette petite ville au fin fond de la province française (tu ne vois pas laquelle ?), dans cette maison un peu délabrée avec un appentis (tu ne vois toujours pas ?), et si nous y ajoutons une autre grande belle maison en granit (ah tu vois enfin !), avec une rue qui s'appelle la rue des Glycines entre les deux, tu ne sais pas que là aussi il y a de la colonisation ? Mais oui, mon cher innocent Raphaël, nous y sommes là-bas aussi, colonisateur et colonisés, nous y jouons nos tours à façon, échangeant nos costumes, empruntant de nouveaux masques, eh oui mon cher Raphaël, tu as été colonisé ! Par qui ? Par tes jumeaux pardi, tu n'as pas remarqué comme ta langue avait changé, tu ne parles plus pareil, Raphaël, tu n'es plus toi-même, colonisé par de l'Autre, et tu as toi-même colonisé, n'en doute pas, et cela ne serait rien, nous sommes après tout deux mots ordinaires, bien connus, bien retournés et exposés dans tous les sens, mais il y a le troisième, le mot "fascination", c'est lui le dangereux, le redoutable, fascination-fusion. Ah ah Raphaël, la belle histoire que voilà, tu n'aurais pas imaginé cela, n'est-ce pas, que le travail de ta maman à l'association France-Mali de Bourgneuf t'amènerait sur une case toute personnelle, marquée "révélation à Raphaël".

"Et qu'est-ce que c'était, cette révélation à Raphaël ?" m'avez-vous demandé, monsieur, ton paisible et détaché mais, je dois le reconnaître, sans la moindre ironie, vous êtes un bon professionnel, monsieur, je vois cela maintenant, à l'époque je vous prêtais toutes sortes d'intentions désagréables, j'interprétais toutes vos remarques comme de sournoises attaques, une phrase et hop je sortais tous mes piquants, "qu'est-ce que c'était, cette révélation à Raphaël ?"

Je me suis hérissé, c'était si ridicule mes histoires de colonisateur et de colonisé, rétrospectivement j'en ai froid dans le dos dans cette grande chaleur du Mali ! Je vois mon double virtuel lever le doigt, "moi aussi, messieurs chers écrivains, je suis colonisé, moi aussi messieurs chers écrivains, je suis colonisateur", je vois le regard surpris mais aimable des écrivains, ils sont habitués à toutes espèces de trublions. Un jeune homme de seize ans, tout pâle, au bord de l'évanouissement, ne leur sera sûrement pas un grand dérangement, leur suscite peut-être même un brin de pitié, et l'animatrice déjà aura réussi à reprendre le micro, incident clos, sauf pour toi Natacha, qui me ferais un petit clin d'œil, "eh oui, mon pauvre vieux, on mélange tout au début, on n'est nulle part donc on se retrouve partout, et ça fait de bizarres collisions, déplacées et incohérentes, qu'importe, continue de chercher…"

La révélation à Raphaël, c'était plutôt la révélation de Raphaël à lui-même, incertaine, tremblée, surimpositions glissantes, échos et reflets, silhouette mentale instable, c'est là-bas au congrès des écrivains, sous le grand dais tendu, qu'elle a commencé à se détacher, et je n'allais pas chipoter sur les mots qui l'avaient halée de moi jusqu'à moi. Vous savez bien, vous monsieur, que tout est bon à cette silhouette fantomatique lorsqu'il est temps pour elle de quitter les terres larvaires et de se pousser vers le jour.

La jeune femme frêle a éclaté de rire, cascade vive sur les lourdes paroles, et j'ai très bien senti la secousse intérieure, quelque chose qui se désarrimait en moi, poussé, entraîné par le torrent bondissant, par ton rire, Natacha, ruisselant sur moi, mon baptême secret, et comme je vais en avoir besoin maintenant que j'arrive à mes heures noires.

Les rideaux de taffetas moiré sont tirés, c'est l'automne, des rafales de vent secouent les fenêtres, les voitures chuintent sur l'asphalte mouillé, on entend le grincement de l'ascenseur, Camille est nue, son nouvel ami ne s'est pas entièrement déshabillé, il est étendu sur elle, elle a noué ses jambes autour de lui, je devine la main du garçon glissée entre leurs deux corps, à la soudure de leurs ventres, engagée frénétiquement à ouvrir une voie. Quel travail elle fait cette main, dans sa position forcée, si pénible aux muscles, ouvrant des agrafes, tirant sur une fermeture éclair, écartant le bord d'un slip, cherchant le chemin creux, glissant, trébuchant, sherpa contracturé d'effort, spéléologue rampant sous la voûte suintante. Elle est à la peine cette main, elle aimerait mieux reposer au fond moelleux d'une poche, ou rythmer librement sa cadence au-dehors avec ses amies les jambes et ses amis leurs pieds, mais elle est l'esclave d'un cerveau qui la plie dans d'inconfortables torturantes positions en quête d'une vision, d'une apothéose, qui doit éclater là sur les parois du ventre.

Je suis assis dans le grand fauteuil à dorures de madame Van Broeker, reculé loin dans un coin d'ombre, le cahier des séances est posé sur mes genoux, je rêvasse, des choses que m'a racontées Léo, Michel-Ange couché sur le dos se pousse par reptation sur son échafaudage, son visage est à quelques centimètres de la voûte, la paume de sa main crispée sur le pinceau, la peinture englue les poils, coule le long du manche, poisse sa main, au-dessus les couleurs ne sont que taches disparates, au-dessous le corps n'est que crampes, il faut pourtant que se rejoignent la figure dans sa tête et celle sur la voûte, il faut qu'une énergie secrète se libère, unisse dans un spasme les deux figures.

Pendant ce temps, mon regard suit une autre main, différente de la première, qui se pose légèrement sur le dos pâle du garçon. C'est celle de Léo. Il est assis en tailleur sur un côté du lit, vêtu d'un kimono dont les très larges manches lui font comme des ailes. Son cahier d'esquisses est ouvert sur ses genoux, pour l'instant il ne dessine pas. Les yeux vagues, il est replié très loin dans un rêve, sa main seule est dans le monde des humains, elle seule porte sa présence, assure une veille près de sa sœur. Parfois la grande manche se soulève, comme si l'ange s'éveillait, la main survole le corps à ses côtés, hésite, se pose, puis s'enlève et redescend de nouveau, mouvement alterné d'envol et d'effleurement. Je ne sais ce que pense Léo, il me semble qu'il n'est pas là du tout, que sa main agit seule, abandonnée à la douceur naturelle de son caractère qui lui ferait aussi bien caresser un chat ou le couvre-lit ou tout autre objet contigu l'accompagnant dans la giration de la planète. Je devine aussi une angoisse diffuse, s'exhalant de ses profondes tanières, et la main aussitôt alertée se livre à ses subtils mouvements de conjuration. Mais le garçon, en pleine action sur le corps de Camille, et tout à sa combustion personnelle, n'a rien à faire des complexités qui font se mouvoir la main de Léo sur son dos. Si léger qu'en soit l'effleurement, si angélique, si compatissant, il ne l'apprécie pas du tout, je le vois se retourner à demi, arqué sur un coude, il gronde à l'adresse de Léo. Vais-je devoir quitter ma rêverie, jaillir hors de mon fauteuil, "bon Dieu, Léo, fous-lui la paix !"

Mais non, Léo s'est retiré plus loin, sur l'appui de la fenêtre. Il dessine. Le garçon a réintégré sa forme allongée, les lignes ondulantes de son dos ne vont pas tarder à écumer par en dessous, comme des vagues inversées, je le sens dans mon propre corps. La boîte de pilules de Camille traverse un instant mon ciel, comme ces satellites qu'on regarde distraitement les soirs d'été, bip bip bip, Camille a-t-elle bien pris sa pilule, puis la vision de la boîte s'enfonce ailleurs.

Elle a chaud, ma Camille, ses boucles sont collées autour de son front, ses seins écrasés ne laissent voir qu'un croissant blanc sous l'aisselle, il ne faut pas que je rencontre son regard, je ne veux pas recevoir les messages de ses yeux, ni ceux de son corps, je ne dois pas penser, nous sommes des funambules, chacun sur sa corde étroite, nous maintenons un rêve arachnéen au-dessus du vide, si l'un de nous lâche, nous tomberons tous les trois (bon tous les quatre, mais il ne compte pas beaucoup, le passager du corps de Camille). Le plus difficile pour moi ce ne sont pas les seins de Camille, ni ses jambes, ni les mouvements un peu trop sinueux ou un peu trop saccadés de son long corps pâle. Elle s'applique, elle s'efforce de faire selon ce qu'elle croit savoir de cet exercice, elle a sa fierté de fille, peut-être même y tient-elle un peu à son nouvel amoureux, mais comme elle n'a pas encore trouvé la boussole de son corps, elle s'aligne sur celle du garçon, les mouvements qui l'agitent ne viennent pas du fond de sa chair.

Oh, je sais tout cela de Camille, je la connais d'une si autre planète, je l'ai rencontrée petite fille et nous sommes remontés ensemble vers le temps d'avant les naissances, nous avons croisé les chemins de nos délires, nous nous sommes déguisés en amibes, nous sommes barbouillés de sang et de lymphe et de jus placentaire, maintenant nous essayons de dévaler le chemin à l'envers, de revenir là où en sont les jeunes de notre âge, mais le chemin de retour ne ressemble plus à celui qui nous avait emmenés, nous ne nous sommes pas assez retournés, nous devons nous tromper souvent d'embranchement, nous cherchons l'issue dans d'étranges impasses.

Notre temps est aussi, bien sûr, celui de notre jeunesse, nous avons nos cours, nos professeurs, nos examens, nos amis et copains, nos parents, nous vivons dans un présent très ordinaire, mais il arrive que le présent cligne des yeux et, soudain, nous sommes là dans leur chambre, tous les trois plus un autre ou une autre. Je suis devenu le scrutateur des amours de Camille et des amours de Léo, cette chose étrange s'est produite une fois, puis oubliée, puis s'est produite encore. Camille faisait l'amour devant moi avec ses amoureux, il fallait que Léo soit là, et il fallait que j'y sois aussi, et que j'écrive tout dans le cahier des séances et que j'y ajoute les dessins de Léo. Je n'avais jamais dit "j'aime Camille, je t'aime Camille", mais je savais qu'elle était pour moi, qu'un jour son corps serait à moi, que cette chose dont nous n'avions que faire alors, cette chose au nom un peu grotesque d'amour, était en bourgeon entre nous. Surtout n'en pas parler, n'y pas toucher, son accomplissement est là-bas dans notre avenir. Il nous attend, et tout ce que nous faisons en ce moment c'est pour l'atteindre un jour.

Nous avons toutes sortes de détours à faire avant de l'atteindre, mais je ferai l'amour avec toi, Camille, et tu le sais aussi bien que moi, et avec moi tu ne feras pas ces petites contorsions ridicules et émouvantes, ma pauvre poupée articulée, voilà ce qu'un certain Raphaël de vingt ans devait se raconter au fond du semi-coma qui le maintenait encollé sur le fauteuil à dorures, et donc ce qui était le plus grand danger pour moi, c'était le petit filet de salive qui coulait au coin de sa bouche, comme chez les tout petits enfants quand ils s'abandonnent au sommeil.

Et bien sûr je n'avais jamais vu de tout petits enfants, vu de près j'entends car il n'y en avait pas dans mon entourage, sinon une fois chez Paul, à la ferme, où sa sœur, qui était beaucoup plus âgée que lui, était venue passer une semaine avec son bébé. Nous n'avions éprouvé aucune sympathie pour cette chose misérable, vagissante et nauséabonde, jusqu'à cet après-midi où on nous l'avait laissée quelques heures à garder. On nous avait installés sous le tilleul avec Paul numéro deux dans sa poussette, nous avions pour consigne de ne pas le quitter des yeux, et c'est ce que nous avions fait, Paul et moi, bien à contrecœur et pleins de ressentiment, assis chacun sur une chaise devant lui, les bras croisés, le regard sévère braqué sur lui. Il s'était agité, avait pleuré, hurlé, nous avions maintenu notre position sans bouger, au bout d'un moment il avait enfourné son pouce dans la bouche et derrière ce rempart, à son tour, nous avait fixés gravement, en silence, sans presque ciller. Les minutes s'écoulaient, "fortiche, le môme" avait murmuré Paul, et c'est nous qui avions commencé à bouger, tressaillement imperceptible d'un muscle ici ou là, une feuille qui tombe sur le coude, les mouches qui prenaient de l'assurance. "T'as vu, même la mouche…", ai-je murmuré à mon tour, il y en avait une qui se promenait sur son front minuscule, descendait le long de son nez, et il continuait à nous fixer, insensible à la mouche, alors que nous devions lutter de toutes nos forces pour ne pas lancer nos mains en tapette de tous côtés. La rancœur était forte de part et d'autre, au bout d'un moment, obsédé par le picotement des mouches, je me suis aperçu que mon regard s'était décroché un instant du regard du môme et, surprise, ses paupières s'étaient effondrées, son pouce avait glissé. "On l'a eu", a dit Paul sautant sur ses pieds et tombant aussitôt sur le côté, trahi par ses muscles ankylosés. Fracas de la chaise, le bébé a entrouvert les paupières, peut-être y a-t-il eu un vague sursaut au fond de ses prunelles, mais c'en était trop pour lui, il désertait le monde et ses luttes, retournait à l'inertie de la matière, au coin de sa bouche s'écoulait un petit filet de bave luisante, signe de son renoncement.

"Quand même on a exagéré", ai-je dit à Paul, "ben pourquoi, il dort, non ?" a répondu l'oncle sans remords, et voilà que regardant Camille je repensais à ce bébé, l'unique bébé de mon expérience, et de même que j'en avais eu envie avec lui, dans sa poussette sous le tilleul, j'avais envie de lécher ce petit coin de la bouche de Camille, de mêler ma salive à celle qui sourdait là, de serrer sa tête contre mon cœur, de bafouiller des remords et des promesses, et comme avec le bébé je n'en faisais rien. J'en avais voulu à Paul de ce combat de regards qu'il nous avait fait mener contre son neveu, je n'avais certes pas envie de passer l'après-midi à garder un bébé, mais je l'aurais volontiers pris dans mes bras, et bisotté et papouillé, pour voir. Paul, lui, avait l'habitude des petits lapins, des veaux juste nés, des chiots et chatons, il y avait même eu un ânon quelques jours dans ses parages, les bébés humains à côté, ça ne valait pas un clou, c'était là la conclusion implicite de sa vaste expérience.

Parfois, dans cette chambre des jumeaux, je me demande ce que tout cela va faire. J'entends le ricanement de ma grand-mère des Carrières, "ça va faire du vilain, c'est moi qui te le dis", j'entends sa vieille voix râpeuse, "ah mon chameau !", mais je la repousse. Si nous maintenons ce rêve, si nous arrivons à sauter légèrement au moment suivant, alors tout reprendra comme avant, l'intrus partira, nous nous retrouverons tous les trois à nous passer la même cigarette sur le lit, et la même bouteille d'eau, je démêlerai une à une les mèches de Camille, elle s'écriera "aïe tu fais mal", je dirai "c'est parce qu'ils sont tout collés, ma vieille", elle bondira pour aller prendre sa douche, Léo se secouera aussi, nous ouvrirons les rideaux, je commencerai à parler du dîner, et ce sera comme si la séance bizarre n'avait pas existé.

Quand c'était le tour de Léo, nous replongions dans le même rêve, la même absence, grenouilles décérébrées dans notre bocal de la rue de Sèvres. Camille s'ennuyait, s'agitait, se baladait d'une pièce à l'autre. "Ce n'est pas juste ce que tu fais, Camille, tu les déranges", lui avais-je dit. J'avais fini par lui acheter un de ces fauteuils en forme de poire, emplis de billes de polystyrène, une fois enfoncé là-dedans il n'était pas facile de s'en extraire, je le tirais à côté de mon fauteuil doré, "mets-toi là et ne bouge plus", lui ordonnais-je. Elle se laissait tomber en grognant sur le sac moelleux, ses jambes et ses bras dépassant tout raides de part et d'autre, mais bientôt le sac se creusait, s'arrondissait, l'enveloppait. Ses bras et jambes comme aspirés se repliaient vers l'intérieur, le fauteuil se renflait d'un côté élevant un support sous sa nuque, elle laissait aller sa tête, les yeux au plafond, moi je déplaçais mes jambes sur l'accoudoir du fauteuil pour me maintenir bord à bord.

J'étais sur la passerelle de commandement d'un haut navire, mon bras posé comme un cordage sur un coin de son embarcation à elle. A la périphérie de ma vision je devinais son pouce qui rejoignait sa bouche, le petit filet de bave qui commençait à couler, alors je risquais une manœuvre, déplaçant mon bras, simple cordage n'oubliez pas.

Au bout du cordage ma main tâtonnait vers la sienne, la crochetait doucement. Les deux embarcations, le navire et sa chaloupe, glissaient sur une mer invisible, mais si profonde, surface lisse et dessous tant de courants et remous, silencieux, au milieu des reflets sombres. Les hôtes secrets de la mer nous faisaient escorte, plongeant et disparaissant tour à tour, filant entre deux eaux, et il arrivait que soudain Léo surgisse au-dessus de nous, sa haute silhouette se dressant comme la paroi d'un tanker, et sa voix déchirait notre semi-sommeil, "vous sortez de là, oui ou non, on va être en retard au cinéma", ou "debout, c'est à vous de faire le dîner" ou quelque rappel à la vie quotidienne de cet ordre. Il était rhabillé, la jeune fille, Sophie ou une autre, n'était plus là.

Camille m'arrachait sa main, bâillait, donnait tous les signes de s'éveiller d'un profond sommeil. Elle faisait semblant, je le savais puisque je faisais semblant moi aussi, et c'était un instant de béatitude, plus grande qu'auparavant, puisque nous n'étions plus les naufragés voguant sur les eaux enjôleuses du rêve, nous étions Camille et Raphaël jouant au jeu connu d'eux seuls, parfaitement conscients. "Debout", disais-je, et commençait alors l'habituelle dispute pour décider quelle tâche reviendrait à qui, finie la brève connivence avec Camille, les jumeaux se retrouvaient ligués contre moi.

Habiles à ce genre de calcul, ils avaient le décompte tout prêt du nombre de fois où chacun avait fait les courses, le dîner, la vaisselle, ils pouvaient raffiner jusque dans les détails les plus infimes, l'épluchage, le vidage du lave-vaisselle, "c'est moi qui ai mis le couvert la dernière fois, et ça fait la seizième fois dans le mois". J'avais dû me battre pour qu'ils ne se portent pas sur ce livre de comptes imaginaire comme une seule personne, dite "les jumeaux", ce qui bien sûr aurait considérablement diminué le nombre de citations de mon nom et par suite, après révision des charges attribuées à chacun, tout aussi considérablement augmenté les miennes.

Ils pouvaient être d'une mauvaise foi renversante, Léo et Camille. "On n'était qu'un au départ", tentaient-ils, "pas vrai, disais-je, vous êtes hétérozygotes", et eux "qu'est-ce que t'en sais, t'as vu comme on se ressemble", et revenait le fameux rapport contenu dans l'enveloppe brune du Mount Sinai Hospital, où il était écrit que, vu certains éléments particuliers et exceptionnels, ils étaient peut-être jumeaux véritables en fin de compte. "Tu te rappelles, on te l'a lu ?" "J'en sais rien, disais-je, c'était en anglais." "Tu veux qu'on te traduise ?" Surtout pas, aucune envie qu'ils me rejouent leur étrange et glaçante cérémonie devant l'enveloppe.

"De toute façon, ça ferait quoi ?" contrais-je, "ça fait que si tu es un et nous un, nous on a chacun que la moitié des forces de notre un, donc on fait que la moitié du boulot de ce un, c'est-à-dire le tiers du boulot global pour chacun de nous deux, quand même t'as appris ça, les fractions, non ?", tout cela pour une petite cuiller ou une assiette à ranger, et il faut tout de même signaler qu'une femme de ménage, engagée par madame Van Broeker, venait plusieurs fois par semaine, et que la plupart du temps nous mangions au-dehors, ou commandions des pizzas. Il n'empêche.

"T'as vu comme on se ressemble", ce qu'il ne fallait pas me dire ! Aussitôt je rétorquais "vous vous ressemblez pas", mais eux ne pouvaient pas lâcher cette ressemblance. Ils posaient côte à côte devant moi, "regarde le nez, il est pareil", disait Camille, "et la ligne des cheveux", disait Léo, et nous inspections chaque trait de leur visage méticuleusement, et notions les résultats, Léo était sérieux, Camille faisait des grimaces, faussait nos données, "de toute façon c'est l'air qui compte" disait-elle, et il fallait chercher ce que c'était que cet "air" qui les rendait semblables, je l'aurais déchiqueté s'il avait pu se toucher.

Leur acharnement me rendait fou. Ils décollaient du sol avec une telle aisance, s'enlevaient comme deux ballons gonflés d'hélium, vers une atmosphère où les molécules changeaient de poids et de propriétés aussi vite que leurs évolutions, et moi, les pieds restés sur terre, je me tordais le cou à essayer de parer leurs coups avec mes arguments de terrien d'un autre âge. Et je ne pouvais m'en empêcher. J'aurais dû claquer la porte et les laisser se dégonfler tout seuls et retomber à plat dans leur appartement en désordre, dîner ou vaisselle pas faits et qu'ils se débrouillent ! Seuls entre eux, ils ne se querellaient pas, c'étaient mes arguments qui nourrissaient leur passion des logiques tordues.

Je ne pouvais claquer cette porte, car qu'y avait-il au-delà ? L'escalier, la rue, des passants anonymes, ma chambre de dix mètres carrés Mairie des Lilas, la fac et les devoirs que j'aurais dû faire, et les coups de téléphone de ma mère qui voulait savoir quelle note avaient obtenue ces devoirs non faits, et les infos, la télé qui racontaient des histoires insensées, bien plus tordues que les nôtres, et dans lesquelles je n'avais aucune place, et méchantes, et pleines de douleurs contre lesquelles je ne pouvais rien. Dehors, derrière la porte du studio des jumeaux, il n'y avait que le vide, froid et aride, où je n'étais qu'un fantôme plein de vertige.

"On n'a pas eu autant de place que toi avant d'être nés, ce qui veut dire qu'on est plus faibles", lançaient-ils, "c'est ça, repartais-je, rappelez-moi combien vous pesez à vous deux, et combien vous mesurez, et ces muscles, Camille, tu permets que je tâte tes muscles, une vraie déménageuse de piano, oui !", et aussitôt la chasse était ouverte, la chasse au mètre de couturière, pour se mesurer les muscles, tous les tiroirs ouverts, les placards ravagés, nous à quatre pattes fouillant sous les meubles, poussière et désordre accrus, pas de mètre trouvé, alors le cordon du rideau et le décimètre d'écolier, "make a muscle, Raphaël" commandait Camille, et comme un imbécile je gonflais mon bras et Léo mesurait, et s'ensuivait une autre querelle sur la masse et l'épaisseur et la forme des muscles et leur force de frappe réelle.

Les bras de Camille, ses cuisses, je les ai mesurés tant de fois, le puissant et délicat renflement en leur milieu, la tension de sa peau, la forme de ce fuselage… Vous savez ce qui peut me donner une érection même aujourd'hui, au café ou ailleurs ? Ce ne sont pas des seins devinés sous un pull, ni l'arrondi des fesses sous une jupe, c'est le surgissement de ce renflement sur un bras mince quand il se tend pour ramasser un sac ou pour saisir la barre dans le métro. Et s'il arrive que ce soit le bras d'un garçon et s'il est glabre et si la peau est fine, je suis bien embarrassé, parce que je l'ai tout de même cette érection, et souvent le garçon devine l'émoi, et je n'en ai que faire, parce que le visage n'est pas celui de Camille. Et ma déception est grande. Voilà pourquoi en fin de compte je préférais les petites ou moyennes boulottes, sur le modèle d'Elodie, vous vous rappelez l'Elodie de Paul ? Chair compacte à surface un peu granuleuse, ligne continue de l'épaule au coude, de l'aine au genou, et rien qui surgit et ondule sous la peau et renfle le fuselage, rien de la vie intérieure de l'écorché et du squelette, et de leurs énergies secrètes, fulgurant vers l'extérieur. D'aucune autre fille que Camille je ne pourrai ainsi connaître la musculature et le squelette, les circulations d'énergie, la tension entre vie et mort, "moui, moui" disiez-vous, monsieur.

Allez vous faire foutre, avec vos moui-moui, monsieur ! Je le devine bien, que je pourrai aimer encore, un jour lointain. Mais je n'ai aucun goût pour ce Raphaël futur, dans le cerveau duquel la Camille que j'invoque ne sera qu'un souvenir apitoyé de l'enfance. Je n'ai aucune envie de le connaître, ce Raphaël hypothétique, il m'aura trahi, comme vous m'avez déjà trahi (oui, monsieur Moui-Moui, je l'ai bien vu, votre opuscule sur un cas de fantasme gémellaire ou quelque chose de cet ordre), comme Xavier m'a trahi, comme les jumeaux m'ont trahi, et comme j'ai trahi Anne.

Anne n'était pas ronde et n'avait pas de muscles, n'était que chair fragile. La première fois que j'ai serré son bras, par stupide réflexe, pour voir, pour faire comme avec Camille ou Léo, un grand bleu s'est marqué là où mon pouce avait appuyé. "C'est moi qui t'ai fait ça ?", je n'en croyais pas mes yeux, elle m'a tendu ses bras, "serre-les encore". J'avais appelé son sang sous la peau, et son sang était venu aussitôt à ma rencontre, elle voulait se donner à quelqu'un, quelqu'un qui prendrait sa vie en charge, je me suis reculé, "pardon, je ferai attention maintenant", mais je n'ai pas fait attention, pas comme il le fallait.

Avec Anne, il n'y avait pas de bagarre, pas d'infinis raisonnements jetés en filet sur l'autre, elle écoutait nos querelles de chiffonniers avec effarement, n'explosait pas comme nos autres copains avec d'impatients "vous êtes tarés" ou "vous êtes fous", Camille et Léo étaient des béliers à leur façon, Anne c'était un papillon, aucun de nous ne savait comment il fallait toucher les papillons.

Je l'avais rencontrée au dojo, où elle accompagnait son ami d'alors, un grand type taciturne et qui cognait fort. Elle attendait toute seule sur les gradins. Un jour j'ai remarqué que le grand type n'était plus là depuis plusieurs séances, "il ne vient plus ?" ai-je demandé aux autres au vestiaire. "Il est parti au Japon. – Et la fille ? – Quelle fille ? – Celle sur les gradins, elle est toujours là. – Ah celle-là !" avaient dit les types, en haussant les épaules. Dès que j'avais enfilé mon équipement et que j'arrivais au seuil de la salle, je la guettais. Je saluais les esprits, les *kami*, avant d'entrer, mais sans leur accorder un regard pour ainsi dire. Et peut-être se sont-ils offensés à la longue, et un jour ils ont cherché vengeance sur celle qui leur dérobait ce regard. Parfois je pense que sa présence dans ce lieu était une erreur, une aberration dangereuse, j'aurais dû le sentir, la conjurer de ne plus venir, aller avec elle à la piscine, dans les sentiers d'un parc, n'importe où, mais pas dans cette forêt de sabres où les énergies aiguisées cherchaient leur tranchant parfait.

Parfois elle arrivait en retard, mais elle venait toujours, s'asseyait à la même place, se serrait entre ses coudes, et ne bougeait plus. Je me demandais qui elle regardait, maintenant que son ami n'était plus là. Un soir elle n'est pas venue, sa présence m'a manqué. Dans ma tête, je l'appelais la fille des gradins. "Qu'est-ce qu'elle fait là ?" ai-je demandé aux autres, au vestiaire toujours. "T'as qu'à lui demander", a répondu l'un, que je n'aimais pas beaucoup, un commercial d'une boîte de téléphonie. "Si j'étais toi, je laisserais tomber", a dit un autre, plus aimable, dentiste à mi-temps si j'avais bien compris. Je ne restais pas en général aux "bouffes" qu'ils se faisaient ensemble après les séances, ils étaient déjà dans le monde du travail, moi j'étais étudiant, supposément, et sans argent très certainement. "Elle est jolie", ai-je lancé avec prudence. Pas de réponse, ni pour ni contre.

Personne n'avait envie de parler de cette fille, peut-être par respect pour le grand type qui était parti au Japon. Il était clair que ce n'était pas par respect pour elle. Ça ne se faisait pas de venir ainsi au dojo quand on n'était pas soi-même un adhérent et qu'on n'accompagnait personne. Ça ne se faisait pas, mais la fille des gradins le faisait. Elle ne parlait à personne et lorsque nous sortions des vestiaires, elle était déjà partie. Attendait-elle que son ami revienne du Japon ? S'accrochait-elle à un fantôme qu'elle seule voyait ? Sous nos *men*, les casques c'est-à-dire, pour peu que nous ayons à peu près le même gabarit, nous devions sembler tous pareils. Elle s'appelait Anne, c'est tout ce qu'on m'avait appris sur elle, et apparemment personne n'en savait plus. Alors pourquoi cette phrase du dentiste, "si j'étais toi, je laisserais tomber" ?

Cette fille avait-elle une tare secrète, le grand costaud (encadreur d'art) avait-il dû s'exiler au Japon pour la fuir ? "Il ne pouvait plus l'encadrer ?" ai-je fini par demander, en rigolant juste ce qu'il fallait, pour ne pas les braquer. Réponse : pas que l'on sache. Il était parti parce qu'il voulait perfectionner son japonais et explorer le milieu des mangas japonais et photographier les jardins et les trains japonais et faire du kendo avec des Japonais. Ils ont parlé un bon moment de l'encadreur et de ses ambitions japonaises. La fille, Anne donc, n'avait existé que comme une ombre à ses côtés, une fleur sur le dessin de sa chemise, un papillon posé sur sa manche.

"Elle est jolie pourtant", ai-je insisté. Ils ont concédé que oui elle était jolie, fallait bien sinon l'encadreur ne l'aurait pas tirée, ah ah, mais elle ne devait pas avoir le look assez japonais, ah ah. Cet encadreur baraqué qui menait sa passion nipponisante jusqu'au bout les avait impressionnés, tout l'espace mental dont ils disposaient en ces soirs de bouffe entre potes après l'effort (et je sais qu'il était assez rétréci, cet espace, pour cause de bières et de fatigue physique, parce que je m'étais joint à eux quelques fois tout de même), leur espace mental donc avait été occupé tout entier par ce remarquable spécimen qui les dépassait d'une tête en tout, il n'y avait pas eu assez de place, tout simplement, pour y loger aussi la discrète silhouette d'une fille. D'une fille qui ne faisait pas de kendo et ne portait ni sabre ni armure.

J'aimais bien ce groupe. Dans l'ensemble, c'étaient des types tranquilles, pas prétentieux et qui ne cherchaient pas d'histoires. J'aurais pu m'y faire de bons copains, des amis peut-être. Ils m'évoquaient Paul, mais j'avais déjà un Paul à moi dans ma vie, ancré au fond de ma province et de mon enfance, attaché à mon épaule pour ainsi dire, du côté où il tanguait contre moi pendant nos longues marches. Cela m'aurait fait drôle de marcher ainsi avec un autre de ce groupe, cela aurait demandé un grand effort, d'abord repérer le plus adéquat, le détacher du groupe, le tirer vers mon côté, voir si l'on pouvait marcher en attelage tous les deux. Cela signifiait tout un cheminement que je n'avais pas le courage ni le désir ni, sans doute, le besoin d'entreprendre. Je retournais souvent chez moi, pour voir ma mère. Et donc je retrouvais Paul, venu lui aussi rendre visite à ses parents, de son école d'agronomie à Lyon.

C'est ce que font les étudiants de province, ils prennent le train et vont chez eux pour le week-end.

Même Léo et Camille le faisaient, pour voir leurs grands-parents Desfontaines, et pour voir ma mère aussi, apparemment, avec qui ils passaient de longs moments, à tel point que le "chez-eux" où ils retournaient régulièrement semblait être davantage la petite maison étriquée de ma mère avec son appentis et sa cour dépenaillée que la belle maison de granit du conseiller municipal et de son épouse. Et cela m'irritait. Je n'avais, bien à moi, que ma mère (et bien sûr la mémé des Carrières, mais à elle, ils ne rendaient pas visite). S'asseyaient-ils encore avec elle sur notre canapé défoncé pour nicher leur tête dans sa volumineuse, sa moelleuse poitrine, voilà l'image qui m'empêchait de leur poser des questions, je subodorais qu'ils en savaient plus que moi sur la vie de Luce. Déférait-elle toujours autant aux conseils des Desfontaines, voyait-elle encore son collègue de l'association France-Mali, leur parlait-elle de moi, essayait-elle de tirer d'eux des informations sur mes études ? Et, surtout, avaient-ils confié à Luce nos "séances bizarres" ?

Il y avait entre ma mère et les jumeaux un sentiment dont je sentais que je ne devais pas m'approcher parce qu'il relevait de la magie, de fantasmes archaïques jusque-là bien enfouis, et trop heureux de s'extirper enfin des vieux berceaux. Ah la belle aubaine, s'en aller voleter autour de corps bien vivants, s'y réchauffer, et s'y offrir une petite danse invisible ! Sans pousser trop loin les facéties cependant, pour ne pas se faire chasser, et que peut-on faire contre des fantômes invisibles et prudents ?

D'ailleurs j'avais ma part de ce genre de fantômes, et les miens étaient autrement plus actifs et plus virulents, inutile d'aller livrer bataille aux gentillets, aux charmants et timides visiteurs de l'âme de ma mère. Je m'étais trouvé une phrase que je suçotais et mordillais comme un doudou pour me calmer quand ces idées me chauffaient un peu trop la tête : "Je suis le fils de sa chair, mais les jumeaux sont les enfants de son cœur." Que la proposition soit fausse peut-être ne me gênait guère, ce qui comptait c'était le rythme, les mots, les sonorités, comme dans les contes de fées, comme dans les chansons. Ma phrase faisait éponge dans mon esprit, elle absorbait la colère et les angoisses.

J'étais fier de ma trouvaille. Il y avait dans sa première partie un accent biblique, qui satisfaisait le besoin de solennité, le besoin de s'inscrire dans des horizons plus vastes, de se donner de l'importance. "Chair" n'était pas un mot de tous les jours avec les copains, "chair" était un mot fait pour résonner dans une église, chair de sa chair, fruit de ses entrailles. J'avais entendu ces mots lors d'un baptême, l'unique cérémonie où j'aie été convié de ma vie, dans la petite église du village de Paul, aux dalles de pierre inégales et aux murs moisis de salpêtre, et j'avais été transi d'une émotion inconnue, gênante. Etait-il possible qu'un homme ordinaire comme le père Brisset que nous croisions dans son costume gris élimé plusieurs fois la semaine, un sourire niais toujours accroché sur son visage sans couleur, puisse prononcer des paroles aussi ahurissantes, et qu'on en oublie son allure compassée, et ses gestes ridicules, et qu'on se sente trembler au fond de sa chair justement, et que ce tremblement ne soit pas celui du froid de cette église pourrie ?

Chair de sa chair, fruit de ses entrailles, "tu as déjà entendu un truc pareil ?" avais-je demandé à Paul, et il m'avait répondu avec une pointe d'apitoiement "ben, c'est dans la Bible quand même,

Raf", et il m'avait dévidé d'un coup une étrange récitation, et moi stupéfait et vaguement envieux (faisant semblant, tout de même, et exagérant ma pitrerie) "t'as appris ça par cœur ? – c'est pas une récitation, c'est une prière, mon vieux", et j'avais découvert que Paul connaissait des choses que je ne connaissais pas et dont il ne m'avait jamais parlé.

C'était sa grand-mère qui lui avait enseigné ses prières, il ne savait pas si elle était croyante, mais elle gardait un crucifix dans sa chambre et portait du buis à l'église pour le faire bénir, "des trucs comme ça, il y en a plein qui les font, même s'ils aiment pas les curés", mais le père Brisset était aimé, et c'est à cause de lui et de la grand-mère qu'il y avait eu baptême. Ma mère n'était pas venue, mais n'avait pas fait d'objection pour m'y envoyer. Il s'agissait du baptême du neveu de Paul, Paul numéro deux, celui que quelques mois plus tard nous allions affronter, sous le tilleul de la ferme, dans la bataille des regards rigides, l'obligeant à baisser les armes, à baisser ses paupières de bébé, après un dernier clignement d'outrage et d'incompréhension.

Pardon, Paul numéro deux, tout ce que nous avions pensé à l'époque, c'était qu'il fallait t'apprendre la vie, apprendre la vie aux sales mômes qui se croyaient permis tous les pleurs et volaient l'attention des mères, pardon à toi, bébé anodin, vaillant pourtant il faut le reconnaître. Je veux bien me mettre à genoux devant toi pour tous les pardons que je ne demanderai pas aux deux salopiauds qui me volaient ma mère un week-end sur quatre, je te dédie ma phrase pour le plaisir de l'entendre encore une fois, "Raphaël est le fils de sa chair, mais Léo et Camille sont les enfants de son cœur", et après avoir fait chanter la première partie de mon hymne dans une église imaginaire qui ressemblait en plus grandiose à la petite église du village de Paul, après l'avoir fait résonner avec tout le respect qui se doit aux grands mystères et néanmoins un vague dégoût pour l'insidieuse image évoquée (la chair), je passais à la seconde partie, et là fini le respect ! Nous nous vautrions, ma phrase doudou et moi, dans les pages des magazines féminins les plus ringards, au milieu de clichés très éculés, les enfants de son cœur, le cœur d'une mère, une mère n'écoute que son cœur, etc. J'étais content de fourrer les jumeaux dans cette mélasse, bien fait pour eux, ils n'avaient qu'à ne pas me prendre les seins de ma mère, ils n'avaient qu'à aller voir leur mère à eux, qui n'avait pas beaucoup de sein mais plein de sous.

Et ne pas croire que les deux morceaux de ma phrase juraient entre eux et me déchiraient l'oreille. Non, ses discordances formaient un tout harmonieux, profondément émouvant, menant directement à la catharsis et, en y réfléchissant, Natacha, c'était ma première phrase d'écrivain. "Ah, me distu, peux-tu m'expliquer cela, Raphaël, ce que c'est une phrase d'écrivain, cela m'intéresse." Tout de suite, Natacha, ton serviteur va t'expliquer. C'est une phrase qui semble venir d'ailleurs, qui s'énonce toute seule dans ta tête, avec un rythme qui te surprend toi-même, et qui semble porter une expérience bien plus vaste que la tienne. Tu es d'accord avec cela, Natacha ?

Non, non, ne te tourne pas vers tes collègues au panel de Bamako, ils m'intimident, tu le sais bien, ils ont leur passeport du grand pays de la Littérature, toi tu es en passe de l'obtenir, et moi je ne suis qu'un petit garçon parmi les spectateurs. Occupe-toi de moi, Natacha, je te pose juste une question, est-ce que tu as connu cela, une phrase qui se détache dans ta tête, et se met à frémir bizarrement, comme si elle voulait prendre un envol ?

Et elle lève la tête, Natacha, mon écrivaine à moi, sous le dais faseyant, dans ce vent thermique qui secoue ma mémoire et fait rouler et tinter les perles de son rire. Natacha, s'il te plaît. Si tu savais combien je me sens seul, et ridicule, et mauvais, et perdu. Je n'ai plus que toi, et tu n'es qu'une image. "Eh bien tu dois être un bon jardinier d'images, Raphaël ! Tu as si bien planté mon image dans ton esprit, tu l'as si bien soignée et arrosée et entretenue qu'elle continue à rire et te répondre, n'est-ce pas assez réconfortant pour toi ?" Hé jeune homme, me dit Natacha, qu'est-ce qui se passe, tu ne vas pas te trouver mal ?

Il fait si chaud sous les manguiers, la poussière se mêle à l'air, un nuage gris monte du sol, il n'y a plus d'eau, les gorges s'assèchent, les voix s'amenuisent, les couleurs des sièges pâlissent, pas un souffle de vent, les bouches se serrent sur leur réserve d'air, apnée jusqu'à l'horizon, le grand dais pourtant descend inexorablement, se pose sur nous, ses bords s'enroulent, se referment, c'est un linceul.

Cauchemar. Je m'éveille tous les muscles de la poitrine contractés, j'ai voulu me faire mourir dans mon rêve, il me faut quelques fractions de seconde pour comprendre d'où vient l'affreux malaise et ouvrir la bouche et aspirer de l'air. Faire revenir le monde à moi et me donner à lui, me laisser aller dans la grande circulation des échanges. Je sais la raison de ce cauchemar, c'est que j'ai commencé à parler d'Anne. La petite Anne, la fille des gradins. Ses genoux relevés serrés, son visage dans les mains, et un pan de cheveux fins voilant ses yeux. Elle ne bougeait que pour les soulever, les repousser dans le col de son manteau, reprenant aussitôt son immobilité têtue, mais les cheveux bientôt glissaient, revenaient devant son regard.

Du coin de l'œil, à travers le grillage de mon casque, je guettais ce moment où son profil était à découvert, je n'ai pas vu venir l'attaque de mon partenaire. Sous le choc, j'ai reculé, me prenant le pied dans mon *hakama*, je suis tombé d'un bloc en arrière. Ensuite j'étais à genoux, sonné de douleur, entendant à peine les excuses inquiètes de l'autre. Des gouttes acides coulaient de mon front, me brûlaient les yeux, je croyais ruisseler de sang, je ne voulais pas lâcher mon sabre, tombé droit devant moi, un bonheur étrange m'habitait, la douleur et le sang me faisaient un rempart. J'étais bien protégé, enfin à l'abri, la rumeur des voix venait lécher mes remparts, j'étais retourné dans mon royaume, j'étais un roi, j'étais mort, et dans mon exaltation je percevais la jeune fille là-bas sur les gradins, derrière le mur de sa chevelure, dans la tour de sa douleur secrète. C'est elle que j'avais rejointe, je lui faisais hommage de mon sabre que je tournais vers elle, à grand-peine et grande douleur, enfin j'ai pu ouvrir un œil et regarder à travers les barreaux de mon casque, elle n'était plus sur les gradins. Notre maître était à mes côtés. Il demandait qu'on m'emmène au vestiaire. Le cours se terminait de toute façon.

Celui qui m'avait frappé m'aidait à me débarrasser de l'armure, c'était le gentil dentiste, qui avait fait quelques années de médecine avant de se mettre à la dentisterie, m'expliquait-il tout en m'examinant point par point, ma cheville était gonflée, "et je crois bien que je t'ai niqué l'épaule aussi", disait-il consterné, "mais pas du tout, lui ai-je dit, toujours dans l'exaltation, regarde, ça bouge, ça bouge", et je faisais de vagues moulinets avec mon bras, "je crois que tu as bien fait de laisser tomber la médecine !", j'étais plein d'amour pour ce garçon, je voulais le rassurer, bouger mon bras faisait mal en diable, mais ça devait faire encore plus mal de se sentir coupable. Je m'y connaissais fort en culpabilité, j'étais l'as des as dans ce domaine, mais le dentiste ex-étudiant en médecine n'était pas du tout dans la culpabilité mais dans l'observation minutieuse de mes gestes et de mes hématomes.

"Bon, tu n'as rien de cassé, mais tu as les muscles froissés et peut-être un tendon étiré, là, tu sens ? Pour la cheville, faudra pas bouger. Repos mon vieux, pendant quinze jours au moins. Je te raccompagne, j'ai ma voiture." Mais je ne voulais pas être raccompagné. J'avais l'idée confuse mais absolument inébranlable qu'il me fallait partir avant tout le monde, avant que notre professeur ne revienne me voir, et sortir seul du dojo. Ce que j'ai réussi à faire, après quelques minutes. "Tu vois, je marche", ai-je dit. Le dentiste m'a laissé partir à condition que je lui abandonne mon sac et tout mon attirail. Il me le rapporterait en temps voulu. OK donc.

Ces détails sont gravés en moi, chacun d'eux entouré d'un halo étrange, comme si la scène avait été éclairée d'un puissant projecteur, éclaboussant les personnages de lumière, cernant leur silhouette d'un trait noir violent, et il y avait aussi comme un amplificateur de son, les personnages parlant comme des masques antiques, éjectant des paroles soufflées par des puissances cachées, et il y avait encore une machinerie invisible par laquelle les gestes se suivaient les uns les autres comme dans un engrenage. Et c'était tout cela qui causait mon exaltation, le sentiment que quelque chose se passait, allait se passer, que j'étais arrivé au carrefour fatal, que j'allais enfin connaître ce qui m'était réservé depuis si longtemps, et que je ne pouvais désormais rien y changer.

Anne attendait dehors.

Je l'ai aperçue devant le panneau publicitaire, elle a fait un mouvement, s'est arrêtée, hésitante. J'ai fait quelques pas vers elle en clopinant, elle s'est glissée de mon côté valide, j'ai posé mon bras sur ses épaules, nous avons marché.

"En somme vous l'avez draguée" ou "elle vous a dragué", m'a dit la juge ou l'avocat ou je ne sais plus lequel de ces adultes qui me cernaient. Ah, leur bonne volonté, leur sournoise complicité ! Mais je n'avais pas "dragué" Anne. Impossible de me reconnaître dans ces puissants navires qui tirent les mines flottantes ou halent de gigantesques filets. Je n'étais pas un chasseur de filles. Seulement, dire "non, je n'ai pas dragué Anne", c'était aller contre l'évidence apparente, contrarier ces gens et me faire du tort.

J'ai dit "vous ne pouvez pas comprendre", et, sans que je l'aie calculé, c'était la bonne réponse, celle que l'opinion commune attend d'un adolescent, ou d'un adolescent attardé comme on sait que le sont de nombreux jeunes aujourd'hui. "Vous ne pouvez pas comprendre !" Bien joué, Raphaël, bonne réponse, pour une fois tu n'as trahi personne, ni Anne ni toi-même, et de plus tu t'es attiré un peu de sympathie, fugitive, condescendante, mais tout de même agréable à éprouver, et sans doute favorable à ton sort final.

Mais ils étaient loin du compte, ceux qui hochaient la tête d'un air entendu lorsque je leur balançais "vous ne pouvez pas comprendre". Cette impossibilité de comprendre que j'invoquais n'avait rien à voir avec un état d'adolescence répertorié et bien connu des spécialistes de la jeunesse, elle avait à voir avec le temps. Il m'aurait fallu beaucoup de temps pour expliquer, vaincre mon sentiment d'à-quoi-bon, me construire une assurance. Ils faussaient tout, avec leurs mots qui n'étaient pas les miens. Il m'a fallu trois ans et toutes ces pages pour commencer à redresser notre histoire. La juge : "Vous l'avez draguée (Anne) ?" Le prévenu : "Réponse dans trois ans, et pour vous, madame la greffière, ce sera cent pages et plus." Impossible !

Je suis sorti du dojo, Anne m'attendait, nous nous sommes rejoints, elle s'est glissée sous mon épaule valide, j'ai posé mon bras sur son épaule, nous avons marché.

Imaginez une chambre d'enfants, le sol parsemé de pièces de Lego : là, voici une pièce très haute (moi, Raphaël) et une pièce beaucoup plus petite (elle, Anne), si on les rapproche, elles ne peuvent tenir ensemble que d'une seule façon, en emboîtant la plus petite sous la plus grande. J'étais heureux, un état d'enfance avait refait surface, glissant son innocent tapis de jeu sous nous deux, et nous avons réussi du premier coup la construction qu'appelaient les deux pièces en présence. Mais il y avait plus, il y avait mon bras qui s'est posé sur son épaule, ce geste n'était pas tentative de séduction, signal de possession, calcul de dragueur, car, considérez bien la scène : mon autre bras me faisait beaucoup souffrir, la tête me tournait un peu, j'avais besoin d'un appui pour ne pas trembler sur ma cheville, pour tenir mon équilibre, et tout cela à cause de cet accident qui s'était produit au dojo, où j'avais par ma distraction reçu un coup de sabre que j'aurais dû éviter, si mon regard n'avait pas dévié vers les gradins, où se trouvait cette fille inconnue, dont je guettais le profil derrière le rideau de ses cheveux. Respire, man...

Et si mon bras était maintenant posé sur l'épaule de cette fille, ce n'était en rien par ma volonté, mais par la force d'un engrenage extérieur, et cette fois-ci ce n'était plus un tapis de jeu surgi inopinément de l'enfance qui me rendait heureux, mais une sorte d'intoxication euphorique (bien différente, malgré quelques similitudes, des vapeurs de la fumette si bien connues de moi), un abandon de tous les postes de vigilance du cerveau, où les gardes saisis par l'apparition d'un signe cosmique seraient comme tombés en transe, était-ce un coup de foudre ?

Mon attention se concentrait sur une expérience nouvelle : marcher flanc contre flanc avec quelqu'un qui n'était pas Paul. Paul, ma seule référence pour ce genre de situation ! Les jumeaux, toujours scotchés ensemble et formant leur propre assemblage, n'entraient pas dans ce type de figure, et les autres, copains ou copines de la fac, les autres n'y entraient pas non plus, tout simplement.

Cette fille, Anne, ne semblait pas pressée d'aller quelque part, nous ne parlions pas, mon esprit accueillait à loisir toutes les sensations qui se présentaient, offertes et rehaussées par la comparaison, pour ainsi dire, avec mon vieux compagnon de marche. La présence massive de Paul ne se laissait jamais oublier, le tangage de ses épaules et mes déportements erratiques nous obligeaient à un rééquilibrage constant, c'était dans cet attelage que s'était construite notre amitié. Ma nouvelle compagne était légère, mon bras prenait appui sur elle, mais son corps semblait n'être là qu'à titre indicatif, une simple colonne d'air. En un sens, c'était comme marcher seul. Parfois le témoignage de mon bras ne suffisait pas, il me fallait tourner la tête pour m'assurer qu'elle était bien là, à mes côtés, cette fille, la fille des gradins.

Au café où nous avons fini par nous arrêter, car la tête me tournait beaucoup, elle ne s'est pas assise en face, mais sur la banquette à côté de moi, si près qu'encore une fois je ne pouvais voir son visage sous cette aile de cheveux qui retombait toujours. Je tournais le cou avec raideur dès que je percevais le geste rapide qu'elle avait pour les relever, et toujours je n'avais qu'un aperçu flou, aussitôt effacé, de son profil. Elle était tout contre moi, sans appuyer, points de contact en pointillé, et parfois sa main sur mon coude comme une petite patte de moineau.

"Tu ne vas pas t'envoler ?" ai-je dit. Elle a ri, elle savait donc rire. Et déjà, de tout cœur, je voulais bien être le perchoir de ce petit oiseau perdu. Ses parents étaient morts dans un accident d'avion en Argentine, je n'avais pas entendu parler de catastrophe aérienne dans cette région, mais il s'agissait d'un avion privé, son père était diplomate, a-t-elle expliqué, sa mère avait renoncé pour lui à sa carrière d'actrice, ils étaient très amoureux l'un de l'autre, si l'un était mort seul, l'autre se serait sûrement suicidé, il n'y avait pas d'autres frères et sœurs, ni de grands-parents, elle était seule au monde, disait-elle, et espérait le règlement des droits de succession, compliqué par les circonstances et le lieu de la mort de ses parents, elle ne pouvait pas vraiment expliquer, en attendant elle poursuivait ses études de psychologie et travaillait à mi-temps. Où ? Cela changeait souvent, disait-elle, inutile d'en parler, ce n'était pas intéressant. Tout cela, je l'ai appris par bribes, devinant parfois ce qu'elle laissait en suspens, au cours de nos déambulations ultérieures après les séances de kendo où elle venait désormais pour moi, attendant sur les gradins, comme elle le faisait auparavant, mais ne s'esquivant plus toute seule avant la fin, désormais.

Les autres ne m'ont fait aucune remarque. Il est vrai que deux semaines s'étaient écoulées avant que je ne retrouve l'usage total des muscles de mon bras et de ma cheville, mon retour a été accueilli d'exclamations, félicitations et plaisanteries diverses, la présence de la fille des gradins est passée à l'as, pas assez d'espace mental pour elle, seul le dentiste en me remettant mon sac a murmuré "elle t'a dit, je suppose", "bien sûr", ai-je répondu. Voulait-il parler de la mort de ses parents, de l'abandon définitif du fiancé devenu japonais ? Quoi qu'il en soit, je ne voulais pas la trahir dans ce vestiaire de garçons, braves garçons sans aucun doute, mais de mon expérience au stade de foot avec Paul je gardais une méfiance pour les vestiaires de garçons. Pourtant j'étais beaucoup plus à l'aise ici au dojo que je ne l'avais été au stade de foot, car j'étais une recrue de choix, en passe d'égaler dans la hiérarchie instinctive qui se crée dans ce genre de lieu le grand type taciturne parti depuis déjà trop longtemps (Fred *San*, l'appelaient-ils) et dont la gloire commençait à s'émousser.

Comment avait-elle rencontré Fred *San* ? Par le dentiste, m'a-t-elle dit. Et comment avait-elle rencontré le dentiste ? Parce qu'elle avait eu mal aux dents, évidemment. Ensuite ? Ensuite elle avait eu besoin d'un boulot, et le dentiste lui avait fait rencontrer le commercial de la boîte de téléphonie. Et après ? Eh bien elle n'avait pas obtenu le boulot, mais le commercial l'avait présentée au grand type, le simili-Japonais, parce qu'elle parlait un peu le japonais, "à cause du métier de mon père, tu comprends", et maintenant que son père était mort et que le fiancé l'avait quittée, elle ne pouvait plus du tout parler japonais, ne se souvenait de rien.

Je voyais moins Léo et Camille, j'allais au dojo plus souvent, Anne y était, nous partions ensemble, longues marches dans les rues, stations dans les cafés, pas de rendez-vous explicites, le dojo était notre point de ralliement, nous nous y retrouvions, par hasard en somme. Tant qu'elle restait la fille sur les gradins, il me semblait que rien ne pouvait nous arriver. Les autres ne faisaient toujours aucune remarque. Avaient-ils été ses petits amis successifs ? Je me l'imaginais en tout cas, et loin d'en être choqué ou jaloux, j'en étais ému, parfois bouleversé. Je ne lui posais pas la question. Elle parlait si peu, de façon hésitante, parfois brusquement une enfilade de phrases rapides, ruisseau fluet vite tari, non je n'écoutais pas vraiment le contenu de ses paroles, comme si j'avais deviné que là n'était pas sa vérité.

Un jour, comme elle revenait à cet amour qu'avaient eu ses parents l'un pour l'autre, une phrase déjà entendue m'a frappé : "Si l'un était mort avant, l'autre se serait sûrement suicidé." "Comment tu le sais ?" ai-je dit. Elle a eu l'air surpris, comme si je la sortais d'un rêve éveillé. "Ils le disaient", a-t-elle fini par répondre. "Et toi alors ? – Moi ? – Oui, toi ?" Son regard est parti dans le vague. J'ai pensé qu'il n'avait pas dû y avoir beaucoup de place pour elle dans ce couple trop uni. Et c'est tout, c'est tout ce que j'ai pensé.

Ce que je suivais surtout, c'était le chantonnement de sa voix, il éveillait toutes sortes d'images, des petits ballons colorés s'élevant dans le ciel et s'y absorbant aussitôt, des fusées d'enfant sur une plage, pétillant une fraction de seconde, des essais, des tentatives, suivis de replis de silence, puis soudain le petit torrent inattendu, filant droit sur une pente qui s'était soudain découverte, elle me disait que sa mère lui avait enseigné la danse classique, elle avait toute la collection de ses ballerines depuis le premier jour, elle me les montrerait, quand elle recevrait enfin toutes ses caisses. Où ça ? Chez elle, avenue Foch. Un très grand appartement, elle danserait pour moi, si je voulais bien. Mais il faudrait être indulgent, elle n'avait plus beaucoup le temps de s'entraîner, à cause de ses cours et de ses petits boulots. Heureusement sa concierge lui faisait ses repas le soir. Elle n'avait pas à se plaindre, disait-elle, tout le monde était si bon avec elle. Et le kendo, ne trouvait-elle pas cela trop brutal ? lui avais-je demandé. "Oh non, c'est beau."

Si peu de choses finalement. Et cela fait mal de les rechercher. Un tintement de paroles fragiles, certaines qui se répétaient comme des échos fugaces, "tout le monde est si bon avec moi", et cela aussi "les gens sont tellement malheureux", c'était dans la rue, elle s'immobilisait devant chaque mendiant, je voulais la retenir, "arrête, tu n'as pas d'argent", ses yeux s'embuaient, "les gens sont tellement malheureux, Raphaël", je pensais à madame Van Broeker et ses bals de charité au Plaza, je pensais aux jumeaux, à Camille surtout qui avait de grandes théories mais ne voyait pas ce qu'elle avait sous les yeux. Je n'ai pas eu le temps de penser véritablement à Anne, elle me touchait beaucoup, est-ce que j'étais amoureux, vraiment je ne sais pas.

"Comment ça, a dit madame la juge, arrêtez de finasser, on est amoureux ou on ne l'est pas, et ça se sait en général." Non, ça ne se sait pas, vous confondez avec l'intime conviction des jurys d'assises, madame. Je n'avais pas d'intime conviction, j'allais à mes cours de kendo, chaque fois j'avais ce petit serrement de cœur en entrant dans la salle, serait-elle là sur les gradins ? Elle y était et c'était suffisant.

Anne : ses paroles flottaient autour d'elle comme d'innombrables voiles de gaze trouée, ses bras fins les rattrapaient, s'en enveloppaient, et la première brise les soulevait, les éployait, déchirés, froissés, et si jolis, si légers dans leur éparpillement. Je vous ai dit cela, madame ma juge, vous avez enlevé vos lunettes et m'avez regardé fixement, un bon moment. S'il y avait eu l'ombre d'une dérision dans votre regard, je crois que j'aurais sauté de mon banc et vous aurais tapé dessus jusqu'à ce qu'on m'arrête. Mais non, je suis sûr qu'un instant vous l'avez vue, la jeune fille morte, telle que je la voyais, et vous ne m'avez plus demandé comment il était possible que j'aie cru ceci et cela, comment il était possible que je n'aie pas cherché à en savoir davantage, à recouper ses mensonges, et vous n'avez plus employé ce mot "mensonge" qui me faisait rager.

C'était possible, tout cela, parce que c'était Anne.

Parce que c'était Anne... "Et parce que c'était vous", avez-vous dit, madame. Et cette fois, c'est moi qui vous ai regardée fixement, pendant que mon avocat bredouillait "mais Raphaël n'est plus ainsi, madame la juge, il a changé, évolué", mais comme vous aviez raison, madame ! J'étais celui qui comprenait les filles, n'est-ce pas, qui voyait au-delà des apparences, j'étais l'astronome des cœurs, plus malin que tous, pas un grossier gentil macho comme tous les autres gars du dojo qui avaient peut-être tous couché avec Anne mais ne lui avaient fait aucun mal en fin de compte, et moi qui étais si fin, si malin, l'ami de cette fille perdue des gradins, le seul, l'unique qui pouvait la comprendre, je n'ai pas même couché avec elle et lui ai fait tout le mal qui peut se faire. Assez.

Salon de l'agriculture. Paul m'annonce qu'il viendra passer deux jours à Paris. Chez moi il n'y avait pas de quoi loger un chat et d'ailleurs mes logeurs ne l'auraient pas permis. J'ai pensé aux jumeaux ou au dentiste, les deux solutions me déplaisaient. Mais Paul venait avec son père et ils allaient à l'hôtel. J'étais si soulagé que j'ai accepté de le rejoindre au Salon. Aussitôt nous avons retrouvé notre façon de marcher ensemble, notre singulier attelage, bousculé à tout instant par la foule, mais pas plus finalement que lorsque le ballon sautait à nos côtés, autrefois.

Nous sommes allés au grand ring, assister à la présentation des vaches, leur énorme et placide féminité me sidérait, "dans le fond, ai-je dit à Paul, je viens de comprendre qu'on peut aimer une grosse femme, avant c'était un mystère pour moi, ça !" Paul a ri, "c'est peut-être une grosse femme que tu finiras par aimer pour de bon" et j'ai ri aussi, c'était une telle joie de retrouver Paul. Derrière ces phrases anodines, il y avait toute notre vie, Elodie la joyeuse et bavarde petite boulotte que nous avions partagée le temps d'un après-midi et qu'il voyait encore de temps à autre, Caroline la copine de la sœur d'Elodie, Nathalie Lesage la fille de la copine de ma mère, et mademoiselle Delsart, notre maîtresse de CM1 que nous avions tant aimée et qui nous avait fait faux bond cette semaine où les jumeaux étaient arrivés dans notre école, il y avait la longue silhouette de Camille, et Nour au beau visage, leurs manières de filles entre elles qui nous avaient causé tant de stupeur et de jalousie, et la sœur aînée de Paul nourrissant son bébé sous le tilleul de la ferme, sans parler bien sûr de nos compétitions de branlette en haut de la grange, pour faire enrager le chien qui aboyait de rage ou d'envie en bas de l'échelle, ou une fois dans le champ aux noisetiers, devant les vaches justement, pour voir ce qu'elles en diraient, mais nous n'avions pas réussi à les arracher à leur rumination.

Nous sommes restés devant les concurrentes de l'exposition un long moment, pris dans une fièvre de réminiscences, c'était à qui de nous deux en rajouterait, "et tu te rappelles quand tu t'es cassé la figure à vélo, à cause d'Elodie", "et tu te rappelles quand tu délirais dans ton lit au sujet d'une sirène", nous nous rendions compte peut-être pour la première fois que nous avions un passé, et ensuite que dans ce passé nous avions une enfance et une adolescence communes. Les mêmes figures se promenaient dans notre tête, le même chien aboyait sous la même échelle, les mêmes filles se retournaient vers nous, les mêmes secrets se murmuraient dans les mêmes rues, et en même temps, toujours devant ces vaches au pelage lustré, aux pis incroyablement gonflés, dans la cohue de la foule, nous devinions aussi que, jamais plus sans doute, nous ne serions aussi proches, que nos vies avaient commencé à se séparer.

Paul ne savait rien des séances bizarres avec les jumeaux, de mes études enlisées, de mon manque chronique d'argent, de mes dettes, de la confusion générale de ma vie, et moi je ne savais pas grand-chose de ses nouveaux copains, de ses amours, de ses ambitions. Nous n'avions jamais aimé utiliser nos portables pour discuter, ils ne nous servaient qu'à signaler nos retours chez nous pour telles ou telles courtes vacances, nos horaires d'arrivée et de départ, et pour le reste "ça va ? – oui, ça va – glob de glob alors – c'est ça, glob de glob, mon vieux", petit à petit même les "glob" avaient disparu de nos brefs échanges sur le portable, et lorsque nous nous retrouvions dans notre ville, nous avions peu de temps à nous, entre les visites aux parents, à sa sœur, son neveu, aux voisins, à ma mère, ma grand-mère, aux Desfontaines, souvent juste le temps de nous raccompagner l'un l'autre, et alors cela paraissait gênant de se lancer dans des questions complexes, des confidences, nous n'avions jamais eu à le faire puisque nous étions toujours ensemble autrefois. Nous n'avions pas appris à communiquer, en somme.

Et puis, pendant ces quelques heures à Bourgneuf, nous avions eu notre saoul de phrases toutes faites, nous en étions écœurés, alors nous nous contentions de marcher ensemble, et "à la prochaine, mon vieux", poignée de main, tapes sur le bras, et cela aussi était devenu bizarre à la longue. Nous avions toujours eu une différence de taille, moi plus haut et lui plus court, mais peut-être la différence s'était-elle accrue, car l'ajustement de nos regards ne se faisait plus aussi rapidement. Il avait toujours été costaud, moi je l'étais devenu, et nos mains tapant sur l'épaule ou le bras ne rendaient pas tout à fait le même rebond.

Dès que nous en étions arrivés là, ce moment de l'au revoir du dimanche soir, je sentais quasiment diminuer mon volume d'existence. Paul n'était presque jamais allé à Paris, il en avait une vague méfiance, moi je repartais pour Paris, pour cet au-delà inconnu et hostile de notre enfance, je devinais sa rétraction, déjà je n'étais plus avec lui puisque j'étais de là-bas, peut-être je complique ces choses, ces moments d'au revoir me plongeaient dans la tristesse, voilà tout.

Je crois que les départs sont mauvais pour l'amitié, pour l'amour. Léo et Camille sont partis trop souvent, trop longtemps, et puis Paul aussi, qui avait été pour moi comme les saisons, le granit des maisons, la couleur de l'air, a été à son tour happé dans cette danse des départs, des apparitions et disparitions, le cœur s'use. "Comment pouvez-vous dire cela, jeune homme ? A l'orée de votre vie, le cœur déjà usé !" Madame la juge était indignée, et pleine de compassion aussi, je le voyais bien, malgré son ton raide et ses manières brusques. Mon avocat pensait que j'avais eu de la chance avec elle, car elle était "l'une des rares qui cherchent à comprendre ce qu'il y a derrière les faits". Ma juge, donc. Nous avons échangé un regard, j'ai eu une vision, une photographie d'un couple avec deux enfants au bord d'une pelouse. La femme c'était elle, beau sourire dans le soleil, et j'ai eu l'intuition que l'homme était parti, et les enfants grandis, partis eux aussi, nos regards se sont pris une seconde, j'aurais pu tomber amoureux de cette femme.

"Ah Raphaël, Raphaël !" a soupiré monsieur mon psy. Je sais, j'étais encore le garçon qui nageait dans le regard des autres, le voyant des profondeurs, n'ayez crainte, j'ai appris ma leçon, chacun chez soi désormais, regards tenus en laisse, aide-toi, le ciel aidera les autres.

"Momentanément usé", ai-je repris très vite, toujours à propos de ce cœur qui se balançait entre ma juge et moi, dégonflé et flétri, et je disais cela pour elle, pour l'encourager, pour qu'elle comprenne qu'elle pourrait aimer encore, ou être aimée, puisque moi en cet instant j'étais capable de créer une image d'elle souriante dans le soleil, séduisante et entourée d'amour. Je voyais ces ballons de fête d'un rouge brillant qui se promènent en bouquet au-dessus des têtes, et je m'efforçais de détacher l'un de ceux-là, de le faire danser entre nous, dans cet affreux bureau, qui était devenu une sorte de morgue, où tous les êtres que j'avais aimés étaient dressés contre les murs, défigurés comme des morts, où je me sentais moi-même devenir un mort. Je m'accrochais à cette ficelle, à ce ballon rouge, et quand je sentais les larmes se presser dans mes yeux, je laissais aller ce ballon et m'obligeais à le suivre du regard dans un ciel imaginaire. Ce n'était pas un si mauvais exercice mental, puisque je ne pouvais me retourner vers aucune image de mon passé, qui toutes menaient à Léo et Camille et puis à Anne, et j'ai eu de la chance en effet, madame ma juge, il semble bien que vous avez aperçu ce jeune garçon qui s'attachait à la ficelle d'un ballon rouge en forme de cœur. Je crois à ces visions furtives qui circulent entre les êtres.

Au Salon de l'agriculture, ce qui intéressait Paul ce n'était pas les animaux primés, mais les stands sur les nouveaux engrais, l'agriculture biologique, les énergies renouvelables, le bioéthanol et le diester, les lois et règlements européens, il posait des questions, se mêlait à des discussions, ensuite je le regardais ramasser les brochures, les ranger soigneusement dans son attaché-case. Il me semblait émerger d'un rêve. Mon Paul à moi, le Paul de mon enfance, savait ce qui faisait pousser les carottes et l'exacte composition des hamburgers, était un familier des producteurs de riz en Thaïlande et de maïs aux Etats-Unis, était virtuellement capable de remplir tous les estomacs de la planète sans en couvrir d'ulcères les muqueuses, sans lui je vivrais dans les bois à la recherche de baies et de champignons, et ignorantissime comme je l'étais, depuis longtemps je serais mort ou décharné ou délirant sous l'effet d'alcaloïdes non décelés. J'avais honte de mes réflexions anthropomorphiques devant les vaches aux belles fesses. Mourant de soif dans un pré, je n'aurais pas même su traire ces pis vaguement répugnants. Avais-je jamais pensé même que le lait que je buvais par bouteilles entières pour sabrer avec plus de force et épater la fille des gradins à mon club favori coulait de ces mêmes pis, et qu'il avait fallu toutes sortes de gars studieux et sérieux comme mon Paul pour le débarrasser des germes qui le colonisent au moindre manquement à l'hygiène ?

J'étais un parasite, un profiteur, qui se nourrissait du travail des autres et n'offrait en retour que ses rêves fumeux. "A quoi tu penses ?" me dit Paul. Et par un étrange court-circuit dans mes neurones et synapses, où un ver de la pensée avait dû creuser ses tunnels à bas bruit pendant des années, je me suis entendu répondre : "Au bal des Berceaux." Seigneur, le bal des Berceaux ! Ma tête s'est tournée une fraction de seconde, cherchant cet individu qui prononçait des paroles si déplacées au milieu du charivari du Salon de l'agriculture, avec l'idée de lui flanquer mon poing sur sa stupide petite gueule et le vriller au sol, dans un tas de fumier si possible, et au même instant je réalisais que ce connard était bien moi, hélas, toujours le même Raphaël qui me collait aux basques, et je voyais aussi ce qui avait causé ce dérapage de ses pensées dans les tunnels et fondrières de sa cervelle minée.

C'était un ministre fort connu qui s'avançait dans l'allée au milieu d'une nuée de photographes et de journalistes, et j'allais expliquer à Paul que tout allait bien, que j'avais seulement été victime d'une association d'idées, ce mal insidieux aux effets consternants, mais heureusement peu durable et peu nocif (c'est-à-dire ici ministre, pouvoir, argent, œuvres caritatives, etc.), j'étais tout absorbé à sécréter mon fil d'excuses, à chercher la colle qui ferait tenir ensemble ces mots disparates, comme dans le jeu de tire-syllabe, quand j'ai enfin réalisé que Paul ne pouvait m'entendre.

Il s'était à la fois écarté pour faire place au cortège et avancé pour mieux apercevoir le ministre et, qui sait, en être aperçu, car il y avait maintenant sur le visage de Paul, mon Paul à moi, une expression totalement étrangère, que je n'y avais jamais, au grand jamais, vue, je peux le jurer sur ma vie, car qui le connaissait mieux que moi, son copain d'enfance, son copain de grange et de sentiers, de filles et de branlettes, et d'allers et retours infinis dans les rues d'une ville inconnue de 99,9 pour cent de la population mondiale... Stop, respire, man... Cette expression de son visage venait de naître à la seconde, elle avait la force d'attraction et l'irrésistible vitalité des choses nouveau-nées, et il se passait une chose incroyable, le ministre qui avait serré tant de mains renommées se dirigeait tout droit vers cet inconnu, mon Paul, la main tendue en avant, un franc sourire prenant le dessus sur un reste d'incertitude – ainsi se manifeste l'esprit de décision des hommes d'Etat – et, tandis que son entourage, renonçant à chercher dans son trombinoscope intérieur qui pouvait bien être ce solide et avenant jeune homme que semblait reconnaître le chef, emboîtait enfin son mouvement et se portait en vague du même côté que lui, le ministre serrait la main de Paul et Paul serrait la main du ministre, énonçant avec fermeté : "Paul Michaud, étudiant en agronomie", et le ministre répondait "ah bien, très bien, et de quelle université ?", "de Lyon, monsieur le ministre – ah bien, très bien", éclairs de photo, reflux de foule, le cortège était déjà loin. Paul faisait repasser au côté droit son attaché-case, qu'il avait prestement garé du côté gauche le temps de la poignée de main ministérielle, et, se tournant vers moi, disait "ah bon, ils y sont allés finalement ?"

"Tu connais le ministre ?" ai-je dit, encore ébahi du naturel et de la rapidité de toute l'opération, car après tout il n'y avait rien d'impossible à ce qu'il le connaisse, les ministres se rendent bien parfois dans les universités ou reçoivent des délégations d'étudiants. "Pas du tout, a répondu Paul, mais ça peut servir." Ça peut servir ? Ah bien, très bien. Mais Paul, après une légère pause, sans me regarder, jetait sur le même ton égal : "Si ça peut servir à moi, c'est pour que ça serve à d'autres." Et dans le léger déraillement syntaxique dont il était coutumier lorsqu'il voulait énoncer quelque chose qui dépassait notre quotidien, qui touchait à la morale par exemple, j'entendais bien que ces autres n'étaient pas des copains dans un quelconque tripatouillage anticipé, retour d'ascenseur, calcul égoïste, mais bien le monde dans son ensemble, les malheureux, les affamés, ou même, sans aller si loin, peut-être visait-il les inégalités de répartition, les bénéfices insensés des grandes surfaces par exemple, qui étaient justement le motif des colères paysannes du moment et peut-être la raison des poignées de main indiscriminées du ministre au Salon.

Et surtout j'entendais que Paul me revenait, qu'il m'avait adressé un message subliminaire et peut-être inconscient, "je suis toujours ton pote, Raphaël, même si la vie nous sépare et tout ça, je ne te renie pas, peut-être même ferai-je des choses qui te surprendront, tu seras fier de moi". J'entendais qu'il m'avait adressé un message d'affection, une grande bouffée d'air s'est engouffrée dans mes poumons, j'étais en apnée depuis un long moment. Ce que je respirais maintenant et faisais circuler dans tout mon être, c'était du soulagement et de l'amour à l'état pur. Je me suis de nouveau accolé à l'épaule de mon ami retrouvé, et Paul aussitôt a rebalancé son attaché-case du côté opposé, et tout était comme avant. Nous marchions dans les allées plus largement dégagées maintenant que le ministre et son essaim s'étaient éloignés vers d'autres mains à serrer, nous marchions selon ce rythme heurté qui était notre équilibre depuis toujours, sans but particulier sinon celui d'être ensemble.

Et soudain j'ai pensé qu'il y avait au moins une chose que je pouvais montrer à Paul, une chose qui me reliait au monde des hommes, de la virilité, et qui avait aussi des ramifications planétaires, et qui pouvait se targuer d'un grand homme, le maître japonais de notre discipline étant justement en visite cette semaine au dojo, un homme dont la célébrité dépassait sûrement celle d'un simple ministre. Je prenais conscience de cette richesse que je pouvais ouvrir à mon vieux copain qui venait de m'ouvrir à tant de choses au Salon de l'agriculture.

"Tu veux venir avec moi au kendo ce soir ?" "Ben pourquoi pas ?" a dit Paul, ajoutant "qu'est-ce que c'est exactement ?" et je lui ai expliqué tout ce que je pouvais du kendo, ses origines, ses règles, son éthique, et aussi les types que j'y voyais, le dentiste, le commercial de la boîte de téléphonie, le costaud qui avait tout quitté pour s'expatrier au Japon, leur trouvant soudain et très sincèrement une foule de qualités, racontant dans la foulée les réunions chaque semaine au restaurant après le cours, auxquelles il me semblait avoir participé assez régulièrement en fin de compte, réunions que je découvrais chaleureuses et intelligentes et passionnantes.

Je n'étais pas un nul, j'avais des copains, qui étaient plus âgés que moi, qui gagnaient leur vie, étaient dans la vie, la vraie vie des hommes, et je voyais Paul intéressé, un peu impressionné, lui qui en fait de sport n'avait rien fait de plus depuis son départ de notre ville que continuer à taper dans un ballon, "on a une équipe de foot à l'école, rien de sensationnel, ça détend surtout", et je lui étais reconnaissant de ne pas poser de questions sur mes études. Si Raf n'en parle pas, c'est qu'il a ses raisons, ainsi m'imaginais-je qu'il pensait, parce que c'était avec ces silences qu'avait fonctionné notre amitié. Même dans nos moments de plus grande crise, la crise Elodie par exemple, quand je l'avais retrouvé sur le bord du trottoir, la tête entre les mains, saignant abondamment du genou, il ne m'avait pas demandé ce que j'avais fait avec elle, qui était pourtant sa petite amie, la première fille avec laquelle il couchait, et je ne lui avais pas demandé pourquoi il avait décidé de faire un tour à vélo en nous laissant seuls tous deux chez ma mère, ni pourquoi il se retrouvait à terre, muet, ne manifestant aucune intention de chercher du secours, la roue de son vélo lugubrement tournée vers le ciel. Je l'avais aidé à se relever et nous étions revenus ensemble, moi discutant des réparations à faire au vélo, lui hochant la tête en signe d'approbation, tandis que le sang coulait en mince rigole dans sa chaussette.

Et ce soir, alors que nous sortions ensemble du Salon de l'agriculture, au milieu des papiers et prospectus de toutes sortes qui couvraient les trottoirs, shootant de temps en temps dans l'un de ces papiers, comme nous le faisions autrefois dans son ballon, il me semblait que nous étions dans une extension des rues de notre enfance, comme si la même rue s'était allongée jusqu'ici en s'agrandissant simplement un peu, mais nous portant toujours de la même façon. Et il me semblait que j'avais oublié d'être normal et heureux, si occupé que j'avais été de mille choses étranges.

Avec Paul à mes côtés, l'état de normalité de notre enfance se rétablissait spontanément, une confiance dans le moment immédiat et dans celui qui s'accrochait à sa suite, le petit train du temps de notre enfance. Je ne pensais plus à cette expression si totalement inconnue que j'avais vue apparaître sur son visage lorsqu'il s'était écarté de moi pour à la

fois faire place au cortège et se rapprocher du
ministre, ni à la netteté de sa voix, si contraire à nos
marmonnements habituels, lorsqu'il avait prononcé sa
phrase "Paul Michaud, étudiant en agronomie", et
l'autre phrase, "de Lyon, monsieur le ministre".

Je lui ai donné l'adresse du dojo, l'itinéraire du
métro, précisé l'heure du cours, il lui fallait d'abord
rejoindre son père mais il viendrait aussitôt après.

Je n'ai pas pensé à la fille des gradins, qui serait
sûrement là comme elle l'était toujours. J'allais
y penser sans doute. Même lorsqu'il me semblait
l'oublier, Anne restait présente en moi, à la manière
d'un froissement d'ailes. Parfois les ailes se referment, elles continuent de vibrer mais pendant
quelques instants on n'aperçoit plus le papillon, il
devient invisible.

Peut-être ne le sais-tu pas, Natacha de l'île de la
Réunion, mais dans la campagne qui entourait ma
ville, les papillons avaient presque disparu, à cause
d'un usage excessif de pesticides, disait-on. Disparu
comme avaient disparu les bleuets dans les champs
et les coquelicots au bord des chemins, au point
que les papillons qu'on nous montrait à l'école,
piqués par les générations précédentes dans des
boîtes, nous paraissaient aussi exotiques que les
colibris et singes hurleurs.

Cependant, comme dans toutes les catastrophes
exterminatrices il y a toujours des survivants, il
arrivait qu'en été un petit papillon jaune fasse une
apparition, piquant de l'aile de-ci de-là sur les gra-
minées folles du talus devant la cour de la ferme,
ou ailleurs dans le potager, enfin partout où poussent les choses qui poussent à la campagne, ces
choses pour lesquelles je n'avais aucune attention.
Et je n'aurais sûrement pas remarqué non plus ce
qui faisait si légèrement vibrer les tiges ou corolles,

s'il n'y avait eu l'arrière-grand-mère de Paul, peu active désormais mais toujours dans les parages, "regardez, mais regardez donc", s'écriait-elle d'une voix rendue suraiguë par l'émotion, "quoi, quoi ?" disions-nous, surpris, un peu inquiets, "mais le papillon, pardi !" Je ne sais ce qui se ranimait en elle avec tant de fureur, peut-être les papillons en étaient-ils venus à représenter sa jeunesse si lointaine, mais l'apparition des petites ailes jaunes déclenchait une lamentation désolée, "ils les ont tous tués, avec leurs inventions !" et des évocations émerveillées, "vous ne pouvez pas imaginer, mes petits, les papillons qu'on avait avant, grands comme la main, et des couleurs, des couleurs comme le bon Dieu en fait plus !"

Sa main qu'elle nous présentait tremblait violemment, elle cherchait confirmation auprès de sa fille, la grand-mère de Paul, et celle-ci pour une fois prêtait l'oreille, "c'est vrai ce qu'elle dit, la mamie", et l'aïeule, confirmée, écoutée, approuvée, repartait de plus belle, retrouvant presque le ton d'autorité ancien, "il a bien raison, le bon Dieu, de se les garder pour lui, les couleurs, on ne les mérite plus, c'est sûr, avec toutes leurs saloperies", et pendant ce temps, le papillon jaune continuait son manège, de-ci de-là, avec ses petites ailes qui battaient bien comme il faut ou se refermaient, clac, comme un éventail, et soudain on ne le voyait plus, il avait disparu, comme s'il n'avait été qu'un reflet de lumière.

Juste un petit papillon jaune, tu vois, Natacha, mais bien incrusté quand même dans l'humus de ma mémoire, prêt à servir un jour. Besoin d'une comparaison, Raphaël, pour évoquer une fille difficile à cerner ? Hop, voici le petit papillon oublié qui soulève ses fines ailes et s'en vient voleter dans le flux de conscience comme on dit, pour se laisser prendre finalement dans le filet de l'écriture, et voilà, Natacha, oh fais-moi entendre ton rire ! La vérité, c'est que je n'arrivais plus à la "voir", cette fille si brièvement apparue à mes côtés, quelques semaines à peine, et qui m'avait cassé ma vie. Je ne m'en sortais pas, de la noirceur qu'elle avait mise dans ma tête, jusqu'à ce que je vous raconte ce souvenir, monsieur, cette anecdote surgie sans raison apparente, et soudain j'ai été soulagé, un peu, et j'ai pu vous parler d'elle.

Anne n'était pas vraiment blonde et ne portait pas de jaune, plutôt des couleurs éteintes, mais comme ce petit papillon lui allait bien !

Seulement je n'ai pas pensé à elle lorsque j'ai invité Paul à me rejoindre au dojo le soir. Je donnais les instructions nécessaires tandis que, dans ma tête, les ailes du papillon Anne demeuraient repliées au bord des gradins, une seconde de plus et elles allaient s'ouvrir, frémir de nouveau. Et peut-être aurais-je révisé toute ma stratégie pour la soirée, lorsque soudain Paul a dit "ils y sont allés finalement ?"

Gouffre. "Qu'est-ce que tu veux dire ?"

Tout ce temps que je racontais ma vie au dojo, montais un décor digne d'un théâtre, avec tous les accessoires décrits avec minutie, sabre, armure, casque, aussi beaux que sur des présentoirs de musée, tout ce temps que j'installais mes personnages, sculptant leurs muscles, vantant leur allure, choisissant leurs meilleures répliques, introduisant avec finesse comme en passant les métiers, voitures, voyages qui leur faisaient une belle aura d'adulte, et que, cerise sur le gâteau, je faisais planer au-dessus la figure légendaire de notre grand maître japonais, Paul, m'écoutant sans doute, ne s'était à aucun moment laissé emporter hors de lui-même. Ni la poignée de main du ministre ni mon exultante scénographie ne lui avait fait lâcher sa première question, antérieure pourtant à ces remarquables événements.

"Tu me fais marrer !" ai-je dit. "Ben pourquoi ? – Tu me sors Léo et Camille, comme ça, de rien ! "Mais, a répondu Paul, c'est toi qui m'as parlé du bal des Berceaux !" "Et alors ? – Alors, rien !" Et soudain j'ai réalisé que la phrase de Paul "ils y sont allés finalement" n'avait pas été une question, mais une affirmation, une remarque sans intention particulière, l'équivalent d'un hochement de tête, d'un "ah bon", réaction de politesse, pour marquer qu'on a bien entendu l'autre.

"C'était il y a deux ans !" ai-je dit. "Je sais, a dit Paul, mais ils y sont retournés". "Où ça ? – Au bal des Berceaux, juste comme invités, avec leurs parents. – Comment tu sais ça ? – Sur Internet, mon vieux, j'ai tiré des copies des photos, je te les apporte ce soir, allez à tout à l'heure." Et balançant ses épaules trop larges dans ce mouvement que je lui connaissais si bien, qui faisait balancer aussi son bras et aussi – mais cela c'était nouveau – l'attaché-case au bout du bras, il a tourné les talons et s'est dirigé vers l'entrée du métro.

J'avais les pieds collés au sol, euphorie subitement déchirée, sentiment d'une collusion dangereuse, d'une catastrophe imminente. Je fixais l'attaché-case qui s'éloignait, si incongru. Dans mon entourage personne ne portait ce genre d'objet, il n'aurait pas dû être si noir, si anguleux, il aurait dû être rond, il aurait dû être ballon, Paul, mon Paul, lance ce truc en l'air, je m'arrangerai pour le rattraper, fais-le, fais-le ou tout est foutu. Paul, qui avait déjà à moitié disparu dans la bouche de métro, s'est soudain retourné, "glob de glob, Raf", a-t-il crié en agitant l'attaché-case à bout de bras, "glob de glob, Paulo", ai-je crié en retour, puis je ne l'ai plus vu.

J'avais un cours à la fac, je n'y suis pas allé, je suis rentré chez moi, me suis couché sur mon lit, j'ai regardé le plafond. Mon portable ne cessait de pousser de petits couinements sur le sol où je l'avais laissé glisser, signe de messages en souffrance. J'ai fini par jeter un œil sur la liste des numéros : Léo, Camille, Léo, Camille, Paola (une fille de la fac à qui je devais rendre les polycopiés qu'elle m'avait prêtés et qui était mon flirt du moment, pour tout dire), ma mère, puis un numéro que je n'ai pas reconnu tout de suite, celui des grands-parents Desfontaines, ma mère de nouveau, et Camille. Le sentiment d'une collusion inhabituelle m'est revenu, je n'avais jamais reçu autant de coups de téléphone en plusieurs semaines. J'ai éteint le portable. Coupées, les ondes qui me cernaient ! J'ai repris mon souffle, je respirais mieux. J'ai dû m'endormir.

Lorsque je suis arrivé au kendo, en retard, Paul était déjà là, sur les gradins. Assis à côté d'Anne. Ils semblaient au milieu d'une conversation, comme de vieux copains. Anne avait relevé le rideau de ses cheveux, elle était en train de les entortiller avec un élastique sur la nuque, pour mieux voir ce que lui montrait Paul, c'est-à-dire des photos posées sur l'attaché-case, ce dernier posé sur les genoux de Paul.

J'ai attrapé tout cela en une seconde à la périphérie de mon regard, dans le coin du grillage de mon casque, je ne leur ai pas fait signe, me suis concentré sur l'entraînement. Puis est venu le moment des combats. J'étais porté par une force prodigieuse, j'étais le chevalier noir, rien ne me résistait, j'ai fait plusieurs *gi geiko* à la suite, cri, frappe du pied, frappe de l'arme, j'étais sublime, mes adversaires s'écroulaient les uns après les autres, tournoi, oriflammes, buccins, j'ai déboulé dans les vestiaires en tonnant "qui a fait entrer Paul ?". C'était absurde, les spectateurs ayant parfaitement le droit d'aller et venir à leur guise. Surprise des autres, "qui ça ?". "Il m'a dit que vous aviez rendez-vous, s'est excusé le dentiste, je lui ai montré la salle, fallait pas ?" "C'est mon meilleur ami", ai-je dit, comme si cela expliquait tout. "Tu as un meilleur ami, toi ?" a dit le commercial de la boîte de téléphonie, mais le dentiste en même temps : "Eh bien, il te réussit en tout cas", et tous les deux, ou un autre : "Il est supersympa, ce type." Etait-ce de Paul qu'il s'agissait, de mon Paul à moi, ici au Budo XI ?

Calme-toi, Raphaël, calme ce cœur qui bat sans raison, j'ai déposé mes gants, mon casque, mon armure, rangé le tout soigneusement dans le sac, puis j'ai enlevé toutes les pièces du vêtement, *tenugi*, *tare*, *keigoki* et *hakama*, les ai pliées avec le même soin, quoi encore, ah le *shinai*, mon sabre, je l'ai glissé dans son étui, enfin j'ai enlevé mon slip pour passer à la douche, le dentiste a voulu regarder ma cheville, l'hématome jaune sur mon bras, l'autre plus violacé à l'épaule, il m'a fait bouger l'articulation, il tâtait délicatement la peau. Les autres sont venus voir, touchaient aussi, et moi qui me glissais toujours comme une couleuvre dans la douche, je me laissais regarder, effleurer. Mon sexe, mes épaules, mes hanches, mes fesses, tout cela était à moi, et ces traces de blessure aussi, spectaculaires blasons, j'étais Achille sur la plaine après la bataille.

Achille n'était qu'un jeune mec comme nous, pensais-je sous le ruissellement de l'eau brûlante, très remonté maintenant, lancé dans une surenchère de moi-même et de tout notre groupe, oui un mec comme nous, bodybuilding à fond, embrouillaminis avec les filles, avec ses potes, avec les adultes, énervements et bouderies, et cet enjeu angoissant rôdant sous les remparts. La guerre de Troie était au programme de l'une de mes UE, j'allais à mes cours parfois, y puisais une sorte de sentiment revendicatif et morose. Ne pourrait-on nous mythifier un peu nous aussi, jeunes guerriers de la fac et du métro, oh certes nous avions beaucoup d'Agamemnons possibles parmi nos professeurs, mais pas l'ombre d'un Homère pour grandir nos horizons, quel ennui, quelle misère.

Les autres se préparaient à la douche, j'étais le plus grand, le mieux fait à bien y regarder. Des suites de repas sautés, de séances de sport intensives, de marches énervées le jour et insomniaques la nuit, avaient transformé mon corps, et je n'avais pas eu le temps de m'en apercevoir, "ben mon vieux t'as pas l'air comme ça, mais t'as sacrément la forme !" m'a jeté le dentiste, brave type toujours prêt à admirer les autres. Je connaissais la complainte des hommes du vestiaire, le travail, les obligations de métier, repas et petits verres, étaient en train de les transformer eux aussi, mais dans un autre sens que le mien. "Evidemment, les étudiants !" a rétorqué le commercial de la boîte de téléphonie, qu'obsédait son petit bedon.

J'ai savouré ma douche, savonnant avec respect mon sexe, long et lourd, ruisselant sous l'eau avec un léger soulèvement qui était comme un salut, j'avais presque oublié Paul et Anne, et tous les messages alignés les uns derrière les autres sur le répondeur de mon portable, je pensais à moi, à tous ces sexes de fille que j'avais contemplés, auxquels j'avais obéi, je pensais à Camille, je me disais que je ne m'étais pas assez aimé, qu'il me faudrait m'aimer davantage pour qu'elle m'aime, je connaissais son sexe et elle connaissait le mien, nous nous étions vus nus des dizaines de fois, je

me disais que désormais je ne serais plus son copain, son observateur et son garant, son ami d'enfance, son frère fantasmatique, son troisième jumeau,
je me suis dit "Camille, fini tout ça", je suis sorti
bon dernier du vestiaire, et enfin je me suis rappelé mon ami d'enfance et la fille des gradins.

Ils étaient au café d'en face, Paul était debout,
sur le point de partir, l'attaché-case ouvert sur la
table. Il a sorti son portable, j'ai deviné qu'il parlait dans le vide, sans doute à une boîte vocale (la
mienne, bien sûr), puis il a refermé son attaché-
case, Anne s'était levée aussi, je me suis jeté derrière
un camion en stationnement, mouvement totalement
incontrôlé. Ils retournaient au club, se renseigner
sans doute, vérifier que je n'y étais vraiment plus,
je les ai vus ressortir, Paul hésitait, il regardait à
droite et à gauche, d'une façon appuyée. Je me
suis dit "tu sais que je suis là, que je te vois", mais
je ne pouvais pas bouger.

Il s'est tourné vers Anne, il lui disait au revoir,
j'en étais sûr, mais quelque chose se passait, qui
était différent des paroles, ils se mettaient en marche,
Anne semblait voleter à son côté comme attachée
par un fil ténu, Anne, petite Anne, trop légère,
qu'une brise un peu forte aussitôt entraînait, se
posant sur le premier bras offert, et voletant éper-
dument, n'aie pas peur, petite Anne, Paul n'est
pas un brutal, c'est mon ami, il ne te chassera pas
d'une chiquenaude, je les regardais s'éloigner, où
pouvaient-ils aller, j'aurais dû courir, les rattraper.
Paul s'est retourné une dernière fois, dans ma
direction m'a-t-il semblé, glob de glob Paulo, un
fou rire nerveux montait en moi.

Lorsque je suis arrivé devant mon immeuble, ils
n'y étaient pas, j'ai écouté mes messages. En dehors
de celui de Paola, qui réclamait ses polycopiés et

détaillait le film qu'elle voulait voir avec moi, ils racontaient tous la même chose, les grands-parents Desfontaines étaient "montés" à Paris pour le Salon de l'agriculture, ils allaient dîner avec Léo et Camille, me donnaient rendez-vous au restaurant de la tour Eiffel, "ce serait bien que tu y ailles, les Desfontaines voudraient te parler", disait ma mère, "qu'est-ce que tu fous ?" disaient Léo et Camille. Entre-temps le dîner à la tour Eiffel devait avoir eu lieu : "Paul a appelé, disait le dernier message de Camille, on se retrouve au studio après le dîner." Il y avait aussi le message de Paul : "Raphaël ?", juste mon nom et une interrogation pleine de complexités dans la voix, mais fraternelle. J'étais épuisé, j'avais besoin de réfléchir, j'avais besoin de me voir.

Le temps, le temps de mon corps et de mon esprit, qui avait été comme collé tout contre moi, se dépliait lentement, je me suis déshabillé et me suis regardé devant la glace de l'armoire de mes logeurs, sous tous les angles accessibles, j'ai fait quelques exercices d'assouplissement, je me suis masturbé avec application, puis j'ai tout refermé, comme on referme une boîte, c'est-à-dire que je me suis rhabillé et ne me suis plus occupé de rien, laissant le temps de ma vie faire ses choses au-dedans de cette boîte tandis que mon esprit se faisait étale, pour ne rien troubler.

J'aurais aimé qu'on me nourrisse avec un tube, sans que j'aie à bouger, ni surtout à voir personne, mais par un miracle de télépathie hélas sélective, ma logeuse est venue frapper à ma porte. Elle m'apportait une petite marmite. "Figurez-vous que j'ai fait du couscous, monsieur Raphaël", m'a-t-elle dit, épatée d'elle-même et de son extraordinaire initiative, car elle ne cuisinait d'ordinaire que du poisson, de la morue avec du chou, j'en connaissais bien les effluves. "Merci, madame Maria", ai-je dit, je voulais bien la marmite, mais pas la cuisinière. "Vous n'êtes pas malade au moins ?" a-t-elle demandé, "pas du tout, l'ai-je rassurée, je vais tout manger, je vous le promets". Elle a encore parlé un peu, concluant "c'est le temps qui veut ça" et j'ai dit avec conviction "oui, c'est le temps", nous étions en plein accord, madame Maria et moi.

J'ai eu une bouffée d'affection pour cette petite dame toujours bien mise, avec ses chemisiers blancs et ses jupes bleu foncé, une Portugaise qui après avoir longtemps travaillé "chez les autres" avait su s'acheter, au bon moment, avec son mari, Mairie des Lilas, un trois-pièces doté d'une chambre presque indépendante, qui avait servi à leur fille et qu'ils avaient décidé de louer, maintenant que la fille était mariée. J'étais leur premier locataire, ils étaient mes premiers logeurs, il y avait comme une lune de miel entre nous, et ils semblaient toujours un peu gênés lorsque je leur réglais mon loyer comme s'il y avait là un malentendu, et j'étais gêné aussi, moi parce que je savais ce loyer très bas et eux parce qu'ils l'imaginaient trop élevé. A force de coups de fil de mairie à mairie, ma mère m'avait trouvé cette chambre. Madame Maria connaissait l'ancien métier de ma mère, je ne sais si ceci expliquait cela, elle était très discrète et moi de même.

Je vivais donc dans une bonbonnière, une chambre de jeune fille aux murs roses, aux rideaux roses et couvre-lit rose, le mari m'avait proposé de changer la peinture et la femme de me confectionner un autre couvre-lit, mais j'avais refusé énergiquement, je ne voulais être que de passage. A la place j'avais accepté que le mari me fabrique un bureau avec une planche rabattable fixée au mur, il avait soigné son ouvrage, et si je l'avais voulu, j'aurais pu très bien travailler dans ma chambre rose, assis sur mon lit rose, devant cette grande planche de pin à l'amicale rusticité.

La deuxième année de mon installation, madame Maria était venue frapper à ma porte, tout intimidée, pour m'annoncer que si je désirais recevoir des amis, ou une amie c'est-à-dire, s'était-elle reprise, son mari et elle n'y voyait pas d'inconvénient, pendant la journée, par exemple lorsqu'ils étaient en visite chez leurs beau-frère et belle-sœur, ce serait mieux, "pour vous" avait-elle ajouté précipitamment. Mais j'avais décliné l'offre, cette autorisation de forniquer proposée avec tant de délicatesse rougissante, je l'avais déclinée aussi énergiquement que celle de changer ma chambre rose en chambre bleue. Ou verte. Et j'avais terriblement rougi, aussi. Léo et Camille, c'est à eux que j'avais pensé tout de suite.

Et ce qui m'avait fait rougir, ce n'était pas l'idée de leur possible mépris, de leur regard hautain sur mon minuscule terrier, avec madame Maria, sanglée dans son chemisier blanc et sa jupe bleu marine, les accueillant d'un bonjour trop poli et frappé d'un *r* trop prolétaire. Léo et Camille étaient incapables de mépris, ils connaissaient parfaitement les différences sociales et savaient les négocier avec autant de finesse que les langues qu'ils avaient apprises dans les différents pays où ils avaient séjourné avec leurs parents. Non, ce qui me faisait rougir par anticipation, par imagination, c'était leur fantaisie. Leur fantaisie se déployant ici, chez madame Maria.

En une seconde, je les avais revus, nichés l'un contre l'autre sous la partie basse de l'appentis, dans la cour de la maison de ma mère, petits mômes de six ans, immobiles, silencieux, quatre grands yeux luisant énigmatiquement dans ce recoin d'ombre, sous les toiles d'araignée défraîchies, et plus tard, à treize ou quatorze ans, lorsqu'ils m'avaient surpris dans cette même cour, moi en short, penché sur mon vélo, sueur aux aisselles, mollets maigres et tout taché de cambouis, et qu'ils s'étaient précipités sous la même encoignure, leurs longues jambes relevées jusqu'au menton, leurs quatre yeux par-dessus, élargis de surprise et de plaisir, "regarde, Raphaël, on tient encore dessous !" Nous ne nous étions pas vus depuis des années et c'était la première chose qu'ils avaient trouvé à faire, se fourrer sous l'appentis, où pendouillaient les mêmes toiles d'araignée en haillons, jusque sur leurs cheveux cette fois, mais ils s'en fichaient !

Et je les imaginais de même dans ma bonbonnière rose, ravis, surexcités, jouant aux lapins de Beatrix Potter, les lapins des tasses de leur petite enfance, Flopsy, Mopsy, Peter and Cotton-Tail, se disputant pour savoir qui serait Flopsy et qui Mopsy, moi c'était Peter, nous avions déjà joué à ce jeu, dans leur chambre chez les Desfontaines, mais alors qui Cotton-Tail ? Cotton-Tail était celui qu'on attraperait par la queue ! Ou alors je les voyais se pliant l'un contre l'autre dans l'espace entre le lit et le mur, rabattant sur leur tête la planche de pin escamotable de monsieur José, et continuant là-dessous à ramasser et emboîter leurs membres devenus bien plus longs encore qu'ils ne l'étaient à leur deuxième visite sous l'appentis de ma mère, ou se tortillant jusqu'à passer sous le lit, retrouvant le jeu ancien sous le lit californien, le lit royal de leurs parents à New York, jeu encore plus affriolant puisqu'ils étaient devenus des géants et que le lit était celui d'un nain. Je les voyais même glissant une main téméraire et timide par-dessus la courtepointe rose pour tirer à eux l'une de mes chaussettes, de mes longues chausses à l'odeur marron, très très marron, et bon sang, iraient-ils jusqu'à se la serrer autour du cou, ou à se grimper l'un sur l'autre, et se fourrer le truc de l'un dans le truc de l'autre, cela ne s'était jamais reproduit, avaient-ils dit, et j'en étais certain, doutais même que cela se soit jamais produit, mais c'était à tout cela que je pensais pendant que madame Maria me faisait son offre rougissante, son offre de bonne et honnête logeuse.

Et j'avais dit "non, non, il n'en est pas question, madame Maria", pas question de laisser entrer Camille et Léo, qui aurait fait de la chambre de votre fille devenue chambre d'étudiant à petit loyer le terrier de Flopsy, Mopsy, Peter and Cotton-Tail, ces charmants lapins britanniques auxquels vous n'aviez jamais été présentée. Mais aujourd'hui que j'échangeais des polycopiés avec Paola qui était une étudiante normale et très convenable et qui faisait l'amour sans embarras, j'aurais plus volontiers accepté que ma chambre devienne moins rose, un peu bleue, ou un peu verte, ou plutôt tout à fait blanche, et j'aurais pu réviser les polycopiés en question avec Paola, et plus si accord de la belle et visite prolongée des logeurs chez beau-frère et belle-sœur.

Mon aréopage de professionnels de la jeunesse n'a jamais entendu le nom de Paola, il me restait si peu de dignité, épargner Paola me redonnait un peu d'estime de moi-même. Tout le temps où on m'interrogeait sur mes rapports "pour le moins curieux" avec les filles, je me reculais tout au fond de moi-même, et je pensais à Paola, je me disais "celle-là, la seule qui pourrait prouver que mes rapports avec les filles ne sont pas tous «pour le moins curieux», je ne vous la livrerai jamais". Jamais. Du fond de ce refuge où je cachais Paola, je me disais "non, non, je ne suis pas ce cinglé que vous décrivez".

"En somme vous étiez un voyeur", disaient les voix adultes dans la salle du Palais de justice, "vous vous contentiez de regarder, vous ne faisiez donc jamais l'amour vous-même ?", bien sûr que si, je faisais l'amour avec Paola, mais cela ils ne le sauraient jamais, "et la jeune fille Anne, vous n'avez pas fait l'amour avec elle non plus, vous l'avez offerte à votre ami Léo, vous faisiez le pourvoyeur en somme" et, plus infâme encore, "les jumeaux vous payaient pour ce travail de rabatteur, c'est comme cela que vous viviez finalement", et lorsque j'ai hurlé "non", ils m'ont rappelé cette histoire de mon équipement de kendo.

Ils avaient une copie de la facture, elle était au nom des jumeaux, ils l'ont montrée bien haut, sept cent cinquante euros, l'avocat des jumeaux l'avait retrouvée et je savais très bien qui lui en avait soufflé l'idée, Bernard Desfontaines, qui avait oublié toutes les années où il avait été l'ami d'enfance de ma mère, mais n'avait pas oublié cette misérable scène où un adolescent troublé avait refusé son argent, parce qu'il avait déjà tant emprunté à ses enfants.

Et s'il n'y avait eu l'indignation de la grand-mère Desfontaines se levant subitement, pour le remettre à sa place, pas moi le suspect, mais cet avocat payé par son fils pour défendre ses petits-enfants, pour éloigner d'eux tout scandale, et surtout éviter la compensation financière énorme que réclamait l'autre avocat, s'il n'y avait eu la grand-mère Desfontaines, je serais en prison peut-être, dans la perpétuité de l'apnée carcérale.

Respire, man, respire...

OK, cher lycéen inconnu de Bamako, je me conduis en homme, je respire. Je vais même m'accorder un petit tour de ton côté, dans le jardin du Palais de la culture, au festival des écrivains, pour me faire du bien et revoir encore une fois cette jeune femme, Natacha si tu te rappelles, qui avait de si bons conseils pour les jeunes comme nous.

Je m'assieds à côté de toi, parce que tu t'es poussé légèrement pour me faire place, et qu'autour de toi il y a ces jolies filles de ta classe, que la littérature et ses grands pontes n'ont pas impressionnées au point de les abasourdir, elles se taisent respectueusement d'accord, mais tout leur corps parle pour elles, leur sourire éclatant, les rubans dans leurs nattes tressées serré, leurs bracelets sur leurs bras polis, leur portable au bout d'une cordelette sur leurs seins rebondis. Je me glisse à côté de toi, et nous regardons cette jeune écrivaine de l'île de la Réunion, qui soudain prend la parole et dans un rire qui cascade et vient nous chatouiller toutes sortes de zones, elle nous balance son fameux "cent pages, etc.", tes copines sourient, tu me fais un clin d'œil, alors je lève la main et je dis : "Madame, s'il vous plaît", et la jeune femme pose les yeux sur nous, elle ne sait pas lequel de ces deux garçons a parlé, le blanc ou le noir, tu me pousses du coude, "vas-y, man", et je reprends : "Natacha, madame, cent pages, c'est la première balise, celle du rendez-vous avec soi-même, si j'ai bien compris ?" Natacha hoche la tête, jusque-là ça va, vais-je continuer ? Et tu me murmures : "C'est tout bon, my friend, continue", et je continue : "Natacha, madame, alors on peut penser que deux cents pages, c'est la deuxième balise ?" "C'est-à-dire ?" demande Natacha, et je réalise que je suis vraiment en conversation avec un écrivain, moi qui n'ai que seize ans et viens de quitter ma petite ville provinciale pour la première fois, et toi, mon copain inconnu, tu perçois très bien que je faiblis, tu prends la parole à ton tour, de ta voix de basse bien timbrée : "Il veut dire qu'à deux cents pages, à la deuxième balise, on rencontre quelqu'un d'autre." Et maintenant tout le monde écoute, les écrivains confirmés, les lycéennes, les spectateurs. Natacha se penche, ses yeux brillent, elle le voit venir depuis un moment, le jeune gringalet tout pâle, elle l'encourage d'un geste, je reprends donc : "La deuxième balise, c'est celle du rendez-vous avec le témoin." "Et qui est le témoin ?" demande-t-elle, ses yeux pétillant de plus belle, et mon voisin, qui n'a pas froid aux yeux, c'est un garçon plus expérimenté que moi, répond avec assurance et un brin de provocation : "C'est vous, par exemple, madame", et Natacha me regarde : "C'est ce que vous vouliez dire, jeune homme ?", "exactement, dis-je, à deux cents pages celui qui s'aventure pour la première fois en terre d'écriture a besoin d'un témoin privilégié, quelqu'un qui a un peu d'avance sur lui, mais pas trop, vous ne pensez pas ?" Et les autres écrivains, qui ont fini par comprendre de quoi il retourne, se réintroduisent maintenant dans la discussion : l'écrivain doit-il comme autrefois les peintres se mettre en apprentissage auprès d'un maître, ou bien avancer seul et ne se fier qu'à lui-même, naît-il tout armé de son art pour fondre sur le monde ou cherche-t-il bredouillant et confus un appui, d'ailleurs en va-t-il de même pour le poète et le romancier, et qu'en est-il des pays où domine encore l'oralité, et des pays où la langue d'écriture est celle du colonisateur, la discussion s'en va très loin de nous, les lycéens. Mon voisin saisit la première pause et, comme si rien n'avait interrompu notre conversation avec Natacha, lance de sa voix calme et forte : "Madame, mon ami veut savoir s'il pourra vous envoyer son manuscrit, quand il en aura fait deux cents pages."

Les écrivains confirmés s'interrompent au milieu de leurs envolées, ce n'est pas à eux qu'on a fait cette demande, ils se rencognent dans leur fauteuil, comme des fiancés déçus. Natacha, l'élue, hésite, elle pourrait esquiver facilement, "qu'il les écrive, ses deux cents pages, on verra après", ainsi que le ferait un professeur, mais mon écrivaine d'élection est d'une autre trempe. Cependant voici que l'une des lycéennes s'écrie soudain, voix fraîche de gamine un brin effrontée, mais attention, de gamine qui connaît les choses sérieuses, puisqu'elle est ici avec une partie de ses copains de classe, des motivés donc, la lycéenne s'écrie sans peur : "Alors, madame, trois cents pages c'est la troisième balise, non ?" Oui, que voulez-vous dire, mon enfant, semblent murmurer avec complaisance les écrivains confirmés, rentrant les griffes de leur force de frappe, prêts à jouer velours-velours avec la jolie questionneuse : "Eh bien, celle du rendez-vous avec les lecteurs, avec le public, quoi, comme ici !" lance triomphalement la jeune fille. Eh bien, se dit Raphaël, en voilà une qui n'a pas ses idées en pelote !

Au revoir, jeune fille inconnue, au revoir ami inconnu, j'entends le réel qui m'appelle, j'entends ma logeuse, je dois lui rendre sa marmite, mais ne partez pas trop loin, restez autour de moi, et toi aussi, Natacha, j'ai grand besoin de vous.

Madame Maria me disait "c'est le temps qui veut ça". Son mari, lui, ponctuait nos rares échanges d'une autre expression. "Par les temps qui courent", disait-il, assortissant les paroles de divers exclamations et mouvements de tête. Ils parlaient très bien le français, tous les deux, on ne pouvait se tromper sur le contenu qu'ils donnaient ici au mot "temps". Il ne s'agissait pas du temps de saison, dont il était si souvent question dans ma ville natale, pluie, grêle, grippe, bonne récolte ou mauvaise, mais de ce qui fait la vie. La vie des gens au jour le jour, pour madame Maria, et la vie des grands groupes humains qui enveloppent les gens, pour monsieur José.

Au début ils m'avaient irrité, avec cette scie sur le temps. Les étudiants, même les plus sporadiques comme je l'étais, prennent vite l'habitude d'une certaine exigence concernant le discours, ils n'appliquent pas nécessairement cette exigence à eux-mêmes, mais ils sont prompts à repérer ceux qui ne la connaissent pas. Ils ont vu si souvent sur leur copie les annotations "trop vague", "à préciser". J'avais envie de dire à mes logeurs "trop vague", "à préciser", jusqu'au moment où je me suis avisé que, sans s'en douter, par une intuition qu'aucun enseignement de longue durée n'avait altérée, ils délimitaient ainsi de façon très juste l'espace où se mouvait ma vie.

Le temps qui veut ça, c'était le mien, celui qui m'avait installé dans la lenteur des petites rues calmes de notre ville où je déambulais avec Paul. C'était le temps avec lequel je n'avais pas de querelles, attendant ce qu'il avait à proposer d'heure en heure, coïncidant avec sa volonté, faisant mon lit dans le sien, acceptant ses inoffensives accélérations, me pliant même lors de son unique convulsion, la mort de mon père, sachant qu'il me reprendrait bientôt dans ses tranquilles étirements, et même lorsqu'il était parti en dérapade, me révélant avec l'arrivée de Léo et Camille des modulations inconnues, des pans insoupçonnés de lui-même, c'était toujours le temps qui voulait ça pour moi, c'était mon temps à moi, celui que pouvaient mesurer les battements de mon cœur, et dans lequel se mouvaient Paul, Léo et Camille, les Desfontaines, ma mère et ma grand-mère, et les quelques autres dont j'ai parlé ici. Le temps de ma vie.

Mais il y avait d'autres temps bien différents qui rôdaient alentour, qui couraient babines écumantes, fouettant l'air de leur course échevelée, ils cavalaient les chevaux des temps méchants, on entendait les échos de leurs ruades insensées dans tous les journaux d'information à la télévision, à la radio. Notre temps à nous se recroquevillait, affaibli, vaincu, nous clouant Léo, Camille et moi devant le téléviseur du studio, nous passions d'une station à une autre, LCI, CNN, la BBC et toutes les européennes, les chaînes arabes, et même les chaînes asiatiques, et lorsque au petit matin, hébétés, nous éteignions enfin, c'était seulement comme si la cavalcade avait mis aux pieds de ses chevaux de silencieux patins de feutre, mais elle continuait, nous le savions. Les temps déments couraient dans les lointains, nous étions intouchés encore, comme dans un recoin oublié, ils nous frôlaient parfois, par ricochet, jetant quelques éclaboussures au passage. Camille voyait Nour dans chaque femme en tchador, "Nour est à Bordeaux", faisais-je remarquer, "casse-toi, Raf, tu peux pas comprendre", lançait-elle, sa véhémence avait changé de bord, mais elle était toujours aussi entière, et s'en prenait dans la rue à chaque femme voilée qu'elle croisait. Dans ses quartiers elle en croisait peu, un jour cependant elle était revenue le visage talé d'un côté, elle s'était battue avec l'homme qui accompagnait l'une de ces femmes, "elle avait le truc à grillage, tu te rends compte par cette chaleur, et lui le type il était en chemisette et sandales, je lui ai demandé s'il trimballait un fantôme à côté de lui, ça a mal tourné, je lui ai envoyé un coup de pied dans les tibias et je me suis tirée", elle était fière de son action. Léo, lui, rêvait de partir avec les reporters de guerre, pour dessiner des visages. Un magazine féminin, qui avait déjà publié quelques-uns de ses dessins, l'avait quasiment engagé, jusqu'au moment où il a dû montrer son passeport, "mais vous n'êtes pas majeur !" s'était exclamée l'éditrice, horrifiée. Et j'avais été très soulagé, j'étais sur le point de téléphoner à ma mère, pour lui demander conseil, mais elle aurait peut-être pris parti pour lui ! Je ne voulais pas que ma mère me voie en poule mouillée.

Le soir du rendez-vous raté à la tour Eiffel, je n'ai pas rappelé Paul, ni les jumeaux, ni les Desfontaines, ni ma mère, j'ai seulement laissé un message à Paola pour annuler notre rendez-vous au cinéma, et je suis resté sur mon lit, les yeux au plafond, à écouter les bruits de la nuit puis ceux du matin, le roulement lointain sur le périphérique, les camions des éboueurs, les piaillements menus des enfants allant à l'école, les claquements de portières, je me suis endormi dans l'après-midi et réveillé brutalement plus tard, avec le sentiment d'une urgence. Le dojo. Quelque chose se passait là-bas. Il fallait y aller, tout de suite.

Lorsque je suis arrivé dans la salle du dojo, en avance cette fois, j'ai su que mon pressentiment était juste.

Anne était là, sur les gradins. A côté d'elle, debout, se tenait Camille. Camille en gloire, en reine de beauté, en top model, dans des vêtements que je lui connaissais mais ne lui avais jamais vu porter, et maquillée, et coiffée d'une façon étrange, dissymétrique, qui aiguisait son visage, relevait l'éclat de ses yeux, je n'ai pas eu le temps d'analyser tout cela, elle était tout entière un message.

Anne la regardait avec fascination, les garçons retardaient le moment d'enfiler leur casque, les filles de même, le message de Camille m'était destiné, mais il était en train de se répandre, il me fallait l'intercepter au plus vite. J'ai marché sur elle le plus calmement possible, lui ai pris le bras. "Tu viens, on s'en va." "Et ta copine ?" a-t-elle dit en me défiant du regard, mais son bras ne résistait pas, elle me suivait.

Nous sommes dehors. Je regarde Camille en coin, elle a un peu de mal avec ses bottines pointues à hauts talons, ça me fait ricaner, qu'elle se débrouille, je marmonne "c'est quoi, tout ce maquillage ?", pas de réponse. Nous allons à grandes enjambées, Anne suit un peu en retrait, tous ses cheveux en rideau sur le visage, j'attends qu'elle nous rattrape. "Et Léo, il n'est pas venu lui aussi, tant qu'à faire ?", Camille hausse les épaules, Anne murmure "il a dit qu'il restait pour préparer le dîner". Ah bien, très bien, Léo et Anne se connaissent donc, tout le monde se connaît, on va tous dîner ensemble, formidable ! "Et Paul, il sera là aussi, je suppose ?" "Tu sais bien qu'il est reparti dans son école, dit Camille, mais c'était sympa de le revoir, pourquoi tu nous as lâchés hier ?" Je ne sais pas où elle veut en venir, elle me fait pitié, et puis elle me fait peur, nos regards se croisaient, un instant nous sommes proches comme jamais, l'instant suivant nous sommes des étrangers. Anne ne devrait pas être là, mais elle est là, trop d'éléments discordants, dans le taxi j'ai pensé à Paola, pourquoi ne pas la faire venir, elle aussi, j'avais besoin d'un paratonnerre, Paola me semblait un bon paratonnerre.

Et surtout, j'aurais pu tout simplement faire arrêter le taxi et descendre et m'en retourner dans ma bonbonnière rose, Mairie des Lilas, et m'étendre sur mon hamac imaginaire entre les deux poteaux des sentences de mes deux logeurs, et me balancer entre *le temps qui veut ça* et *les temps qui courent*, et ensuite, pourquoi pas, me relever, m'installer devant la planche de pin de monsieur José et écrire mon devoir sur Achille le Grec, et le soir, heureux et content, m'en aller au cinéma avec Paola, et puis écrire à ma mère, une vraie lettre, et lui renvoyer le chèque qu'elle m'avait signé, puisque ce week-end je travaillerais avec monsieur José sur un chantier de peinture, tout cela était encore possible, c'était ma vraie vie à moi, elle était là juste à côté, prête à me reprendre, à répondre à mon appel. Allez, dis-le, dis au chauffeur "arrêtez". Je ne le disais pas. Des forces s'étaient rencontrées, chacune à part pouvait être maîtrisée, mais une fois enlacées les unes aux autres, elles formaient tourbillon, leur puissance était irrésistible, alors en finir, aller jusqu'au bout et voir la figure au centre du tourbillon.

Je me suis tourné brusquement vers Camille et lui ai saisi les deux mains, les ai serrées très fort dans les miennes, je lui faisais mal, je l'ai deviné à sa respiration soudain coupée, mais elle n'a rien dit, à son tour a serré mes mains, aussi fort, et Anne nous a regardés et ce que j'ai lu sur son visage aurait dû me faire tout lâcher, bondir hors de la voiture et courir, mais je ne l'ai lu que plus tard, rétrospectivement. Nous étions arrivés.

Léo avait commandé des pizzas, "c'est ça, ton dîner !" ai-je dit en riant. J'étais heureux de voir Léo, il me semblait qu'il ressemblait de moins en moins à sa sœur, son visage prenait une autonomie plus masculine, il se rapprochait de nous, les garçons, et depuis notre conversation au Luxembourg sur le dessin, les visages et la nature, j'avais avec lui une complicité personnelle, qui n'était pas celle que j'avais avec "les jumeaux", une complicité évanescente, souvent absente, mais qui ayant existé une fois pouvait être rappelée, je le savais et il le savait.

Léo avait eu plaisir à revoir Paul, ils avaient regardé les photos que celui-ci avait copiées sur le site Internet de l'association French-American Aid for Children, elles étaient là éparpillées sur l'un des tapis. La grande salle du Plaza à New York, noyée d'arbustes fleuris, les tables d'invités à perte de vue sous l'immense lustre de cristal et, comme un fleuve miroitant au centre, le parquet du bal. Puis Camille en longue robe blanche, entre ses parents, Camille et Léo en train de danser, Camille et Léo posant pour un photographe invisible. Sous chaque photo il y avait leur nom, mademoiselle Camille Van Broeker-Desfontaines, monsieur Léo Van Broeker-Desfontaines. Mademoiselle, monsieur... C'était à rire, c'était à pleurer, très people vraiment, ai-je ricané.

Ils avaient dû faire ce bref voyage à New York pour répondre à l'injonction de leur mère. Madame Van Broeker s'était aperçue que les jumeaux avaient grandi, qu'ils étaient, ensemble, d'une beauté mystérieuse qui captivait les regards et que, s'ils étaient bien "coachés", avait-elle dit, ils pouvaient séduire n'importe quels donateur ou donatrice potentiels. Les jumeaux étaient devenus un atout indispensable dans sa quête de fonds pour son œuvre caritative, "j'ai besoin de vous" avait-elle dit, et c'était sans appel. Léo et Camille avaient fait ce qu'on attendait d'eux, ils s'étaient prêtés aux essayages nécessaires, avaient été beaux et séduisants, avaient manifesté un intérêt pur et passionné pour le bal des Berceaux et les œuvres qu'il permettait de soutenir, avaient obtenu avec une grâce légère des chèques très conséquents, et ouf, leur devoir accompli, avaient pu repartir très vite, "c'est la seule façon de s'en sortir avec Astrid", disaient-ils. Les photos ne les intéressaient pas beaucoup, il y en avait des albums entiers chez leurs parents, mais ils avaient été touchés que Paul prenne la peine de les tirer sur imprimante pour eux.

Ils s'étaient très bien entendus avec Paul "qui avait beaucoup évolué", disaient-ils, l'épisode du ministre les avait bien fait rire, leurs parents connaissaient le ministre en question, qui avait dû dîner chez eux à l'époque où il n'était encore que député, ils avaient retrouvé son adresse personnelle sur le carnet d'adresses Internet de leurs parents, auquel ils avaient accès, l'avaient donnée à Paul "au cas où…" Ils avaient parlé agronomie et politique et verts et Greenpeace (Léo), économie et politique et lois européennes (Camille). Bref, pensais-je, les jumeaux avaient déployé le grand jeu pour Paul, le nouveau Paul qui "avait beaucoup évolué", et je me demandais pourquoi ils avaient fait tant d'efforts, Léo qui n'aimait pas parler et Camille qui ne supportait pas la contradiction. Leur bavardage me montait à la tête, j'avais envie de les moucher, les sales hypocrites.

"Tu lui as montré tes dessins, Léo ?"

Comme je le devinais bien, il ne l'avait pas fait.

"Tu penses qu'il est trop con pour les apprécier ?"

Léo a tressailli.

"Vous faites semblant de vous intéresser à ses trucs, mais ce qui compte vraiment pour vous, vous ne lui en parlez pas, et après vous pouvez vous foutre de sa gueule, c'est ça, le plouc qui vient de sa province pour le Salon de l'agriculture, ah bien sûr c'est pas le bal des Berceaux, c'est juste le bal des vaches et des poireaux, et toi, Camille, tu lui as parlé des séances bizarres ? Sûrement pas, hein ?"

J'étais énervé, m'enflammais pour la défense de Paul, inventant les attaques, montant tout seul à l'assaut, Léo tremblait légèrement, Camille se mordait la lèvre, son maquillage s'était défait, donnant à son visage un air tragique. Soudain j'ai compris que je faisais totalement fausse route, que si les jumeaux avaient fait tant d'efforts avec Paul, c'était par affection réelle, dans la pure gentillesse de leur cœur, c'était pour lui, pour moi, pour notre enfance commune, et que ces bouts d'enfance que nous partagions étaient ce qu'ils avaient de plus cher, de plus sûr, et que j'étais en train de le leur déchiqueter, et de me déchiqueter moi-même.

"Pardon, ai-je dit.

— T'en fais pas", a murmuré Léo.

Camille a accroché mon regard, l'a dirigé vers Anne. Elle était assise par terre et contemplait les photos du bal des Berceaux, totalement absorbée. Elle ne semblait pas avoir suivi notre brève algarade.

"Anne ? a dit Camille

— Moi aussi, a dit Anne.

— … ?

— Moi aussi, j'allais à de grands bals, en Argentine, à l'ambassade. Mon père dansait d'abord avec moi, après je pouvais danser avec les jeunes gens. J'aimais beaucoup danser, avec des robes longues, comme celle-ci. Ma mère venait à Paris exprès, pour me les acheter.

— Qu'est-ce qu'elle faisait, ta mère ?

— Elle avait été cantatrice avant d'épouser mon père.

— Et lui, qu'est-ce qu'il faisait ?

— Il était diplomate.

— Mes parents doivent le connaître, il s'appelle comment ?

— Il a disparu, ma mère aussi. Ils ont été enlevés et puis on les a assassinés.

— Et toi, tu t'appelles comment ?

— Anne.

— Je sais, mais ton nom de famille ?

— Delgado, mais ce n'est pas mon vrai nom, ce n'est pas le nom de mon père.

— Pourquoi tu ne portes pas ton vrai nom ?

— C'est dangereux pour moi, c'est en attendant...

— En attendant quoi ?

— Que les affaires de mes parents soient réglées, c'est très compliqué.

— Tu es toute seule ?

— Oui."

J'écoutais cet échange avec stupéfaction, Camille menait un véritable interrogatoire et Anne répondait du tac au tac, tendue, rapide, comme je ne l'avais jamais vue. Léo fronçait les sourcils, "bon, Camille, ça va", a-t-il dit.

Camille s'est reprise, "c'est triste" a-t-elle conclu, et c'était la voix de ma vraie Camille, sa voix sincère, pleine de compassion, et aussitôt l'atmosphère s'est allégée, le vent mauvais était tombé, mais la situation entre nous restait instable, les vents tournaient, s'orientaient dans des directions imprévisibles, le mot de ma mère que j'avais tant détesté, "orientation", remontait comme un noyé dans ma conscience, il fallait une orientation dans la vie, je n'en sentais aucune ce soir, retour de la vieille angoisse, être perdu dans un lieu inconnu sans boussole, sans les connaissances élémentaires à la survie. Et puis Anne ne m'avait-elle pas dit que sa mère était actrice ? N'avait-elle pas parlé d'un accident d'avion ? Ou m'étais-je trompé ?

Léo était nerveux, il avait laissé brûler ses pizzas dans le four, il tentait maintenant de nous faire des pâtes, puis les pâtes étaient trop cuites, finalement nous avions tout jeté et refait une commande de pizzas par téléphone, "elles seront chaudes, cette fois, on n'aura pas besoin de les faire réchauffer", disait Léo sans conviction. En attendant nous ne savions pas trop quoi faire. Anne était toujours assise sur le tapis devant les photos du bal des Berceaux, elle les prenait les unes après les autres, les contemplait, les rejetait, elle faisait de même avec la pile de CD, recommençait avec les photos. Puis elle s'est arrêtée tout à fait, a posé sa tête entre ses mains, rideau de cheveux sur son visage, figée. Telle que je l'avais vue la première fois sur les gradins du dojo.

Camille, soudain : "Pardon pour ce que j'ai dit tout à l'heure." Anne a relevé le visage, "je n'étais pas toute seule, a-t-elle dit, j'avais un ami, mais il est parti au Japon". "Ah, a fait Camille, mais tu as un autre ami maintenant, non ?"

A nouveau le vent tournait, je ne comprenais pas ce qu'il y avait dans la voix de Camille, elle me regardait et soudain elle avait six ans à nouveau, j'en avais neuf, la balançoire grinçait au-dessus de nous, nous étions sur une crête étroite, nous pouvions verser d'un côté ou de l'autre, je ne pensais pas clairement. Un autre ami ? Qui, moi, Léo ? Qu'est-ce qu'elle veut dire ? Je n'arrivais pas à m'orienter, cela s'est passé comme ça, point par point, les photos, l'interrogatoire de Camille, ses excuses, les pizzas brûlées, les pâtes abandonnées, l'ami du Japon, le nouvel ami sans nom, mais il y avait tant de courants souterrains, quelque chose qui se frayait un chemin par en dessous, et le vent qui tournait sans cesse comme pour m'égarer, lorsque j'ai essayé de raconter tout cela, je n'arrivais pas à m'orienter non plus. J'en revenais aux photos, aux pizzas, cela n'intéressait personne, et ces histoires de courants et de vents et la chose qui se cherchait un chemin vers la surface, c'était impossible à raconter dans un lieu comme le cabinet de ma juge, au Palais de justice.

Vous, monsieur mon psy, vous avez écouté attentivement, "l'élément étranger, Anne…", avez-vous
murmuré. Et moi "pas vrai, pas vrai". Anne m'était
très proche, disais-je, bien plus proche que Paola,
avec qui je faisais l'amour chez elle après le
cinéma. Je m'accrochais à cette idée comme à une
bouée de sauvetage. J'avais sauté plusieurs séances
après cela, et quand je suis revenu, je ne voulais
plus parler d'Anne, de cette semaine fatidique,
"tout le monde sait ce qui s'est passé, de toute
façon". J'étais seul désormais, je voulais parler de
mon avenir, je voulais arrêter mes études, me
trouver un métier, gagner de l'argent, "je ne suis
pas un conseiller d'orientation, Raphaël", m'avez-
vous dit de votre voix douce, "à quoi vous servez
alors, avais-je crié, hein à quoi vous servez ?", je
hurlais, tapais du poing contre le mur. On a
entendu gratter à la porte, votre stupide fausse
porte isolante, vous avez bondi, entrouvert le battant, et j'ai vu passer la tête de votre patiente suivante, la dame si accablée que j'avais réussi à
faire rire dans la salle d'attente, en collant l'oreille
contre le capitonnage gris de cette même porte. Et
maintenant elle faisait la même mimique, collant sa
tête contre la porte, ne vous jetant pas un regard,
monsieur, me regardant moi, et refaisant sa mimique,
avec un petit sourire au coin de ses lèvres fatiguées.
Elle a refermé doucement la porte, j'ai eu un
grand élan d'affection pour cette femme, j'avais
souvent comme cela de grands élans d'affection
pour des gens que je connaissais à peine, mais
qui, juste au bon moment, me faisaient un petit
signe, et c'était comme apercevoir par hasard dans
le ciel nocturne une étoile filante, brève effervescence émotive, je me sentais réconforté.

Après les pizzas, nous ne savions plus quoi faire
ni quoi dire, j'ai voulu partir, mais Camille insistait

pour que je reste encore un peu, je ne percevais pas ce qu'elle voulait, pourquoi elle était venue me chercher au dojo. J'aurais dû comprendre que Paul avait parlé d'Anne, de cette fille dont je leur avais caché l'existence, qui venait à chaque séance me voir faire du kendo, avec laquelle il avait passé un moment, qu'il avait trouvée "un peu spéciale, mais intéressante", et Paul s'était étonné de la stupéfaction des jumeaux, "je croyais que vous étiez au courant, Raf et elle ont l'air de bien se connaître", puis il avait compris qu'il s'enlisait et avait essayé de passer à autre chose, m'a-t-il raconté plus tard, mais Camille voulait tout savoir de cette fille. "Elle avait un regard... ça m'a fait froid dans le dos", m'a dit Paul.

Puis la soirée devient pour moi une sorte de tableau. Devant les nouveaux rideaux de taffetas couleur cerise que madame Van Broeker avait fait installer, Anne est à demi allongée sur le fauteuil poire, que nous avons longuement tapoté et trituré pour lui donner la forme convenable. Camille lui a relevé les cheveux d'un côté, elle a maquillé ses yeux, lui a fait passer plusieurs tenues à elle, avant de s'arrêter sur une robe noire à bretelle unique. Anne se laisse faire, se tourne seulement un peu pour cacher sa poitrine, "tu n'as pas besoin de te tourner, ils ont l'habitude, dit Camille, et de toute façon tu es très belle". Léo crayonne, rature, jette, recommence, le noir de la robe et celui du fauteuil se confondent, le visage pâle d'Anne et ses épaules semblent flotter dans le vide, zébrure violente de la bretelle sur sa peau, aura tremblée du rideau dans la lumière de la lampe, je suis sur mon trône doré, Camille se tient debout derrière moi, ses bras posés sur mes épaules.

"Incline la tête, redresse le cou, regarde devant, regarde de biais", dit Léo. Ce qui se passe est extraordinaire, Anne boit Léo des yeux, elle suit chacune de ses injonctions, les devance, de minute en minute elle se déploie, s'épanouit, elle ne se lasse pas, une sève jusqu'alors figée semble monter sous sa peau, elle rayonne. "Ça a l'air de lui plaire", murmure Camille à mon oreille. Personne ne reconnaîtrait la fille recroquevillée sur les gradins du dojo, toujours vêtue de teintes indéfinies, si effrayée qu'elle semblait prête à s'envoler, Anne se donne entièrement aux regards. Lorsque Léo s'arrête quelques instants, elle ramasse les feuilles abandonnées à ses pieds, les contemple avec attention, les range soigneusement à côté d'elle, puis reprend sa posture dès que Léo tire à lui une nouvelle feuille. A un moment de la soirée, alors que nous buvons un verre d'eau tous les deux à la cuisine, il me dit "cette fille a quelque chose de spécial, je ne sais pas ce que c'est, il faut que je trouve", il a son air des grands moments, à la fois flou et pénétré, il se parle à lui-même plus qu'à moi, je dis "alors on en a pour la nuit ?", mais il est déjà reparti.

Je somnole dans mon fauteuil, mais Camille me pousse, elle est allée chercher le cahier des séances bizarres, "écris tout ça", murmure-t-elle, "mais pourquoi, dis-je, ce n'est pas une séance !", "c'est plus fort, écris", j'écris n'importe quoi, "papillon, capture, danger", Camille regarde par-dessus mon épaule, elle ne fait pas de remarque, mais dès que mon crayon s'arrête, elle me pousse légèrement, "mets la date", dit-elle, toujours dans un murmure, j'écris la date, voilà pourquoi je sais que cette soirée a eu lieu une semaine tout juste avant la dernière.

Ma juge s'est étonnée de cette précision, "vous qui êtes toujours si vague sur le temps, Raphaël", "je m'en souviens, c'est tout", ai-je dit.

Anne avait vu ce cahier. J'ai dit qu'elle buvait Léo des yeux et c'était vrai, mais c'était pour mieux le suivre, comme on suit les gestes d'un chef d'orchestre. Il était celui qui orchestrait les lignes de son corps, qui les exaltait, qui les emplissait de présence. Mais dès qu'elle le pouvait, dans la seconde entre le moment où elle avait compris la pose et celui où Léo l'abandonnait pour se pencher sur sa feuille, elle coulait un regard vers moi, bref, inquiet, interrogateur.

Et ce qu'elle devait voir, c'était ce cahier sur mes genoux, et moi écrivant sur le cahier, et Camille abandonnée sur mon épaule.

Chaque soir de cette semaine elle est revenue chez les jumeaux. Elle gardait tous les dessins abandonnés par Léo, les rangeait dans son sac furtivement, comme si elle craignait qu'on ne les lui enlève, qu'on ne les lui interdise. Camille était épuisée, moi aussi, mais Léo était dans une sorte de fièvre, je raccompagnais Anne jusqu'à un taxi, Léo me donnait un billet pour la course et je le donnais à Anne, puis je remontais chez eux et restais jusqu'au matin, j'avais peur qu'ils ne se réveillent pas pour aller au lycée, ensuite je passais chez moi pour que madame Maria me voie, ou plutôt m'entende, je faisais un peu de bruit dans la bonbonnière rose, je dormais quelques heures puis je reprenais le métro pour aller rue de Sèvres, chez les jumeaux. Anne sonnait bientôt, la confusion s'étendait, je me disais que cela ne pouvait pas durer, qu'il fallait arrêter.

J'ai dit à Anne que je l'allais l'emmener au bord de la mer, "je n'ai jamais vu la mer" m'a-t-elle dit, cela m'a paru à peine étrange, j'ai compris autre chose, qu'elle n'était jamais partie avec un garçon, n'avait jamais regardé les vagues et mouillé ses chevilles et marché sur la plage avec un amoureux, je lui ai dit "on ira à Cabourg". Aussitôt idée furtive d'un malentendu, où l'amoureux dans un rêve d'escapade dont elle avait la nostalgie serait moi. Mais je ne rêvais pas d'escapade amoureuse. Je voulais seulement l'éloigner de la chambre de la rue de Sèvres, m'en éloigner aussi, dissoudre dans l'air du large son poison doucereux. Cabourg était le seul endroit que je connaissais au bord de la mer.

Nous y avions passé deux jours, les jumeaux et moi, au Grand Hôtel, celui de Proust, nous nous étions merveilleusement amusés, nos chambres étaient mitoyennes, très vastes, la salle de bains délicieusement vétuste avec une baignoire immense, le soir nous dînions dans la grande salle à manger, j'étais le seul majeur de nous trois bien sûr, j'avais dit à la réception que Léo et Camille étaient mes demi-frère et demi-sœur, que nous fêtions l'anniversaire de la jeune fille, personne apparemment n'a rien vérifié, le soir au dîner, la lumière s'est éteinte, des lueurs ont vacillé du côté des portes, on nous apportait un gâteau couronné de dix-sept bougies, Camille était enchantée, la mer était sombre, houleuse, nous avons marché serrés tous les trois contre le vent.

Plus tard, dans le couloir, nous avons vu des paires de chaussures masculines rangées devant les portes, je ne comprenais pas pourquoi, "mais pour être cirées, stupide", a dit Camille, "ça fait mortuaire, cet alignement", a dit Léo, nous avons examiné les chaussures, des anglaises, des italiennes, et nous avons décidé d'intervertir les paires, une chaussure d'une porte et sa voisine de la porte à côté, "on mélange qu'avec la porte à côté, pour que le garçon s'y retrouve quand même", avait ordonné Camille, ma Camille gentille. Devant notre porte à nous, nous avons mis nos vieilles baskets pleines de sable mouillé. Le lendemain chacun de nos voisins avait apparemment retrouvé sa paire, nous n'avons pas entendu de plaintes, mais nos chaussures à nous étaient telles quelles, encore humides et ensablées, devant notre porte, avec un petit coquillage posé devant bien en vue, "la classe !" s'était écriée Camille en s'emparant du coquillage. Léo m'avait donné une liasse de billets, j'ai payé à la réception, pas de remarque, mais j'ai dû signer une facture, et cette facture-là aussi s'est retrouvée chez ma juge avec celle des sept cent cinquante euros du kendo. L'avocat de monsieur Desfontaines Bernard, n'était pas un branleur, n'est-ce pas. Qu'est-ce que je pouvais dire, bien sûr que ce n'était pas mon argent, bien sûr que les jumeaux n'étaient pas majeurs. Parler du faux anniversaire, de la mer sombre et houleuse, des paires de chaussures mélangées et du petit coquillage, ce n'était pas le lieu, cela ne servait à rien.

Mais c'était important ce week-end à Cabourg, et les chaussures et le petit coquillage et tout, c'était notre vie, c'était nous, Léo, Camille et moi, et si vous ne voulez pas nous voir là, dans ce couloir du Grand Hôtel, à minuit passé, en train de rire et sauter, Camille pieds nus dans ces chaussures d'homme, faisant le mannequin aux semelles de plomb, drôle et belle, belle, et Léo émergeant de notre suite avec nos trois paires de baskets toutes sales dans les bras, vous ne pouvez rien comprendre et ce n'est même pas la peine que j'essaye de parler de ce qui est venu après, mais ce qu'il voulait, cet avocat, c'était un meurtrier.

Repenser à ce week-end avec les jumeaux m'avait bouleversé, j'étais en apnée quand je vous en ai parlé, à l'une de nos séances, monsieur, "je sais bien que ce sont des trucs de gamins, mais vous croyez que vos trucs d'adulte sont plus intéressants, ce que vous avez fait avec votre femme ce week-end par exemple, c'était plus intéressant ?

Dites, dites-moi." "Il faut respirer, Raphaël", avez-vous dit tranquillement, vous êtes allé ouvrir la fenêtre, et vous avez respiré largement, me tournant le dos, bruits de la circulation sur le boulevard Saint-Germain, vous vous occupiez de votre propre respiration, pas de la mienne, cela m'a fait du bien.

J'ai demandé à Léo qu'il me prête l'argent pour aller à Cabourg avec Anne. J'avais assez pour le train (mon chantier de peinture avec monsieur José), mais pas assez pour l'hôtel, ou vice versa. Peut-être Léo s'est-il aperçu qu'il ne disposait pas de la somme complète, peut-être a-t-il demandé à Camille de lui avancer ce qui manquait, et elle qui ne posait jamais de questions sur l'argent l'a transpercé de son regard : "C'est pour Raphaël ?", Léo surpris n'a pas su ce qu'il devait dire, et Camille a tout de suite compris que cet argent était pour moi, pour moi et Anne.

Veille du week-end. Quand je suis arrivé au studio après mon cours sur la Grèce d'Homère, j'ai cru que madame Van Broeker était là et emmenait sa fille à une première à l'Opéra. Camille était en tenue de bal.

"Ta mère est là ?" ai-je dit, prêt à rebrousser chemin.

Madame Van Broeker s'était toujours montrée aimable avec moi, elle ne m'avait jamais manifesté la brutalité ricanante de Bernard, elle me posait des questions sur ma mère, sur mes études, ses questions étaient parfois très aiguisées, très dérangeantes pour un garçon timoré comme moi, "vous vous entendez bien avec l'ami de votre mère, Raphaël ?", je perdais tous mes moyens, désemparé, déjà humilié, mais madame Van Broeker ne s'apercevait de rien, "mes beaux-parents disent qu'il est très bien, cet homme, il ne faut pas en vouloir à votre mère, Raphaël. Mon amie Charlotte n'a voulu voir personne après son divorce, elle s'est enfermée dans sa villa à Juan-les-Pins, vous connaissez la villa, les jumeaux, mais ce n'est pas bien du tout pour son fils, vous connaissez son fils, les jumeaux, celui qui est à Polytechnique." Je l'écoutais, médusé, ne pensant pas à lui dire que je n'avais jamais rencontré cet "ami de ma mère", elle était déjà passée à autre chose, et je ne savais pas si je devais lui en vouloir de comparer le sort de ma pauvre mère à celui de cette riche divorcée, avec sa villa et son fils polytechnicien, ou lui être reconnaissant de la mettre sur le même plan qu'une femme qui était son amie, nonobstant la grande villa de Juan et le fils à tricorne. Plus tard j'ai compris qu'elle me faisait seulement la conversation, et que c'était sa façon d'être aimable, maternellement pour ainsi dire. Plus tard, j'ai compris aussi que, toute madame Van Broeker qu'elle était, à la tête d'une vaste fortune personnelle, elle avait aussi ses angoisses, d'épouse, de femme, que le divorce la tracassait, et son âge, et peut-être même ses enfants, les trois premiers, mais surtout les jumeaux. Je la trouvais belle, j'admirais sa prestance, "mais je suis trop grosse, Raphaël, là regardez, à la taille", et elle soulevait son chemisier de soie pour me montrer un bourrelet ferme et bien bronzé. Les jumeaux observaient cela sans ciller, renfermés dans leur bulle, "heureusement que vous êtes là, Raphaël, pour m'écouter de temps en temps, ceux-là ils s'en fichent de leur mère, ah il faut bien s'en accommoder" et elle éclatait de son grand rire sonore.

J'avais appris que je ne devais pas m'imaginer en confident privilégié, c'était sa très grande vitalité qui la faisait se comporter ainsi, et non quelque qualité particulière de ma personne. A sa prochaine visite elle avait tout oublié de ce qu'elle m'avait dit sur ma mère et qui me brûlait encore, sa vie était un tourbillon. Quand j'étais là, elle m'englobait dans son tourbillon, rien de plus. Elle ne m'avait jamais offert d'argent, contrairement à Bernard. Je crois qu'elle n'imaginait pas une seconde que je pouvais en manquer, en manquer au point de ne pouvoir acheter ma carte de métro parfois. "Vous marchez beaucoup, Raphaël, c'est bon pour la santé. Les jumeaux, vous devriez en faire autant au lieu de rester enfermés dans votre chambre !" Les jumeaux, stoïquement, se taisaient. D'ailleurs elle savait à peine ce que c'était, le métro, et Mairie des Lilas, où j'habitais, était pour elle un lieu nébuleux, en dehors des frontières du monde connu. Mais sa rude cordialité me convenait, me laissait en paix. Et secrètement, j'aimais sa façon de "soulever la poussière" dans l'appartement de Léo et Camille, de faire valser les objets et les fantômes.

Et puis, toujours, je pensais au lit californien, le lit royal de New York, et cette femme qui marchait de long en large, téléphone à l'oreille, contournant la banquise blanche du lit au milieu de la chambre, s'approchant des grandes baies vitrées, revenant vers le lit, le contournant encore, puis, sa conversation terminée, se laissant tomber sur le bord, secouant les jambes pour se débarrasser des chaussures, comme je le lui avais vu faire dès qu'elle arrivait chez les jumeaux, pieds arqués brusquement détendus, et les chaussures tombant au hasard de leur vol. Je pensais à cette femme allongée, sa jupe un peu dégrafée pour donner place au bourrelet ferme et bien bronzé, respirant doucement, avec parfois de petits ronflements de chiot, inconsciente de la présence sous le lit de deux formes enlacées, longues et plates, qui rampaient, se tordaient, se grimpaient, s'entortillaient, dans une membrane de silence presque absolu, et elle ne s'éveillait pas, dormait paisiblement, tandis que le collant retiré et jeté négligemment glissait presque jusqu'à la moquette, et voici que deux petites mains s'aventuraient de dessous le pan tombant du jeté de lit, s'emparaient de la pointe du bas et tiraient prestement tout le long cordon qui se déroulait dans un chuchotis imperceptible, et disparaissait aussitôt, comme avalé par l'ombre sous le lit. Elle rêvait, la dormeuse, ses hanches larges bien carrées au mitan de la couche, les pieds pointés à des angles opposés, la bouche ouverte exhalant un souffle satisfait, et eux dessous, silencieux et presque aveugles, tâtonnaient autour du cordon, se liaient et se déliaient, et puis faisaient le truc, le truc bizarre comme ils le nommaient.

J'étais le seul être au monde à qui ils l'avaient racontée, la scène du lit royal vivait dans ma tête, riche de tous les détails qu'ils avaient ajoutés au cours de nos diverses conjonctions, j'étais de cette scène l'unique témoin, parfois il semblait que j'avais été avec eux sous le lit de madame Van Broeker, là où s'était égarée des années plus tôt la grande enveloppe brune de leur petite enfance, un peu sur le côté comme toujours, à observer, à veiller, et peut-être même était-ce moi qui avais desserré le lien qui les étranglait, quand ils allaient trop avant dans cette loufoquerie meurtrière. Je m'insurgeais "stop, pas possible, on n'a pas le même âge", ils me disaient "justement, Raf, tu étais le plus fort, tu pouvais surveiller", tous les temps fusionnaient autour de leur scène mythique, ce qui était possible et impossible, ce qui s'était passé avant et ce qui s'était passé après, ce qui avait eu lieu et ce qui aurait pu avoir lieu. Avec le cordon rosé ils s'étaient tressé un cocon qui flottait sur l'océan du temps, c'était leur gîte immatériel, dévoilé à moi seul, et je savais qu'ils s'y réfugiaient encore de loin en loin, peut-être plus souvent que je ne l'imaginais, et ils m'avaient attrapé alors avec le même lien, tiré à eux, j'étais entré dans leur cocon, et finalement j'ai accompli la tâche pour laquelle j'étais là.

Donc sur le seuil du studio se tenait Camille dans sa robe blanche du bal des Berceaux, aussitôt j'ai pensé que madame Van Broeker était venue chercher sa fille, pour quelque première majeure à l'Opéra ou ailleurs, dont l'annonce m'avait échappé. J'hésitais, fuir ou rester ? Fuir et retourner dans mon terrier rose ou rester, saluer madame Van Broeker, la voir peut-être se laisser choir sur le fauteuil en secouant haut ses jambes pour se débarrasser de ses chaussures, "restez avec moi, Raphaël, le temps que Camille finisse de se préparer", et je me poserais sur le tapis à côté d'elle, comme un petit chien aux pieds de sa maîtresse, dodelinant de la tête au rythme de son bavardage, heureux dans le cercle de sa présence, contemplant ses pieds bronzés, fermes et solides. Léo et Camille aimaient les seins de ma mère, j'aimais les pieds de la leur, ils avaient assez souvent posé leur tête sur les seins de ma mère, j'avais bien le droit de contempler les pieds de leur mère à eux, et peut-être madame Van Broeker poserait-elle une de ces questions qui me faisaient tressaillir, mais je savais maintenant comment ne pas y répondre. Il me suffirait d'attendre qu'elle se lance dans le récit de la situation de tel ou telle de son entourage, situation qui correspondait dans son esprit à ce qu'elle croyait deviner de la mienne, j'attendrais qu'elle en tire la morale, toujours pragmatique et optimiste, et je serais joyeux pour un temps, devenu par la contagion de son incoercible vitalité son égal, un de ceux pour qui rien n'est grave, qui rebondissent toujours, parce qu'ils sont les rois de la terre. Et le discours se terminerait sur un "rigolo, non ?", j'opinerais, et tout en effet me paraîtrait rigolo, ma mère inquiète, mes dettes, mes études à vau-l'eau, mon avenir dans le mur, les séances bizarres avec les jumeaux, rigolo tout cela.

J'avais envie de voir Mme Van Broeker, les pieds nus de madame Van Broeker, mais la robe de Camille activait en moi un signal d'alarme, la robe me disait : Fuis, Raphaël, fuis, il y a du mauvais dans l'air et j'entendais la phrase de ma grand-mère des Carrières, "ça va tourner vinaigre".

Camille ne portait en général que des jeans et t-shirts, de tous styles, et très coûteux, je le savais pour l'avoir accompagnée dans des boutiques dont, sans elle et les magazines innombrables qui traînaient dans le studio, j'aurais ignoré le nom et l'importance. Il fallait choisir entre de menues différences, je regardais son corps à la fois gracile et athlétique, que je connaissais si bien, et de fait, d'un jean à l'autre, d'un t-shirt à l'autre, ses gestes se modifiaient imperceptiblement, une aura différente l'entourait, comme une variation de la lumière. Je ne pouvais renoncer à aucune de ces Camilles, nous prenions tout. Les jeans et t-shirts de Camille la faisaient mienne, mais pas les robes, pas ces robes de bal qui l'éloignaient de moi.

"Ta mère est là ?

— Anne est là.

— Déjà ?

— Léo veut la voir.

— Comment ça ?

— Tu sais bien !

— Non, je ne sais pas.

— Tu ne veux pas alors ?

— Que Léo la dessine ?

295

— Qu'il couche avec elle.

— Mais Léo ne veut pas !

— C'est toi qui ne veux pas !

— Pourquoi tu dis ça ?

— Parce que tu es amoureux d'elle.

— Je ne suis pas amoureux d'elle.

— Alors prouve-le, laisse-la à Léo."

Dans l'entrée du studio, quasiment sur le palier, Camille froide et brûlante, pâle et rouge à la fois, droite comme une lame dans sa robe lunaire, moi le ventre empli de vipères, le souffle coupé, murmures hachés dans la pénombre. Mais Anne, qui pensait à Anne ?

"Prouve-le", disait Camille.

A l'intérieur, il faisait chaud et sombre, j'ai marché sur la fenêtre et l'ai ouverte toute grande. Léo était assis près d'Anne, sur le lit.

"Ferme la fenêtre, a dit Camille.

— On ne peut pas respirer.

— Ferme.

— Non !

— Anne veut faire l'amour.

— Laisse, a dit Anne.

— Comme tu veux", a dit Camille.

La fenêtre était à quelques pas du lit, Léo et Anne étaient assis du côté de la fenêtre. Anne s'est levée, Léo a fait un geste vers elle, elle a fait un pas vers moi, soudain Camille était entre nous, puis Léo entre Camille et Anne, nous tournions confusément autour du lit, Camille m'a saisi la main, elle tenait le livre des séances, "viens", a-t-elle dit, je l'ai suivie jusqu'au fauteuil doré, me suis assis avec le cahier, Camille s'est posée derrière moi, sa tête sur la mienne, ses bras autour de mon cou. Léo était de nouveau sur le lit.

Mais qui pensait à Anne, qui pensait à ce que voulait Anne ?

"Anne ? a murmuré Léo.

— C'est pour me donner à Léo que Raphaël m'a fait venir ici ?" a dit Anne.

Petite voix tremblée, gaze dans la brise, ailes repliées du papillon, frémissement invisible.

"Et pour qu'il écrive tout dans votre cahier ?"

"Raphaël ?" a-t-elle dit encore.

Personne ne répond, et soudain le papillon a ouvert ses ailes, s'est envolé jusqu'à la fenêtre, a disparu.

Aujourd'hui encore, je rêve qu'elle s'est vraiment envolée, qu'elle a glissé à sa façon vers un lieu plus clément, sur la manche d'un garçon de passage, puis d'un autre, et sûrement elle a trouvé celui qui ne l'abandonnerait pas, qui la porterait soigneusement sur son bras, et l'envelopperait de son rêve et protégerait ses jolies ailes trop fines. Anne s'est envolée vers son ange, c'est le monument que je lui construis dans ma tête, où je lui porte des fleurs, chaque nuit dans mes insomnies, parce que je l'aimais beaucoup et comprenais son âme fragile, mais je suis resté silencieux alors qu'elle m'appelait. Quelques secondes de silence, et aussitôt le filet s'est abattu et le trottoir l'a écrabouillée et c'est moi qui avais ouvert la fenêtre.

Nous ne bougeons pas, pétrifiés tous les trois, respirant à peine, attendant qu'Anne ressurgisse par la fenêtre, puis Léo a tourné la tête vers nous, sa sœur et moi. Il était si loin et si seul là-bas sur le lit, qui semblait glisser vers la fenêtre ouverte, aspiré par le rectangle de vide, j'ai élevé la main vers lui, à un imperceptible mouvement j'ai senti que Camille accompagnait mon geste, Léo s'est déplacé de notre côté. Du sein de notre immobilité nous le tirions, Camille et moi, toutes nos forces rassemblées et tendues vers lui, et il avançait dans une lenteur infinie, comme s'il y avait eu des kilomètres de désert entre nous, ses yeux rivés dans les nôtres, puis il a glissé à nos pieds, sa sœur a posé la main sur sa tête, sa main à lui s'est posée mon genou, je l'ai serrée de la mienne, nous avons totalement cessé de bouger, la robe de bal de Camille rigide comme du marbre dans mon dos, et c'est ainsi qu'on nous a trouvés, cinq minutes ou une heure plus tard.

Elle, on l'avait déjà emmenée, nous ne l'avons jamais revue, nous répétions "elle était là, et puis elle a disparu". Quelques secondes vous comprenez, c'était trop rapide, c'était impossible, quelqu'un s'était joué de nous, elle était sûrement au dojo, assise sur les gradins, ou chez elle à attendre que les affaires de son père le diplomate se règlent. Mais son père n'était pas diplomate, il n'y avait pas de père, ni sous le nom de Delgado ni sous un autre, et sa mère était concierge, dans l'immeuble qu'elle nous avait désigné, avenue Foch. Mon ami le dentiste du dojo a affirmé qu'il me l'avait dit, mais il ne m'avait rien dit, ou je n'avais pas entendu, "mythomane, vous savez ce que ça veut dire, quand même !" assénait le policier ou peut-être la juge, je répétais "c'était juste un petit papillon", "ne dites plus cela, cela vous fait du tort", insistait mon avocat, mais il fallait bien que je la défende, je lui avais manqué une fois, je ne pouvais pas la trahir encore une fois, "un petit papillon, oui, mais qui vous a accusé", reprenait la voix du policier, puis plus tard de la juge.

Anne sur son trottoir avait murmuré "Raphaël, c'est Raphaël", quelques mots à peine audibles, le jeune pompier arrivé le premier n'était pas très sûr, et elle semblait appeler ce Raphaël plutôt que l'accuser, mais madame Delgado s'est emparée aussitôt de ces derniers mots de sa fille. Elle les a confiés à l'avocat qui possédait son immeuble et en occupait tout le premier étage. Et celui-ci a vu aussitôt le parti qu'il pourrait tirer de ce "dossier", il a décidé de m'attaquer en justice, mais j'étais sans importance, un simple prétexte, ceux qu'il visait étaient les riches parents des jumeaux, "je vous obtiendrai de quoi vivre jusqu'à la fin de vos jours".

L'avocat aussitôt engagé par Bernard Desfontaines pour défendre ses enfants était non seulement une célébrité du barreau, il avait aussi l'ouïe surnaturellement développée, et il avait très bien entendu le dernier murmure de la victime. Le faible cri du papillon avait traversé le fracas de dizaines de rues, les murs de centaines d'immeubles, et enfin la porte épaisse et richement isolante de son cabinet, pour arriver jusqu'à lui, qui prêtait l'oreille, et se glisser de lui-même dans le dossier "Delgado" déjà sorti des limbes par sa secrétaire. Il avait entendu, lui, "Raphaël, c'est Raphaël qui m'a poussée" et malgré les dénégations du jeune pompier, il l'entendait toujours, la terrible voix accusatrice. Il la faisait résonner très fort au Palais de justice, jusqu'à ce qu'elle ne soit plus la voix d'Anne, mais celle d'une affreuse Gorgone, et alors ce n'était plus notre histoire du tout, et je n'avais plus qu'à me replier au-dedans de moi et m'absenter de toute cette mascarade.

Crise d'apnée sur crise d'apnée, "simulateur", tonnait l'avocat de monsieur Desfontaines, "mais non, a témoigné le docteur Villeneuve, venu exprès de Bourgneuf, il a toujours fait des crises d'apnée", mais sa voix à lui était trop vieille, trop émue, "vous vous rappelez, docteur, Jupiter et la sirène ?", "bien sûr, mon petit", a-t-il dit, les larmes aux yeux, "et que j'aurais de la chance dans ma vie à cause de mon imagination", le docteur n'a pas eu le temps de répondre parce que l'avocat criait à la complicité,

complicité entre témoin et suspect. Mon avocat à moi avait préféré glisser sur cette histoire de Jupiter et de la sirène, comme sur l'histoire du papillon, parce que cela énervait la juge et semait la confusion, et finalement tout ce qui pouvait éclairer notre histoire était toujours trop long, trop confus, propre à égarer le tribunal. C'était de la poésie, du rêve, et il fallait des faits.

Je ne pouvais pas prouver que le jeune pompier avait eu raison dans sa première déclaration. Je savais bien qu'Anne ne m'avait pas accusé, elle ne murmurait pas "c'est Raphaël qui m'a poussée", mais "c'est Raphaël que j'aimais", seulement où étaient ces paroles, où les trouver ?

J'ai cherché fébrilement pendant des semaines qui aurait pu les recueillir, en quel endroit elles auraient pu se poser, mais les papillons ne gravent rien de leur passage, ils ne connaissent que pollen et rosée, qui ne laissent pas de traces. Et j'ai fini par comprendre autre chose, je revoyais sa petite tête triste se redresser sous le regard de Léo, sa beauté se déployer pendant qu'il la dessinait, la façon dont elle buvait ses ordres, sa fierté à contempler son visage sur les dessins, elle aimait Léo, elle avait déjà glissé de moi à lui, c'était auprès de lui que ses petites ailes vibraient le plus fort, mais alors que voulait dire "c'est Raphaël" ?

Des milliers de fois je me suis repassé cet envol d'Anne vers la fenêtre, et les minutes qui l'avaient précédé, Raphaël, Léo, Camille, puis Léo, Raphaël, Camille, rejouant la scène sous tous ses angles, à la fin Camille occupait le premier plan, je butais sur elle dans tous les coins de ma mémoire, sa robe lunaire, sa voix glaciale "prouve-le", le cahier. Camille, Raphaël, Léo, ou Camille, Léo, Raphaël, et puis Anne. Et à la fin, je ne savais plus rien.

Anne avait un dossier médical à l'Hôpital américain. Madame Delgado, sa mère, poussée par cet avocat de son immeuble chez qui elle faisait le ménage et dont on a su plus tard qu'elle avait été la maîtresse, n'en avait pas parlé d'abord, puis elle a bien dû raconter la tentative de suicide quelques semaines auparavant (après le départ du fiancé au Japon), le nœud mal fait, la corde qui avait lâché, et je me suis rappelé cette absence d'Anne un soir au dojo, le rideau de cheveux toujours ramené sur le visage, et les foulards flottant par deux ou trois autour du cou, et sa façon de relever son col de veste, et même l'ombre légère que Léo avait dessinée entre ses épaules et son visage. Mais l'avocat de Bernard Desfontaines ne lâchait pas, il agitait toujours ses factures bien haut au bout de son bras, jusqu'à ce que madame Desfontaines, la grand-mère, se fâche soudain très fort, maladroitement, contre son fils et cet avocat qu'il avait choisi, qui ne comprenait rien et se la jouait cour d'assises, pendant que son mari monsieur Desfontaines essayait de la retenir, mais pas vraiment non plus.

Elle a parlé des jumeaux et de moi, de notre enfance, de ma mère, de notre ville, et soudain l'atmosphère avait changé, j'ai commencé à respirer mieux, je reconnaissais enfin notre histoire, même simplifiée, même tronquée, et la juge aussi a semblé la reconnaître, et à la fin des fins, le non-lieu a été prononcé. Depuis le début de l'instruction, j'étais sous contrôle judiciaire, avec obligation de soins, c'est-à-dire essentiellement une psychothérapie. Après quelques errements, je vous ai rencontré, monsieur, et j'ai su que ce serait vous et personne d'autre, malgré un départ difficile. Cela se passait au début du mois de septembre 2001. Quelques jours après il y a eu l'attaque sur les tours jumelles de New York, et c'est comme si l'énorme panache de cendres et de fumée avait roulé jusqu'à nous, dispersant en petits morceaux les pièces déchiquetées du dossier, avalant les acteurs de notre drame à nous et les régurgitant, minuscules, grisâtres et anonymes, et sur toutes les ondes de la terre d'autres histoires se sont déversées, un flot énorme, ratatinant la nôtre, l'écrasant, vous vous rappelez, monsieur, au début je ne pouvais pas parler, ne trouvais rien à dire, jusqu'à ce que je vous raconte ce voyage au Mali avec ma mère, des années auparavant, mon escapade à la réunion des écrivains, les fauteuils sous les manguiers, le dais sur ma tête, et Natacha, "je sais bien que ça n'a rien à voir" je vous répétais, mais vous ne disiez rien, et pendant des semaines, j'ai mouliné ces scènes. Je vous parlais beaucoup du poulet-bicyclette, qui était notre plat ordinaire là-bas, "qu'est-ce donc, le poulet-bicyclette ?" demandiez-vous, "mais je l'ai déjà dit, monsieur, c'est du poulet, avec une sauce épicée, on ne peut quasiment pas le manger tellement il est dur et sec", et vous toujours "qu'est-ce donc, le poulet-bicyclette ?", jusqu'à ce que j'éclate de rire, parce que je venais de voir tout autre chose, un poulet juché sur un vélo et pédalant à plumes rabattues devant ses poursuivants, et aussitôt après j'avais éclaté en sanglots, le petit poulet c'était moi bien sûr, ma mère m'appelait souvent ainsi quand j'habitais avec elle dans notre maison décrépite derrière chez les Desfontaines, et la bicyclette c'était mon vélo, celui que ma mère m'avait offert quand elle avait obtenu son poste à la mairie, mon vieux vélo, réceptacle de mes bonheurs et chagrins d'enfant, tant de fois réparé, avec l'aide du copain Paul, et bichonné, parfois rejeté, toujours repris.

Et j'ai commencé à vous parler des jumeaux, l'année de leur arrivée dans notre ville, de Claude Blanquart, qui n'avait pas joué un bien grand rôle mais qui s'éternisait dans mon discours, "et les poursuivants, Raphaël ?" avez-vous repris. Ah cela, c'était trop tôt, monsieur, vous avez fait une erreur, car aussitôt l'énorme panache de cendres et de fumée qui ne cessait d'obscurcir les écrans de télévision a fait entendre son grondement dans ma tête, rouleau compresseur gigantesque, il me passait dessus et j'en ressortais aplati, ombre grise et sans consistance. Cela vous agaçait monsieur, je le sentais bien, que je me réfugie dans l'horreur de trois mille morts, que j'aille rôder près d'eux. Mais derrière le grand panache noir, il y avait les corps qui tombaient des fenêtres, et parmi eux ce couple qui se tenait par la main. La gigantesque paroi de verre glissait devant mon histoire, bouchait toutes les issues, je m'abîmais dans l'image de la petite figure double, presque indistincte, qui tombait en tournoyant comme les feuilles des arbres, encore et encore, avant qu'à leur tour ne tombent les tours jumelles. *Respire, man, respire.*

Pendant trois ans les deux petites silhouettes n'ont cessé de tournoyer et les tours jumelles de s'écrouler, s'amenuisant petit à petit jusqu'à ce qu'elles s'effacent enfin pour laisser place à mon histoire à moi et ses personnages.

Trois ans de psychothérapie avec vous, monsieur, et de travail de peinture avec monsieur José, qui n'est plus mon logeur, parce que sa femme, madame Maria, m'a dit qu'ils avaient besoin de reprendre ma chambre, pour telle ou telle raison, je n'ai pas vraiment écouté, j'avais trop de gêne pour eux. Car ce n'était pas vrai, ils n'avaient pas besoin de la pièce, mais il leur était trop contraire d'héberger dans la rose bonbonnière qui avait été la chambre de leur fille un suspect, un meurtrier possible, même s'ils n'y croyaient pas vraiment. Et je savais bien qu'ils n'y croyaient pas, car ils n'ont pas reloué la chambre, et monsieur José m'a assuré, sa voix tremblant légèrement, qu'il continuerait à m'employer si je le voulais, et même à plein temps, "merci, monsieur José, mais ce n'est pas possible", "fais pas le con, mon gars, a-t-il dit, me tutoyant pour la première fois, on peut pas se défendre si on est à la rue", et donc pendant trois ans je me suis levé à l'aube pour rejoindre monsieur José et sa camionnette, apprenant tout du métier de la peinture sur toutes sortes de murs, travaillant jusqu'à la nuit, multipliant les heures supplémentaires pour compenser toutes les heures où je devais me rendre au Palais de justice, pour rencontrer ma juge ou mon avocat, ou me rendre chez vous monsieur mon psy, ou chez Xavier l'éducateur-animateur d'atelier d'écriture, qui aimait tant bavarder avec moi, et pour cause.

Monsieur José parlait peu, il n'était pas bon pédagogue, mais je savais observer, et toute mon enfance j'avais par nécessité travaillé de mes mains, faisant pour soulager ma mère les tâches de réparation dans sa maison, en faisant plus encore chez la mémé des Carrières qui, elle, me faisait trimer sans scrupules, m'envoyant même voler des ardoises au dépôt de l'entrepreneur et ensuite me faisant grimper sur son toit vermoulu et me criant ses instructions de sa voix aigre, elle au pied de l'échelle, moi les orteils agrippés à la pente glissante tout en haut, elle connaissait son affaire et savait parfaitement expliquer, mais elle était esclavagiste dans l'âme, "vas-y, mon petit gars", tant qu'elle avait un esclave sous la main, pas question pour elle de lever le petit doigt, "ah elle est vieille, ta mémé, tu sais", et le petit gars faisait tout ce qu'il pouvait pour sa vieille mémé, et ainsi j'avais acquis sans m'en rendre compte une familiarité avec la résistance des choses, j'étais un bon manuel et monsieur José n'a pas eu à se plaindre de moi. Ainsi j'ai pu gagner ma vie, sans l'aide de personne, ni de ma mère qui aurait fait tout ce qu'elle pouvait pourtant, ni des jumeaux qui avaient toujours comblé mes déficits, "nous gonfle pas, Raf, on va pas s'emmerder pour ça", mais je n'avais plus le droit de voir les jumeaux désormais.

Mes journées de travail aux côtés de monsieur José se passaient dans le silence, j'avais besoin de ce silence, car par ailleurs autour de moi il se faisait beaucoup de paroles, et à la suite beaucoup d'écriture. Ça parlait et écrivait à tour de bras, ma juge et les comptes rendus de sa greffière, mon avocat, l'avocat de Bernard Desfontaines, l'avocat de madame Delgado et leurs discours, monsieur mon psy et ses notes, et Xavier qui ne prenait pas de notes mais me posait de sournoises questions, tous mes professionnels de la jeunesse, et mes paroles à moi, répondant à leurs questions et m'égarant au fur et à mesure que je me livrais, même avec vous, monsieur.

Dans cet amphithéâtre public qu'était devenue ma vie, des vautours descendaient tour à tour disséquer le garçon Raphaël, reconstituant avec les morceaux prélevés un autre Raphaël, tant de Raphaëls que j'en aurais perdu le sens s'il n'y avait eu le lendemain ces longues heures de silence avec monsieur José, à touiller du plâtre et passer de la peinture sur des murs lisses. Monsieur José n'avait ouvert aucun dossier sur moi, ses pinceaux et rouleaux ne recelaient pas d'écriture meurtrière. Quand il remuait les couleurs dans ses grands bidons, il ne préparait pas une argumentation en faveur d'un garçon abusé, ni une réfutation en défaveur d'un garçon pervers, il ne préparait pas en secret une communication sur un cas de fantasme gémellaire, ni un sujet pour un atelier de prisonniers, ni une nouvelle policière pour un site Internet spécialisé.

Tant d'écriture autour de moi, Natacha, si je ne t'avais pas rencontrée par un fabuleux hasard à ce colloque international au Mali, si je n'avais pas entendu ton intervention grave et rieuse, toute cette écriture m'aurait englouti, et ce qui serait resté de moi se serait dissous dans de la peinture lisse étalée sur des murs jour après jour, jusqu'à la fin de ma vie, mais tu ne m'as jamais quitté. Grâce à toi, même si tu n'en sais rien, et justement parce que tu n'en sais rien, je reprends notre histoire à tous ceux qui me l'ont confisquée, je retrouve tous ces êtres tels qu'ils m'ont appartenu, Léo et Camille, si loin aujourd'hui, envoyés le plus loin possible de leur dangereux ami, elle dans une université de la côte ouest des Etats-Unis où elle fait des études de droit et sciences politiques, lui en Australie comme dessinateur dans le quotidien des amis de ses parents, et la petite Anne, morte, le menu tas de ses cendres conservé par sa mère dans la loge de concierge de l'avenue Foch, et ma mémé des Carrières, morte elle aussi, et enterrée au cimetière de notre petite ville, les parents de Paul à la retraite, profitant de chaque voyage de leur association de retraités, Paul ingénieur comme il le souhaitait, en stage auprès de son ministre, celui du Salon de l'agriculture ou un autre, ma mère installée dans notre maison avec son collègue de l'association France-Mali que je ne connais toujours pas mais qui persiste à m'envoyer des chèques de la poste au cas où je voudrais prendre l'avion ("cher poulet-bicyclette, voici de quoi changer de baobab si les fantômes te poursuivent, dans ma famille tu pourras regonfler tes plumes, tu as l'adresse…"), le grand-père Desfontaines qui a eu une attaque et se déplace désormais en fauteuil roulant, avec l'aide de l'ami de ma mère devenu son indispensable soutien, la grand-mère Desfontaines

toujours dévouée, par laquelle circulent les quelques
nouvelles que j'ai des jumeaux, filet irrégulier mais
qui ne se tarit pas, et dont je sais décrypter les
maigres indications ("Camille a dit que les garçons
de son université sont «à jeter»... Camille ne veut
pas que nous retirions la balançoire du jardin...
Léo travaille à une bande dessinée sur sa vie..."),
Bernard Desfontaines à la tête désormais du groupe
pharmaceutique de son épouse, madame Van Broeker toujours active au conseil d'administration de
ses œuvres caritatives, ma juge nommée prési-
dente du tribunal de Melun, Xavier de plus en plus
content de lui, déployant ses talents d'animateur
d'atelier d'écriture dans les prisons, monsieur mon
psy marmonnant toujours ses subtils moui-moui
dans son cabinet du boulevard Saint-Germain, et
toi, Natacha, gagnant en force, puisque j'ai vu ton
portrait il y a peu, sourire toujours charmant mais
plus assuré, avec les articles élogieux pour ton
troisième roman, cela m'a fait chaud au cœur, je
t'ai écrit une lettre, que j'ai gardée dans ma poche
puis ai fini par déchirer, je ne t'écrirai pas, chère
Natacha, ma petite camarade des cent premières
pages.

Le bal des Berceaux est fini pour moi, parfois je
me surprends à taper un rythme ancien sur le
bord d'une table au café, sur la vitre d'une fenêtre
du métro, sur le plancher où j'ai posé mon matelas, pendant ces longues heures d'insomnie où je
regarde le plafond. Cela ne fait pas très longtemps
que ce rythme est dans mes doigts, je ne savais
pas d'où il venait, puis la scène a ressurgi, la toccata BWV 911,

Léo, Camille et moi dans la cuisine de la maison de ma mère, inventant une fantasmagorie musicale, tournoyant dans un manège improvisé, puis nous retrouvant tous les trois dans la même balançoire entre ciel et terre, notre bal des Berceaux à nous, et ma mère repliée dans sa chambre puis revenant vers nous, "vous êtes bien excités, les enfants", mais nous étions joyeux, incroyablement heureux, peut-être un jour entendrai-je ce rythme frappé légèrement à ma porte, c'est à cela que je pense quand je ne dors pas, ce rythme frappant à ma porte, j'ouvrirai et ce sera eux, Léo et Camille, Camille et Léo, "salut, Raf, on est revenus", et aussitôt nous irons nous mesurer, pour voir où nous en sommes de nos corps.

Comme dans les rêves la scène change de lieu, glisse vers la vieille maison de ma mère, je suis en train de réparer encore une fois mon vélo, et soudain ils sont là, sous l'appentis, les genoux repliés au menton, leurs quatre yeux brillants tournés vers moi, "on tient encore dessous, Raf", et je grognerai pour la forme, alors Camille me sautera au cou, "on est contents de te revoir, Raphaël, tu peux pas savoir", et le poids qui me pèse si lourd au cœur depuis trois ans s'évanouira enfin, peut-être serons-nous vieux alors, je comprends soudain que c'est la raison pour laquelle je suis dans la maison de ma mère, c'est que nous sommes vieux, il y a des enfants autour de nous, peut-être de grands jeunes gens, les uns qui s'étonnent de ces inconnus entrés sans sonner, les autres qui s'impatientent à la porte de cette vieille bicoque, nous ne leur prêtons pas attention, nous sommes enfin réunis, Léo, Camille et moi, après tant d'années où nous nous sommes occupés à naître.

Et c'est un bonheur si profond, si immense, qu'il suffit bien pour une vie, qu'il suffit bien pour retourner au néant, glob de glob dirait mon Paul, whatever chantonnent mes deux farfadets à cheveux blancs, moui-moui susurre la voix ancienne de monsieur mon psy, bien sûr, bien sûr, tout ce que vous voudrez, qu'importe puisque j'entends ta voix, Camille, "on est contents de te revoir, Raphaël, tu peux pas savoir".

Je remercie :

Marie-Catherine Vacher, mon éditrice, pour ses très utiles hiéroglyphes dans les marges de mon tapuscrit ;

Aurore Touboulic, pour ses toujours précieuses remarques d'amie, de professeur et de lectrice passionnée ;

Annabelle Wagneur, pour tout ce qui concerne le kendo ;

Martine de Maximy, pour ses indications sur le déroulement d'une instruction ;

Katharina Bouhet, pour ce qui concerne le bal des Berceaux ;

Marie-Aude Roux, qui a griffonné pour moi un passage de la toccata BWV 911 de Bach, dans l'interprétation de Martha Argerich ;

Nathacha Appanah, qui a accepté d'être (avec un *h* en moins au prénom) l'écrivaine de référence de mon personnage Raphaël ; ses livres sont publiés chez Gallimard ;

Michel Le Bris, fondateur et organisteur du festival de littérature Etonnants Voyageurs, pour les Rencontres de Bamako ;

Et Roger Grenier, pour son fidèle et constant soutien.

Je reprends enfin à mon compte ces phrases de Henning Mankell : "Ceci est un roman. Autrement dit, ce qui est décrit et raconté n'est peut-être pas en tout point conforme à la réalité", et ailleurs : "Il y a une liberté dans le monde du roman."

J'ai pris, par exemple, la liberté d'équiper de gradins une salle de dojo qui n'en a pas. J'ai aussi opéré quelques déplacements temporels concernant le festival Etonnants Voyageurs à Bamako, le livre de David B. *L'Ascension du haut mal* (éditions L'Association), ainsi que la chanson *Raphaël* de Carla Bruni.

OUVRAGE RÉALISÉ
PAR L'ATELIER GRAPHIQUE ACTES SUD
ACHEVÉ D'IMPRIMER SUR ROTO-PAGE
EN JUIN 2005
PAR L'IMPRIMERIE FLOCH
A MAYENNE
POUR LE COMPTE DES ÉDITIONS
ACTES SUD
LE MÉJAN
PLACE NINA-BERBEROVA
13200 ARLES

DÉPÔT LÉGAL
1re ÉDITION : AOÛT 2005
N° impr. : 63270
(Imprimé en France)